DANIELLE STEEL

Avec quelque 80 best-sellers publiés en France, plus de 600 millions d'exemplaires vendus dans 69 pays et traduits en 43 langues, Danielle Steel est l'auteur contemporain le plus lu et le plus populaire au monde. Depuis 1981, ses romans figurent systématiquement en tête des meilleures ventes du *New York Times*. Elle est restée sur les listes des best-sellers pendant 390 semaines consécutives, ce qui lui a valu d'être citée dans *Le Livre Guinness des records*. Mais Danielle Steel ne se contente pas d'être écrivain. Très active sur le plan social, elle a créé deux fondations s'occupant de personnes atteintes de maladies mentales, d'enfants abusés et de sans-abri. Danielle Steel a longtemps vécu en Europe et a séjourné en France durant plusieurs années (elle parle parfaitement le français) avant de retourner à New York pour achever ses études. Elle a débuté dans la publicité et les relations publiques, puis s'est mise à écrire et a immédiatement conquis un immense public de tous âges et de tous milieux, très fidèle et en constante augmentation. Lorsqu'elle écrit (sur sa vieille Olympia mécanique de 1946), Danielle Steel peut travailler vingt heures par jour. Son exceptionnelle puissance de travail lui permet de mener trois romans de front, construisant la trame du premier, rédigeant le deuxième, peaufinant le troisième, et de s'occuper des adaptations télévisées de ses ouvrages. Toutes ces activités ne l'empêchent pas de donner la priorité absolue à sa vie personnelle. Avec ses huit enfants, elle forme une famille heureuse et unie, sa plus belle réussite et sa plus grande fierté. En 2002, Danielle Steel a été faite officier de l'Ordre des Arts et des Lettres. En quelque 30 000 mem

UNE AUTRE VIE

DU MÊME AUTEUR
CHEZ POCKET

DANIELLE STEEL

UNE AUTRE VIE

Traduit par Florence Rogers

PRESSES DE LA CITÉ

Titre original :
CHANGES

Pocket, une marque d'Univers Poche,
est un éditeur qui s'engage pour la préservation
de son environnement et qui utilise du papier fabriqué
à partir de bois provenant de forêts gérées
de manière responsable.

© 1983 by Danielle STEEL
© Presses de la Cité 1987 pour la traduction française
ISBN 978-2-266-23732-1

À Beatrix, Trevor, Todd,
Nicky et particulièrement John,
pour tout ce que vous êtes
et tout ce que vous me donnez.
Avec tout mon amour.
D. S.

Avec toute ma gratitude
au Dr Phillip Oyer.

Changer,
  Danser,
    Glisser,
De l'ancienne vie
  Dans le bel
    Aujourd'hui,
Je ne sais
  Rien
    De toi,
Rêves confus,
  Projets incertains,
Deux vies enfin
  Mêlées, emmêlées,
Cœur serré,
  Déchiré,
    Angoissé,
Ni retour,
  Ni refus,
    Ni espoir.
Où es-tu ?
  Et moi,
    Qui suis-je ?
Tout bas, dans la nuit,
  Je prononce ton nom.
Tout est changeant
  Sur le chemin
  D'une autre vie.

CHAPITRE PREMIER

— Docteur Hallam… Docteur Peter Hallam…
Docteur Hallam… Soins cardiaques intensifs. Docteur
Hallam…

La voix continuait son bourdonnement automatique
pendant que Peter Hallam traversait à grands pas le
hall du Center City Hospital. Il ne s'arrêta pas pour
répondre à l'appel car son équipe savait déjà qu'il
accourait. Il entra dans l'ascenseur et, sourcils froncés,
appuya sur le bouton du sixième étage. L'information
fournie vingt minutes auparavant par téléphone le préoccupait. Depuis des semaines il attendait ce donneur,
mais n'était-il pas trop tard ? L'inquiétude le rongeait
pendant qu'il franchissait la porte de l'ascenseur et se
dirigeait rapidement vers la salle de soins cardiaques
intensifs.

— Sally Block a-t-elle été transportée ici ?

Une infirmière leva les yeux et parut s'éveiller dès
qu'elle aperçut le médecin. Quelque chose à l'intérieur
d'elle-même bondissait toujours à sa vue. Il dégageait
une telle impression de force, cet homme grand et
mince, aux cheveux gris, aux yeux bleus, à la voix bien
timbrée ! Il correspondait parfaitement à la description

des médecins donnée par la presse du cœur. Il y avait en lui quelque chose de foncièrement doux et bien-veillant, mêlé à cette puissance contenue. À la façon d'un pur-sang difficilement maîtrisé, il s'acharnait à courir plus vite, plus loin… à en faire plus… à battre de vitesse le temps… à s'accrocher encore lorsqu'il n'y avait plus d'espoir… à maintenir un filet de vie… un homme… une femme… un enfant… encore un. Souvent il arrivait à remporter la victoire, mais pas toujours. Alors il en souffrait. Parce qu'il n'était pas le plus fort, de petites rides s'étaient creusées sous ses yeux, trahissant sa souffrance. Opérer des miracles presque chaque jour ne lui suffisait pas. Il désirait davantage, des résultats meilleurs encore. Il voulait sauver tous ses patients, mais c'était impossible.

— Oui, docteur, répondit rapidement l'infirmière. Elle vient juste d'arriver.

— Est-elle prête ?

Elle comprit aussitôt le sens de ce mot « prête » et, une fois de plus, admira le médecin. Sa question ne signifiait pas : lui a-t-on administré un tranquillisant avant qu'elle quitte sa chambre pour être véhiculée jusqu'au bloc opératoire ? Non, ce que le chirurgien désirait savoir, c'était l'état psychologique de sa malade, ses pensées et ses impressions, si elle avait parlé à un infirmier ; et connaître aussi le nom de celui qui l'avait accompagnée.

Il insistait pour que chaque membre de son équipe connaisse les malades afin de mieux comprendre les problèmes qu'il faudrait surmonter et afin que les malades eux-mêmes sentent qu'on s'intéressait à eux et que l'impossible serait tenté pour les sauver. Chaque malade devait être prêt à lutter avec lui. Un jour, l'infirmière l'avait entendu déclarer à ses étudiants :

— Si le malade ne pense pas qu'il a une chance de survivre en entrant dans la salle d'opération, nous avons perdu la bataille avant même de la livrer.

Il pensait profondément ces paroles.

L'infirmière hocha affirmativement la tête. Peter Hallam était un homme remarquable, efficace, brillant... et tellement beau, songea-t-elle en le regardant s'engouffrer dans un petit ascenseur. L'appareil s'éleva d'un étage et déposa le chirurgien devant le bloc opératoire. Dans cette salle, avec son équipe, il réalisait parfois des interventions cardiaques courantes, mais peu souvent. La plupart du temps, il tentait des opérations de dernière chance comme des pontages, des transplantations ou des greffes. Ce soir-là, justement, il devait procéder à une greffe.

Sally Block avait vingt-deux ans. Depuis son enfance elle souffrait de rhumatisme cardiaque. Malgré tous les traitements et plusieurs implantations de valves, elle menait une vie d'invalide depuis son adolescence. Quelques semaines auparavant, le chirurgien et son équipe avaient résolu d'effectuer une greffe du cœur, ultime solution. Mais jusqu'à ce jour il n'y avait pas eu de donneur.

La nuit précédente, à 2 h 30 du matin, une bande de délinquants juvéniles se lançait dans une course de voitures dans les rues de San Fernando Valley : trois des garçons étaient morts. L'organisation des Donneurs Volontaires s'était aussitôt mise en branle et, après une série de coups de téléphone aux hôpitaux, avait pris contact avec Peter Hallam. Il avait compris qu'un cœur était à sa disposition. Depuis des semaines il harcelait tous les hôpitaux du sud de la Californie pour en trouver un, et maintenant il l'avait. Mais tout n'était pas joué ! Encore fallait-il que Sally survive à l'intervention et que son organisme ne sabote pas le travail en rejetant le cœur tout neuf qu'on allait lui greffer.

Peter Hallam enleva ses vêtements de ville et revêtit sa blouse aseptisée verte, en coton souple. Ses assistants attachèrent son masque. Trois autres chirurgiens et deux internes, ainsi que le groupe habituel d'infirmières, procédèrent au même rituel. Sans un regard pour les membres de son équipe, le docteur Hallam entra dans la salle d'opération et ses yeux, immédiatement, cherchèrent Sally. Elle était couchée, immobile et silencieuse, sur la table d'opération, regardant les projecteurs disposés au-dessus d'elle comme si leur violente lumière l'hypnotisait. Même allongée comme elle l'était dans sa chemise stérile, avec ses longs cheveux blonds ramassés dans un bonnet de coton vert, elle paraissait jolie. Cette jeune fille, c'était aussi une précieuse vie humaine. Sally désirait passionnément devenir une artiste… étudier à l'université… danser au bal des étudiants… être embrassée… avoir des enfants. Elle reconnut le chirurgien sous son masque et un lent sourire apparut sur ses lèvres, malgré la torpeur provoquée par les médicaments.

Avec ses yeux immenses dans ses traits délicats, elle avait l'air d'une poupée chinoise brisée, attendant qu'un magicien recolle les fragiles morceaux.

— Hello, Sally, comment te sens-tu ?

— Toute bizarre…

Ses yeux clignèrent un moment et de nouveau elle sourit au visage familier. Au cours des dernières semaines, des relations presque intimes s'étaient nouées entre lui et elle. Elle se sentait plus proche de lui que de personne au monde. Il lui avait ouvert les portes de l'espoir, de la tendresse, de la douceur. La solitude dans laquelle elle vivait depuis si longtemps en était devenue moins douloureuse.

— Nous allons travailler dur dans les heures qui viennent. Mais toi, tout ce que tu auras à faire, c'est de rester couchée et de dormir. Tu n'as pas peur, au moins ?

Il étudia le petit visage puis jeta un coup d'œil sur les cadrans de contrôle.

— Juste un peu...

Mais il savait qu'elle était bien préparée. Pendant des semaines il lui avait expliqué en quoi consistait une greffe du cœur, quels en étaient les dangers et quels seraient les traitements postopératoires. Elle savait ce qui l'attendait, et que l'heure H venait de sonner pour elle. Cette seconde naissance qu'elle envisageait, c'était le chirurgien qui la lui offrait. Avec toute son âme et l'habileté de ses doigts, il allait lutter pour lui insuffler la vie.

L'anesthésiste prit son poste à la table et interrogea du regard le chirurgien. Il baissa lentement la tête, puis sourit à Sally :

— À tout à l'heure...

Il fallait bien compter cinq ou six heures avant qu'elle reprenne à peu près conscience et qu'avec les assistants il étudie ses réactions dans la salle de réanimation.

— Vous serez près de moi lorsque je me réveillerai ?

Une vague de panique la fit frissonner. Il s'empressa d'acquiescer.

— Bien sûr, je serai près de toi, aussi près que je le suis en ce moment.

Il fit un signe à l'anesthésiste. Les yeux de Sally papillotèrent sous l'effet du calmant déjà administré. Un moment plus tard, le penthotal diffusé par un tube intraveineux fixé sur le bras faisait son effet. Sally Block s'endormit et le scalpel entreprit son délicat découpage.

La greffe du nouveau cœur prit quatre heures. Lorsque l'organe tout neuf se mit à battre, un éclair de triomphe brilla dans les yeux de Peter Hallam. Puis son regard, une fraction de seconde, rencontra celui de l'infirmière qui se trouvait en face de lui et, sous son masque, il sourit.

— Tout va bien.

Mais il n'avait gagné que la première manche, il ne le savait que trop bien. L'organisme de Sally accepterait-il ou rejetterait-il ce corps étranger qu'on lui imposait ? Les chances de Sally n'étaient pas énormes. Mais, sans cette greffe, elle était condamnée.

À 9 h 15, Sally Block fut véhiculée dans la salle de réanimation et Peter Hallam s'accorda sa première pause depuis 4 h 30 du matin. En attendant que l'effet du penthotal soit dissipé, il décida de prendre une tasse de café et de laisser ses pensées suivre leur cours sans les freiner. Les greffes comme celle-ci engloutissaient toutes ses forces.

— Belle intervention, remarqua un jeune interne.

— Merci.

Peter lui sourit et lui offrit une tasse de café noir. L'interne lui rappelait son propre fils. Si seulement

Mark avait suivi la même carrière ! Mais non ! Il avait décidé de s'orienter vers le monde des affaires ou de la magistrature. La vie d'un médecin lui paraissait trop dure. Pendant des années il avait vu son père s'épuiser sans compter et souffrir profondément lorsque l'un de ses patients succombait. Mark ne voulait pas prendre le même chemin. Peter plissa ses yeux en avalant une gorgée de café, pensant que peut-être son fils avait eu raison. Puis il se tourna vers son invité :

— C'est la première fois que vous assistez à une greffe ?

— La deuxième. Vous avez également réussi la première opération à laquelle j'ai assisté.

Une réussite, oui, c'était le bon mot. Les deux greffes dont il avait été témoin avaient de quoi impressionner n'importe qui. Mais quelle tension pendant les minutes, les heures qui s'écoulaient ! Voir le Dr Peter Hallam opérer, c'était un spectacle d'une précision miraculeuse, aussi parfaite qu'une danse de Nijinsky.

— Pensez-vous que la greffe va prendre ?

— Il est trop tôt pour se prononcer, mais j'espère que Sally s'en sortira.

Intérieurement Peter Hallam priait pour conjurer le sort. Puis il enfila une seconde blouse et se dirigea vers la salle de réanimation. Quelques chaises étaient rangées près du lit de Sally. Il s'assit tout près de sa malade. Une infirmière étudiait les cadrans de contrôle tout en guettant chaque respiration de l'opérée. Tout marchait normalement. Si un accident devait survenir, il aurait lieu plus tard. À moins, naturellement, que le jeu n'ait été faussé dès le départ, comme cela arrivait parfois. Mais pas aujourd'hui… pas aujourd'hui… s'il vous plaît, Seigneur… pas cette fois-ci… pas à Sally…

elle est trop jeune... Pourtant, qu'elle ait cinquante-cinq ans ou vingt-deux, quelle différence ? Aucune.

Il n'y avait pas eu de différence non plus lorsqu'il avait perdu sa femme. Tout en surveillant Sally, il essayait de ne pas voir un autre visage... Il y avait longtemps... et pourtant c'était plus fort que lui. Il la revoyait dans ses dernières heures lorsqu'elle avait cessé de lutter, d'espérer... lorsqu'elle lui avait échappé. Elle n'avait pas voulu qu'il lutte pour elle, malgré ses efforts désespérés pour la convaincre. Le donneur, il l'avait, mais elle avait refusé la greffe. Cette nuit-là, il avait meurtri ses poings contre les murs de la chambre d'hôpital et conduit comme un fou au volant de sa voiture pour rentrer chez lui. Lorsque la police l'avait arrêté pour excès de vitesse, il n'avait pas réagi. Tout lui était égal alors... excepté elle... et le refus qu'elle lui avait opposé. Ses explications parurent si vagues aux policiers qu'ils l'obligèrent à sortir de la voiture et à marcher sur une ligne droite. Il n'avait pas trébuché. Il n'était pas ivre mais annihilé par la douleur. Les policiers l'avaient laissé reprendre le volant mais il avait reçu une convocation à comparaître. L'amende avait été énorme. Cette nuit-là, il était rentré chez lui et avait tourné en rond dans la maison, l'esprit obsédé par elle, souffrant pour elle, pleurant sur tout ce qu'elle lui avait donné et ne pourrait plus lui donner. Vivre sans elle lui parut impossible. Même les enfants ne pouvaient lui redonner goût à la vie... Il ne pensait qu'à Anne. Elle avait été si forte et pendant si longtemps ! Et grâce à elle il avait surmonté tous les obstacles. Elle lui communiquait une énergie dont il ne pouvait se passer. Cette nuit-là, terrifié, seul et angoissé comme un enfant dans le noir, il s'était écroulé. À l'aube, une irrésistible impulsion l'avait saisi. Il devait retourner auprès d'elle… la retenir encore une fois… lui dire ce qu'il n'avait jamais pu lui dire auparavant… Il avait couru à l'hôpital une fois encore et s'était glissé dans sa chambre. Après avoir renvoyé l'infirmière, il avait scruté le visage pâle, tenu la main faible et repoussé les cheveux blonds de son front. Juste avant le lever du soleil, elle avait ouvert les yeux.

— … Peter…

Sa voix se discernait à peine dans le silence.

— Je t'aime, Anne… Ne t'en va pas !

Les larmes montaient à ses yeux et il devait se retenir pour ne pas hurler. Sur les lèvres d'Anne s'esquissa ce sourire magique qui lui faisait toujours chaud au cœur et, dans un soupir, elle glissa tout doucement dans la mort. Pétrifié par l'horreur, il ne pouvait détacher les yeux de cette affreuse vision. Pourquoi ne voulait-elle pas lutter ? Pourquoi refusait-elle son aide ? Pourquoi… alors que tous les jours des malades l'acceptaient ? La souffrance devenait intolérable. Sanglotant presque sans bruit, il resta auprès d'elle jusqu'à ce qu'un de ses confrères vienne le chercher. On l'avait ramené chez lui, mis au lit. Les jours et les semaines suivants, il avait vécu comme un automate. De cet épouvantable cauchemar il n'émergea que de courts instants, jusqu'au moment où il put réaliser que ses enfants avaient désespérément besoin de lui. Enfin il s'était ressaisi et il était retourné à l'hôpital. Mais c'était désormais un homme mutilé, à qui manquait sa raison de vivre. Anne n'était jamais absente bien longtemps de son esprit. Mille fois par jour son souvenir venait l'obséder, lorsqu'il partait de chez lui, lorsqu'il allait et venait d'un malade à l'autre, lorsqu'il entrait dans la salle d'opération ou qu'il reprenait sa voiture, tard le soir, pour rentrer chez lui. Lorsqu'il poussait la porte de sa demeure et qu'il comprenait qu'elle ne viendrait pas l'accueillir, un poignard lui transperçait le cœur.

Une année s'était écoulée. La peine était moins aiguë mais toujours présente. Il pensait qu'elle ne finirait jamais ; aussi, que pouvait-il faire sinon s'acharner au travail, donner le meilleur de lui-même aux malades qui avaient besoin de lui ? Il y avait aussi Matthew, Mark et Pam. Dieu merci, les enfants lui restaient. Sans eux, il n'aurait pas survécu. À cause des enfants il avait surmonté son désespoir. Il continuait à vivre… mais différemment… sans Anne.

Il guetta la respiration de Sally. Ses paupières se soulevèrent un instant et ses yeux errèrent avec perplexité dans la pièce.

— Sally… Sally, c'est moi, Peter Hallam… Tout va bien…

Oui, tout allait bien, mais pour combien de temps ? Il n'en savait rien. Pour le moment, Sally était vivante. Elle avait fait son possible pour retenir la vie en elle, et il allait désespérément l'aider à conserver cette étincelle prête à s'éteindre.

Il resta à son chevet, lui murmurant quelques mots lorsqu'elle revenait à elle, et réussissant à faire naître un petit sourire lorsqu'il la quitta. Après avoir dévoré un sandwich dans la cafétéria, il se rendit à son cabinet, puis retourna à l'hôpital pour la consultation de 16 heures. À 17 h 30 il prit le chemin de sa maison, l'esprit empli, une fois de plus, du souvenir de sa femme. Encore maintenant il ne pouvait s'habituer à son absence. Quand donc cesserait-il de la chercher du regard lorsqu'il pénétrait chez lui ? Cette question, il l'avait posée à un ami six mois auparavant. La souffrance avait fini par incruster sur ses traits une certaine vulnérabilité. Au début de son veuvage, elle n'était qu'à peine visible, cette blessure causée par l'absence, le chagrin et la détresse, là où n'apparaissaient que force, confiance en soi, confiance en l'avenir. À l'époque, il avait tout : trois enfants parfaits, une femme parfaite, une carrière parfaite qui provoquait bien des jalousies. Il s'était hissé au sommet, non pas brutalement, mais superbement, et il était heureux. Aujourd'hui, où donc était le bonheur ? Et avec qui ?

CHAPITRE II

Pendant que Sally Block se reposait dans la salle de réanimation du Center City de Los Angeles, les spots d'un studio de télévision à New York se mirent à clignoter violemment. On se serait cru dans la chambre de torture d'un film de Série B. En même temps, ces projecteurs diffusaient une chaleur telle qu'il était difficile de s'en approcher sans se mettre à transpirer. En dehors d'une petite zone restreinte, soumise à cet éclairage aveuglant, le studio conservait une température fraîche et une luminosité normale.

Les faisceaux de lumière convergeaient tous vers ce même point à la façon des rayons d'une roue vers le moyeu. Même les personnes présentes semblaient aspirées par ce pôle d'attraction. Pourtant ce n'était qu'une modeste plate-forme, à peine surélevée, supportant un bureau quelconque de formica placé devant un panneau bleu vif orné du logo de la chaîne. Ce qui drainait ainsi l'intérêt de tous, ce n'était pas le logo, mais bien la chaise vide, semblable à un trône attendant son roi. Techniciens, cameramen, maquilleur et coiffeur, deux assistants producteurs, un régisseur, quelques curieux, des personnages importants et d'autres qui l'étaient moins, tous braquaient leurs yeux sur cette plate-forme vide.

— Cinq minutes…

Ce signal sonore n'avait rien d'exceptionnel. Tous les jours à la même heure il annonçait le journal télévisé du soir. Et, comme d'habitude, il provoquait aussitôt sur le plateau une ambiance de fête, excitante et joyeuse, comme si tout ce monde rassemblé pour l'émission allait participer à un numéro de cirque sous la lumière éblouissante des projecteurs. Mystérieux, magiques, les « Quatre minutes… Trois minutes… Deux minutes… » firent palpiter tous les cœurs. Ces mêmes mots étaient lancés partout dans les coulisses du monde entier, à Broadway ou à Londres, lorsque l'étoile allait faire son apparition sur scène. Au studio, les tenues vestimentaires consistaient essentiellement en jeans et baskets sans prétention, mais il y régnait la même tension nerveuse, on entendait les mêmes chuchotements dans l'ombre et Mélanie Adams le ressentait elle aussi pendant qu'elle se dirigeait vers la plate-forme. Son entrée était rigoureusement minutée. Elle ne disposait que d'une minute et demie avant que son image se forme sur l'écran. Une minute et demie pour jeter un dernier regard sur ses notes, lancer un coup d'œil au directeur pour le cas où il aurait une urgence à lui communiquer, et enfin pour compter mentalement les secondes restantes afin de se calmer les nerfs.

La journée, une fois de plus, avait été fatigante. Mais enfin elle s'était bien terminée avec la dernière interview sur le reportage des enfants martyrs. Sujet déplaisant, pensait Mélanie, mais dont elle s'était bien tirée. Il était 18 heures. Après les informations, elle en aurait fini avec son travail.

Cinq… Dès l'énoncé du premier chiffre, le directeur adjoint, main levée, dressait son pouce, puis un autre doigt à chaque chiffre… quatre… trois… deux… un…

— Bonsoir… Mélanie Adams vous donne les dernières informations…

Un sourire qui ne paraissait jamais affecté apparut sur ses lèvres et des reflets dorés s'allumèrent dans sa chevelure.

… *Au cours de son discours, le Président… soulèvement militaire au Brésil… déficit de la balance commerciale… attentat sur la personne d'un politicien au moment où il sortait de son domicile…*

D'autres nouvelles de moindre importance, et l'émission se déroula sans problème, comme une mécanique bien huilée. Mélanie connaissait son métier et sa compétence était bien établie. Son audience ne faisait que croître. Elle était devenue une star nationale cinq années auparavant, sans avoir cherché à le devenir. Elle avait quitté l'université à dix-neuf ans avec une licence de Sciences politiques, s'était mariée et avait donné naissance à deux jumelles. Puis la télévision et les jumelles avaient absorbé sa vie, presque totalement.

Elle ramassa les feuillets sur son bureau et s'apprêta à partir. Le directeur la félicita :

— Bon travail, Mel.

— Merci.

Elle observait toujours une certaine réserve, reste de ce qui avait été de la timidité. Trop de curieux se pressaient autour d'elle, des benêts, des indiscrets ou des quémandeurs. Maintenant elle portait un nom célèbre, un nom qui sonnait comme un appel de clairon. « Je vous connais, je vous ai vue à la télé… » Impossible de faire son marché, d'acheter une robe ou de faire quelques pas dans la rue avec ses filles. Des yeux la suivaient et même si en apparence elle conservait son impassibilité, elle était consciente de l'intérêt qu'elle suscitait et s'en étonnait toujours un peu.

Mel se rendit dans son bureau, enleva le maquillage superflu et prit son sac. Elle allait partir lorsque le directeur des reportages T.V. l'arrêta d'un geste impératif de la main. Il avait l'air fatigué, tracassé.

— As-tu un moment, Mel ?

Intérieurement, elle gémit. Ce moment pouvait durer des heures. Normalement, en dehors des informations du soir, elle n'avait à présenter que des grands reportages, des enquêtes ou des émissions spéciales. Dieu seul savait ce que le directeur avait en réserve pour elle, et elle n'avait aucune envie de le savoir.

— Oui, pourquoi ça ?

— J'ai quelque chose à te montrer.

Dans son bureau, il prit une cassette et l'introduisit dans un appareil vidéo.

— Regarde. Nous avons réalisé cette interview il y a une heure. À mon avis tu tiens là un reportage intéressant.

Mel regarda l'écran. Une petite Noire de neuf ans, Pattie Lou, expliquait d'une voix pathétique qu'elle avait absolument besoin d'une greffe du cœur, mais que ses parents n'avaient pas les moyens de lui offrir l'intervention. Ses voisins étaient prêts à se cotiser pour en financer une partie, mais qui pratiquerait l'opération et qui réglerait la note finale ? En arrivant à la fin du film, Mel regrettait de l'avoir vu. Encore une pauvre petite pour laquelle on ne pouvait rien faire. Sa récente enquête sur les enfants martyrs l'avait sensibilisée sur ce sujet. Pourquoi ne pas proposer plutôt aux téléspectateurs un bon gros scandale politique ou une histoire scabreuse ? Par pitié, plus de problèmes déchirants !

Elle tourna un regard las vers le directeur qui rangeait la cassette.

— Et alors ?

— J'ai pensé que tu pourrais en tirer un bon reportage, Mel. Suis l'enfant pendant quelque temps et vois ce que tu peux en tirer. Cherche un peu les médecins qui pourraient l'examiner.

— Pour l'amour de Dieu, Jack... Ne me demande pas une chose pareille ! Je ne suis pas une dame d'œuvre !

La fatigue et les soucis l'enveloppèrent comme un brouillard. Des rides imperceptibles griffèrent le coin de ses yeux. La journée avait été harassante, et elle avait commencé à six heures du matin !

— Écoute, dit-il patiemment, tu ne peux laisser échapper un bon sujet. La station va prendre en charge la petite et aider ses parents à lui trouver un chirurgien. Toi, tu couvriras toute l'opération. C'est pas de l'inédit, ça ?

Elle hocha affirmativement la tête, mais sans enthousiasme. Inédit, oui, mais casse-pieds aussi !

— La famille est-elle au courant ?

— Non, mais elle va sauter de joie.

— Pas si sûr. Quelquefois les gens n'aiment pas qu'on se mêle de leurs affaires. Ils n'apprécieront peut-être pas que Pattie Lou soit donnée en pâture aux informations du soir.

— Qu'en sais-tu ? Nous avons échangé quelques mots ce matin... Informe-toi auprès des meilleurs chirurgiens du cœur dès demain, certains d'entre eux adorent la publicité. Ensuite tu te mets en rapport avec les parents de la petite.

— Je ne sais pas si j'aurai le temps, Jack. Je dois visionner mon reportage sur les enfants martyrs.

— Tu ne l'as pas terminé ? interrogea-t-il agressivement.

— Si, mais je dois en revoir une partie.

— Sottise ! Ce n'est pas ton affaire. Mets-toi sur cette histoire de greffe du cœur qui est beaucoup plus émouvante que tes enfants martyrs.

Plus émouvante qu'une enfant de deux ans brûlée avec des allumettes ? Qu'un gamin de quatre ans aux oreilles déchirées ? Il y avait encore des jours où ce travail la rendait malade.

— Très bien, Jack. Je vais m'y mettre...

« Allô, docteur, mon nom est Mélanie Adams et j'aimerais savoir si cela vous intéresserait de faire une greffe du cœur sur une enfant de neuf ans... à titre gracieux... et nous couvririons l'intervention pour une émission à la télévision... » Elle retourna à son bureau, le moral à zéro, l'esprit en ébullition, et se heurta à un homme grand et brun.

— Quelle figure d'enterrement ! Tu n'as pas dû t'amuser beaucoup aujourd'hui !

Grant Buckley était un vieil ami. Ancien speaker à la radio, il possédait une belle voix profonde. Elle lui sourit.

— Grant ! Que fais-tu ici à cette heure ?

Tous les soirs après les informations il présentait son quart d'heure de causerie. C'était le journaliste le plus controversé de la télévision. Une profonde affection les liait l'un à l'autre.

27

— J'ai dû revoir quelques bandes pour demain. Et toi, tu devrais être partie depuis une bonne demi-heure.

— Jack Owens m'a gardée pour un extra : une greffe du cœur sur une enfant. Du courant, rien d'extraordinaire.

Ses traits se détendaient à mesure qu'elle parlait à Grant. Il dégageait une chaleur réconfortante. C'était un homme séduisant et un merveilleux camarade. L'amitié qu'il lui témoignait ouvertement provoquait bien des jalousies dans le monde des studios. De temps en temps le bruit courait que leurs relations n'étaient pas simplement amicales, mais cela les faisait rire lorsqu'ils en parlaient sans complexe en prenant un verre.

— Quoi de neuf ? Où en es-tu avec tes enfants martyrs ?

— Ils m'ont donné un mal de chien, mais le reportage est bon.

— Tu as le chic pour dénicher toujours un bon reportage.

— Quelquefois c'est moi qui le trouve, mais quelquefois on me l'impose, comme cette greffe du cœur, par exemple.

— Tu parlais sérieusement ? Je croyais que tu plaisantais.

— Pas du tout, et apparemment Jack y tient. As-tu des idées à me donner là-dessus ?

— J'ai effectué une enquête sur ce sujet, dit-il après réflexion. J'ai rencontré des chirurgiens remarquables. Je vais regarder dans mes archives et rechercher leurs noms. J'en ai deux à l'esprit, mais il y en avait quatre. Es-tu pressée ?

— Oui, je les veux tout de suite !

Il ébouriffa amicalement les cheveux de Mel, sachant qu'elle plaisantait.

— Viens prendre un hamburger avec moi avant de rentrer chez toi.

— Impossible, mes filles m'attendent.

— Comment vont-elles, les petites diablesses ?

Grant aimait beaucoup les filles de Mélanie. Lui-même en avait trois, de trois épouses différentes, mais aucune n'était aussi délurée que les jumelles.

— Rien de neuf. Val est tombée amoureuse quatre fois cette semaine et Jess est d'une humeur massacrante. Elles font l'impossible pour que mes cheveux roux virent au gris.

À trente-cinq ans, Mélanie en paraissait miraculeusement dix de moins. Les années avaient passé sur elle sans la marquer, malgré de lourdes responsabilités, un travail grisant mais absorbant, et le lot habituel des petits soucis. Grant connaissait bien ses difficultés. Plus d'une fois il lui avait prêté son épaule pour qu'elle puisse sangloter sur un échec dans sa carrière ou un chagrin sentimental. Pourtant, dans ce dernier domaine, elle ne prenait guère de risques. Sa vie privée restait tout à fait indépendante de sa vie professionnelle. Surtout elle avait décidé de ne plus jamais se laisser prendre au piège de l'amour. Son mari l'avait abandonnée avant même la naissance des jumelles. Il ne voulait pas d'enfant et ne le lui avait jamais caché. Le mariage avait été célébré à la sortie de l'université et le jeune ménage s'était installé à Columbia. Lorsqu'elle avait dû lui annoncer sa grossesse, il n'avait rien voulu savoir. Le visage crispé, il avait déclaré :

— Fais-toi avorter.

— Non... c'est notre enfant... ce serait moche.

— C'est encore plus moche de gâcher notre vie à tous les deux.

Il avait préféré gâcher seulement la vie de sa femme. Parti en vacances à Mexico avec une fille, il n'était revenu que pour annoncer que les formalités du divorce étaient terminées car il avait imité sa signature. Le procédé avait tellement choqué Mélanie qu'elle n'avait rien osé dire. Ses parents l'avaient poussée à intenter une action en justice, mais elle n'en avait pas le courage et ne cessait de se tourmenter à la pensée qu'elle serait seule pour la naissance du bébé… qui se révéla être deux jumelles. Pendant quelques mois elle avait vécu avec l'argent que lui envoyait sa famille, puis elle avait réussi à se débrouiller seule. Elle avait cherché du travail. D'abord secrétaire, ensuite démarcheuse pour une marque d'aliments vitaminés, elle avait enfin décroché un poste de réceptionniste dans une chaîne de télévision. En même temps elle tapait des informations pour cette chaîne dans un pool de dactylos.

Les jumelles grandissaient pendant que, jour après jour, péniblement, elle tapait sur sa machine des textes rédigés par les autres. Sa carrière se dessinait. Les informations politiques la passionnaient, sans doute à cause des études qu'elle avait poursuivies à l'université. Son rêve était d'obtenir le poste de rédactrice aux informations, mais elle eut beau postuler, elle ne put l'obtenir. Comprenant qu'elle ne gagnait rien à rester à New York, elle alla s'installer à Buffalo, puis à Chicago, et revint à New York avec des recommandations qui lui permirent de décrocher le poste. Lors d'une grève générale, l'administration s'adressa à elle pour présenter les nouvelles au pied levé. Elle fut horrifiée, mais elle n'avait pas le choix. Ou elle acceptait, ou c'était le coup de pied au derrière ! Ayant deux filles à élever, elle n'avait pas hésité longtemps. Comme présentatrice, elle avait plu immédiatement. Jamais elle n'avait ambitionné de présenter elle-même les informations qu'elle avait rédigées ; pourtant, un beau jour, elle se retrouva sous les projecteurs, son visage apparaissant sur l'écran. Le plus curieux c'est qu'elle adora tout de suite ce nouveau métier.

La télévision de New York l'envoya en stage à Philadelphie, puis à Chicago, Washington et enfin ce fut le retour. Les essais se révélèrent concluants. Mélanie Adams remportait tous les suffrages. Efficace, retenant l'attention et par ailleurs ravissante, elle donnait l'impression de réunir à la fois honnêteté et sensibilité. Parfois même sa personnalité faisait presque oublier sa séduction. À vingt-huit ans, en formant équipe avec un présentateur pour les nouvelles du soir, elle atteignit presque le sommet de son art. À trente ans, elle rompait son contrat, animait une nouvelle émission, et ce fut la réussite totale. Finalement, comme journaliste en solo pour les informations du soir, elle parvint à la célébrité.

Mais elle travaillait dur et sa réputation était méritée. Les jours noirs s'étaient envolés avec les compromissions et les bagarres. Ses parents, s'ils avaient encore vécu, en auraient ressenti un immense orgueil. Parfois elle se demandait ce que son ex-mari pouvait bien penser de son étonnante ascension, et s'il regrettait d'avoir pris la fuite, ou s'il s'intéressait encore à elle. Il n'avait jamais donné signe de vie. Mais il lui avait laissé une blessure qui ne s'était jamais complètement refermée. À cause de lui elle s'était repliée sur elle-même, tremblante devant l'amour et craignant toujours de se laisser prendre par les sentiments. Seules comptaient les jumelles. Cette attitude l'avait conduite dans quelques aventures sans lendemain, avec des hommes qui la prenaient comme elle était ou qui profitaient de sa réserve pour aller courir ailleurs. Le dernier qui avait un peu compté pour elle était marié. Au début de leur liaison elle avait cru trouver en lui l'amant idéal. Il ne lui demandait pas plus que ce qu'elle était disposée à lui offrir. Elle ne tenait pas à se remarier ; elle possédait tout ce qu'elle désirait : le succès, la sécurité, des enfants adorables et une charmante maison. « Que ferais-je d'un mari ? » avait-elle demandé un jour à Grant. Mais il était resté sceptique.

— Dans l'immédiat, tu peux t'en passer. Mais à la longue il te faudra un homme qui n'ait pas d'attache.

— Pourquoi ? Quelle différence y vois-tu ?

— Chérie, à la longue tu en auras assez de passer Noël, les vacances, les anniversaires et les week-ends toute seule pendant que ton ami coule des jours heureux avec sa femme et ses enfants.

— Peut-être, mais pour lui je suis le caviar, pas la crème tournée.

— Tu verras, Mel, un jour tu souffriras !

Il n'avait pas tort. Un jour il y avait eu rupture, des moments dramatiques et un noir désespoir pendant des semaines.

— La prochaine fois, chérie, écoute un peu les conseils du vieil oncle Grant.

Il n'ignorait rien de ce rempart qu'elle avait édifié autour d'elle. Ils s'étaient rencontrés dix années auparavant, lorsqu'elle démarrait dans la carrière. Immédiatement il avait senti en elle l'étoffe d'une star de télévision. Maintenant qu'elle avait réussi, il continuait à veiller sur elle en véritable ami. Tous deux avaient pris les mêmes précautions pour ne pas s'engager dans une aventure sentimentale. Lui, marié trois fois, s'entourait d'une cour de filles dans laquelle il choisissait celle avec qui il coucherait, suivant l'inspiration du moment. Mel représentait bien plus pour lui. Il ne voulait pas qu'elle souffre encore par la faute d'un homme.

— Veux-tu que je te dise ? Tous les hommes, ou presque, sont des salauds !

Cet aveu, il le lui avait fait un soir très tard. Il venait de l'interviewer pour sa causerie. L'émission avait remporté un grand succès, qu'ils avaient fêté en prenant un verre jusqu'à trois heures du matin.

— Pourquoi dis-tu une chose pareille ?

Soudain prudente, circonspecte, elle se souvenait d'un homme qui avait réellement été un salaud pour elle. Mais tous les hommes n'étaient pas ainsi, ç'aurait été trop épouvantable !

— Parce qu'il y en a bien peu qui consentent à tout donner d'eux-mêmes à une femme. Toi, tu as besoin d'un homme qui te donne autant d'amour que tu peux lui en donner.

— Qu'est-ce qui te fait penser que j'ai de l'amour à donner ?

Ce ton amusé ne pouvait lui faire illusion. La vieille blessure saignait encore à l'occasion. Il se demanda si un jour la cicatrisation serait totale.

— Je te connais trop bien, Mel, mieux que tu ne te connais toi-même.

— Alors tu t'imagines que je suis en quête de l'homme idéal ? interrogea-t-elle en riant.

33

— Non. Je crois que tu meurs de peur à la pensée de le rencontrer.

— Touché !

— Pourtant il te rendrait heureuse.

— Je suis heureuse comme je suis.

— Fichtre non ! C'est impossible. Tu n'es pas réellement heureuse toute seule.

— J'ai les jumelles.

— Ce n'est pas pareil.

— Et toi, tu es bien heureux, tout seul ?

Elle haussait les épaules. Mais dans les yeux de Grant elle fut surprise de découvrir une trace de nostalgie, une lueur surprenante.

— Si j'étais comblé en restant seul, je ne me serais pas marié trois fois !

Cette remarque les avait fait rire tous les deux. La soirée se terminait ; il l'avait déposée devant son domicile avec un baiser paternel sur la joue. Une fois ou deux elle s'était demandé ce qu'aurait donné une liaison avec lui. Mais elle savait que leur amitié y aurait sombré. Aucun des deux n'avait voulu courir ce risque.

Ces confidences lui revenaient à l'esprit pendant qu'elle sortait de son bureau en compagnie de Grant. Lui seul savait lui procurer quelque chose que personne d'autre au monde ne pouvait lui offrir. Les jumelles étaient trop jeunes encore. Elles avaient sans cesse besoin d'amour, de discipline, de gronderies, et de broutilles genre patins à glace ou jeans. Grant, lui, était toujours présent lorsqu'elle avait besoin d'aide.

— C'est moi, dit-elle, qui t'offre un hamburger, mais demain, chez moi.

— Désolé, mais c'est impossible. J'ai rendez-vous avec une sensationnelle paire de nichons.

Elle leva les yeux au ciel en souriant :

— Tu es certainement l'homme le plus sexy que je connaisse.

— Hé… hé…

— Et prétentieux en plus !

— Il y a de quoi !

Elle regarda sa montre.

— Je ferais mieux de retourner chez moi, sinon ce tyran de Raquel va me claquer la porte au nez.

Depuis sept années, Raquel tenait la maison, et d'une main ferme. Elle était folle de Grant et poussait Mel à en faire son ami.

— Embrasse Raquel de ma part.

— Je lui dirai que c'est ta faute si je suis en retard.

— D'accord, et demain je te donne la liste des chirurgiens du cœur. Tu viens au bureau ?

— Évidemment.

— Je te passerai un coup de fil.

— Merci, Grant.

Elle lui envoya un baiser.

Il était 19 h 30. Raquel allait piquer une crise de nerfs. En courant elle sortit de l'immeuble et héla un taxi.

— Je suis rentrée !

Elle poussa ce cri dans le hall silencieux et marcha rapidement sur le sol de marbre blanc. Les murs étaient recouverts de papier à petites fleurs. Dès l'entrée on respirait une ambiance amicale et élégante. Les couleurs gaies, jaunes et pastel, les gros bouquets de fleurs disposés harmonieusement trahissaient la main d'une femme. Grant plaisantait parfois sur ce décor raffiné. Dans le hall, un portemanteau ancien supportait les chapeaux de Mel et de ses filles.

La salle de séjour était de couleur pêche, avec des divans en tissu de soie dans lesquels on disparaissait à moitié, et des rideaux de moire dont les gros plis étaient retenus par des embrasses à la française. La même teinte pêche se retrouvait sur les murs avec des moulures crème. De ravissants pastels ornaient la pièce. Lorsque Mélanie se laissait tomber sur un divan, elle s'intégrait parfaitement, avec son teint de rose et ses cheveux flamboyants, à un tel environnement. Pour sa chambre à coucher elle avait choisi une couleur de fond bleu pâle, du blanc pour la salle à manger et trois couleurs, orange, jaune et bleu, pour la cuisine. Un climat heureux se dégageait de ces pièces. Le visiteur avait envie de s'y installer. C'était élégant mais pas trop, chic mais pas au détriment du confort.

Cette petite maison convenait à merveille à la famille. Au rez-de-chaussée se trouvaient le salon, la salle à manger et la cuisine. Au premier la chambre de Mel, le bureau et une grande salle de bains. Au-dessus, deux chambres ensoleillées pour les jumelles. Pas un pouce de surface n'était perdu, et une personne supplémentaire s'y serait sentie à l'étroit.

Elle grimpa les escaliers jusqu'aux chambres des filles, à peine consciente d'un début de migraine. Sans s'arrêter dans sa chambre où l'attendait, elle le savait, un monceau de courrier, de factures et papiers divers, elle monta au second.

Les deux portes étaient fermées mais un flot de musique tonitruante l'assourdit alors qu'elle n'était pas encore arrivée. Elle ouvrit une porte.

— Dieu du ciel, Jess, ferme ça tout de suite !

Il fallait hurler par-dessus le vacarme. À l'intérieur de la chambre, une grande fille aux cheveux roux, allongée sur son lit, se retourna. Des livres de classe étaient répandus tout autour d'elle. Elle tenait le récepteur du téléphone collé à son oreille.

— Quoi ?

Avec un vague signe de la main à sa mère, elle retourna à sa conversation téléphonique.

— Et tes examens ? cria Mélanie, mécontente.

Un mouvement du menton fut la seule réponse, aussi Mélanie sentit-elle la moutarde lui monter au nez. Des deux filles, Jessica était la plus sérieuse, mais dernièrement ses notes avaient baissé. La raison en était la triste fin d'une aventure sentimentale qui durait depuis une année. Mais cette raison, estimait Mélanie, aurait justement dû pousser sa fille à bûcher ses examens avec davantage d'énergie.

— Raccroche, Jessica.

Mélanie s'appuya contre le bureau, bras croisés, et Jessica, l'air vaguement excédé, prononça quelques mots inintelligibles dans le récepteur avant de raccrocher. Elle se tourna vers sa mère comme s'il lui fallait faire face à une furie.

— Arrête ta musique.

Jessica déplia ses longues jambes de poulain et, repoussant sa longue crinière sur ses épaules, se dirigea vers sa chaîne stéréo.

— Je faisais juste une petite pause.

— Elle doit durer combien de temps ?

— Oh, s'il te plaît ! Qu'est-ce que tu veux ? Que j'aille pointer ?

— Ne dis pas de sottises. Organise ton emploi du temps à ta guise, mais les derniers examens que tu…

— Je sais, je sais… Quand donc cesseras-tu de m'en rebattre les oreilles ?

— Quand tu te remettras au travail.

Les récriminations de sa fille ne l'impressionnaient pas. Depuis sa rupture avec un certain John, Jessica ne cessait de grogner. Cette mauvaise humeur et ces notes désastreuses n'étaient pas dans ses habitudes. Tout allait rentrer dans l'ordre, Mélanie le pressentait, mais elle ne voulait pas lâcher la bride avant d'être rassurée. Elle glissa un bras sur les épaules de sa fille et passa la main dans ses cheveux. La musique s'était tue et la chambre était étrangement silencieuse.

— Tu as passé une bonne journée ?

— Très bonne, et toi ?

— Pas mal.

Jessie sourit et, en cette seconde, elle eut une ressemblance étonnante avec sa mère au même âge. Pourtant elle était plus anguleuse et déjà plus grande de quelques centimètres. Mais c'était le portrait fidèle de Mélanie. Cette similitude saisissante expliquait le lien étroit qui les unissait. Elles se comprenaient parfois sans l'aide de la parole. Parfois aussi des orages éclataient, justement parce qu'elles étaient trop identiques.

— J'ai suivi ton émission sur les droits des handicapés, ce soir.

— Qu'en penses-tu ?

L'opinion de ses filles, spécialement celle de Jess, comptait pour Mélanie. Jess ne manquait pas de jugement et s'exprimait avec clarté, contrairement à sa jumelle, moins critique, plus douce et plus souple dans tous les domaines.

— C'était bon mais pas assez musclé.

— Tu es difficile à contenter.

Les producteurs l'étaient aussi. Jessica eut un petit rire et, soulevant les épaules, elle regarda sa mère bien en face :

— Tu m'as appris à approfondir toutes les questions, non ?

Elles échangèrent un sourire affectueux. Mélanie était fière de sa fille, et Jess fière d'elle. Les jumelles admiraient leur mère. Toutes les trois avaient traversé des années terriblement difficiles, et elles en étaient sorties plus proches les unes des autres. Mélanie fondait beaucoup d'espoirs en Jessica. C'était une battante, elle irait beaucoup plus loin que sa mère.

— Où est Val ?

— Dans sa chambre.

— Ça a bien marché au collège ?

— Oui…

Mais Jessica avait détourné les yeux. Puis, devinant la question muette de sa mère, elle la regarda à nouveau bien en face.

— J'ai vu John aujourd'hui.

— Comment cela s'est-il passé ?

— Ça m'a fait mal.

Mélanie hocha la tête et s'assit sur le lit. Une fois de plus elle se réjouissait de la confiance que lui témoignait sa fille.

— Qu'est-ce qu'il t'a dit ?

— Juste « ha » … ou quelque chose comme ça. J'ai appris qu'il sortait avec une autre fille.

— C'est moche.

Depuis qu'elle avait treize ans, Jessica était courtisée par les garçons les plus brillants de l'école. À seize ans, elle devait affronter son premier chagrin d'amour. Mélanie en souffrait presque autant qu'elle.

— À mon avis, tu as déjà oublié que quelquefois il te portait sur les nerfs.

— C'est vrai ? demanda-t-elle, étonnée.

— Oui, madame ! Souviens-toi du soir où il t'a fait attendre une heure avant de t'accompagner à une soirée, et du jour où il a préféré aller skier avec ses amis plutôt que d'aller à une partie de foot avec toi, et aussi...

Mélanie se souvenait de tout. La vie de ses filles n'avait aucun mystère pour elle. Jessica fit la grimace.

— D'accord ! D'accord, c'est un faux jeton... mais je l'aime.

— Tu l'aimes, ou tu aimes avoir un amoureux ?

Après un silence plein de réflexion, Jessica leva un regard surpris vers sa mère.

— Eh bien... Je ne sais plus.

La plus vive stupéfaction se lisait sur sa physionomie. Mélanie sourit.

— Rassure-toi. La moitié des gens vivent sur ce malentendu.

Jessica regarda sa mère de côté. Elle connaissait les précautions qu'elle prenait pour ne plus se laisser prendre au jeu de l'amour. Quelquefois Jessica la plaignait. Sa mère avait besoin d'un homme, et avec un peu de chance cet homme aurait pu être Grant. Mais il y avait bien longtemps de cela et maintenant il ne fallait plus y compter. Avant qu'elle ait pu prononcer un mot de plus, la porte s'ouvrit et Valérie entra.

— 'Jour, maman.

Devant les visages sérieux qui se tournaient vers elle, elle demanda :

— Je dérange ?

— Pas du tout, chérie.

Valérie se pencha vers sa mère pour l'embrasser. Elle offrait un tel contraste avec sa sœur et sa mère qu'on avait peine à croire qu'elles étaient parentes. Elle était petite, avec une poitrine arrogante, une taille mince, des hanches étroites mais rondes, de longues jambes et une masse de cheveux blonds qui tombaient jusqu'à la taille... Cet ensemble aux formes voluptueuses affolait les hommes. Même Grant y avait été sensible, récemment. « Pour l'amour de Dieu, Mel, dissimule la tête de ta fille sous un sac jusqu'à ses vingt-cinq ans sinon elle va rendre fou tout le voisinage. » « Hélas, avait avoué Mélanie dans un sourire, je ne crois pas que dissimuler sa tête suffirait. » Elle surveillait sa fille d'un œil vigilant parce que celle-ci était naïve et sans défiance. Val était brillante, mais pas aussi intelligente que sa jumelle. Une partie de son charme provenait de l'ignorance presque totale qu'elle avait de son pouvoir sur les hommes. Elle allait et venait avec l'insouciance d'une enfant de trois ans, piétinant les cœurs sans s'en rendre compte. Aussi Jessica, consciente de la séduction de sa sœur, veillait-elle sur elle comme une seconde mère.

— Nous t'avons regardée ce soir à la télévision. Tu étais bonne.

Contrairement à Jessica, elle n'en donna pas les raisons, ne fournit pas d'analyse ni de critique. En fait Jessica, à cause de sa personnalité, était presque plus belle que son éblouissante jumelle. Ensemble elles formaient une paire étonnante, l'une rousse, longue et mince, l'autre blonde, ronde et voluptueuse.

— Tu dînes avec nous ce soir ?

41

— Bien sûr. J'ai refusé une invitation de Grant pour me retrouver avec vous deux.

— Pourquoi ne l'as-tu pas ramené ?

— Parce que de temps en temps j'aime bien les soirées juste entre nous trois. Je peux le voir une autre fois.

Valérie prit un air chagriné et Jessica hocha la tête. Au même instant l'interphone bourdonna. Val décrocha.

— D'accord, répondit-elle.

Tournée vers sa mère, elle annonça :

— Le dîner est servi et Raquel est aussi pressée que si elle avait la colique.

— Val ! Ne parle pas ainsi.

— Pourquoi ? Tout le monde parle de cette façon.

— Ce n'est pas une raison suffisante.

Elles descendirent en plaisantant sur leurs occupations de la journée. Mel expliqua que son prochain reportage portait sur la greffe du cœur d'une petite fille appelée Pattie Lou.

— Mais comment vas-tu t'y prendre, maman ?

Tout de suite l'intérêt de Jess s'était éveillé. Elle appréciait ce genre de reportage et estimait que sa mère s'en tirait remarquablement bien.

— Grant va me donner quelques noms de chirurgiens. L'année dernière il a réalisé une émission sur quatre célèbres spécialistes du cœur, et le bureau d'étude de la télévision me fournira des indications.

— Ce sera un bon sujet, dit Jessica.

— Moi, je trouve ça dégoûtant, dit Val avec une grimace.

Raquel leur jeta un regard désapprobateur lorsqu'elles entrèrent dans la salle à manger.

— Vous croyez peut-être que je vais attendre toute la nuit ?

Elle grommela tout en disparaissant derrière la porte battante pendant que les trois coupables échangeaient un sourire.

— Elle devient dingue si elle ne rouspète pas, remarqua Jess.

Raquel revenait avec un rôti de bœuf.

— Il a l'air délicieux, Raquel, s'empressa Val, tout en se servant en premier.

— Hummmm…

La domestique disparut de nouveau et revint avec des pommes de terre cuites au four et des brocolis en branches. La soirée fut tranquille dans la petite maison. C'était le seul endroit où Mélanie se sentait totalement libérée de son travail.

CHAPITRE III

Sally ?... Sally ?... Depuis le matin, elle flottait entre la conscience et l'inconscience. Peter Hallam lui avait rendu visite cinq ou six fois. Mais deux jours après l'intervention il était encore difficile de se prononcer. Cependant le chirurgien n'était pas entièrement satisfait. Sally ouvrit un œil, le reconnut et l'accueillit par un chaud sourire. Il poussa une chaise près du lit, s'assit et lui prit la main.

— Comment te sens-tu aujourd'hui ?

— Pas tellement bien, murmura-t-elle.

— Il est encore trop tôt. Tu vas un peu mieux de jour en jour.

Il essayait, par sa voix et ses encouragements, de lui communiquer sa propre force, mais elle secoua lentement la tête.

— T'ai-je jamais menti ?

Elle secoua de nouveau la tête et, malgré le tube nasogastrique qui obstruait sa gorge, elle réussit à articuler :

— La greffe ne prendra pas.

— Si tu veux qu'elle prenne, elle prendra.

Quelque chose à l'intérieur de lui-même se durcis-

44

sait. Que Sally ne se laisse pas aller, non, pas maintenant !

Il serra les lèvres et un muscle se tendit sur sa mâchoire. Seigneur ! Pourquoi renonçait-elle ?... Depuis le matin il appréhendait cette réaction. Mais elle ne pouvait renoncer ainsi à lutter... non... Bon Dieu, Anne avait agi de même... pourquoi fallait-il que toutes deux lâchent prise ! Cette abdication, c'était le pire ennemi, pire que le rejet, les infections. Contre ceux-là on pouvait trouver une parade, du moins jusqu'à un certain point ; encore fallait-il que le malade ait envie de vivre, l'espoir de vivre. Sans cet espoir, tout était perdu.

— Sally, tu vas bien.

Il prononça ces mots avec détermination. Pendant près d'une heure, assis à son chevet, il lui tint la main. Puis il partit pour sa tournée dans les salles, passant autant de temps qu'il était nécessaire auprès de chaque malade pour lui expliquer le procédé chirurgical qu'il avait utilisé ou allait utiliser. Il détaillait le pourquoi et le comment, l'effet des traitements postopératoires. Enfin il retourna auprès de Sally, mais elle s'était encore une fois endormie. Il resta longtemps à la contempler. Il n'aimait pas ce qu'il voyait. Elle ne s'était pas trompée : elle allait rejeter le greffon, il le ressentait jusque dans ses entrailles. L'intervention avait réussi, mais elle avait eu lieu trop tard. En quittant la chambre, il eut l'impression de traîner derrière lui un boulet de plomb.

L'hôpital mettait à sa disposition une petite pièce qui lui servait de bureau. Il s'y rendit et appela son cabinet pour savoir si sa présence y était nécessaire.

— Non, tout va bien, docteur, répondit la voix

compétente de son assistante, mais vous avez reçu un appel de New York.

— Qui appelait ?

Il interrogeait machinalement. Un chirurgien, sans doute, désirait le consulter sur un cas difficile, mais il ne pensait qu'à Sally Block et ne voulait pas s'en laisser distraire.

— La journaliste Mélanie Adams, des nouvelles télévisées de Canal Quatre.

— Pourquoi m'a-t-elle appelé ?

— Elle ne me l'a pas dit. Elle a seulement précisé que c'était urgent. C'est au sujet d'une petite fille... c'est tout ce que je sais.

Il leva un sourcil. Les journalistes de la télévision, elles aussi, avaient des enfants. Celle-ci avait peut-être une enfant cardiaque. Il nota le numéro qu'elle avait donné et forma les chiffres.

Il obtint tout de suite la communication. Mélanie avait couru dans la salle de rédaction pour décrocher le téléphone.

— Docteur Hallam ?

— Oui, j'ai un message indiquant que vous m'avez appelé.

— En effet, et je n'espérais pas vous entendre si rapidement. Notre salle de rédaction m'a donné votre nom...

Un nom qu'elle avait souvent entendu auparavant. Mélanie n'avait pas pensé l'appeler car le docteur Hallam habitait sur la côte Ouest. Mais les quatre noms fournis par Grant n'avaient rien donné. Aucun des chirurgiens n'avait accepté d'opérer la petite Noire. La publicité leur faisait trop peur, et ils ne voulaient pas pratiquer l'opération gratis. Elle s'était alors adressée

46

à un praticien connu de Chicago, mais il faisait une tournée de conférences en Angleterre et en Écosse. En quelques mots, Mélanie exposa le cas de Pattie Lou. Le docteur Hallam demanda des renseignements complémentaires qu'elle sut fournir.

— Le cas m'intéresse...

Puis, avec brusquerie, il interrogea :

— Quel est votre rôle là-dedans ?

Elle prit une rapide respiration car la réponse était délicate.

— Dans l'immédiat, un reportage pour ma chaîne de télévision, qui porterait sur le généreux chirurgien pratiquant une greffe du cœur sur une petite Noire mourante.

— Je comprends, mais je n'apprécie pas le côté publicitaire de ce reportage. De plus, il est fichtrement difficile de trouver un donneur pour un enfant. Enfin l'intervention à pratiquer sur l'enfant n'est pas courante.

— Que voulez-vous dire ? demanda-t-elle, surprise.

— Cela dépend de la gravité de son cas. J'aimerais l'examiner en premier lieu. Nous pourrions peut-être réparer son cœur et le remettre dans son corps.

Mélanie reprit son souffle. Quelle première ! Un reportage sensationnel !

— Est-ce que c'est possible ?

— C'est peut-être possible. Ses médecins estiment-ils qu'elle peut supporter le voyage ?

— Je ne sais pas, je vais me renseigner. Pourriez-vous vous charger de l'intervention ?

— Je ne sais pas encore... mais ce serait pour elle, pas pour vous.

Cette brusquerie paraissait coutumière chez lui, mais

Mel ne pouvait lui en vouloir. Elle comprenait qu'il ne cherchait pas la publicité, mais à sauver une vie. Elle en éprouva un sentiment de respect.

— Est-ce que vous nous accorderiez une interview ?

— Oui, dit-il sans hésiter, mais je précise que je refuserai de me prêter à des exhibitions.

— Vous pouvez compter sur moi.

D'après ce qu'il avait vu d'elle à la télévision, il estima pouvoir lui faire confiance.

— Si vous pratiquez une greffe, nous pourrions en tirer un reportage d'un grand intérêt.

— Un reportage sur quoi ? Sur moi ?

Sa contrariété éclatait. Il n'avait pas envisagé cette hypothèse, et cette candeur amusa Mel. Ignorait-il sa réputation ? Ou bien ne s'en souciait-il aucunement ?

— Un reportage sur la chirurgie du cœur, et plus précisément sur les greffes, si vous préférez.

— Oui, je préférerais.

— Alors c'est d'accord. Que dois-je faire pour Pattie Lou ?

— Donnez-moi le nom de son médecin. Je l'appellerai et tâcherai d'en apprendre suffisamment pour prendre une décision. Si l'enfant est opérable, vous la ferez transporter et je l'examinerai. Ses parents sont-ils d'accord ?

— Je le crois, mais je dois leur en parler. Je sers en quelque sorte d'entremetteuse dans cette affaire.

— Je vois, mais c'est pour une bonne cause. J'espère que nous sauverons la petite fille.

— Moi aussi.

Un moment de silence s'installa. Mel eut l'impression que, miraculeusement, Pattie Lou et elle-même avaient trouvé leur sauveur.

— Que préférez-vous ? Que je vous rappelle ou que j'attende votre coup de fil ?

— J'ai un cas difficile ici en ce moment. Je vous rappellerai.

Sa voix avait pris une intonation désespérément sérieuse, comme si un grave problème l'obsédait. Mel le remercia de nouveau, et la communication fut terminée.

Dans la soirée elle se rendit chez les Jones, parents de la petite Noire. Le tout petit espoir que leur laissa entrevoir Mélanie les transporta de joie. Ils n'étaient pas riches mais avaient assez d'argent pour régler les frais du voyage de l'enfant et de l'un des parents au moins jusqu'à Los Angeles. Le père insista pour que ce soit sa femme qui accompagne Pattie Lou. Il y avait encore quatre enfants à la maison, tous plus âgés que la malade, et M. Jones assura qu'ils pouvaient très bien se débrouiller tout seuls. Mme Jones pleura un peu et les yeux de son mari se mouillèrent lorsque Mel prit congé. De retour à son bureau, deux heures plus tard, elle reçut un appel du Dr Peter Hallam. Après enquête, la greffe représentait le dernier espoir de sauver la vie de l'enfant, il fallait donc prendre le risque de la faire voyager. Lui-même acceptait de pratiquer l'intervention.

Des larmes montèrent aux yeux de Mel. La gorge serrée, elle dit :

— Vous êtes merveilleux.

— Dans combien de temps pensez-vous la mettre dans l'avion ?

— Je ne sais pas encore, c'est mon bureau qui décidera. Quand désirez-vous la voir ?

— Il ne faut pas attendre. Peut-elle partir demain ?

— Je vais essayer.

Elle regarda sa montre. Il lui restait peu de temps avant les informations du soir.

— Je vous rappelle dans quelques heures et... docteur Hallam... merci...

— Inutile. C'est mon métier, et j'espère qu'il n'y aura pas de problèmes entre nous. J'opérerai gratis mais je ne veux pas de caméras dans la salle d'opération. Ensuite, je vous accorde une interview. D'accord ?

— D'accord.

Et alors, ce fut plus fort qu'elle. Il lui fallait obtenir davantage. Elle avait des obligations envers sa direction et ses sponsors.

— Pourrons-nous vous interroger sur d'autres cas ?

— Pour quelle raison ? demanda-t-il avec méfiance.

— J'aimerais établir un historique des greffes pendant que je serai avec vous, docteur. Est-ce possible ?

Est-ce qu'il nourrissait quelque préjugé envers elle ? On ne pouvait pas savoir, mais elle pouvait l'agacer. Il devait la connaître de vue ; la Californie recevait Canal Quatre. Mélanie ne s'inquiéta pas longtemps.

— Naturellement. C'est une bonne idée.

Après un silence, il ajouta d'une voix pensive :

— C'est étrange d'associer : vie humaine à sauver et reportage. Vous aurez du mal à le croire, mais je n'arrive pas à m'y habituer.

Il pensait à Sally sur le point de rejeter son greffon. Sally n'était pas un sujet de reportage, mais une fille de vingt-deux ans, une vie humaine comme cette enfant de New York.

Mel prit une profonde inspiration, se demandant

s'il la trouvait insensible. Dans son travail, elle devait donner cette impression, quelquefois.

— Je vous téléphonerai dès que je connaîtrai l'heure de notre départ.

— Bien. Je vais faire le nécessaire pour recevoir l'enfant à l'hôpital.

— Merci, docteur.

— Inutile de me remercier, je ne fais que mon travail, miss Adams.

Mais ce travail, pensa Mel, était beaucoup plus noble que celui d'une journaliste. En raccrochant, elle se remémorait les paroles qu'il avait prononcées.

En moins d'une heure, elle arrangea le voyage de Pattie Lou et de sa mère en Californie, régla tous les détails concernant le trajet de l'ambulance conduisant l'enfant de son domicile à l'aéroport, le service spécial à bord, l'infirmière procurée aux frais de la chaîne de télévision, l'équipe des cameramen qui les accompagnait en Californie, puis la seconde équipe prenant le relais à Los Angeles, enfin les réservations à l'hôtel pour elle-même, l'équipe et la mère de Pattie Lou. Il ne lui resta plus qu'à prévenir Peter Hallam. Elle ne réussit pas à le joindre et dut laisser un message. Le soir, elle prévint ses filles qu'elle se rendait en Californie pour quelques jours.

— Pourquoi ?

Comme d'habitude, Jessica fut la première à l'interroger sur le sujet du reportage. Mel le lui expliqua.

— Ben, maman, tu deviens une véritable spécialiste de la médecine.

Val paraissait amusée. Mel répondit par un soupir fatigué.

51

— J'en ai bien l'impression, mais ce sera un bon thème de reportage.

Ce mot de « reportage » surgissait à nouveau. S'il avait fallu que ce soit Valérie ou Jessie qui supporte la greffe, comment l'aurait-elle ressenti ? Elle frissonna à cette pensée et comprit la réaction de Peter Hallam. Elle se demanda aussi à quoi il ressemblait, s'il serait d'un abord facile, d'un caractère aimable, ou férocement égocentrique. Au téléphone il ne donnait pas cette image de lui-même, mais beaucoup de chirurgiens du cœur avaient cette réputation. Lui, il paraissait différent. Avant même de l'avoir rencontré, elle éprouvait une certaine sympathie et un grand respect pour cet homme qui acceptait d'aider Pattie Lou Jones.

— Tu as l'air fatigué, maman, remarqua Jessica.

— Oui, je le suis.

— À quelle heure pars-tu demain ?

Les allées et venues de leur mère étaient fréquentes. La présence efficace de Raquel permettait ces absences, qui du reste ne duraient jamais longtemps. Raquel, alors, venait coucher à la maison.

— Je pars d'ici à 6 h 30. L'avion s'envole à 9 heures. Je rejoins l'équipe des cameramen devant le domicile des Jones. Il faudra que je me lève à 5 heures.

— Brrr…

Mel sourit en voyant les grimaces des jumelles.

— Vous voyez bien, les filles, mon métier n'est pas toujours très excitant.

— C'est bien vrai.

Val avait répondu vivement. Mélanie ne cachait rien de sa carrière et des difficultés qu'elle devait affronter. Il lui était arrivé de stationner pendant des heures devant la Maison-Blanche, frissonnant dans une tempête de neige, ou de s'envoler en catastrophe vers des régions sauvages, lointaines, où venaient de survenir des événements sanglants, des assassinats politiques ou des tragédies collectives. Aucune des deux filles ne souhaitait suivre la même carrière, mais elles respectaient leur mère de s'y consacrer ainsi. Val ne souhaitait qu'une chose : se marier. Jess se destinait à la médecine.

Après le dîner, Mel monta au premier étage avec ses filles et fit sa valise. Elle se coucha tôt. À peine avait-elle éteint que Grant l'appela. Il désirait savoir si sa liste de chirurgiens lui avait été utile.

— Aucun n'a accepté ma proposition, mais la télévision m'a donné le numéro de Peter Hallam. Je l'ai appelé à Los Angeles. Nous prenons l'avion demain.

— Toi et la petite ? s'étonna-t-il.

— Oui, plus la mère, une infirmière et l'équipe de tournage.

— Le grand cirque, en somme.

— Je crois que Hallam l'accepte.

— Je suis surpris qu'il ait donné son accord.

— Je crois que c'est un homme généreux.

— Il en a la réputation. Te laissera-t-il filmer l'opération ?

— Non, mais il m'a promis une interview juste après et, sait-on jamais, il peut changer d'avis d'ici là.

— En effet. Appelle-moi dès ton retour, bébé, et tiens-toi à carreau.

Elle sourit à cet avertissement qu'il lui donnait fréquemment et de nouveau éteignit.

À l'autre extrémité du pays, Peter Hallam était loin de sourire. Sally Block avait fait un rejet massif et était entrée dans le coma. Peter resta avec elle jusqu'à près de minuit, ne sortant de la chambre que pour parler à la mère. Enfin il permit à la femme désespérée de l'accompagner au chevet de sa fille. Il n'y avait plus aucune raison de s'y opposer. Le risque d'infection ne jouait plus. À 1 heure du matin, Sally Block rendit le dernier soupir sans avoir repris suffisamment conscience pour apercevoir encore sa mère ou le chirurgien en qui elle avait eu entièrement confiance. La mère quitta la chambre en pleurant sans bruit, les joues ruisselantes. La lutte pour sauver Sally était terminée. Peter Hallam signa le certificat de décès et rentra chez lui. Il s'assit dans son bureau, n'alluma aucune lampe et tourna les yeux vers le ciel sombre. Il pensait à Sally, à Anne, à d'autres malades qu'il n'avait pu sauver. Il ne songeait ni à Pattie Lou ni à Mel Adams… mais seulement à Sally… la charmante jeune fille blonde de vingt-deux ans… partie maintenant… partie, comme Anne, comme tant d'autres. Puis lentement, très lentement, avec le poids du monde sur les épaules, il se traîna jusqu'à sa chambre, ferma la porte et s'assit sur son lit.

« Je suis désolé… »

Ces mots qu'il murmurait, il ne savait plus à qui il les adressait… à sa femme… à ses enfants… à Sally et à sa famille… à lui-même… Alors les larmes montèrent à ses yeux et glissèrent sur ses joues pendant qu'il s'allongeait dans le noir, l'âme désespérée de n'avoir pu maintenir la vie chez une fille de vingt-deux ans… pas cette fois, mais la prochaine fois, peut-être ?… Son esprit se tourna enfin vers Pattie Lou Jones. Encore une fois il faudrait tenter l'intervention ; alors, tout au fond de lui-même, quelque chose qui ressemblait à de l'espoir se leva.

CHAPITRE IV

L'avion décolla de l'aéroport Kennedy avec Mélanie, l'équipe de tournage, Pattie Lou, qui était sous perfusion, sa mère et l'infirmière, dans une section spéciale de première classe. L'infirmière, spécialisée dans les soins aux cardiaques, avait été recommandée par le médecin de Pattie Lou. Mel se surprit à faire des prières pour que rien de fâcheux ne survienne avant l'atterrissage à Los Angeles. Une fois arrivés, ils seraient sous la responsabilité du Dr Hallam.

À Los Angeles, une ambulance et deux assistants du chirurgien les attendaient. Pattie Lou fut transportée avec sa mère au Center City. D'accord avec le docteur Hallam, il avait été prévu que Mélanie ne les accompagnerait pas. Le chirurgien préférait que sa malade ait le temps de s'installer tranquillement. Il avait donné rendez-vous à Mel dans la cafétéria de l'hôpital le lendemain matin à 7 heures. Ensemble ils pourraient alors discuter de l'état de Pattie Lou et régler les détails matériels de l'intervention. Mel devait apporter un bloc et un magnétophone, mais surtout pas de caméra. L'interview officielle interviendrait plus tard. Mel fut soulagée d'obtenir ce sursis.

Elle se rendit à son hôtel et appela ses filles, prit une douche, se changea et fit une promenade à pied autour de son hôtel dans l'air parfumé du printemps. Ses pensées s'orientaient automatiquement vers Peter Hallam. La curiosité la dévorait à la pensée de faire sa connaissance.

À 6 heures du matin, le lendemain, elle se leva et conduisit une voiture louée jusqu'au Center City.

Ses talons claquaient en cadence sur le carrelage d'un hall immense. Elle croisa deux employés du service d'entretien, traînant des serpillières humides. Ils se retournèrent et la suivirent des yeux avec une grimace appréciative. Elle s'arrêta devant la cafétéria et poussa la double porte. Le riche arôme du café fraîchement moulu lui caressa les narines. Elle promena son regard tout autour d'elle dans la salle brillamment éclairée et s'étonna du nombre élevé de clients pour une heure aussi matinale.

Des infirmières avalaient leur petit déjeuner entre deux tours de garde, des internes faisaient une pause, d'autres terminaient une longue nuit devant un plat chaud ou avec un sandwich, et quelques civils, manifestement de pauvres gens qui avaient veillé toute la nuit en attendant des nouvelles d'un malade, étaient tristement attablés dans un coin sombre. Une femme pleurait doucement et tamponnait ses yeux avec un mouchoir à côté d'une jeune femme qui, tout en avalant ses larmes, essayait de la consoler. Quel spectacle étonnant, formé de contrastes entre le calme silencieux des médecins, le joyeux bavardage des infirmières, la tristesse et la tension des parents de malades, et en bruit de fond le vacarme des plateaux mêlé au grondement de multiples appareils... On aurait pu croire que cette salle servait de centre opérationnel pour une insolite cité, poste de commande d'un vaisseau étranger à notre monde.

Tout en inspectant les tables, Mel se demandait lequel de tous ces hommes en blouse blanche se nommait Peter Hallam. Quelques-uns d'entre eux, d'âge moyen, conversaient gravement par-dessus leurs tasses de café accompagnées de beignets, mais d'instinct elle devina qu'aucun d'eux ne pouvait être le chirurgien. Du reste personne ne venait à sa rencontre alors qu'il était impossible de ne pas la reconnaître.

— Miss Adams ?

Elle tressaillit. La voix résonnait juste derrière elle. Elle pivota sur ses hauts talons.

— Oui ?

Il tendit une main vigoureuse, chaude.

— Je suis Peter Hallam.

En lui serrant la main, elle dévisagea le médecin. Il avait des traits aigus, réguliers, une belle ossature avec des yeux bleus et des cheveux gris. Un sourire flottait dans son regard mais sans atteindre ses lèvres. Il ne correspondait pas à l'image qu'elle s'en était faite. Sa taille surtout était plus élevée et sa stature plus massive. Sous sa blouse blanche empesée il portait une chemise bleue avec une cravate foncée et un pantalon gris. On devinait sans peine qu'il avait fait partie de l'équipe de football de son collège.

— J'espère que je ne vous ai pas fait trop attendre.

— Je viens juste d'arriver, dit-elle.

Elle le suivit dans la salle, plus intimidée qu'elle ne l'aurait voulu. Habituellement elle produisait un certain effet sur ses interlocuteurs, mais ce matin-là elle eut l'impression d'être entraînée par le médecin. Il dégageait un magnétisme indiscutable.

— Café ?

— Oui, s'il vous plaît.

Leurs yeux se rencontrèrent puis se détournèrent. Chacun se demandait ce qu'il allait découvrir chez l'autre, ami ou ennemi, collaborateur ou adversaire. Dans l'immédiat, ils n'avaient qu'une chose en commun : Pattie Lou Jones. Mel était anxieuse de le questionner sur la malade.

Elle amorça un mouvement pour le suivre jusqu'au comptoir mais il lui désigna une table libre.

— Je reviens tout de suite. Installez-vous.

Il sourit, et dans ce sourire elle devina un être d'une réelle bonté. Il revint avec deux cafés fumants, deux jus d'orange et des toasts.

— Je me demandais si vous aviez déjà pris votre petit déjeuner.

Mel se sentit immédiatement attirée par cet homme au comportement tellement courtois, tellement prévenant.

— Merci.

Elle lui sourit, puis ne put attendre plus longtemps pour le questionner :

— Comment avez-vous trouvé Pattie Lou ?

— Elle a passé une très bonne nuit. Cette petite fille ne manque pas de courage, elle n'a même pas réclamé la présence de sa mère.

L'accueil chaleureux de Peter Hallam et de son équipe avait dû y contribuer, pensa-t-elle.

— Combien de chances lui donnez-vous de s'en sortir, docteur ? demanda-t-elle anxieusement.

— J'aimerais me montrer optimiste, mais c'est impossible. Cependant j'ai bon espoir.

Elle acquiesça gravement et avala une gorgée de café.

— Allez-vous pratiquer une greffe ?

— Pour une greffe il me faudrait un donneur, ce qui n'est pas facile. Les donneurs pour enfants sont rares, miss Adams. Aussi, j'en reviens à ma première idée : opérer son propre cœur le mieux possible et peut-être remplacer une valvule très atteinte par une valvule de porc.

— Une valvule de porc ! s'exclama-t-elle.

— Oui, de porc ou d'agneau.

Pour Peter, de même que pour plusieurs de ses confrères, l'utilisation de ces organes n'avait rien d'extraordinaire.

— Dans combien de temps ?

Il soupira et ses yeux se plissèrent.

— Nous allons lui faire subir une série de tests dès aujourd'hui afin d'opérer sans doute demain.

— Résistera-t-elle à l'intervention ?

— Je le pense.

Ils échangèrent un long regard. En chirurgie cardiaque régnait l'incertitude. La victoire restait indécise. Jour après jour les échecs se répétaient, et elle admira qu'il soit capable de le supporter. Un brusque élan la poussa à lui faire part de ses pensées, mais elle se retint, tant cet aveu lui parut personnel. La conversation roula alors sur Pattie Lou et le reportage. Puis le chirurgien scruta Mel avec attention.

— Qu'est-ce qui vous attire autant chez Pattie Lou, miss Adams ? Seulement le reportage, ou autre chose ?

— Cette petite fille n'est pas banale, docteur. Il est difficile de ne pas s'y attacher.

— Est-ce que vous prenez toujours à cœur les cas que vous étudiez dans votre travail ? Cela doit vous épuiser.

— Mais, docteur, n'en faites-vous pas autant ? Vous devez éprouver une sorte de sympathie pour chacun d'eux, non ?

— Presque toujours, en effet.

Il avait répondu avec une totale franchise et on pouvait facilement lui faire confiance. Quelques patients, peu nombreux il est vrai, ne lui avaient inspiré aucun sentiment particulier. Le chirurgien, heureux du courant amical qui se créait, adressa un curieux sourire à Mel. Cette dernière avait les mains croisées sur ses genoux.

— Vous n'avez pas apporté de bloc. Cela signifie-t-il que vous allez taper notre entretien à la machine ?

— Non, répliqua-t-elle en secouant la tête, certainement pas. J'attends que nous nous connaissions un peu mieux.

— Pourquoi cela ?

— Mon rapport sera bien meilleur si j'en sais davantage sur vous. Et j'en apprendrai plus en vous observant, en vous écoutant, qu'en prenant des notes.

Cette façon de procéder devait lui convenir à merveille. Il comprit aussi pourquoi elle avait si bien réussi dans sa carrière, pourquoi elle était devenue une star. En face de lui il voyait une vraie professionnelle, exceptionnellement efficace. Il appréciait le travail bien fait. Conscient d'avoir trouvé une partenaire avec laquelle il pouvait former une équipe parfaitement soudée, comme dans un sport de compétition, il ressentit une certaine excitation qui le poussa à formuler une proposition qu'il n'aurait jamais envisagée une heure plus tôt.

— Voulez-vous m'accompagner dans ma tournée du matin ? Cela vous mettrait au courant...

Une flamme s'alluma dans les yeux de Mélanie. L'offre la flattait, elle ne s'y attendait pas. Elle comprit que le médecin l'appréciait, ou, mieux encore, qu'il lui faisait confiance. Un bon contact rendait plus facile le déroulement d'un reportage.

— J'aimerais beaucoup, docteur, et je vous en remercie.

— Appelez-moi Peter.

— Alors appelez-moi Mel.

Ils échangèrent un sourire.

— D'accord.

Ils se levèrent. Mel le suivit à travers la salle, excitée à la pensée de l'accompagner. Elle se rendait compte qu'elle profitait d'une occasion exceptionnelle et lui en était reconnaissante. En sortant de la cafétéria, il se tourna vers elle avec un sourire :

— Mes malades vont s'émerveiller de vous voir, Mel. Je suis certain qu'ils vous connaissent très bien grâce à la télévision.

Sans raison, cette remarque la surprit et l'amusa.

— Cela m'étonnerait.

Sa modestie bien réelle provoquait chez ceux qui la côtoyaient, et spécialement chez Grant et ses filles, nombre de plaisanteries.

— Vous n'êtes pas une inconnue, vous savez, remarqua-t-il en riant, mes malades suivent vos émissions.

De nouveau il eut un sourire auquel Mélanie répondit par un petit mouvement de la tête. Il se demandait comment le succès ne lui était pas monté à la tête depuis toutes ces années. Elle le déroutait.

— De toute façon, docteur Hallam, c'est vous la vedette ici, et c'est normal.

À son regard ouvertement admiratif il ne répondit cette fois que par une grimace exprimant l'humilité.

— Je ne suis pas une vedette, Mel. Je fais seulement partie d'une équipe remarquable. Croyez-moi, mes malades seront beaucoup plus troublés en vous voyant qu'en me voyant, et c'est parfait ainsi. Grâce à vous ils vont bien commencer leur journée.

Ils entrèrent dans l'ascenseur. Peter Hallam appuya sur le bouton du sixième étage. Un petit groupe de médecins et de jeunes infirmières monta avec eux.

— Vous savez, j'ai toujours apprécié la façon dont vous présentez les informations.

Il parlait à voix basse, mais deux infirmières dévisagèrent discrètement Mélanie.

— Vous êtes très directe, très honnête dans votre démarche pour traiter d'un problème. Je suppose que c'est la raison pour laquelle j'ai accepté de collaborer à votre émission.

— Quelle que soit votre raison, je suis heureuse que vous ayez accepté. Pattie Lou a désespérément besoin de vous.

Il acquiesça. Mais il avait accordé davantage en se prêtant à une interview télévisée. Arrivé au sixième étage, il la conduisit jusqu'à son bureau. En peu de mots il lui expliqua les risques et les dangers d'une greffe cardiaque. Il lui indiqua qu'elle jugerait peutêtre inopportun de réaliser son reportage. Cependant, il préférerait en courir le risque. Il y avait plus à gagner en dévoilant les avantages et les inconvénients d'une greffe qu'en les dissimulant à la presse. Si le reportage était réussi, il alerterait l'opinion publique. Mel parut s'alarmer de ces paroles.

— Pensez-vous que je pourrai décider par moi-même si ces greffes sont ou non une bonne solution ? C'est cela votre idée, Peter ?

— Vous pourriez juger que ces greffes sont inutiles, mais vous auriez tort. Nous donnons aux malades une chance de survivre, même si cette chance est minime. Les risques sont nombreux dans la plupart des cas, mais cette chance existe et le malade décide ou non de la saisir. Quelques-uns préfèrent y renoncer. Je respecte leur décision. Mais s'ils me laissent le choix, je tente l'essai. Je ne peux rien faire de plus. Je ne plaide pas pour l'intervention chez tous mes malades, ce serait une folie. Mais pour certains, c'est la seule chance. En ce moment nous avons besoin d'ouvrir de nouvelles perspectives. Nous ne pouvons pas greffer en utilisant seulement des cœurs humains. Ils sont insuffisants. Nous tâtonnons à la recherche de nouvelles solutions, mais le public ne nous suit pas. Il pense que nous nous prenons pour le Bon Dieu et que nous faisons fausse route alors que nous tentons l'impossible pour sauver des vies.

Il se leva et elle en fit autant. Il se retourna et, la regardant du haut de sa grande taille, il dit :

— À la fin de la journée vous me donnerez votre opinion. J'aimerais savoir si vous êtes d'accord ou non sur les buts que nous poursuivons. Votre opinion m'intéresse tout particulièrement car vous êtes une femme intelligente, mais ignorante des problèmes médicaux. Vous allez les aborder avec des yeux tout neufs. Il faudra me préciser si vous êtes choquée, ou effrayée, ou si vous approuvez.

Ils sortirent du bureau. Une nouvelle pensée traversa l'esprit du chirurgien.

— Encore une chose, Mel : vous êtes-vous déjà formé une opinion sur ce sujet ?

Tout en marchant il fixait la journaliste avec attention. Elle fronça les sourcils.

— Franchement, je n'en suis pas certaine. A priori, je pense que tout ce que vous entreprenez est raisonnable, naturellement. Mais je dois admettre que les complications m'effraient. Les chances de survie pour une durée raisonnable sont peu nombreuses.

Le regard du chirurgien devint plus insistant, plus aigu.

— Ce qui vous paraît déraisonnable représente la dernière planche de salut pour un mourant, homme, femme ou enfant. Pour eux, vivre deux mois de plus… deux jours… ou même deux heures, c'est inappréciable. Je vous avoue que les complications m'effraient moi aussi. Mais nous n'avons pas le choix.

Elle approuva tout en lui emboîtant le pas puis s'arrêta, ne sachant s'il voulait ou non qu'elle l'accompagne. Comme s'il avait deviné son hésitation, il se retourna et lui fit signe de le suivre.

Il lui désigna une pile de blouses blanches sur un chariot d'acier afin qu'elle en prenne une. Il l'aida à l'enfiler. Ensuite il saisit des dossiers médicaux. Deux externes et une infirmière se joignirent à lui. La journée du chirurgien Peter Hallam commençait. Après un bref sourire à Mel il poussa la première porte. Le malade était un homme âgé qui avait déjà subi quatre pontages coronariens deux semaines auparavant et qui assurait qu'il se sentait aussi vigoureux qu'un jeune homme. Mais il avait les traits tirés et le teint pâle. Après la visite, Peter affirma que ce malade se trouvait sur la bonne voie. Ils se dirigèrent vers la deuxième chambre et Mélanie ressentit un choc en découvrant le visage du malade. C'était un petit garçon souffrant d'une maladie congénitale affectant le cœur et les poumons. Aucune intervention chirurgicale n'avait encore été pratiquée. À chaque respiration il sifflait d'une façon horrible. Sa taille correspondait à celle d'un enfant de cinq ou six ans, mais la feuille de température indiquait qu'il en avait dix. Le chirurgien estimait qu'il était encore trop tôt pour pratiquer une greffe ; il se contentait de gagner du temps en prenant des mesures permettant à l'enfant de rester en vie. Mélanie vit Peter s'asseoir sur une chaise à son chevet et parler longuement avec lui. Plus d'une fois, l'émotion la saisit au point qu'elle dut réprimer un sanglot ; aussi se détourna-t-elle afin que l'enfant ne puisse voir les larmes dans ses yeux. Enfin Peter se leva et, au passage, lui effleura l'épaule de la main. Ils sortirent de la chambre.

Le suivant vivait avec un cœur artificiel. Il souffrait d'une infection massive intermittente, difficile à juguler. Ces malades se trouvaient à la merci du moindre germe pathogène. Pour ces corps sans défense, tout était risque, menace, problème. Une infection était toujours à craindre et presque impossible à éviter. Ensuite vint le tour d'un homme au cœur greffé qui se trouvait manifestement dans le coma. Après avoir échangé quelques mots avec l'infirmière, Peter poursuivit sa tournée. Dans la chambre voisine, les lits étaient occupés par deux malades qui impressionnèrent Mélanie par leurs faces de lune, phénomène provoqué par la cortisone administrée après la greffe. Mais ces effets secondaires, avait appris Mélanie, pouvaient être atténués. Soudain tous ces patients alités devinrent pour elle des êtres humains. Elle ressentit amèrement combien pauvres étaient leurs chances de survie.

De retour dans son bureau, Peter répondit à ses questions. Elle avait été stupéfaite de constater qu'il était presque midi. La tournée avait duré quatre heures. Ils avaient vu une vingtaine de chambres.

— Les chances ? interrogeait-il après lui avoir offert une tasse de café. Un greffé a soixante-cinq chances sur cent de vivre encore une année, soit deux chances sur trois environ.

— Mais certains d'entre eux vivent-ils plus longtemps ?

Il soupira. Il haïssait les statistiques, luttait contre elles jour après jour.

— Eh bien, au mieux, cinquante pour cent vivent cinq ans de plus.

— Et après cela ?

Elle notait à mesure, consternée par ces chiffres et comprenant la difficulté qu'il éprouvait à les donner.

— Nous en sommes là à l'heure actuelle. Nous ne pouvons pas faire mieux.

Le découragement perçait dans ses paroles. Simultanément, tous deux pensèrent à Pattie Lou. Elle avait le droit de vivre longtemps. Tous les êtres humains avaient le droit de vivre longtemps.

— Pourquoi meurent-ils si vite ?

— Principalement par rejet du greffon, sous une forme ou une autre. Parfois il s'agit d'un rejet immédiat, ou bien un durcissement des artères qui provoque

66

un arrêt du cœur. Mais le risque principal réside dans l'infection.

— Il n'y a rien à faire ?

Elle le prenait pour un dieu, comme si c'était à lui de décider de la vie et de la mort, attitude fréquente chez les malades qu'il soignait. Tous savaient qu'il n'avait pas ce pouvoir, mais il paraissait le posséder. Quel dommage, pensa-t-elle, qu'un homme aussi honnête ne puisse faire des miracles.

— Pour le moment, nous ne pouvons pas mieux. Mais nous avons mis à l'étude de nouveaux traitements qui nous donnent de l'espoir. Pourtant, retenez bien une chose...

Il lui parlait avec gentillesse, comme à un enfant.

— ... sans un nouveau cœur, aucun de nos malades ne conserverait la moindre chance de vivre. La greffe représente un don inespéré. Ils le savent, ils sont prêts à tout tenter pour vivre plus longtemps, du moins certains d'entre eux...

— Que voulez-vous dire ?

— Quelques-uns y renoncent. Ils ne veulent rien essayer.

Il désigna ses dossiers d'un geste de la main et se renversa dans son fauteuil, sa tasse de café à la main.

— Il faut beaucoup de cran, vous savez.

Elle comprit que, lui aussi, il lui fallait du cran. Il vivait comme un matador descendant dans l'arène pour combattre un taureau nommé Mort, essayant de lui dérober la vie d'hommes, de femmes, d'enfants. Combien de coups de corne avait-il reçus sous forme d'espoirs déçus ? Comme s'il devinait ses pensées, il ajouta d'une voix soudain assourdie :

— Ma femme n'a pas voulu courir le risque.

Mélanie le vit détourner le regard. Elle aurait voulu s'engloutir dans son fauteuil. Qu'avait-il dit ? Sa femme ? Soupçonnant son embarras, il leva les yeux et la fixa. Il n'y avait pas trace de larmes, mais une tristesse qui pouvait expliquer certaines de ses réactions.

— Elle souffrait d'une hypertension artérielle pulmonaire primitive. Je ne sais si cela signifie quelque chose pour vous. Les poumons sont atteints et quelquefois aussi le cœur, ce qui nécessite une greffe cœur-poumons. Mais à l'époque seulement deux interventions de ce type avaient été effectuées dans le monde, et aucune ici à Los Angeles. Je n'aurais pas opéré moi-même, évidemment...

Il soupira et s'appuya à nouveau contre le dossier de son fauteuil.

— L'un de mes collègues aurait pratiqué la greffe, aidé par les membres de mon équipe. Ou bien nous l'aurions transportée n'importe où sur la surface du globe afin qu'elle ait le meilleur chirurgien, mais elle a calmement refusé. Elle voulait mourir comme elle était, ne pas affronter, surtout à cause de moi et des enfants, l'agonie que supportent mes autres malades. Elle a préféré abréger sa vie de quelque six mois, peut-être d'un an ou deux. Elle a pris sa décision avec une sérénité terrifiante.

Ses yeux devinrent humides et sa voix se brisa.

— Je n'ai jamais connu quelqu'un comme elle, capable de conserver une parfaite maîtrise d'elle-même jusqu'à la fin. C'était il y a un an et demi. Elle avait quarante-deux ans.

Il regardait Mel au fond des yeux malgré l'émotion

qui l'agitait. Le silence devint pesant dans la petite pièce.

— Moi-même, reprit-il d'une voix professionnelle, j'ai procédé à deux greffes cœur-poumons dans le courant de cette année. Pour des raisons évidentes, ces greffes comptent beaucoup pour moi. Il n'y a pas de raison pour qu'elles ne réussissent pas un jour ou l'autre. Et elles réussiront.

Il ne renonçait pas à la bataille. Mel le regarda avec une profonde compassion pour le calvaire qu'il avait enduré.

— Combien d'enfants avez-vous ? demanda-t-elle doucement.

— Trois. Mark a dix-sept ans, Pam quatorze au mois de juin et Matthew six, dit-il, soudain détendu. Ce sont de gentils gosses, mais Matthew est terrible.

Il soupira encore et se leva de son fauteuil.

— L'épreuve a été plus dure pour lui que pour les aînés. Pam, à son âge, aurait bien besoin d'une mère, et je ne peux la remplacer. J'essaie quand même de revenir tôt tous les jours, mais je n'y arrive pas toujours, j'ai souvent des urgences. C'est difficile de s'en tirer avec ses enfants lorsqu'on est tout seul.

— Je le sais bien, approuva-t-elle à voix basse, je connais ce problème.

Il tourna vers elle un regard acéré et, négligeant les paroles qu'elle avait prononcées, il lança :

— Elle aurait bien pu nous donner une chance !

— Mais elle ne serait plus là, de toute façon, il faut bien le reconnaître, même si c'est dur.

Il approuva lentement, avec du désespoir dans les yeux. Puis il se ressaisit et, regrettant manifestement ce moment d'abandon, il ramassa ses dossiers comme pour former un rempart entre elle et lui.

— Excusez-moi, je ne sais pourquoi je vous ai raconté tout cela...

Mélanie n'en était pas surprise. Souvent des inconnus venaient se confier à elle. Peter Hallam avait seulement été un peu plus rapide. Il essaya de détendre l'atmosphère en demandant presque gaiement :

— Voulez-vous que nous allions voir Pattie Lou ?

Elle accepta, encore émue par ses confidences. Il était difficile d'y répondre tout de suite avec les mots qui convenaient. La visite à Pattie Lou apportait une diversion. Ils passèrent une bonne demi-heure à bavarder tous les trois. Peter étudia les résultats des tests et parut satisfait. Il tourna enfin vers la malade un regard paternel.

— Demain est le grand jour, tu le sais.

Les yeux de Pattie Lou s'écarquillèrent. Elle parut à la fois excitée et inquiète.

— Demain ?

— Nous allons réparer ton vieux cœur, Pattie, et le remettre à neuf.

— Est-ce que je pourrai de nouveau jouer au baseball ?

La question fit sourire Mel et Peter.

— Tu y tiens vraiment ?

— Oui, monsieur, dit-elle, rayonnante.

— Nous verrons.

Il lui expliqua soigneusement, avec des mots qu'elle pouvait comprendre, le programme du lendemain. Elle parut un peu angoissée, mais pas vraiment effrayée. Manifestement elle aimait bien Peter Hallam et elle parut désolée lorsqu'il partit. En passant la porte, il regarda sa montre. Il était 13 h 30.

— Que diriez-vous d'un déjeuner ? Vous devez mourir de faim.

— En effet, répondit Mel en souriant, mais c'était tellement passionnant que je l'ai oublié.

La réponse lui plut. Ils sortirent de l'hôpital. Ce fut un soulagement de se trouver à l'air libre. Peter proposa un repas rapide et elle accepta. Ils se dirigèrent vers la voiture de Peter.

— Travaillez-vous toujours autant ?

— Oui, dit-il, amusé, la plupart du temps. Dans ce métier les loisirs sont rares. Impossible de s'absenter, même une journée.

— Ne pouvez-vous vous décharger sur les membres de votre équipe ?

— Je le pourrais, bien sûr.

Il préférait manifestement assumer à lui seul la responsabilité de son service.

— Que pensent vos enfants de votre profession ?

Il réfléchit un moment.

— Je ne sais pas très bien. Mark a l'intention d'étudier le droit et Pam change d'idée tous les jours, spécialement en ce moment. Matthew est trop petit pour savoir ce qu'il fera plus tard, à moins de se lancer dans la plomberie comme il me l'a annoncé l'année dernière.

Le chirurgien se mit à rire et reprit :

— Après tout, c'est un peu mon métier, il me semble, la plomberie !

Mélanie mêla son rire au sien. Le soleil les inondait de ses rayons dans l'air tiède du printemps. Peter

71

paraissait plus jeune dans cette luminosité. Brusquement, Mélanie put presque l'imaginer avec ses enfants.

— Où allons-nous ? demanda-t-il.

Ses traits étaient détendus. Il se sentait à l'aise dans son royaume. Mais un élément nouveau était intervenu ; leur amitié avait franchi un pas de plus. Il avait mis son cœur à nu en lui parlant d'Anne ; aussi se sentait-il soudain plus libre qu'il ne l'avait jamais été depuis longtemps. Ce soulagement qu'il ressentait, il voulut en quelque sorte le célébrer et Mel en eut l'intuition. Elle lui sourit. Quelle bizarrerie de se trouver, lui et elle, bien vivants, alors que les soins à donner à une enfant condamnée étaient leur seul point commun. Vivants, mais encore jeunes aussi, et à l'aube d'une véritable amitié, qui se fortifiait rapidement. Quelque chose en lui rappelait à Mel la sympathie instantanée qu'elle avait éprouvée pour Grant à leur première rencontre. Mais Peter Hallam lui inspirait un sentiment plus vif. D'abord il exerçait une véritable fascination avec son autorité, sa gentillesse, sa vulnérabilité, son contact direct et sa modestie, alors qu'il jouissait d'une immense notoriété. Pendant que ces pensées traversaient l'esprit de Mel, Peter partageait le même genre d'appréciation. Il se félicitait de l'avoir invitée à déjeuner.

— Connaissez-vous Los Angeles ? interrogea-t-il.

— Non, pas très bien. Je ne suis venue ici que pour mon travail et j'ai passé mon temps à courir. Je n'ai jamais eu le temps de prendre un véritable repas.

Il sourit. Lui non plus n'avait jamais suffisamment de temps pour ses loisirs, mais ce jour-là, il se sentait bien.

— Je devine, dit-elle, que vous prenez rarement un déjeuner hors de votre hôpital.

— En effet, habituellement je prends mes repas ici.

Il désigna le vaste bâtiment derrière eux. Ils arrivaient à la voiture. C'était une grosse Mercedes familiale gris argent qui l'étonna. Elle ne s'attendait pas à ce type de voiture. Il lut dans ses pensées. D'une voix calme, sans trace de tristesse cette fois, il expliqua :

— J'avais donné cette Mercedes à Anne, il y a deux ans. En général je conduis ma propre voiture, une petite BMW, mais elle est en réparation. Je laisse celle-ci à la maison pour Mark et la gouvernante.

— Avez-vous quelqu'un de bien pour les enfants ?

La voiture démarra en direction de Wilshire Boulevard.

— Une perle. Je serais perdu sans elle. C'est une Allemande qui est à notre service depuis la naissance de Pam. Anne s'était chargée de l'éducation de Mark, mais à la naissance de notre fille, elle souffrait déjà de malaises cardiaques. Aussi avons-nous engagé cette Allemande pour le bébé. En principe elle ne devait rester que six mois mais... mais cela fait quatorze ans que nous l'avons. J'en remercie le ciel car... avec la mort d'Anne...

Il avait laissé passer quelques secondes avant de poursuivre sa phrase. Mais il pouvait, désormais, aborder ce pénible sujet.

Mel enchaîna sur le thème conventionnel de la garde des enfants.

— J'ai une femme merveilleuse pour mes filles, elle vient d'Amérique centrale.

— Quel âge ont vos filles ?

— Elles auront seize ans au mois de juillet.

— Toutes les deux ?

Son étonnement provoqua le rire de Mel.

— Oui, elles sont jumelles.

— De vraies jumelles ?

— Non, des fausses. L'une est rousse, élancée, et il paraît qu'elle me ressemble énormément, l'autre est blonde et gracieuse, elle me donne des arrêts au cœur chaque fois qu'elle sort.

Peter se mit à rire :

— J'ai fini par estimer, ces deux dernières années, qu'il est plus reposant d'avoir des garçons. Ma fille avait douze ans et demi à la mort de sa mère. Cette épreuve, ajoutée aux troubles de la puberté, l'a marquée. L'adolescence est un âge difficile, bien sûr, mais Mark ne nous a causé aucun souci pendant cette période. Il est vrai qu'il nous avait tous les deux.

Après une longue pause il chercha les yeux de Mel.

— Vous êtes seule pour élever vos filles ?

— Oui, je les ai élevées seule dès leur naissance.

— Leur père est-il mort ?

— Non, répondit-elle calmement, il m'a abandonnée. Il m'avait prévenue qu'il ne voulait pas d'enfant et il a tenu parole. Dès qu'il a su que j'étais enceinte, il a pris la fuite. Il n'a jamais vu ses filles.

— Comme cela a dû être dur pour vous ! Comment un homme peut-il agir ainsi ? Vous deviez être très jeune à l'époque, Mel.

— J'avais dix-neuf ans.

Un petit sourire lui vint aux lèvres. Un instant, son chagrin ne fut plus qu'un mauvais souvenir, perdu dans un passé brumeux.

— Comment vous êtes-vous débrouillée toute seule ? Vos parents vont ont-ils aidée ?

— Oui, au début. J'ai quitté Columbia très vite et j'ai travaillé. J'ai pris tous les petits boulots qui se présentaient jusqu'à ce que je décroche un poste de réceptionniste dans une chaîne de télévision à New York. Puis je suis devenue dactylo aux informations. Et voilà, maintenant je me retrouve journaliste présentatrice.

— À vous entendre, tout paraît si facile ! Mais vous avez dû traverser de véritables cauchemars.

— Oui, j'imagine…

Elle soupira. Des yeux elle suivait les maisons qui défilaient derrière la vitre.

— … mais je ne m'en souviens plus très bien. C'est étrange, mais lorsque vous êtes dans le pétrin vous en arrivez à penser que vous ne pourrez jamais vous en sortir. Pourtant, vous vous en tirez et plus tard, lorsque vous songez au passé, cela ne paraît plus si terrifiant.

En l'écoutant il se demandait si, lui aussi, un jour, il éprouverait ce même détachement vis-à-vis d'Anne. Il en doutait.

— Vous savez, Mel, l'une des choses les plus difficiles que j'aie eu à surmonter, c'est de savoir que je ne pouvais être à la fois un père et une mère pour mes enfants. Et Dieu sait s'ils en avaient besoin, surtout Pam.

— Vous ne pouvez pas espérer l'impossible. Comment pourriez-vous leur donner plus que le meilleur de vous-même ?

— Je sais, prononça-t-il sans conviction.

Puis il la dévisagea de nouveau.

— Vous n'avez jamais songé à vous remarier pour donner un père à vos filles ?

Mais le problème de Mel était différent du sien,

pensa-t-il. D'abord elle n'avait pas aimé vraiment son mari, donc elle n'avait pas eu à souffrir atrocement de sa disparition. Ensuite l'amour-propre l'avait aidée à supporter l'abandon, et enfin tant d'années s'étaient écoulées !

— Je ne tiens pas à me remarier et mes filles ont fini par l'admettre. Quand elles étaient petites, elles m'ont harcelée parce qu'elles voulaient un père, et quelquefois je me sentais coupable. Mais nous étions plus heureuses seules qu'avec un sale type, et j'avoue que quelquefois j'ai pensé que j'avais adopté la solution idéale. Je n'aimerais pas partager mes filles avec quelqu'un, c'est honteux, mais je dois l'admettre. Je suis devenue terriblement possessive envers elles.

— Sentiment normal puisque vous avez été seule avec elles pendant si longtemps…

— Peut-être… Elles représentent tout pour moi. Ce sont des enfants extraordinaires !

Cette exclamation de mère poule les fit sourire tous les deux. Puis Peter Hallam se gara et alla lui ouvrir sa portière. Elle mit pied à terre et regarda autour d'elle. Ils se trouvaient à Beverly Hills, à deux blocs seulement de la célèbre avenue Rodeo Drive.

Le *Bistro Gardens* était un restaurant luxueux dans le style arts déco. Une végétation exubérante bordait l'allée conduisant à un patio. Une activité débordante régnait et, à toutes les tables, Mélanie aperçut des figures connues, des stars de cinéma, une vieille fofolle de la télévision, un écrivain célèbre qui accumulait best-seller après best-seller. Elle remarqua aussi que des regards s'attachaient à elle. Deux femmes chuchotèrent dans l'oreille d'une troisième et, au sourire du maître d'hôtel qui se dirigeait vers eux, elle comprit que lui aussi l'avait reconnue.

— Bonjour, docteur, bonjour, miss Adams. Je suis heureux de vous revoir.

Comme jamais auparavant elle n'avait mis les pieds dans cet endroit, elle devina qu'il voulait lui faire comprendre discrètement qu'il l'avait identifiée. Amusée, elle le suivit jusqu'à une table abritée par un parasol.

— Quelle célébrité ! observa Peter Hallam. En est-il toujours ainsi ?

— Non, pas toujours. Tout dépend de l'endroit où je me trouve. Dans un restaurant sélect comme celui-ci, on est certain de côtoyer les personnalités les plus diverses ; aussi certains clients ne viennent-ils que pour repérer les têtes connues.

Toutes les tables autour d'eux étaient occupées.

— C'est un peu comme de se trouver près de vous à l'hôpital où tout le monde vous connaît.

Il approuva, mais jamais auparavant il n'avait été conscient de regards braqués sur lui. Mel conservait toute son aisance malgré l'intérêt qu'elle suscitait. Elle paraissait l'ignorer.

— Quel endroit merveilleux…

Elle aspira l'air embaumé, le visage tourné vers le soleil. On pouvait s'imaginer en plein été, à cent lieues d'une ville bruyante. Elle ferma les yeux, jouissant délicieusement des rayons qui l'inondaient. Puis elle entrouvrit les paupières.

— Merci… merci de m'avoir emmenée ici.

Il s'installa commodément à son siège, l'air satisfait.

— J'ai pensé qu'une cafétéria ne vous conviendrait pas.

— Pourtant il m'arrive souvent d'y aller ; aussi j'apprécie davantage encore un restaurant comme celui-ci. Lorsque je suis en plein travail, je n'ai guère de temps pour déjeuner.

— Moi non plus.

— Travaillons-nous au-dessus de nos forces, docteur ? interrogea-t-elle gaiement.

— Oui, je le crois. Mais je crois aussi que nous aimons tous les deux notre métier, et cela donne du courage.

— Bien sûr.

Souriante, heureuse, Mel le regarda et, une fois de plus, admira son allure. Lui-même s'étonnait du bien-être qui l'envahissait, un bien-être qu'il n'avait jamais éprouvé au cours des deux dernières années.

— Retournerez-vous à l'hôpital cet après-midi ?

— Naturellement. Je dois effectuer des tests complémentaires sur Pattie Lou.

— Des tests douloureux ? s'inquiéta-t-elle.

— J'espère que non. Dites-vous bien que la chirurgie représente sa dernière planche de salut.

— Et vous êtes toujours décidé à prendre son cœur, à le réparer et à le remettre en place ?

— Oui, je le pense. Actuellement nous n'avons aucun donneur, et Dieu seul sait quand nous en aurons ! En moyenne, nous pratiquons vingt-cinq à trente greffes cardiaques par an. Comme vous avez pu le constater ce matin, la plupart des greffés doivent accepter des pontages coronariens. Mais nous avons aussi d'autres malades qui doivent subir des interventions peu courantes. Aussi, naturellement, ce sont les cas dont vous entendez parler dans la presse.

Mel avala une gorgée du vin blanc que venait d'apporter le serveur. Le travail de Peter la fascinait. Indépendamment du reportage qu'elle avait à effectuer, elle désirait en savoir davantage.

— Peter, pourquoi utilisez-vous une valve de porc ?

— Avec des valves d'animaux nous n'avons pas besoin d'administrer des anticoagulants, et dans le cas de Pattie Lou c'est important. Nous n'avons pas de risques de rejet non plus.

— Pouvez-vous utiliser le cœur entier de l'animal ?

— Impossible, il serait immédiatement rejeté. Le corps humain, vous savez, est une chose étrange et merveilleuse.

Mel hocha la tête, puis, pensant à Pattie Lou, elle soupira :

— Pourvu qu'elle ne le rejette pas !

— Je l'espère aussi. Nous avons trois autres malades qui attendent des donneurs, actuellement.

— Comment pouvez-vous diagnostiquer celui qui a le plus de chances de survivre ?

— N'importe lequel peut être meilleur que l'autre... Il ne doit pas y avoir plus de treize kilos de différence entre le donneur et le receveur. Le cœur d'une petite fille de quarante-cinq kilos dans le corps d'un homme qui en pèse près de cent, et vice versa, n'est pas une opération envisageable. Dans le premier cas le cœur n'aurait pas une force suffisante, et dans le second cas, c'est la constitution de l'enfant qui ne résisterait pas.

— Vous effectuez un travail admirable !

— J'en suis moi-même étonné, reconnut-il. Non de la part que je prends dans ces greffes, mais du miracle que représente un cœur greffé. Heureusement, j'adore ce genre de miracles !

Elle l'observa avec attention, puis promena son regard autour d'elle sur la clientèle huppée, et de nouveau le regarda. Il portait une veste bleu marine sur une chemise bleu clair, et elle décida que c'était un homme différent des autres, très distingué.

— Quelle chance d'aimer son travail ! N'est-ce pas ?

Cette appréciation le fit sourire. Manifestement, Mel éprouvait le même enthousiasme pour sa propre profession.

— Votre femme travaillait-elle ?

— Non.

Il secoua la tête, se souvenant du soutien qu'elle lui avait toujours apporté. Ce n'était pas une femme de la même trempe que Mélanie, mais à sa façon une femme dont il avait eu besoin.

— Non, reprit-il, elle restait à la maison et s'occupait des enfants. Sa disparition en a été plus douloureuse encore pour eux... Et vous, Mélanie, que pensent vos filles d'avoir une mère qui travaille à l'extérieur ? Est-ce qu'elles ne vous en veulent pas ?

— Quelquefois, répondit-elle avec honnêteté, elles me l'ont reproché mais...

Ses lèvres esquissèrent une moue enfantine et elle rougit.

— ... mais ma profession impressionne leurs petits amis, je crois, et elles adorent ça.

— Eh bien, déclara-t-il gaiement, moi aussi je suis impressionné. Et que dire de mes enfants lorsqu'ils apprendront que j'ai déjeuné avec vous !

Le déjeuner s'écoula délicieusement, trop vite à leur gré. Mais il fallut partir. Peter Hallam régla l'addition et ils se dirigèrent vers la voiture. Mélanie s'étira en s'installant sur son siège.

— Je me sens tellement paresseuse..., déclara-t-elle

avec un sourire heureux. J'ai l'impression d'être en plein été, allongée sur une plage.

Tout en mettant le contact, Peter réfléchissait.

— Avec les enfants, nous allons toujours passer nos vacances à Aspen. Et vous, où irez-vous cet été ?

— Comme d'habitude à Martha's Vineyard, une petite île en face de Newport.

— Je la connais de réputation. Est-elle aussi agréable qu'on le prétend ?

Le menton sur la main, elle le regarda de côté.

— On a l'impression de retomber en enfance ou de jouer à Robinson Crusoé. Vous restez pieds nus et en short toute la journée, les enfants grenouillent sur la plage et les maisons ressemblent aux demeures vieillottes de nos grands-mères. J'adore cette île parce que je n'ai plus à me surveiller. Je m'habille n'importe comment, je ne vois que les gens que j'ai envie de voir. On peut se laisser aller tant qu'on veut. Tous les ans nous y séjournons deux mois.

— Vous pouvez lâcher votre travail si longtemps ? demanda-t-il.

— Je l'ai fait spécifier dans mon contrat. Normalement je n'ai droit qu'à un mois, mais j'ai obtenu le double ces trois dernières années.

— Quelle bonne idée ! J'aimerais en faire autant !

— Passer deux mois à Martha's Vineyard ? s'exclama-t-elle avec enthousiasme. Oh, vous adoreriez cela, Peter, c'est un endroit réellement enchanteur.

Il la regarda longuement en souriant, et brusquement remarqua la fraîcheur de son teint. Sa peau avait l'éclat du satin au soleil. Il se demanda soudain quel effet il ressentirait s'il la touchait.

— Je veux dire, précisa-t-il, si j'obtenais le même contrat.

Il essaya d'éloigner son esprit et ses regards de cette chevelure aux reflets cuivrés. Ses yeux verts, et il n'en avait jamais remarqué auparavant possédant cette teinte émeraude, étaient parsemés de paillettes d'or. Quelle jolie femme ! Sa beauté l'émut profondément, violemment. Pendant qu'il conduisait jusqu'à l'hôpital, il s'efforça de ne parler que de Pattie Lou. Avec Mel, il était devenu intime au cours de ces dernières heures, presque trop intime, et cela le préoccupait. Il avait l'impression de tromper Anne. Comme ils entraient dans l'hôpital, Mel se demanda pourquoi il devenait distant.

CHAPITRE V

Le matin suivant, Mel quitta son hôtel à 6 h 30 exactement et se rendit à Center City. Elle trouva la mère de Pattie Lou assise sur une chaise de vinyl dans le corridor, devant la chambre de sa fille. La femme était tendue et silencieuse. Mel s'installa sur un siège à côté d'elle. L'intervention était prévue pour 7 h 30.

— Voulez-vous que j'aille vous chercher une tasse de café, Pearl ?

— Non, merci.

Sa voix était douce. Elle sourit à Mel, mais elle paraissait épuisée, comme s'il lui fallait supporter le poids du monde.

— Merci pour tout ce que vous avez fait pour nous, Mel. Sans vous, nous ne serions pas ici.

— Ce n'est pas moi qu'il faut remercier, mais la chaîne de télévision.

— Je n'en suis pas si sûre. D'après ce que j'ai appris, c'est vous qui avez appelé Peter Hallam et qui avez organisé le voyage jusqu'ici.

— J'espère que le chirurgien guérira votre fille, Pearl.

— Oh, oui !

Mel lui donna une petite tape encourageante sur l'épaule. Les yeux de Pearl Jones se remplirent de larmes et elle détourna la tête.

— Est-ce que je peux faire quelque chose ? proposa Mel.

Pearl Jones se contenta de secouer négativement la tête et s'essuya les yeux. Elle avait pu rendre une courte visite à Pattie Lou. Maintenant on préparait l'enfant pour l'intervention. Dix minutes plus tard, Peter Hallam apparut. Il avait l'allure d'un homme d'affaire, la démarche alerte malgré l'heure matinale.

— Bonjour, madame Jones. Mel...

Il n'ajouta pas un mot et disparut dans la chambre de Pattie Lou. Quelques instants plus tard on entendit un faible gémissement. Pearl Jones se raidit sur sa chaise et murmura comme pour elle-même :

— Ils disent que je ne devrais pas rester ici à attendre pendant qu'ils la préparent...

Ses mains tremblaient. Elle commença à tordre son mouchoir. Mel lui saisit fermement une main.

— Tout ira bien, Pearl. Il suffit d'attendre.

Comme elle terminait sa phrase, des infirmières roulèrent le chariot sur lequel était allongée Pattie Lou. Peter Hallam suivait. L'enfant était sous perfusion. La sonde nasogastrique affola la mère, qui se précipita au chevet de sa fille et se pencha pour l'embrasser. Des larmes brillaient dans ses yeux, mais elle parla d'une voix ferme à sa fille :

— Je t'aime, ma chérie. Je te reverrai tout à l'heure.

Peter Hallam leur sourit, essayant de rassurer Pearl, avant de jeter un coup d'œil à Mel. Cela ne dura qu'un instant, mais quelque chose de fulgurant passa entre eux. Puis le chirurgien reporta toute son attention sur sa malade. Le calmant qu'on venait de lui administrer la rendait somnolente, et le regard qu'elle promena sur Peter, Mel et sa mère était trouble. Hallam fit signe aux infirmières et le chariot avança lentement dans le corridor, Peter Hallam serrant la main de Pattie, Mel et Pearl suivant juste derrière eux. Un instant plus tard le chariot fut poussé dans l'ascenseur conduisant au bloc opératoire de l'étage supérieur. Pearl resta stupide devant la porte, puis, les épaules secouées par les sanglots, elle se tourna vers Mel.

— Oh, mon Dieu !

Alors les deux femmes s'étreignirent un long moment avant de retourner vers leurs chaises pour attendre la fin de l'intervention.

La matinée s'écoula avec une lenteur insupportable : de longs silences coupés de quelques bribes de conversation, d'innombrables tasses de café noir, des va-et-vient dans le corridor, et l'attente... L'attente sans fin... jusqu'au retour de Peter Hallam. Mel, retenant sa respiration, chercha ses yeux pendant que Pearl tremblait sur son siège, guettant les nouvelles. Peter souriait en approchant d'elles et, en parlant à Pearl, il rayonnait :

— L'intervention a réussi, madame Jones. Pattie Lou se porte à merveille.

Pearl Jones, tremblant de plus belle, se précipita dans ses bras et éclata en sanglots.

— Oh, mon Dieu... mon Dieu...

— Tout va très bien, je vous l'assure.

— Vous ne croyez pas qu'elle va rejeter la valve que vous lui avez greffée ? implora-t-elle.

— Les valves ne sont pas rejetées, madame Jones, dit-il gaiement, et l'intervention effectuée sur son cœur s'est très bien passée. Bien sûr il est encore un peu tôt pour crier victoire, mais cela ne pourrait pas aller mieux.

Mel se mit à flageoler sur ses jambes et se laissa retomber sur sa chaise. Cette attente avait duré quatre heures et demie, mais cela lui avait paru sans fin. Mel en était venue à s'attacher réellement à la petite fille. Aussi, lorsque Peter se tourna vers elle, lui adressa-t-elle un sourire radieux. Il rencontra ses yeux et, heureux et fier comme un enfant, il s'assit auprès d'elle.

— J'aurais aimé que vous y assistiez.

— Et moi donc !

Mais il le lui avait interdit, de même qu'il avait refusé la présence des caméras.

— Une autre fois peut-être, Mel.

Lentement il lui ouvrait une porte sur un domaine réservé.

— Que diriez-vous de cet après-midi pour effectuer l'interview ?

Il la lui avait bien promise pour un moment quelconque après l'intervention, mais elle ne pensait pas qu'il se déciderait aussi vite.

— Je vais téléphoner à l'équipe… Mais est-ce que ce ne sera pas trop fatigant pour vous ?

— Mais non, dit-il avec une petite grimace.

Quelle revanche sur tous les échecs qu'il avait subis dans le passé ! Mel priait intérieurement pour que Pattie Lou ne faiblisse pas, ne ruine pas ses espoirs. Mme Jones s'était précipitée vers un téléphone pour appeler son mari à New York. Mel et Peter se trouvaient seuls.

— Mel, ça a vraiment très bien marché.

— J'en suis tellement heureuse !

Il regarda sa montre et reprit :

— Je dois faire ma tournée, puis j'appellerai mon bureau, mais je pourrai me libérer vers 15 heures. Vous pourriez alors m'interviewer.

— Je vais demander à l'équipe de se préparer pour cette heure.

Les cameramen s'étaient tenus à l'écart depuis deux jours. Il suffisait de les convoquer.

— Il n'y a aucun problème, assura-t-elle, mais où désirez-vous que l'interview ait lieu ?

Il réfléchit une minute.

— Mon cabinet ?

— Parfait. L'équipe débarquera à 14 heures et mettra tous ses appareils en place.

— Pendant combien de temps m'interrogerez-vous ?

— Aussi longtemps que vous voudrez bien me le permettre. Est-ce que deux heures vous paraissent trop ?

— Non, ce sera très bien.

Puis elle pensa de nouveau à la petite fille.

— Et Pattie Lou ? Pourra-t-elle nous recevoir quelques minutes aujourd'hui ?

Il fronça les sourcils et secoua la tête :

— Non, Mel, pas aujourd'hui. Mais si elle se remet aussi vite que je l'espère, alors je lui accorderai deux minutes demain. Toute l'équipe devra revêtir des blouses stériles, et surtout ne pas prolonger l'entretien.

— Formidable !

Elle inscrivit quelques notes sur un bloc qui se trouvait en permanence dans son sac. Elle avait l'intention d'obtenir une interview de Pearl Jones dans l'après-midi, avant celle de Peter, puis Pattie Lou le lendemain. Elle pourrait attraper le vol du soir pour New York, celui qui avait été surnommé « l'œil rouge » à cause de la mine défaite des passagers à cette heure tardive. Mel en aurait terminé avec son reportage. Toutefois, dans un mois environ, il serait sans doute question de relancer l'intérêt sur ce sujet en diffusant une nouvelle interview de Pattie Lou, afin de donner des précisions sur les suites de l'intervention. Il était encore prématuré d'y songer, car le plus important restait encore à faire, et vite. La journaliste espérait un impact extraordinaire sur les téléspectateurs.

— Accepteriez-vous que je fasse une émission spéciale sur vous un jour ? demanda-t-elle.

Il rayonnait encore de la joie d'avoir réussi la greffe, aussi accepta-t-il sans trop de difficultés :

— Peut-être pourrions-nous arranger quelque chose un jour… mais ce genre de publicité ne me plaît guère.

— Pourtant il est important que l'opinion soit informée sur les opérations du cœur, ne le pensez-vous pas ?

— Bien sûr, mais l'émission devra être faite comme il faut, et quand il faut.

Elle approuva sa façon de penser. Il lui tapota la main en se levant.

— À tout à l'heure à mon cabinet, Mel.

— Pourriez-vous indiquer à votre secrétaire l'endroit où vous désirez que nous installions les caméras ?

— Entendu.

Il partit, s'empara de quelques dossiers médicaux dans le bureau des infirmières et, une minute plus tard, il avait disparu. Mel resta seule dans le hall, songeant à cette interminable matinée qui venait de se terminer si heureusement. Quel soulagement ! Enfin elle se dirigea vers le guichet des jetons de téléphone, fit un signe amical à Pearl qui pleurait et riait dans une cabine proche et appela l'équipe de tournage.

Rendez-vous fut pris pour interviewer Mme Jones à une heure de l'après-midi. Le cadre choisi fut un coin dans l'entrée de l'hôpital afin de ne pas éloigner Pearl de la chambre de la petite fille. À 14 heures, l'équipe se rendrait dans le vaste immeuble où Peter avait son cabinet et mettrait tout en place pour la seconde interview.

Mel attendit ses collègues de la télévision à l'entrée de Center City. Ils arrivèrent à l'heure. Pearl Jones se prêta à tout ce qu'on lui demanda ; profondément reconnaissante et visiblement émue, elle répondit bien aux questions de Mélanie. Cette dernière en avait tracé les grandes lignes en avalant un sandwich et une tasse de thé. À 14 heures ils se transportèrent au cabinet de Peter et disposèrent leurs appareils. Tout était prêt pour 15 heures. Le cabinet était tapissé de livres médicaux sur deux murs et recouvert de boiseries d'une chaude teinte rosée sur les autres. Assis derrière un immense bureau, le Dr Hallam expliqua gravement les pièges de sa profession, les dangers, les risques nombreux mais aussi les espoirs que soulevaient les greffes du cœur. Il ne cacha rien de cette chirurgie complexe, périlleuse, mais qui représentait le dernier espoir pour une certaine catégorie de grands malades du cœur. Il conseillait fermement cette intervention.

— Mais, docteur Hallam, qu'arrive-t-il aux malades qui choisissent de ne rien tenter ?

Elle posait sa question avec une petite hésitation car elle craignait de raviver en lui une profonde douleur. Sur le même ton il répondit :

— Ils meurent.

Le silence ne dura qu'un instant, puis Peter aborda à nouveau le cas très spécial de Pattie Lou. À l'aide de diagrammes, il exposa la technique qu'il avait adoptée pour pratiquer sa greffe. Il était tout à fait maître de lui, très à l'aise devant Mel et les caméras.

À 17 heures l'interview prit fin, Peter parut soulagé. La journée avait été longue, fatigante.

— Vous vous débrouillez très bien, ma chère Mel, dit-il.

Ce petit qualificatif plut à Mélanie ; elle sourit. Les cameramen éteignaient les projecteurs et rangeaient leurs appareils, enchantés de leur travail Peter Hallam passait bien, et Mel sut instinctivement que les prises correspondaient exactement à l'émission spéciale qu'elle désirait présenter après les informations. Elle prévoyait une quinzaine de minutes pour la projection. La pensée de visionner les bandes l'excitait déjà. Peter, trouvait-elle, avait été à la fois éloquent et détendu.

— Vous savez, j'ai rarement interviewé quelqu'un d'aussi coopératif que vous, répliqua-t-elle.

— Pourtant, j'avais peur de me montrer trop scientifique ou trop personnel.

— Non, c'était parfait.

De même l'interview de Pearl s'était déroulée merveilleusement bien. D'abord des pleurs et des rires, puis le récit sobre des neuf dernières années. Si le pronostic de Peter Hallam se révélait exact, alors ce serait la guérison. Le cœur de tous les téléspectateurs battrait à l'unisson de celui de Mélanie en formant des souhaits pour que la petite Noire se rétablisse. De toute façon, comment rester insensible à la maladie atteignant les jeunes ? Et Pattie Lou possédait une sorte de charme qui agirait à coup sûr. Elle le tenait peut-être de cette affreuse infirmité qui la clouait au lit depuis tant d'années, peut-être aussi tout simplement de sa personnalité. Elle avait suscité des trésors d'amour depuis qu'elle était malade.

Pendant que Mel donnait ses dernières instructions à l'équipe de tournage, Peter la surveillait, admirant sa compétence au moins autant qu'elle-même l'avait admiré peu auparavant. Ses pensées furent brusquement interrompues par l'arrivée d'une infirmière. Elle lui parla à voix basse, et il fronça les sourcils. Mel s'en aperçut et son sang ne fit qu'un tour. Dans une brusque impulsion, elle se précipita vers lui. Était-il arrivé un accident à Pattie Lou ?

— Non, dit-il vivement. L'un de mes assistants l'a examinée il y a moins d'une heure et elle se porte très bien. Mais on m'annonce une urgence. Encore une greffe qui devrait être effectuée très rapidement. Il me faudrait un donneur, mais je n'en ai aucun.

Ce nouveau problème l'absorba aussitôt.

— Je dois m'en aller, dit-il à Mel.

Puis, comme il avait déjà fait un pas pour s'éloigner, il se retourna et, poussé par un élan qu'il n'avait pas prévu, il proposa :

— Voulez-vous m'accompagner ?

— Pendant que vous examinerez votre nouveau malade ?

Son offre l'enthousiasmait. Elle acquiesça.

Elle attrapa son sac, adressa quelques mots à l'équipe et courut derrière lui jusqu'à la voiture. Un moment plus tard, ils se retrouvaient à Center City, au sixième étage, se hâtant vers la chambre du nouvel arrivant.

Peter ouvrit la porte et Mel, qu'il fit passer devant lui, s'arrêta sur place, saisie par le spectacle. La malade était une fille de vingt-neuf ans d'une beauté extraordinaire.

Ses cheveux d'un blond pâle encadraient un visage aux traits délicats, et sa peau possédait un éclat d'un blanc laiteux, presque bleu, comme jamais Mélanie n'en avait vu. Un regard d'une profondeur et d'une tristesse infinies les transperça littéralement l'un et l'autre pendant qu'ils approchaient du lit. Elle donnait l'impression de vouloir se rappeler à jamais leur visage, leurs yeux. Puis elle sourit, et soudain elle parut très jeune. Le cœur de Mélanie s'élança vers elle. Que faisait-elle, cette pauvre fille, dans cet endroit terrifiant ? Elle portait un bandage serré à un bras, là où on avait dû inciser afin d'aller chercher une veine pour soutirer une grande quantité de sang. L'autre bras était noir et bleu par suite d'une perfusion pratiquée quelques jours auparavant. Cependant tout cet appareil impressionnant s'évanouissait dès qu'on l'entendait parler. Sa voix possédait un timbre d'une douceur étonnante, mais sa respiration était difficile. Elle paraissait heureuse de les voir entrer et plaisanta même avec Peter. Soudain Mélanie formula une prière ardente pour qu'un donneur se présente. Quelle fatalité terrible s'acharnait sur ces êtres condamnés à brève échéance alors qu'ailleurs dans le monde des hommes creusaient des tranchées, escaladaient des montagnes, dansaient, skiaient ? Cependant, on ne pouvait deviner aucune amertume sur ses traits.

Elle s'appelait Marie Dupret, et elle expliqua qu'elle était d'origine française.

— C'est un très joli nom, dit Peter en souriant.

Mais c'était surtout elle qui était jolie.

— Merci, docteur Hallam.

En prononçant ces mots elle chantait un peu comme les habitants du Sud. Quelques minutes plus tard elle raconta qu'elle avait vécu à La Nouvelle-Orléans mais qu'elle habitait Los Angeles depuis près de cinq ans.

— Mais j'aimerais bien retourner à La Nouvelle-Orléans un jour…

Sa façon d'articuler cette phrase était un enchantement pour l'oreille. Elle poursuivit, souriant malicieusement à Peter :

— … dès que ce bon chirurgien que je vois ici m'aura raccommodée.

Puis, cherchant une réponse dans les yeux de Peter, et ses traits se crispant un peu sous l'effet de l'angoisse et de la douleur :

— Dans combien de temps pourrai-je partir pour La Nouvelle-Orléans ?

Personne ne pouvait répondre, et, Dieu merci, Marie moins que personne.

— Ce sera pour bientôt, j'espère.

Le ton de Peter était rassurant. Il l'entretint ensuite du programme du lendemain. Elle ne parut pas effrayée par les innombrables tests qu'elle allait subir, mais elle revenait sans cesse à la question primordiale de son départ. Elle implorait Peter de ses immenses yeux bleus, comme un prisonnier cherchant à se faire pardonner une faute qu'il n'aurait pas commise.

— Nous avons beaucoup à faire dans les jours qui viennent, Marie.

Il parlait gaiement en lui tapotant le bras.

— Je reviendrai vous voir demain matin, et, si vous avez besoin de quelque chose, n'hésitez pas à me le demander.

Elle le remercia et ils sortirent de la chambre. Une

fois de plus Mélanie fut bouleversée par la tragédie que représentait chaque cas, chaque malade devant faire face, seul, à sa propre angoisse. Marie avait-elle quelqu'un pour lui tenir la main ? Une intuition lui disait qu'elle n'avait personne, sinon son mari ou sa famille aurait été auprès d'elle. Dans les autres chambres se pressaient les épouses ou les amis, mais pas ici. Sans doute était-ce la raison pour laquelle elle se plaçait plus encore que les autres malades entre les mains du chirurgien. Mais peut-être aussi parce qu'elle venait juste d'arriver à l'hôpital. En marchant à pas lents dans le hall au côté de Peter, Mel eut l'impression d'abandonner Marie. Elle regarda tristement son compagnon :

— Que va-t-il lui arriver ?

— Nous devons trouver un donneur, et vite.

Il parlait presque pour lui seul, préoccupé, puis il se souvint de Mel.

— Je suis heureux que vous m'ayez accompagné.

— Moi aussi, elle a l'air si gentille...

Il approuva, mais pour lui tous les malades présentaient le même intérêt, hommes, femmes ou enfants. Tous remettaient leur sort entre ses mains, et s'il s'était appesanti sur ses responsabilités il aurait vécu dans l'angoisse.

Côte à côte ils sortirent de l'hôpital.

— Quelle journée, n'est-ce pas, Mel ?

— Oui, et je me demande comment vous pouvez, jour après jour, résister à une telle tension. En deux ans j'aurais été achevée. Deux ans ? Qu'est-ce que je dis, deux semaines auraient suffi ! Mon Dieu, Peter, ces responsabilités, cette fatigue nerveuse... À peine sorti du bloc opératoire vous devez effectuer la tournée des malades, puis vous hâter vers votre cabinet, revenir en vitesse à l'hôpital ! Et chaque fois que vous examinez un cas, il ne s'agit pas d'un petit bobo, mais d'un problème de vie ou de mort... comme cette jeune fille, Marie.

— Aussi cela en vaut la peine, si on remporte la victoire.

En même temps la petite Pattie Lou se présenta à leur esprit. Le dernier bulletin de la journée était excellent.

— Oui, mais il faut des nerfs d'acier pour supporter ce genre de vie. Et en plus, aujourd'hui, vous m'accordez une interview qui dure deux heures.

— Cela m'a amusé.

Tout en souriant à sa compagne, ses pensées retournaient vers Marie. Il avait examiné son dossier et les assistants connaissaient bien l'état de son cœur. La seule solution résidait dans une greffe, mais encore fallait-il trouver un donneur à temps. Que faire d'autre que prier ? Les pensées de Mel suivaient le même cours.

— Pensez-vous que vous aurez un donneur pour Marie ?

— Je n'en sais rien, mais je l'espère. Il ne lui reste plus beaucoup de temps...

C'était bien là le pire : attendre la mort d'une autre personne afin de faire vivre la malade, sinon cette dernière était perdue.

— Je l'espère tellement, moi aussi...

Mélanie prit une profonde inspiration dans l'air tiède du printemps et chercha sa voiture du regard.

— Eh bien, dit-elle en tendant la main, j'imagine que vous en avez fini pour aujourd'hui. En tout cas, moi, j'ai terminé. Je pense que vous allez prendre un peu de repos après une telle journée.

— Oui, je me repose toujours lorsque je reviens chez moi et que je retrouve mes enfants.

Mélanie ne put s'empêcher de rire à cette réflexion.

— Comment pouvez-vous dire une chose pareille ! Pour moi, c'est tout le contraire. Après une journée exténuante de huit heures, je me traîne chez moi et je tombe sur Val qui doit absolument me raconter comment elle se trouve écartelée entre deux garçons, et Jess qui veut me faire lire une thèse de cinquante pages sur un sujet scientifique. Toutes les deux me prennent à partie dès que j'ai passé la porte, aussi j'explose et puis les remords m'envahissent et j'en arrive à croire que je suis un monstre. C'est bien là le problème que rencontrent les mères qui élèvent seules leurs enfants. Elles n'ont personne qui les aide à supporter cette charge. Fatiguée ou pas, je dois me tenir à leur disposition.

Il sourit, bien placé pour connaître ce genre de difficulté.

— Je vous comprends, Mel. Chez moi, il n'y a plus que Matt et Pam à se raccrocher à moi. Mark a pris son indépendance depuis un certain temps.

— Quel âge a-t-il ?

— Presque dix-huit ans.

Soudain, une idée surgit dans son cerveau. Il était 18 h 30, et ils approchaient de leurs voitures. Un sourire flottait sur les lèvres de Peter lorsqu'il formula sa proposition :

— Que diriez-vous de venir chez moi maintenant ? Vous pourriez piquer un plongeon dans la piscine et dîner avec nous.

— C'est impossible.

Mais l'offre lui faisait plaisir.

— Pourquoi pas ? insista-t-il. Ce n'est pas drôle pour vous de retourner dans votre chambre d'hôtel. Venez donc chez nous. Nous ne dînons jamais tard, vous pourriez regagner votre chambre vers 21 heures.

Ce programme la tentait extrêmement, sans qu'elle sache pourquoi.

— Vos enfants pourraient préférer vous avoir pour eux tout seuls.

— Pas du tout. Je crois qu'ils seront terriblement excités de faire votre connaissance.

— Ce n'est pas si sûr...

Mais la tentation était trop forte : Mélanie céda.

— Vous êtes certain que vous n'êtes pas trop fatigué ?

— Certain. Venez, Mel, j'en serais tellement content.

— Moi aussi, aussi j'accepte votre invitation. Je prends ma voiture pour vous suivre ?

— Non, laissez-la dans ce parking.

— Mais alors vous devrez me reconduire ici, ou bien je prendrai un taxi.

— Je vous raccompagnerai, cela me permettra de jeter un dernier coup d'œil sur Pattie Lou.

— Votre travail n'en finit donc jamais !

Elle s'installa dans la voiture, véritablement enchantée de l'accompagner chez lui.

— Non, jamais. Et vous non plus, je crois.

Il était heureux, autant qu'elle, pendant qu'il sortait du parking. Mélanie s'enfonça confortablement dans son siège avec un soupir lorsque la voiture franchit la grande grille noire de fer forgé conduisant vers Bel Air.

— Cet endroit possède un charme étonnant.

La route serpentait dans un paysage de campagne, parsemé de quelques villas d'apparence somptueuse.

— C'est bien ce que j'apprécie dans cette résidence. Comment pouvez-vous supporter la vie à New York, je me le demande !

— La vie y est excitante.

— Vous aimez réellement cette vie, Mel ?

— Oui, je l'adore. J'adore ma maison, mon travail, la ville, mes amis. Je fais partie de New York et je ne crois pas que je pourrais vivre ailleurs.

À peine eut-elle prononcé ces mots qu'elle s'apercevait qu'il serait bon de retrouver sa maison le lendemain. New York était sa patrie, même si elle aimait Los Angeles. Lorsque Peter la regarda, il remarqua qu'elle paraissait beaucoup plus détendue. Il tourna dans un chemin bien entretenu conduisant à sa demeure, une maison très vaste de style français entourée de massifs de fleurs et d'arbres superbes. Le cadre faisait immédiatement penser à une carte postale et Mélanie ne put cacher sa surprise. Jamais elle ne se serait attendue à ce genre d'habitation pour le Dr Peter Hallam. Elle l'aurait plutôt imaginé dans une maison plus rustique, même un ranch.

Elle leva les yeux vers le toit mansardé, admira l'ensemble de la façade et s'exclama :

— Quelle ravissante maison, Peter !

— Cela vous surprend ? demanda-t-il en riant.

— Non, répondit-elle en rougissant, mais je ne m'attendais pas à ce style.

Aucun enfant n'était en vue et elle s'en étonna.

— Cette maison, expliqua-t-il complaisamment, est l'œuvre d'Anne. C'est elle qui en a tracé les plans.

Nous l'avons fait construire juste avant la naissance de Matthew.

— Quelle merveille !

— Allons-y, dit-il.

Il ouvrit sa portière mais, avant de descendre, il jeta un dernier regard par-dessus son épaule :

— Venez, je vais vous présenter les enfants. Ils sont probablement à la piscine avec une tripotée d'amis. Prenez votre courage à deux mains !

Munie de cette recommandation, elle sortit de la Mercedes. Une fois encore elle promena son regard autour d'elle avec surprise. Comme c'était différent de sa propre demeure à New York ! Mais c'était amusant de voir où vivait Peter. Elle le suivit vers sa villa avec, tout au fond d'elle-même, une étrange émotion à la pensée de rencontrer ses enfants. Elle se demandait s'ils seraient différents de ses enfants à elle.

CHAPITRE VI

Peter ouvrit la porte d'entrée et pénétra dans le hall. Le sol était composé d'une mosaïque de marbre noir et blanc, assemblé en losanges. Sur une console de marbre noir aux pieds Louis XVI en bois doré s'épanouissait dans un magnifique vase de cristal une brassée de fleurs fraîches qui répandaient une odeur de printemps. Mélanie examinait tout ce qui se trouvait autour d'elle. Encore une fois, elle s'étonnait. Peter avait un comportement simple, sans prétention, mais il vivait dans un décor classique tout à fait inattendu.

Tout respirait l'opulence, sans la moindre trace de vulgarité. Un coup d'œil dans le living-room lui démontra que, là aussi, le mobilier était précieux, raffiné. Les tapisseries des fauteuils étaient d'un blanc crémeux que l'on retrouvait sur les murs. Les moulures avaient une teinte plus claire encore, ainsi que les filets d'un blanc cassé qui décoraient le plafond.

Les yeux écarquillés, elle suivit Peter dans son bureau. Il la pria de s'asseoir et, pendant qu'il s'installait dans son fauteuil, elle admira la pièce. Conçue avec le plus grand luxe dans une harmonie de rouges sombres, elle avait des meubles anglais et des gravures représentant des scènes de chasse.

— Vous avez l'air surprise, Mel !

Elle répondit par un petit rire.

— Je vous imaginais dans un cadre tellement différent ! Je trouve votre maison magnifique.

— Anne a suivi les cours de la Sorbonne pendant deux ans, puis elle a prolongé son séjour en France de deux années supplémentaires. Je crois qu'elle a été imprégnée par l'art français.

Il regarda tout autour de lui comme s'il entrait dans la pièce pour la première fois.

— Mais je ne m'en plains pas. Je vous ferai faire le tour du propriétaire tout à l'heure. Vous verrez que les étages supérieurs sont moins impressionnants.

Il examina rapidement les messages laissés sur un bloc puis, se tournant vers son invitée, il se frappa le front en s'exclamant :

— Bon sang ! J'aurais dû vous ramener à votre hôtel pour que vous y preniez votre maillot de bain… mais peut-être que Pam pourra vous en prêter un. Cela vous tente, un bain dans la piscine ?

Quel changement ! Ils avaient passé leur journée à l'hôpital au milieu des malades et des mourants, ou sous les projecteurs de la télévision, et brusquement en fin d'après-midi ils discutaient de l'éventualité d'un plongeon dans la piscine. C'était stupéfiant, et pourtant normal. Sans cette rupture brusque avec sa vie professionnelle, sans doute Peter n'aurait-il pu supporter le poids de ses responsabilités, pensa-t-elle.

Il se leva et la guida jusqu'à un immense patio contenant une piscine ovale de dimensions imposantes. Mélanie se sentit plus à l'aise dans ce décor. Une douzaine de jeunes garçons et filles s'ébattaient dans l'eau pendant qu'un petit garçon, ruisselant, criait à pleins poumons. Bizarrement elle n'avait pas été consciente de ce vacarme avant d'arriver. Tout ce monde hurlait de joie en s'amusant à se mettre la tête sous l'eau, à jouer au water-polo ou encore, grimpés sur les épaules les uns des autres, à se culbuter au milieu des éclaboussures. Quelques jolies filles se contentaient de surveiller le spectacle. Peter, qui s'était aventuré au bord de la piscine en frappant dans ses mains, se fit aussitôt asperger, mais sans que personne remarque sa présence. Soudain le petit garçon l'aperçut et se rua sur lui en entourant de ses bras trempés le bas de ses jambes. Son père baissa vers lui un regard affectueux.

— Hé, papa, viens !

— Matt, je me change d'abord.

— D'accord.

Ils échangèrent un regard complice, rien que pour eux deux. L'enfant avait une expression malicieuse pleine de charme et des cheveux blonds décolorés par le soleil.

— J'aimerais te présenter à une de mes amies.

Peter se retourna vers Mel, qui approcha d'un pas. Le petit garçon ressemblait étonnamment à son père, mais lorsqu'il sourit il découvrit une denture où manquaient les deux incisives de devant.

— Matthew, voici mon amie, Mélanie Adams. Mel, c'est Matt.

Devant la mine renfrognée de son fils, il se reprit :

— Excuse-moi, c'est Matthew Hallam.

— Comment allez-vous ?

Il tendit une main humide qu'elle serra cérémonieusement, se souvenant des jumelles au même âge.

On aurait pu croire que c'était la veille, mais dix ans s'étaient écoulés.

— Où est ta sœur, Matt ?

Dans la piscine ne se trouvaient que Mark et ses amis. Peter essaya d'attirer l'attention de son fils aîné, mais sans y parvenir. Celui-ci faisait prendre un bouillon à deux filles à la fois, puis il s'attaqua à un autre adversaire. Cette atmosphère de vacances plut à Mélanie.

— Pam est dans sa chambre, annonça Matthew d'un air dégoûté. Elle est en train de téléphoner, j'imagine.

— Par un temps pareil ? demanda Peter. Est-elle restée enfermée toute la journée ?

— Plutôt, oui !

Il leva les yeux au ciel puis regarda tour à tour son père et Mélanie.

— Quelle gourde, celle-là !

Ses disputes avec sa sœur étaient fréquentes, son père ne l'ignorait pas. Pam n'avait pas toujours bon caractère, mais elle traversait un âge difficile, sans personne pour l'aider, fille unique dans une famille masculine.

— Je vais la voir, décida Peter. Toi, reste ici et ne fais pas de sottises.

— Très bien, papa.

— Où est Mme Hahn ?

— Elle vient juste de rentrer, mais je ne ferai pas de sottises, papa, tu peux compter sur moi.

Comme s'il voulait donner la preuve de sa bonne volonté, il prit son élan et plongea dans la piscine, les éclaboussant tous les deux des pieds à la tête. Mélanie fit précipitamment un pas en arrière dans un éclat de rire. Peter l'implora du regard pendant que Matthew faisait surface.

— Matthew, s'il te plaît, ne…

Mais la petite tête disparut sous l'eau et Matt, filant comme un poisson, ne réapparut qu'à l'autre bout de la piscine, là où les grands chahutaient. À ce moment, Mark aperçut son père et poussa une exclamation tout en agitant la main. Il était bâti comme son père, grand, souple avec de longues jambes.

— Hé, papa !

Peter lui désigna Matt du doigt. Mark distingua la petite tête se faufilant parmi les autres baigneurs et indiqua qu'il avait compris la recommandation. Il attrapa son frère dans ses bras, lui dit quelques mots et le renvoya un peu plus loin, à un endroit où il ne risquait pas de prendre un mauvais coup. Rassuré, Peter s'intéressa à son invitée pendant qu'ils regagnaient tous les deux la maison.

— Vous êtes toute trempée, n'est-ce pas ?

Oui, elle était trempée, mais cela lui importait peu. Elle goûtait délicieusement cette détente après une journée aussi dramatique.

— Je me sécherai.

— Quelquefois je me demande si j'ai eu une bonne idée en faisant installer cette piscine. La moitié des enfants du voisinage viennent y passer leur week-end.

— Quelle chance ils ont !

— Oui, mais le résultat c'est qu'il m'est difficile de prendre un bain tranquille, sauf lorsqu'ils sont tous à l'école. Lorsque j'en ai le temps, je reviens prendre mon déjeuner ici.

— Cela vous arrive-t-il souvent ?

Elle le taquinait. Il eut l'impression que le monde

entier avait le cœur en fête, comme lui en cet instant. Il se mit à rire.

— À peu près une fois par an.

— C'est bien ce que je pensais.

Puis elle pensa à Matt et à son sourire charmant malgré les deux dents qui étaient tombées.

— J'ai un faible pour votre petit garçon.

— C'est un enfant facile.

La remarque de Mélanie lui avait plu. Automatiquement, il songea à son fils aîné.

— Mark est facile aussi, et il possède un sens étonnant des responsabilités. Parfois même cela m'effraie.

— J'en ai une semblable, Jessica, l'aînée des jumelles.

— Laquelle est-ce ? interrogea-t-il, intrigué. Celle qui vous ressemble ?

— Vous vous souvenez donc qu'il y en a une qui est mon portrait ?

— Je me souviens de tout, Mel. C'est indispensable dans mon métier. Je ne dois rien oublier, ni un détail, ni un soupçon, ni un indice. Ils peuvent prendre une importance terrible lorsqu'il s'agit de vie ou de mort. Je ne peux rien négliger.

Pour la première fois, il lui donnait un aperçu de la façon dont fonctionnait son extraordinaire cerveau. Mélanie le regarda avec un nouveau respect en le suivant à l'intérieur de la maison. Ils pénétrèrent dans une grande pièce ensoleillée, garnie de profonds fauteuils d'osier blanc, une chaîne stéréo, une énorme télévision et, se balançant au plafond, quelques palmes avec leur matériel de pêche sous-marine. L'endroit était parfait pour se délasser par une chaleur torride. Et alors, soudain, Mélanie remarqua une demi-douzaine de photos d'Anne éparpillées un peu partout dans des cadres d'argent. Anne jouant au tennis, avec Peter devant le Louvre, portant un bébé microscopique, et une grande photo la représentant avec tous ses enfants devant un arbre de Noël... Le monde parut s'arrêter de tourner pendant que Mélanie, hypnotisée, ne pouvait détacher ses yeux de ce visage aux cheveux blonds, aux grands yeux bleus. C'était une jolie femme, à la silhouette longue et mince. D'une certaine façon, elle était du même type que Peter. Sur ces photos, elle formait avec Peter un couple parfaitement assorti. Mélanie réalisa soudain que Peter, juste à côté d'elle, avait lui aussi les yeux fixés sur l'une de ces photos.

— J'ai du mal à admettre qu'elle soit partie.

Il parlait d'une voix basse. Mélanie ne sut trop quoi répondre.

— Bien sûr, mais en quelque sorte elle vit encore... dans votre cœur et votre esprit, dans les enfants qu'elle a laissés.

Tous deux savaient bien que ce n'étaient que des mots. Pourtant ils correspondaient à une certaine vérité. Il ne restait d'elle que son souvenir, ses enfants, et cette maison qui était sa création. La pièce où ils se trouvaient formait un contraste piquant avec le classicisme du living et du bureau.

— Quel est l'usage de cette pièce, Peter ?

Elle était curieuse de le savoir, car l'endroit avait une touche très féminine.

— Elle sert essentiellement aux enfants lorsqu'ils ont envie de traîner. Tout est blanc, comme vous le voyez, mais ils ne peuvent y causer de grands dommages.

Mélanie découvrit alors un fauteuil d'osier, tourné vers la piscine.

— Anne y venait souvent. Moi, en général, je me trouvais dans mon bureau ou aux étages supérieurs...

Il s'interrompit pour l'entraîner vers le hall.

— Venez, je vais vous faire visiter, et nous verrons si Pam se trouve dans les parages.

Aux étages supérieurs, la décoration rappelait encore le style classique français. Le sol des paliers était en marbre d'un beige pâle, avec des consoles assorties dans les coins, supportant de magnifiques chandeliers d'argent. Mélanie traversa une petite chambre dans les tons bleus, tout en velours et soie, avec une cheminée de marbre et un chandelier de cristal. Les rideaux de soie d'une teinte pervenche, bordés d'un galon jaune et bleu, étaient retenus par de fines embrasses de cuivre qui découvraient ainsi une vue sur la piscine. La pièce suivante était un bureau aux couleurs vieux rose. Peter la traversa en fronçant les sourcils, et Mélanie comprit instantanément qu'Anne avait vécu dans cet endroit.

Venait ensuite une superbe bibliothèque dont la teinte dominante était le vert foncé. Cette pièce relevait évidemment du domaine de Peter. Des centaines de livres en tapissaient les murs, et certains d'entre eux s'empilaient sur le bureau. Un portrait à l'huile d'Anne occupait le seul emplacement disponible. Des doubles portes donnaient sur la chambre à coucher conjugale, là où désormais Peter dormait seul. Les murs étaient beiges, et le mobilier était constitué d'une commode ancienne et d'une ravissante chaise longue. Les mêmes rideaux de soie que dans la chambre d'Anne garnissaient les fenêtres. L'ensemble était somptueux, mais quelque chose dans cette chambre donna envie à

Mélanie de tout casser. Elle aurait aimé enlever ses vêtements et se mettre à danser afin de briser ce cadre trop parfait. Plus son examen se prolongeait, plus elle songeait que Peter n'était pas dans un cadre à son image.

À l'étage supérieur, cependant, tout n'était que désordre, couleurs vives et gaieté. Trois grandes chambres ensoleillées donnaient sur le palier. Le plancher de la chambre de Matt était jonché de jouets, mais dans la chambre de Mark régnait un fouillis général. La troisième porte était entrebâillée. Tout ce que Mélanie put entrevoir fut un grand lit garni de rideaux, puis une jeune fille couchée sur le sol près du lit. En entendant le pas des arrivants elle se retourna, bredouilla quelques mots dans le téléphone et raccrocha. Puis elle se leva. Elle était beaucoup plus grande et avait l'air plus âgée que Mélanie ne s'y attendait. Pour une fille qui n'avait pas quatorze ans, c'était stupéfiant. Elle était longue et mince, avec une chevelure blonde comme les blés, semblable à celle de Val, et de grands yeux bleus mélancoliques. Elle offrait une ressemblance saisissante avec le portrait de sa mère.

— Que fais-tu à l'intérieur ?

Peter la regardait sévèrement.

— Je voulais appeler un ami.

— Tu aurais pu utiliser le téléphone de la piscine.

Après un moment de silence, elle haussa les épaules :

— Bof…

Sans paraître entendre ce soupir, il se tourna vers Mel.

— J'aimerais vous présenter ma fille, Pam. Pam,

voici Mélanie Adams, la journaliste des informations télévisées de New York dont je t'ai parlé.

— Je sais.

Paméla ne tendit pas la main, mais ne put refuser celle que Mélanie avança vers elle. Elle serra donc les doigts de Mélanie pendant que Peter essayait de dissimuler son mécontentement. Cet accueil maussade lui déplaisait souverainement. Il avait souhaité une bonne entente entre sa fille et son invitée, mais c'était raté. Pam s'arrangeait toujours pour lui porter sur les nerfs, pour se montrer désagréable envers ses amis, pour mettre un point d'honneur à le contrecarrer le plus possible dès qu'elle en avait l'occasion. Mais pourquoi ? Pourquoi, bon sang ? La mort d'Anne les avait tous désemparés, mais pourquoi le rendre responsable ! Depuis un an et demi l'attitude de Pam ne faisait qu'empirer. Il avait beau essayer de se persuader que c'était une mauvaise période à traverser, il n'en était plus tellement certain.

— Je me demandais si tu pourrais prêter un costume de bain à Mel, elle a laissé le sien à son hôtel.

Après une seconde d'hésitation, Pam accepta.

— D'accord, je vais voir ce que j'ai... Elle est...

Le qualificatif se faisait attendre pendant qu'elle examinait l'invitée de son père. Mélanie n'avait pas la minceur excessive de Pam.

— ... elle est plus grosse que moi, conclut cette dernière.

Quelque chose lui déplaisait aussi, ce regard que son père prenait pour observer Mélanie. Pam n'aimait pas cela.

Mel comprit vite. Elle fit son plus beau sourire pour déclarer à la jeune fille :

— Cela n'a aucune importance si vous n'avez rien pour moi.

— Si, je vais trouver quelque chose...

Elle détaillait la journaliste avec des yeux inquisiteurs.

— Vous êtes différente de votre image sur l'écran.

Elle parlait froidement, sans sourire.

— Vraiment ?

Mélanie sourit encore à cette jeune fille hostile, mais si jolie. Elle n'avait rien de commun avec son père, et on pouvait lire encore un reste de puérilité sur ses traits.

— Mes filles prétendent que j'ai l'air plus vieille sur l'écran.

— Ouais... C'est un peu ça... plus sérieuse.

— C'est en effet ce qu'elles pensent.

Ils se tenaient tous les trois dans la petite chambre blanche, et Pam continuait à fixer Mélanie comme si elle cherchait une réponse à une question non formulée.

— Quel âge ont vos filles ?

— Elles auront seize ans en juillet.

— Toutes les deux ? demanda Pam, stupéfaite.

— Elles sont jumelles, expliqua Mélanie en souriant.

— Des jumelles ! C'est formidable ! Est-ce qu'elles se ressemblent ?

— Pas du tout. Ce sont de fausses jumelles.

— Comment sont-elles ?

— Comme toutes les filles qui ont quinze ans et qui obligent encore leur mère à les surveiller de près. L'une est un peu rousse comme moi, et l'autre blonde. Elles s'appellent Jessica et Valérie, elles adorent danser et elles ont des masses d'amis.

— Où habitez-vous ?

Peter surveillait la conversation avec la plus grande attention, mais sans intervenir.

— À New York, dans une petite maison…

Elle se tourna en souriant vers Peter.

— Elle n'a rien à voir avec la vôtre, ici. Vous avez beaucoup de chance d'avoir une si jolie demeure avec cette grande piscine.

Ces derniers mots s'adressaient à Pam. Celle-ci, avec une moue, haussa les épaules.

— C'est bien… mais mon frère y amène plein de sales crétins, ou bien Matthew pisse dans l'eau.

Mélanie ne put retenir un rire devant la grimace de Pam. Mais Peter parut furieux.

— Pam ! Ce n'est pas une chose à dire, et d'abord ce n'est pas vrai.

— Si, c'est vrai. Ce sale gosse l'a fait il n'y a pas une heure, dès que Mme Hahn a eu le dos tourné. Il a pissé du bord de la piscine aussi. Il pourrait au moins profiter du moment où il nage.

Non sans mal, la journaliste dissimulait son hilarité, mais Peter rougit.

— J'aurai un mot à lui dire !

— Les amis de Mark en font probablement autant, ajouta Pam.

Elle interrompit ses récriminations pour aller fouiller dans ses affaires de bain et revint avec un maillot blanc qui, assura-t-elle, devait convenir. Mélanie la remercia et jeta encore un coup d'œil autour d'elle :

— Vous avez une bien jolie chambre, Pam.

— Ma mère l'a aménagée juste avant…

Les mots moururent sur ses lèvres et une expression de tristesse profonde apparut sur ses traits. Elle s'adressa ensuite à son père :

— C'est la seule pièce de la maison qui n'appartienne qu'à moi !

Cette remarque témoignait d'une animosité évidente. Pam n'était pas heureuse et devait prendre à partie chacun des membres de sa famille.

— C'est une chambre idéale pour recevoir ses amis, reprit Mélanie.

Chez les jumelles s'assemblaient sans cesse quantité d'étudiantes qui s'asseyaient par terre, écoutaient de la musique, potinaient sur les garçons, riaient et se trémoussaient en échangeant des confidences que, du reste, Mélanie finissait par connaître. Elles étaient différentes de cette fille mal dans sa peau, hostile, avec le corps d'une femme et les réactions d'une enfant. Quelle mauvaise période à traverser pour elle et quel fardeau pour Peter ! Mélanie comprenait pourquoi il tâchait de rentrer tôt chez lui après une journée de travail. Avec un fils de six ans au cœur tendre, un garçon presque indépendant qu'il fallait encore surveiller, et cette Pam plongée dans le désespoir, il fallait quelqu'un de plus dans ce foyer qu'une gouvernante. Un père était nécessaire, mais une mère aussi. Évidemment Peter ne pouvait se sentir tout à fait à la hauteur lorsqu'il se rendait compte de la situation. Mais comment aurait-il pu remplacer totalement une mère ? Ils étaient trois dans cette maison à avoir besoin de lui, surtout sa fille. Mélanie aurait voulu s'approcher d'elle, la prendre dans ses bras, lui murmurer des mots rassurants, lui donner de l'espoir. Comme si elle devinait les pensées de Mel, Pam, soudain, fit un pas en arrière.

— Eh bien, je vous verrai tout à l'heure à la piscine.

— Tu vas descendre, Pam ? interrogea son père.

— Oui…, fit-elle d'un ton vague.

— Tu ne devrais pas te réfugier ainsi dans ta chambre pendant des après-midi entiers.

Il parlait d'une façon autoritaire et Pam parut prête à riposter. Mélanie le plaignit. Il avait un rôle difficile à tenir avec une fille au caractère intraitable.

— Tu vas bientôt descendre ? insista-t-il.

— Oui…

Son ton avait encore grimpé. Peter n'insista pas et redescendit avec Mélanie. Arrivé au premier étage, il poussa une porte donnant sur le hall, juste en face de sa chambre. Elle ouvrait sur une ravissante petite pièce bleue et blanche destinée aux invités.

— Vous pouvez vous changer ici, Mel.

Il n'ajouta pas un seul mot au sujet de sa fille. Mais lorsque Mélanie le retrouva dix minutes plus tard, il paraissait beaucoup plus détendu. Ils se rendirent dans la grande véranda aux meubles de rotin blanc. Dans un réfrigérateur dissimulé derrière des panneaux laqués de blanc, il prit deux bouteilles de bière et en tendit une à Mélanie. Puis il attrapa deux verres sur une étagère et fit signe à son invitée de s'asseoir.

— Nous ferions mieux d'attendre quelques minutes que les enfants dégagent le terrain.

Mélanie jeta un coup d'œil sur la piscine. Déjà une partie des garçons sortaient de l'eau. En reportant son regard sur Peter, elle nota une fois de plus à quel point il était bel homme dans son short de bain bleu et son T-shirt, avec les pieds nus, complètement différent du chirurgien qu'elle avait interviewé pendant deux jours.

Ce changement le ravalait au rang de simple mortel, pensée qui la fit intérieurement sourire.

Peter s'assombrit en pensant à sa fille.

— Ce n'est pas une enfant facile, confia-t-il, pourtant elle ne nous a causé aucun problème, à sa mère et à moi, lorsqu'elle était plus jeune. Maintenant, avec moi, elle oscille entre un besoin de possession excessif et une véritable haine qui s'étend à tous les habitants de la maison. Elle s'imagine que personne ne se doute du calvaire qu'elle endure et nous considère comme ses ennemis.

Il soupira avec un sourire fatigué et avala sa bière.

— Pour ses frères, c'est dur quelquefois.

— À mon avis elle a besoin de beaucoup d'amour de la part de vous tous, mais spécialement de vous.

— Je sais, mais elle n'arrête pas de nous critiquer et…

Il hésita, embarrassé pour exprimer le fond de sa pensée.

— … parfois il est difficile de lui témoigner notre amour. Je veux dire que je crois la comprendre, mais les garçons ne peuvent pas deviner ce qui se passe en elle… enfin pas tout le temps.

C'était la première fois qu'il faisait allusion au problème qui l'opposait à sa fille.

— Tout finira par s'arranger. Donnez-lui le temps !

— Voilà presque deux ans qu'elle se bute ainsi.

Mélanie n'osa dévoiler le fond de sa pensée. Il y avait presque deux ans en effet que la femme de Peter était morte, mais ses photos s'étalaient partout dans la maison et rien n'avait changé de place, c'était criant. Même Peter se conduisait toujours comme si sa femme venait juste de disparaître depuis quelques jours. Alors comment pouvait-on reprocher à sa fille d'aligner son comportement sur le sien ? Il se torturait encore parce qu'il n'avait pu convaincre Anne de l'utilité d'une opération, comme s'il pouvait encore y changer quelque chose. Mélanie ne souffla mot de ses réflexions mais Peter dut deviner ses réticences car, sans chercher à éviter le regard qu'elle fixait sur lui, il déclara :

— Je sais. Vous avez raison, moi aussi je vis dans le passé.

— Je le crois, et si vous vous tournez vers l'avenir, Pam en fera autant.

Elle avait répondu avec chaleur. Machinalement les yeux de Peter se portèrent sur la photo la plus proche de sa femme. Alors, soudain, Mel s'entendit poser une question qu'elle s'était bien promis de ne pas prononcer :

— Pourquoi ne déménagez-vous pas ?

— Déménager d'ici ? Pourquoi ?

Il était scandalisé.

— Parce que cela vous permettrait de prendre un nouveau départ. Cela soulagerait chacun d'entre vous.

Il secoua énergiquement la tête.

— Je ne pense pas que ce serait une bonne idée. Je crois qu'il y aurait bien plus d'inconvénients que d'avantages à s'installer dans une nouvelle maison. Ici, au moins, nous vivons confortablement, et heureux.

Heureux ? Mélanie n'eut pas l'air convaincue. Elle voyait que Peter n'était pas bien dans sa peau lorsqu'il était chez lui, et Pam non plus. Quant aux autres, comment savoir ? Elle songeait aux garçons lorsqu'une femme fit son entrée dans la pièce. Trapue, revêtue d'une blouse blanche, elle dévisagea Peter puis son regard s'attarda sur Mélanie. Elle n'était plus toute jeune et ses traits portaient la trace des années qui s'étaient écoulées, comme ses mains le souvenir des rudes travaux qu'elle avait effectués. Mais ses yeux vifs enregistraient chaque détail avec rapidité.

— Bonsoir, docteur...

Le mot « docteur » prenait dans sa bouche des allures de « dieu », ce qui amusa intérieurement Mélanie. Elle comprit qu'elle avait en face d'elle cette fameuse gouvernante dont Peter lui avait parlé. Ce dernier fit les présentations. La précieuse Mme Hahn secoua la main de Mel avec une certaine brutalité pendant que le regard scrutait cette rousse inconnue dans un costume de bain blanc appartenant à Pam. Mme Hahn savait tout ce qui se passait dans la maison, qui venait, qui partait, où ils allaient et pourquoi ils y allaient. Elle veillait particulièrement sur Pam. Déjà, l'année de la mort de Mme Hallam, Pam lui avait causé d'affreuses inquiétudes en refusant pratiquement de manger pendant six mois et ensuite en se faisant vomir après chaque repas. Ce problème-là, au moins, paraissait réglé et la jeune fille se portait mieux. Mais Hilda Hahn savait que la pauvre enfant avait terriblement souffert et qu'elle n'était pas encore tirée d'affaire. Il fallait l'œil d'une femme pour déceler une menace de rechute, aussi Mme Hahn veillait-elle. La gouvernante, après avoir étudié Mélanie, décida qu'elle avait l'air d'une jeune femme charmante, après tout. Elle savait qui elle était et qu'elle effectuait un reportage sur les travaux du médecin. Elle s'attendait à une journaliste plutôt sûre d'elle et prétentieuse ; aussi la simplicité de la jeune femme lui plut-elle.

— Je suis contente de vous rencontrer, ma'am.

À la fois cérémonieuse et guindée, elle ne répondit

116

pas au sourire de Mélanie, et ce comportement amusa celle-ci, tant il contrastait avec celui de Raquel. En fait, tout, chaque détail différait lorsqu'on comparait leurs deux maisons, qu'il s'agisse de leur femme de charge ou du décor, de leurs enfants, de leur façon de vivre ; et pourtant elle se sentait des points communs avec Peter.

— Voulez-vous un peu de thé glacé ?

Le regard désapprobateur de Mme Hahn s'attardait sur les bouteilles de bière. Un sentiment de culpabilité envahit Mélanie.

— Non, merci beaucoup.

Elle arbora, avec un amical mouvement de tête, un nouveau sourire qui n'obtint pas plus de succès que le précédent. Hilda disparut dans son domaine, derrière les portes battantes menant à la cuisine. Là, elle régnait sur la pièce utilisée pour les petits déjeuners, l'office, et enfin l'appartement situé à l'arrière de la maison. Appartement fort confortable. Lorsque Mme Hallam avait fait construire sa demeure, elle avait promis à la gouvernante un logement spacieux et elle avait tenu parole. Mme Hallam avait été une femme admirable, se plaisait à répéter Hilda, et elle était prête à en témoigner à la moindre occasion.

Dans cette maison, on avait l'impression que tous les habitants essayaient encore, au bout de presque deux ans, de conserver celle qui en avait été l'âme. Il faudrait, songea Mélanie, que quelqu'un ramasse tous les portraits de la défunte, en fasse un paquet et les expédie dans une autre demeure. Ils étaient tous, père et enfants, beaucoup trop attachés au souvenir d'Anne, ils avaient l'air d'attendre qu'elle revienne, d'un instant à l'autre, s'asseoir au milieu d'eux. Qui donc les persuaderait qu'elle avait disparu à jamais ? Qu'ils devaient vivre leur vie, sans s'accrocher au passé ? Les deux garçons avaient mieux réagi, apparemment. Matthew était si jeune à l'époque que déjà les souvenirs qu'il pouvait conserver de sa mère devaient s'estomper.

Après le bain, il grimpa spontanément sur les genoux de Mel, et elle lui parla de ses jumelles. Comme sa sœur, ce sujet le fascina. À toute force, il voulut savoir de quoi elles avaient l'air. Mark était un garçon brillant, plein d'aisance, bien plus sérieux qu'on ne l'aurait supposé pour ses dix-sept ans. Il bavarda gaiement avec Peter et Mel. Mais lorsque Pam fit son apparition, il se renfrogna. Tout de suite elle lui reprocha de monopoliser la piscine avec ses amis. La dispute allait éclater lorsque Peter intervint :

— Assez, vous deux. Nous avons une invitée, et même plusieurs invités.

Il regarda sévèrement sa fille, puis ses yeux se portèrent sur les derniers camarades encore présents, deux garçons et une fille, assis tranquillement un peu plus loin sur le bord de la piscine, en train de faire sécher leurs cheveux. Pam, on s'en rendait facilement compte, était prête à agresser le monde entier. Pour Mélanie, elle avait résolu le problème en l'ignorant presque totalement. Mais elle lui lançait des coups d'œil à la dérobée, surtout lorsque Mel discutait avec son père. Pam voulait vérifier qu'il n'y avait aucun lien dissimulé entre eux. Un instinct confus lui faisait soupçonner un danger dans cette inconnue.

— Tu n'es pas de mon avis, Pam ?

Peter l'interpellait au sujet de son école, mais, perdue dans sa contemplation de la journaliste, elle n'avait rien entendu.

— Oui ?

— Je disais que tu suivais à ton école des cours de gymnastique d'un excellent niveau et que tu avais remporté deux prix l'année dernière dans les épreuves de course. Les enfants, poursuivit-il à l'intention de son invitée, peuvent également prendre des leçons d'équitation avec un excellent maître de manège.

De nouveau la différence existant entre cette école et celle où étaient ses filles la frappa. À Los Angeles ces établissements étaient remarquablement équipés pour la vie en plein air, beaucoup plus que celui de ses filles, pourtant extrêmement chic.

— Aimes-tu ton école, Pam ? demanda-t-elle aimablement.

— Oui, et j'aime mes amis.

À ces mots Mark leva les yeux au ciel, exprimant ainsi sa désapprobation. Pam prit aussitôt la mouche :

— Pourquoi fais-tu cette grimace ?

— Elle signifie que tu passes ton temps avec une bande de détraqués anorexiques.

Ce dernier mot provoqua un sursaut de fureur chez sa sœur. Elle se leva d'un bond en hurlant d'une voix perçante :

— Je ne suis pas anorexique, sale petit...

Peter, excédé, sépara les combattants. La journée pesait durement sur lui. Il était fatigué. Cependant il réprimanda son fils.

— Tu ne devrais pas te montrer cruel.

Mark se calma aussitôt.

— Désolé...

Il savait que le mot « anorexique » était tabou dans sa famille, mais il restait convaincu que sa sœur n'était pas totalement guérie. Quoi qu'elle en dise, et son père faisait chorus, cette minceur n'était pas normale. Cependant Mark fit un sourire d'excuse à l'intention de Mélanie et s'éloigna nonchalamment vers ses amis. Pam retourna à l'intérieur de la maison, suivie par Matthew en quête de quelque chose à manger. Pendant un long moment, Peter observa le silence, les yeux fixés sur l'eau de la piscine. Puis il articula avec lassitude :

— On ne peut pas appeler cette séance une paisible soirée familiale, j'en ai peur.

L'agressivité de ses enfants le blessait, comme s'il se jugeait responsable de leurs difficultés et de leurs souffrances.

— Excusez-moi, Mel, ce n'était pas très agréable pour vous.

— Aucune importance. J'en ai vu bien d'autres chez moi, vous savez.

Mais elle eut beau chercher, elle ne put se souvenir de la dernière dispute opposant ses filles entre elles. La famille de Peter vivait une crise et Pam broyait du noir.

Il soupira et appuya sa tête contre le dossier de sa chaise, les yeux toujours fixés sur la surface de l'eau.

— J'espère que tout finira par s'arranger. Mark entre à l'Université dans deux ans... C'est Pam qui a le plus souffert de la disparition de ma femme.

Peter prenait trop à cœur tout ce qui concernait sa fille. Il aurait fallu une femme à ses côtés pour l'aider à supporter ce fardeau. Il en avait besoin autant pour lui que pour les enfants. Quelle tristesse que cette solitude dans laquelle il devait vivre ! Intelligent comme il l'était, et séduisant, vigoureux et capable, il pouvait faire le bonheur d'une épouse. Assise près de lui, souriante, elle pensa à Raquel et à ses jumelles.

Elle pouvait presque entendre le feu roulant de leurs questions : « Et alors, m'aman, raconte... Était-il chouette ?... Tu n'es pas sortie avec lui ?... » Mais non, il ne l'avait pas invitée ailleurs que chez lui. Aurait-elle aimé qu'il l'invite un soir ? Qu'il lui fixe un rendez-vous à l'extérieur ? Quelle drôle d'idée de songer à ce genre de relations avec lui alors qu'ils étaient assis l'un près de l'autre, échangeant quelques mots en regardant la piscine... Il était totalement différent des hommes qu'elle avait l'habitude de fréquenter. Tous ceux qu'elle avait remarqués paraissaient en quelque sorte immatures comparés à Peter. Peter tranchait. C'était une personnalité puissante mais, plus que cela, c'était un homme qui l'attirait dangereusement. Si elle n'avait pas dû quitter Los Angeles le lendemain, elle en aurait été effrayée.

— À quoi pensez-vous, juste maintenant ?

Sa voix bien timbrée était douce dans cette fin d'après-midi. Mélanie chassa ses pensées et lui sourit :

— À rien de précis.

Il n'y avait pas de raison de lui faire des confidences sur les hommes qu'elle avait connus ou même sur ce qu'elle pensait de lui, Peter. Entre eux deux s'était noué un lien bizarre, ténu mais solide, alors qu'il n'y avait rien de personnel ou de sentimental dans leurs relations. Pourtant, lorsqu'elle se trouvait tout près de lui, elle ressentait physiquement sa présence. C'était idiot, mais elle avait l'impression de le connaître beaucoup mieux que ne le permettait une rencontre ne datant que de deux jours. Ce qu'elle aimait tellement chez lui, réalisa-t-elle soudain, c'était son côté vulnérable. Il était resté humain, et maintenant qu'elle pouvait découvrir un peu de sa vie privée, elle l'en aimait davantage encore.

— Vous étiez complètement perdue dans vos pensées.

— Pas autant que vous l'imaginez. Je songeais à mon travail à New York... mes filles...

— C'est dur de les abandonner ainsi pour des reportages à l'extérieur ?

— Mes filles y sont habituées, elles comprennent que mon métier exige parfois des déplacements. Mais Raquel les surveille pendant mon absence.

— À quoi ressemble-t-elle ?

Il aimait bien lui poser des questions sur elle, son foyer, son métier.

— Totalement différente de Mme Hahn. Vous savez, lorsque je paraissais perdue dans mes pensées, je constatais à quel point nos vies diffèrent, en tout cas apparemment.

— Comment cela ?

— Nos maisons, par exemple. La vôtre est beaucoup plus classique que la mienne, qui ressemble à une sorte de poulailler... une maison de femmes, vous comprenez.

Elle se tourna vers la demeure de Peter et reprit :

— La vôtre est tellement plus somptueuse ! Et les femmes qui s'occupent de nos enfants sont, elles aussi, à l'opposé l'une de l'autre. On croirait, à voir Raquel, qu'elle n'a jamais passé un peigne dans ses cheveux. Sa blouse est toujours boutonnée de travers et elle répond tout le temps avec insolence. Mais nous l'aimons, et elle est merveilleuse pour les jumelles.

Cette description fit sourire Peter.

— Et votre maison ?

— Toute petite mais délicieuse, et juste ce qui nous convient pour les filles et moi. Je l'ai achetée il y a quelques années, et je mourais de peur lorsque je me suis décidée à la prendre. Mais je ne l'ai jamais regretté.

Il approuva, évaluant les responsabilités qui pesaient sur les épaules de cette jeune femme sans mari. C'était l'une des choses qu'il admirait le plus chez elle, mais bien d'autres aspects de sa personnalité lui plaisaient. Mélanie, à ce moment, le regarda en souriant.

— Il faudra venir me voir à New York un jour.

— J'aimerais bien.

Aussitôt, il s'aperçut qu'il désirait vivement lui rendre une visite, et très prochainement. Il ne savait pas trop pourquoi, sinon qu'elle était la seule personne depuis des mois à qui il se soit un peu confié. Avant qu'il ait pu ajouter un mot au sujet de l'invitation de Mélanie, Matthew arriva avec un plateau de biscuits secs et, sans une seconde d'hésitation, il se laissa tomber près de la journaliste et lui offrit de partager ses gâteaux avec lui. Sa figure était parsemée de miettes, et il en avait plein sur ses mains potelées. Une pluie de miettes tomba également sur Mélanie, mais elle n'y prit pas garde. Ils échangèrent des propos très sérieux se rapportant à son école et à son meilleur ami. Peter les observa un moment, puis les quitta pour traverser la piscine à la nage. Lorsqu'il revint, il découvrit que la discussion se prolongeait et que Matthew avait grimpé sur les genoux de Mélanie afin de se nicher délicieusement contre elle.

Peter s'arrêta à mi-chemin et les observa, un léger sourire un peu triste aux lèvres. L'enfant avait besoin d'une femme comme Mélanie. Tous ses enfants en avaient besoin. Pour la première fois depuis bientôt deux ans, il put évaluer l'étendue de la perte qu'ils avaient subie. Mais il chassa ces pensées et d'un pas alerte s'approcha. Au passage il saisit une serviette abandonnée sur une table et s'essuya les cheveux, comme s'il voulait débarrasser son cerveau des nouvelles idées qui y naissaient. À ce moment-là, le dernier ami de Mark prit congé et le jeune homme vint se joindre à Mélanie et Matthew. Il s'assit dans la chaise vide de Peter.

— J'espère que mes amis ne vous ont pas cassé les pieds, déclara-t-il timidement. Quelquefois ils sont un peu sans-gêne.

Elle rit en pensant aux amis de ses filles qui, à plusieurs reprises, avaient mis sa maison à sac avec un sans-gêne terrifiant.

— Ils m'ont paru très gentils.

— N'oubliez pas de le dire à papa !

Il essayait de ne pas montrer à quel point il la trouvait sexy dans le costume de bain de sa sœur.

— De quoi parlez-vous ? J'ai entendu prononcer mon nom.

Mark dévisagea son père avec une expression triomphante. L'amie de son père lui plaisait, et ses amies avaient été favorablement impressionnées par sa présence impromptue à la piscine.

— Miss Adams estime que mes amis ne sont pas mal du tout.

— Parce qu'elle est polie. Ne crois pas un mot de ce qu'elle t'a dit.

— Vous vous trompez, Peter. Si vous connaissiez les amis de Val et Jessie ! Ils ont donné une party un soir et l'un d'entre eux a mis le feu, accidentellement, à une chaise.

— Mon Dieu !

Peter eut l'air effaré, et Mark sourit. Cette Miss Adams lui plaisait de plus en plus. Elle était d'un abord facile, et pas du tout prétentieuse ou compliquée comme une star de la télévision. Si Mel avait pu deviner ses pensées, elle se serait mise à rire car elle ne s'était jamais considérée comme une « star de la télévision », et ses filles ne la voyaient pas ainsi non plus.

— Mais alors qu'avez-vous fait ?

— Elles ont eu interdiction de recevoir leurs amis pendant deux mois, mais finalement j'ai levé la punition au bout d'un mois.

— Heureusement vous ne les avez pas envoyées dans une maison de correction.

À cette remarque, Mel et Mark échangèrent un sourire de connivence. Matthew, indifférent à la conversation, se pelotonna encore un peu plus dans les bras de Mélanie afin d'attirer son attention. Elle passa doucement la main dans les cheveux de l'enfant, et il accepta qu'elle ne prête plus l'oreille à son bavardage. Il comprenait qu'il avait gardé sa place sur ses genoux, et dans son cœur. À ce moment, la journaliste, sans raison précise, leva les yeux vers la maison et aperçut Pam, à moitié dissimulée derrière la fenêtre de sa chambre, l'observant fixement. Leurs yeux se rencontrèrent, se fixèrent une seconde, et Pam disparut. Pourquoi ne descendait-elle pas à la piscine ? Elle se comportait à la façon d'une martyre qui désire être tenue à l'écart. Ou peut-être désirait-elle garder Peter pour elle toute seule et n'admettait pas de le partager avec son invitée et les deux garçons ? Mélanie aurait aimé aborder ce sujet avec Peter, mais elle craignait de se mêler de problèmes trop intimes.

Ils continuèrent à bavarder gaiement, en parlant de tout et de rien, jusqu'au moment où une légère brise se leva. Le froid se fit sentir. Un coup d'œil à sa montre apprit à Mélanie qu'il serait bientôt temps de prendre congé. Peter comprit ce regard.

— Vous n'avez pas encore mangé, Mel. Faites donc quelques brasses et nous dînerons. Mme Hahn sera furieuse si nous sommes en retard.

L'organisation de sa maison était parfaitement au point. Tout, du matin au soir, marchait comme sur des roulettes. Sans aucun doute l'héritage d'Anne. Quelle maîtresse de maison remarquable elle avait dû être ! Mélanie n'aurait pas apprécié outre mesure ce style de vie, mais elle l'admirait. Seulement il fallait un temps pour tout ! Ces arrangements que la femme de Peter avait pris avant sa mort avaient sans doute facilité la vie de sa famille pendant les mois qui avaient suivi sa disparition, mais c'était loin ! Trop loin, maintenant ! Les habitudes devaient changer dans cette maison, même si pour certains, et spécialement Peter et Mme Hahn, ces changements étaient douloureux.

Un moment plus tard les enfants partirent et Mel, sous l'œil attentif de Peter, plongea dans la piscine. Comme elle était facile à recevoir, et jolie à regarder ! Tout au fond de lui-même, il ressentit un pincement au cœur en la voyant fendre l'eau avec aisance. Puis elle revint nager à ses pieds, les cheveux dégoulinants d'eau, les yeux brillants et aux lèvres un ravissant sourire qui n'était destiné qu'à lui, rien qu'à lui.

— Vous aviez raison ! s'exclama-t-elle. J'avais vraiment besoin d'un bon bain.

— J'ai toujours raison. Et maintenant vous avez également besoin de dîner ici avec nous.

Elle hésita, puis demanda avec une grande franchise :

— Ne croyez-vous pas que vos enfants y verraient un inconvénient ?

L'hostilité dans les yeux de Pam était évidente, même Peter ne pouvait l'ignorer.

— … je crois qu'ils ne savent pas très bien comment se comporter avec moi, termina-t-elle.

Ils échangèrent un regard chargé de pensées, puis Peter s'assit sur le rebord de la piscine.

— Moi non plus !

Lui-même s'étonna de la spontanéité avec laquelle il avait lâché cet aveu. Mel, dont seule la tête émergeait de l'eau, eut soudain peur.

— Peter…

Elle se rendit compte qu'elle aurait aimé s'épancher, en dire davantage sur elle-même, sa vieille cicatrice, ses craintes de s'attacher trop profondément à un homme. Peter la regarda au fond des yeux et tous deux, à cette minute, comprirent que quelque chose d'étrange leur arrivait.

— Excusez-moi, murmura-t-il, j'ai dit une sottise.

— Non, je n'en suis pas si certaine… mais… Peter…

Ses yeux se portèrent au loin, pendant qu'elle cherchait ses mots, et se posèrent sur Pam, de nouveau postée derrière sa fenêtre et disparaissant aussitôt.

— Je ne veux pas faire intrusion dans votre vie.

Elle se força à regarder à nouveau le chirurgien.

— Pourquoi ?

Elle poussa un soupir et grimpa sur l'échelle de la piscine. Ému plus qu'il ne l'aurait voulu, ce fut lui qui dut regarder au loin. D'une voix chargée d'une douceur extrême, Mélanie demanda :

— Y a-t-il eu une autre femme depuis Anne ?

— Non, pas de cette façon.

— Alors qu'est-ce qui bouleverse tellement votre famille en ce moment ?

— Qui donc est bouleversé ?

Elle décida d'être brutale :

— Pam.

— Cela n'a rien à voir avec vous, affirma-t-il avec lassitude. Les deux dernières années ont été difficiles pour elle.

— Je le comprends bien... Peter, vous le savez, j'habite à des milliers de kilomètres de vous et il y a peu de chance que nous nous revoyions pendant une longue période. Cette interview a été un événement aussi excitant pour vous que pour moi et, dans ce genre d'affaires où des inconnus se trouvent soudain face à face, il se forme parfois des liens auxquels personne ne s'attend. Nous nous trouvons dans la situation de rescapés dérivant sur un radeau, et bien évidemment on devient très proche l'un de l'autre, et très vite. Puis c'est fini ! Demain, vous le savez, mon reportage est terminé et je rentre chez moi.

— Dans ce cas, pourquoi ne pas dîner avec nous ?

Elle s'assit à ses côtés, pensive et silencieuse.

— Je ne sais pas, finit-elle par déclarer, sinon que je ne veux pas m'embarquer à l'aveuglette.

Elle se tourna vers lui et remarqua la tristesse empreinte sur ses traits. C'était trop bête ! Ils s'aimaient tous les deux, presque trop, alors où était le problème ?

— Je crois, dit-il avec brusquerie, que vous dramatisez.

— Je dramatise ?

Ses yeux ne le quittaient pas, et elle le vit sourire.

— Non, c'est peut-être moi qui dramatise. Vous me plaisez beaucoup, Mel.

— Vous me plaisez aussi, et il n'y a rien de mal là-dedans, aussi longtemps que nous ne nous laissons pas aller.

Avec violence, soudain, elle aurait voulu se laisser aller avec lui. Quelle folie d'avoir de tels désirs alors qu'ils étaient tous deux à parler de liens qui n'avaient jamais existé et qui n'existeraient jamais ! N'était-ce pas une illusion inévitable après ces heures vécues côte à côte ? Elle se dissiperait vite peut-être ; comment savoir où était la vérité ? Mais puisqu'ils seraient séparés dès le lendemain, quel risque prendrait-elle en acceptant ce dîner ? Elle avait déjà accepté son invitation de l'accompagner chez lui, aussi pourquoi refuser quelques heures de plus ?

Peter l'étudiait avec une expression tendue qui le faisait ressembler à Matt. Il chuchota :

— Je suis si heureux que vous soyez ici, Mel !

— Moi aussi.

De nouveau il plongea son regard dans les yeux verts, elle ne se déroba pas et sentit un frisson glacé courir le long de son échine. Cet homme possédait un pouvoir magique, et il devait le savoir.

Peter souriait, heureux, puis soudain une sorte de timidité l'envahit pendant qu'elle marchait à son côté, heureuse d'avoir décidé de rester. Elle retourna dans la chambre d'invités et se changea, puis rinça le costume de bain. Enfin elle grimpa l'escalier pour le rendre à Pam. Elle avait ramassé sa chevelure avec un ruban derrière sa nuque et ne portait comme maquillage qu'un peu de mascara et du rouge à lèvres. Peu de femmes de son âge si peu maquillées auraient pu paraître aussi jeunes.

Pam, assise dans sa chambre et écoutant mélancoliquement une cassette, sursauta en l'entendant frapper. La porte était entrouverte et Mélanie se tint dans l'embrasure.

— Merci, Pam, pour le costume de bain. Voulez-vous que je le remette dans votre salle de bains ?

— Oui... merci...

La présence de Mel la mettait mal à l'aise. Mel, elle, se sentit soudain prise de l'envie irrésistible de saisir la jeune fille dans ses bras comme si elle était encore un bébé. Elle devinait tant de solitude et de tristesse dans cette âme de petite fille...

— Je connais cet air, dit-elle, Val a cette cassette elle aussi.

— Val, c'est laquelle ?

De nouveau Pam se passionnait pour les jumelles.

— La blonde.

— Est-elle jolie ?

Mélanie se mit à rire.

— Je l'espère. Si un jour vous venez à New York avec votre père vous ferez connaissance de Val et de Jessie.

Pam, qui s'était levée pour accueillir Mélanie, se rassit sur son lit.

— J'aimerais bien aller à New York un jour. Mais nous ne voyageons jamais bien loin. Papa ne peut pas abandonner son hôpital. Il a toujours un malade à surveiller. Sauf pour une quinzaine de jours en été, mais alors il devient dingue dès qu'il est loin de ses cardiaques et il téléphone toutes les deux heures pour avoir de leurs nouvelles. Nous allons à Aspen...

Mélanie la surveillait pendant qu'elle parlait et découvrait chez cette enfant une fêlure dans sa façon de parler ou même de regarder. Tout en elle appelait un peu de joie, d'excitation, d'ardeur à vivre. Seule une femme, pensa la journaliste, aurait pu l'aider et obtenir des miracles, quelqu'un qui l'aurait aimée en remplaçant la mère qu'elle avait perdue. Même si Pam y était encore trop attachée pour ne pas repousser qui voudrait prendre sa place, c'était bien d'une seconde mère dont elle avait besoin. Cette Allemande sèche comme un coup de trique qui dirigeait la maison ne pouvait lui apporter cet amour. Peter faisait de son mieux, mais c'était insuffisant.

— Aspen doit être un endroit délicieux.

Mel s'acharnait à ouvrir une porte fermée entre l'adolescente et elle. Une fois ou deux elle espéra y parvenir, mais rien n'était moins sûr.

— Oui, c'est bien. Mais j'en ai marre d'y aller.

— Où préféreriez-vous passer vos vacances ?

— La mer... Mexico... l'Europe... New York... une station élégante... où l'on peut rencontrer des gens intéressants et pas un coin pour les amoureux de la nature et les gens qui veulent excursionner...

Après un sourire hésitant, elle fit une affreuse grimace :

— Pouah !

Mel sourit.

— Nous allons à Martha's Vineyard tous les étés.

Ce n'est pas extraordinaire mais c'est charmant et nous avons la mer. Pourquoi ne viendriez-vous pas nous faire une petite visite ?

Pam accueillit cette proposition avec méfiance, mais avant que Mel ait pu ajouter un mot Matthew fit irruption dans la chambre.

— Sors d'ici, sale gosse !

Pam avait bondi sur ses pieds, prête à protéger son domaine.

— Tu n'es qu'une vermine !

Ces injures ne firent pas beaucoup d'effet sur l'enfant, qui regardait Mel avec un air d'extase.

— Papa dit que le dîner est servi et que vous devriez descendre.

Il attendit afin d'accompagner Mel. Mélanie aurait préféré rester seule avec Pam afin de la rassurer sur cette invitation à dîner. Ce n'était qu'un simple repas sans conséquence, et non le premier pas vers des relations intimes entre son père et elle, voilà ce qu'elle aurait aimé exprimer avec tact, mais elle dut suivre Matthew.

Mark les rejoignit dans l'escalier et ne cessa de se chamailler avec Pam pendant que Matthew trottinait au côté de Mélanie. Peter les attendait dans la salle à manger et, dès qu'il vit le groupe entrer, une expression égarée crispa son visage. Il suffit d'une seconde pour qu'il retrouve son sang-froid, mais Mélanie se douta que leur arrivée à tous quatre, avec elle jouant le rôle de la mère, avait dû lui faire un choc. Depuis trop longtemps il n'avait pas contemplé cette scène familiale.

— Vous ont-ils retenue en otage là-haut ? Je commençais à le craindre.

— Pas du tout, j'étais juste en train de bavarder avec Pam.

Cette réponse lui fit manifestement plaisir. Chacun s'assit à sa place ; Mel hésita. Vers quel siège se diriger ? Rapidement, Peter lui désigna la chaise à sa droite. Cette place déplut à Pam, qui faillit se lever de sa propre chaise. Elle s'installa cependant à sa place, à l'autre extrémité de la table, face à son père, avec les garçons de chaque côté d'elle.

— Mais je…, commença-t-elle.

— Aucune importance, coupa Peter.

Sa voix était ferme, et Mel comprit immédiatement la cause du mécontentement de Pam : l'invitée se trouvait à la place habituelle de sa mère. Mélanie fut la première à le regretter, elle aurait préféré s'asseoir n'importe où plutôt qu'à la droite de Peter. Il y eut un long, un profond silence dans la pièce, et même Mme Hahn marqua un temps d'arrêt en entrant. Mel regarda Peter d'un air implorant mais il ne broncha pas.

— Tout va bien, Mel.

Le regard rassurant qu'il posait sur elle se promena ensuite sur chacun des convives, et la conversation reprit. En un instant le bavardage devint général pendant que les cuillers plongeaient dans le délicieux potage froid au cresson de Mme Hahn.

Le repas s'écoula gaiement. Peter avait eu raison de tenir bon et de ne pas dramatiser l'incident.

Ensuite Mel et lui prirent le café dans le bureau pendant que les enfants montaient dans leurs chambres. Mel ne les revit pas jusqu'à l'heure de son départ. Pam vint lui serrer la main d'une façon assez cérémonieuse, et la journaliste comprit qu'elle était soulagée de la voir partir. Mark lui demanda un autographe ; quant à Matthew, il lui jeta les bras autour du cou en la suppliant de rester.

— C'est impossible, mais je te promets de t'envoyer une carte postale de New York.

— Ce n'est pas pareil.

Des larmes remplissaient ses yeux. Mais qu'aurait-elle pu faire ? Elle le tint longtemps dans ses bras, embrassa ses bonnes petites joues et passa la main dans ses cheveux.

— Peut-être que tu viendras me voir à New York un jour.

Mais ils savaient tous les deux que cette éventualité devait être exclue au moins pour un bon bout de temps sinon pour toujours. Mel en ressentit du chagrin pour lui.

De la voiture qui l'emmenait elle vit l'enfant agiter la main et l'émotion lui noua la gorge :

— Cela me navre de le quitter...

Elle regarda Peter, et il fut touché de l'expression qu'il put lire dans ses yeux. Il lui tapota la main et ce fut la première fois qu'il se permit un geste véritablement un peu tendre, la première fois qu'il établissait un contact physique entre eux. Un frisson parcourut son bras et il retira aussitôt sa main. Mélanie regardait au loin.

— Quel enfant attachant ! Tous sont attachants...

Même Pam. Elle les aimait tous et les plaignait pour l'épreuve qu'ils avaient dû traverser ainsi que Peter. Elle soupira doucement.

— Je suis contente d'être venue chez vous.

— Moi aussi, vous nous avez fait beaucoup de bien. Nous n'avons pas eu de repas aussi gai depuis... depuis des années.

Elle eut l'intuition de ce qu'avaient dû être ces repas depuis la mort d'Anne. Toute cette famille avait vécu dans une tombe et de nouveau elle se persuada que la maison aurait dû être vendue. Mais elle n'en souffla mot et se contenta de dire :

— Merci pour votre invitation...

— Je suis heureux que vous soyez venue.

— Moi aussi.

Le parking de l'hôpital était déjà en vue, bien trop vite. Ils descendirent de voiture, ne sachant que dire.

— Merci, Peter. Grâce à vous j'ai passé une soirée délicieuse à Los Angeles.

Intérieurement elle nota qu'il lui faudrait envoyer des fleurs le lendemain, et peut-être un souvenir aux enfants si elle en avait le temps avant le décollage. Elle avait aussi quelques courses à faire pour les jumelles.

— Merci, Mel.

Il la regarda tout au fond des yeux pendant quelques secondes qui s'éternisèrent, puis lui tendit la main.

— Je vous verrai donc demain matin, lors de votre visite à Pattie Lou.

Il l'accompagna jusqu'à sa voiture, et ils restèrent encore quelques instants l'un près de l'autre avant qu'elle s'installe derrière le volant.

— Merci encore.

— Bonne nuit, Mel.

Il sourit et se dirigea vers l'hôpital pour prendre des nouvelles de Pattie Lou avant la nuit.

CHAPITRE VII

Le lendemain matin, Pattie Lou passa pendant quelques instants sous les caméras. Malgré les appareils chirurgicaux et les sondes, elle avait presque bonne mine. Mélanie s'en étonna. Peter avait réalisé un véritable miracle mais elle ne voulut pas s'appesantir sur la durée de cette guérison. Ne seraient-ce que quelques années, le résultat serait quand même largement positif. Avec le cas Pattie Lou, le Dr Peter Hallam avait gagné la partie.

Elle rencontra le chirurgien dans le hall juste après avoir quitté la chambre de la malade. L'équipe de télévision avait déjà remballé ses appareils et partait pour l'aéroport. Mélanie, qui prendrait seulement l'avion du soir, était restée plus longtemps pour dire adieu à Pearl. Il lui fallait encore retourner à son hôtel pour régler sa note, puis faire quelques courses dans Beverly Hills, y compris les cadeaux pour les jumelles. Depuis toujours, elle rapportait quelques souvenirs de ses reportages ; elle considérait cet usage avec le respect que l'on doit à une vieille tradition. Aussi s'apprêtait-elle à passer une heure ou deux dans les boutiques de Rodeo Drive.

— Hello ! dit Peter.

Il était superbe, aussi reposé que s'il n'avait rien eu à faire depuis le matin.

— Quels sont vos projets pour aujourd'hui ?

— Faire mes paquets ! Je viens de voir Pattie Lou, elle est magnifique.

— Oui, elle va bien.

Il rayonnait comme le vainqueur d'une difficile compétition.

— Je suis allé lui rendre une visite, moi aussi.

Il l'avait même examinée à deux reprises, mais il dissimula cette précision. Inutile d'inquiéter Mel.

— Je comptais vous appeler cet après-midi pour vous remercier encore de cette charmante soirée chez vous.

Elle épiait son regard, cherchant à deviner ses pensées.

— Les enfants sont grisés de vous avoir rencontrée, Mel.

— Moi aussi j'ai été heureuse de faire leur connaissance.

Mais Pam, pensa-t-elle, n'avait pas dû cacher son hostilité envers son invitée lorsqu'il était rentré chez lui après l'avoir raccompagnée. Mélanie remarqua que le chirurgien la regardait pensivement, et elle se demanda ce qui pouvait le tracasser ainsi. Après avoir hésité, il lui dit brusquement :

— Êtes-vous très pressée ?

— Non, pas tellement. Mon avion s'envole à dix heures ce soir. Pourquoi ?

Elle n'osa pas aborder le sujet des cadeaux à faire aux jumelles : il aurait estimé cette occupation trop frivole dans ce bâtiment où des êtres humains luttaient pour rester en vie.

— Cela pourrait vous intéresser de revoir Marie Dupret ?

La jeune fille, déjà, occupait toutes les pensées du chirurgien.

— Comment va-t-elle ce matin ?

Comment, pensa-t-elle, pouvait-il se préoccuper avec une telle intensité d'une inconnue ? Pourtant cet intérêt n'était pas feint, il était toujours sincère dans ce qu'il disait et ce qu'il faisait.

— État stationnaire. Nous allons lancer un appel sur les ondes pour trouver un cœur.

— Si seulement vous pouviez en avoir un bientôt !

Encore une fois ce souhait sonna sinistrement à son oreille pendant qu'elle suivait Peter jusqu'à la chambre de Marie.

La malade lui parut plus pâle et plus faible que la veille. Peter s'assit tout près d'elle et bavarda d'une façon presque intime avec elle. Plus rien n'existait dans la chambre que sa malade et lui. Une sorte de communion s'établissait aussitôt entre eux, au point que Mélanie se demanda un instant si Peter ne nourrissait pas un sentiment plus personnel pour Marie. Mais l'absence de tout sous-entendu dans ses façons était évidente. Simplement il se faisait un tel souci pour elle qu'on aurait pu croire qu'ils se connaissaient depuis des années.

Peu à peu, Marie se détendit. Ses yeux se portèrent sur la journaliste.

— Merci d'être revenue me voir, miss Adams.

Un seul regard suffisait pour se rendre compte que, sans une greffe, elle n'en avait plus pour longtemps. Son état avait empiré depuis la veille, c'était évident.

138

Mel sentit son cœur se serrer pendant qu'elle s'approchait du lit.

— Je retourne à New York ce soir, Marie, mais je prendrai de vos nouvelles, et je suis sûre qu'elles seront très bonnes.

La jeune fille resta silencieuse, puis ses lèvres pâles s'entrouvrirent pour un sourire las :

— Merci beaucoup.

Sous le regard de Peter et de Mélanie, elle laissa des larmes glisser sur ses joues.

— Je ne sais pas si un donneur se présentera assez tôt.

Peter se pencha vers elle :

— La seule chose que je vous demande, c'est de prendre patience. C'est facile, non ?

Sa main étreignait celle de Marie et ses yeux, en la fixant, essayaient de lui infuser le désir de lutter pour vivre. On pouvait sentir comme une force magnétique émanant de Peter vers la jeune fille étendue sur le lit.

— Tout s'arrangera, déclara fermement Mélanie.

Elle prit l'autre main de Marie dans la sienne et fut désagréablement impressionnée par la froideur du contact. La main était glacée, par suite d'une mauvaise circulation qui expliquait également la pâleur cadavérique du teint.

— Je sais que tout s'arrangera, répéta-t-elle.

De nouveau Marie la fixa, sans faire le moindre mouvement tant elle était faible.

— Vous croyez vraiment ?

Mélanie hocha affirmativement la tête, tout en rassemblant ses forces pour retenir ses larmes. Comment croire en une guérison lorsqu'on voyait l'état de la malade ! En quittant la chambre, elle pria désespérément pour qu'un donneur puisse insuffler une nouvelle vie à Marie. Dans le couloir, elle se tourna avec tristesse vers Peter :

— Pourra-t-elle attendre suffisamment pour que vous puissiez l'opérer ?

Elle avait peur de la réponse, et Peter lui-même n'avait pas l'air optimiste. Pour la première fois, il parut épuisé par cette bataille sans fin.

— Je l'espère, mais je ne peux me prononcer avant de disposer d'un cœur tout neuf.

La question : « Et si vous n'avez pas de cœur à votre disposition ? » vint aux lèvres de Mélanie, mais la réponse lui parut si tragiquement évidente qu'elle préféra se taire. Jamais elle n'avait rencontré un être aussi épuisé que Marie. À se demander comment elle était encore en vie !

— J'aimerais tellement qu'elle guérisse ! dit Mélanie.

Peter lui lança un regard étrangement intense, puis acquiesça.

— Je l'espère aussi. Quelquefois, le facteur émotionnel donne de bons résultats. J'irai la voir encore une fois, un peu plus tard, et les infirmières la surveillent de très près, et pas seulement à l'aide des monitorings. Malheureusement Marie n'a ni famille ni amis.

Le cœur étreint, Mélanie resta silencieuse en suivant Peter jusqu'au bureau des infirmières. Elle traînait presque les pieds. Plus rien ne la retenait à l'hôpital. Peter avait son travail qui l'attendait et elle devait prendre congé, même si cette perspective lui déplaisait. Elle aurait préféré s'attarder encore, revoir Pattie Lou, parler à Pearl, prier pour Marie, faire une dernière visite aux malades vus la veille. Mais le vrai motif n'était pas là, elle devait bien s'en rendre compte. Ce qui la retenait encore dans les parages, c'était Peter lui-même. Elle n'avait aucune envie de se séparer de lui. Il parut réagir d'une façon semblable. S'éloignant des infirmières et de leurs dossiers médicaux, il s'approcha d'elle.

— Je vous rejoins dans le hall, Mel.

— Très bien.

Elle ne refusa pas. Elle voulait se retrouver seule avec lui, sans trop savoir pourquoi. Peut-être était-ce seulement son style qui lui plaisait, sa façon de traiter les malades, son rayonnement. Il l'attirait avec une force indéniable. Mais vers quoi ? Elle vivait à New York et lui à Los Angeles. S'ils avaient habité la même ville, comment auraient tourné leurs relations ? Personne ne pouvait le savoir. Elle y réfléchissait pendant qu'il l'accompagnait jusqu'à sa voiture.

— Merci pour tout, dit-elle en le regardant bien en face.

— Pour quoi ? interrogea-t-il en lui souriant doucement.

— Pour avoir sauvé la vie de Pattie Lou...

— Je l'ai fait pour elle, pas pour vous.

— Alors pour tout le reste : votre gentillesse, votre temps perdu avec moi, votre coopération, le dîner...

Les mots lui manquèrent, ce qui amusa Peter.

— Autre chose à ajouter ? Le café dans le hall ?

— Très bien, très bien...

Elle eut un petit rire, et il lui prit la main.

— C'est moi qui vous remercie, Mel. Vous m'avez beaucoup apporté. Vous êtes la première personne avec qui j'aie pu réellement parler depuis deux ans. Je vous en suis reconnaissant.

Avant qu'elle ait trouvé une réponse, il ajouta :

— Pourrai-je vous appeler à New York quelquefois ? Ou cela vous dérangerait-il ?

— Pas du tout. J'aimerais beaucoup que vous me téléphoniez.

Son cœur avait bondi dans sa poitrine. Elle avait eu la réaction d'une très jeune fille.

— Alors je vous passerai un coup de fil. Je vous souhaite un bon voyage.

Il lui serra la main une fois encore, s'éloigna, fit un signe de la main et disparut. Aussi simple que cela. Et tout en conduisant vers Rodeo Drive, elle ne put s'empêcher de se poser la question : le reverrait-elle ?

CHAPITRE VIII

Tout en faisant ses courses, Mélanie décida de chasser Peter Hallam de son esprit. Elle prit cette décision à plusieurs reprises. Ce n'était pas normal de penser si souvent à lui. Que représentait-il pour elle, après tout ? Un homme intéressant, une personnalité à interviewer. Rien de plus, qu'il soit séduisant ou pas. Elle essaya de penser uniquement à Val et à Jess, mais toujours Peter faisait irruption et lui brouillait les idées. Son souvenir la poursuivait encore pendant qu'elle mettait sa valise dans la voiture et se dirigeait vers l'aéroport. Il était 8 heures du soir. Sans raison, soudain, la figure de Pam, aussi nette que si elle était présente, s'imposa à elle, avec cette expression blessée, abandonnée et si triste.

— Désolant !

Elle avait parlé presque à voix haute. Le chauffeur lui jeta un regard.

— Qu'est-ce qu'il y a ?

Elle secoua la tête tout en riant intérieurement.

— Rien.

Il n'insista pas. Du moment que sa passagère lui octroyait un bon pourboire, le reste lui importait peu. Il eut son pourboire et Mélanie arriva à l'aéroport.

Elle enregistra sa valise, acheta trois magazines et s'assit près de la porte d'embarquement. Il était 21 heures. Dans vingt minutes elle monterait à bord. Un regard autour d'elle lui apprit que l'avion serait plein, mais, comme elle avait l'habitude de voyager en première classe, le trajet se ferait sans problème. Tout en feuilletant ses journaux elle prêtait l'oreille aux appels du haut-parleur. Elle prenait le dernier vol du jour pour New York, ce fameux « œil rouge » qui permettait d'économiser une journée en partant à la nuit tombée : arrivée à 6 heures du matin, à New York, après cinq heures épuisantes.

Brusquement, elle tressaillit. N'était-ce pas son nom qui avait été prononcé au micro ? Non, elle décida qu'elle avait fait une erreur. La voix appela le numéro du vol et Mélanie laissa passer le premier flot des passagers vers la porte. Elle saisit son sac et le fourre-tout qui l'accompagnait toujours et se présenta au contrôle avec son billet à la main. C'est alors que de nouveau son nom retentit à ses oreilles. Cette fois, elle était sûre de ne pas se tromper.

— Mélanie Adams, s'il vous plaît, prenez le téléphone intérieur blanc... Mélanie Adams... Téléphone intérieur blanc, s'il vous plaît... Mélanie Adams...

Combien de temps lui restait-il ? Elle se rua à la recherche du téléphone blanc le plus proche, prit le récepteur et se nomma dès qu'elle eut établi le contact :

— Allô ? Je suis Mélanie Adams. Je crois que vous avez lancé un avis d'appel pour moi ?

Elle posa son fourre-tout à ses pieds et attendit anxieusement la réponse.

— Vous avez un appel du Dr Peter Hallam. Il

demande que vous le rappeliez immédiatement si vous le pouvez.

La standardiste lui donna le numéro de téléphone personnel du chirurgien. Mélanie se précipita dans la cabine la plus proche, fouilla dans son sac pour trouver un jeton et, un œil angoissé fixé sur l'énorme pendule centrale, s'aperçut qu'il ne lui restait plus que cinq minutes avant l'embarquement. Pas question de rater son avion ! Demain matin il lui fallait se trouver à New York ! Enfin elle trouva un jeton et l'introduisit dans la fente de l'appareil. Elle forma le numéro.

— Allô ?

Le cœur de Mélanie bondit dans sa poitrine en entendant la voix de Peter.

— C'est Mel. Je n'ai plus que quelques minutes pour attraper mon avion...

— Ce sera suffisant, répondit-il brièvement. Nous avons un donneur pour Marie Dupret et je pars immédiatement pour l'hôpital. Je voulais vous en informer pour le cas où vous auriez voulu rester.

Mélanie réfléchit pendant qu'il s'expliquait. Pendant un quart de seconde le désappointement l'avait envahie. Elle avait espéré qu'il voulait seulement lui souhaiter encore une fois bon voyage, mais passé cette désillusion elle pesa le pour et le contre de sa proposition. Une greffe pour Marie Dupret ! Ils avaient trouvé un cœur !

— Je ne sais pas si vous avez l'intention de changer vos projets, mais j'ai préféré vous informer. Sans savoir quel vol vous preniez, j'ai téléphoné au hasard.

— Vous avez bien fait ! Mais... Peter, est-ce que nous pourrions filmer pendant l'intervention ?

Quel reportage sensationnel ce serait ! Et cela lui donnerait l'occasion de rester un jour de plus.

Il y eut un silence au bout du fil.

— Très bien, dit enfin le chirurgien. Pourrez-vous trouver des cameramen à Los Angeles ?

— Je peux essayer. Mais je dois aussi obtenir l'accord de New York pour rester ici.

Mais cet appel pouvait demander du temps, peut-être même lui faire rater son avion.

— Je ne sais pas ce que je vais faire, répondit-elle. Mais de toute façon je laisserai un message à l'hôpital pour vous.

— Parfait. Je dois m'en aller maintenant. À bientôt.

Il raccrocha brusquement, sans ajouter un mot, comme s'il venait de clore une discussion d'affaire. Mélanie, figée près de la cabine, rassemblait ses idées. De toute urgence il fallait obtenir un délai avant le départ. Pour cela il suffisait de s'adresser au directeur au sol. Ce n'était pas la première fois que la journaliste avait recours à cette mesure d'exception. Si elle disposait de cinq ou dix minutes, elle aurait le temps de contacter son bureau à New York. Encore fallait-il joindre l'un des directeurs de la télévision, pour avoir son accord. Attrapant son sac et son fourre-tout à la volée, elle courut jusqu'à la porte d'embarquement et demanda à parler au directeur au sol. C'était une femme. Mélanie exhibant sa carte de presse lui demanda :

— Pouvez-vous retarder le vol de dix minutes ? Je dois appeler New York pour un reportage urgent.

La directrice ne cacha pas sa contrariété. Mais des personnalités comme Mélanie avaient droit à des faveurs exceptionnelles : par exemple des places dans un avion archi-bondé, même si cela signifiait la réquisition de sièges déjà occupés.

— Je vous donne dix minutes, mais pas une de plus.

Prolonger l'attente sur la piste coûtait des fortunes à la compagnie. La directrice se mit à parler dans son walkie-talkie. Mélanie se précipita dans une cabine et obtint presque immédiatement la salle de rédaction, mais, pour joindre un producteur-adjoint et un directeur du reportage, elle perdit quatre précieuses minutes.

— Pourquoi voulez-vous prolonger ce reportage ?

— Pour un scoop extraordinaire. L'une des malades que j'ai interviewées attendait un cœur pour être opérée. Et le Dr Hallam m'appelle à l'instant. Ils ont un donneur et ils vont l'opérer. Si vous êtes d'accord, j'alerte une équipe de cameramen sur place et je me précipite au Center City pour filmer l'intervention.

L'excitation lui coupait littéralement le souffle, d'autant qu'elle avait couru pour gagner la cabine. Le moment crucial de la décision était venu.

— Alors restez, mais magnez-vous pour être de retour demain soir.

— D'accord !

Elle poussa un soupir de soulagement en reposant le récepteur, puis se remit à courir jusqu'à la porte d'embarquement. Elle expliqua qu'elle annulait son voyage, appela la station de télévision locale pour engager une équipe de cameramen, enfin se rua à l'extérieur pour prendre un taxi. La compagnie lui avait garanti que sa valise serait débarquée à New York et qu'elle pourrait la récupérer sans problème.

L'équipe de cameramen l'attendait dans le hall de l'hôpital. Ils gagnèrent l'étage réservé aux opérations chirurgicales. Tous durent se laver les mains, porter des masques et des blouses, et se débrouiller pour loger leur matériel dans un coin de la salle. Mel insista fermement pour qu'ils observent scrupuleusement les recommandations.

Enfin, véhiculée sur un chariot, Marie fit son apparition. Ses yeux étaient fermés. Elle était blanche comme une morte, parfaitement immobile. Le Dr Hallam arriva, avec son masque et sa blouse, et lui dit quelques mots. On aurait cru qu'il n'avait pas aperçu Mélanie, bien qu'il eût jeté un coup d'œil aux cameramen, indiquant qu'il était satisfait de la façon dont ils avaient disposé leurs appareils. Puis, sous le regard fasciné de Mel, il commença à opérer.

Il donnait des ordres brefs aux membres de son équipe et chacun obéissait avec une rapidité et une précision extraordinaires. Tout en surveillant sans cesse les monitorings, Peter dirigeait une sorte de ballet compliqué de mains et d'instruments faisant le va-et-vient avec un énorme plateau.

À la première incision, Mélanie détourna les yeux, mais ensuite elle fut comme aspirée par la magie de cette scène dramatique. Les minutes puis les heures s'écoulèrent sans qu'elle puisse détacher les yeux de ce spectacle. En silence elle priait avec ferveur pour le succès de l'opération. Le chirurgien extrayait un cœur usé pour le remplacer par l'organe tout neuf d'une jeune femme décédée quelques heures auparavant. Rien de plus oppressant que d'apercevoir le cœur de Marie retiré de la cage thoracique et déposé sur un plateau ! Mais la journaliste observa un silence total, même lorsqu'elle assista à l'introduction de l'organe sain dans la cavité et que, au-dessus de la poitrine entrouverte, des mains voltigèrent avec rapidité pour recoudre les valves, les artères et les veines. Soudain, dans la grande salle, les monitorings se remirent à fonctionner et les battements du nouveau cœur résonnèrent comme un roulement de tambour dans les oreilles des assistants. L'équipe chirurgicale tout entière admira ce miracle.

Pendant deux heures encore le chirurgien et ses assistants poursuivirent leur travail de précision et enfin la dernière incision fut refermée. Peter se redressa, sa blouse tachée de transpiration, les muscles de ses bras douloureux, et il surveilla avec attention le transport de sa malade dans une chambre proche d'où elle pourrait être surveillée pendant de nombreuses heures. Lui-même se tiendrait à proximité pendant les six ou huit heures suivantes pour suivre l'évolution de son état et s'assurer que tout allait bien. Dans l'immédiat il avait la situation bien en main. Aussi sortit-il dans le hall afin de prendre un peu l'air. Mélanie le suivit des yeux. Le regarder opérer avait été une expérience extraordinaire, et elle lui en était profondément reconnaissante. Pendant qu'il bavardait avec les membres de son équipe, tous encore avec leur masque et leur blouse, elle échangea quelques mots avec les cameramen. Ils rangeaient leurs appareils, prêts à repartir chez eux. Le tournage les avait impressionnés.

— C' gars-là, c'est pas rien !

Le chef des techniciens enleva sa blouse bleue et alluma une cigarette, encore ému : cet échange de cœurs, la précision des mains toujours en mouvement dans leur extraordinaire entrecroisement, allant et venant sans cesse, parfois par deux ou par quatre, recousant de microscopiques morceaux de chair ou des veines à peine plus grosses que des cheveux.

Avec une sorte de crainte, il déclara à Mélanie :

— Quand on voit ça, on croit aux miracles !

Il lui serra la main.

— J'ai été heureux de travailler avec vous.

— Merci d'avoir répondu si vite à mon appel.

Il lui assura qu'elle aurait le film dès le lendemain à New York afin qu'elle puisse compléter son reportage. Enfin ils finirent de plier leurs appareils et prirent congé. Mélanie changea de vêtements. Elle fut surprise de voir Peter dans ses habits de ville. Elle se souvint vaguement qu'il s'était rendu dans son bureau, mais quand donc le lui avait-il dit ? Quelle chose étrange de le voir réapparaître comme s'il n'était plus qu'un simple mortel !

— Êtes-vous satisfait ? lui demanda-t-elle.

Ils traversaient le hall et, dans son cœur, Mélanie sentait une vague de joie à la seule idée d'être au côté de Peter.

— Oui, pour le moment tout va bien. Mais les prochaines vingt-quatre heures restent critiques pour Marie. Nous devrons exercer une surveillance incessante car elle était terriblement faible lorsque nous l'avons opérée. Avez-vous vu son cœur ? Il était dur comme du roc, il n'aurait pu fonctionner bien longtemps. Je me demande si elle aurait pu attendre vingt-quatre heures de plus. Quelle chance pour elle que nous ayons pu disposer d'un donneur à temps...

Donneur... donneur... un anonyme... sans figure... sans passé... rien qu'un « donneur » ... Le cœur d'une inconnue dans le corps d'une femme que tous connaissaient maintenant, Marie. Quel phénomène difficile à admettre ! Même après avoir assisté à quatre heures de prouesses chirurgicales !

Mélanie vit à sa montre qu'il était déjà plus de 6 heures. À l'extérieur le soleil commençait à se lever, la nuit s'était écoulée et Marie était encore vivante.

— Vous devez être épuisée.

Il regarda le visage tourné vers lui et remarqua les cernes bleuâtres sous les yeux.

— Il est beaucoup plus fatigant de suivre une opération que d'opérer soi-même, remarqua-t-il.

— Vous m'étonnez.

Elle ne put réprimer un bâillement. Comment Marie se sentirait-elle à son réveil ? C'était bien là le pire, et Mélanie craignait pour elle. La pauvre enfant aurait besoin de beaucoup d'énergie, plus encore qu'il ne lui en avait fallu jusqu'à ce jour. Il lui faudrait supporter un dur traitement pour lutter contre le rejet et les infections, avec un corps qui venait d'être presque ouvert en deux pour l'opération. Mélanie eut un mouvement d'épaules à cette pensée, et Peter la vit devenir plus pâle encore. Sans hésiter il la força à s'asseoir sur le siège le plus proche. Il venait juste de remarquer qu'elle allait défaillir, avant même qu'elle s'en soit doutée elle-même. D'une main ferme il l'obligea à baisser la tête vers ses genoux. Mel, stupéfaite, ne prononça pas le moindre mot.

— Laissez-vous aller, respirez profondément et exhalez par la bouche…

Elle voulut lui parler, mais se sentit soudain si faible qu'elle ne put articuler un son. Quelques minutes plus tard, elle se sentit mieux. Elle regarda Peter avec étonnement :

— Je n'ai rien senti venir…

— En effet, ma chère, mais une minute de plus et vous deveniez verte comme une pomme. Vous devriez manger quelque chose en bas et retourner vite à votre hôtel pour dormir.

Il se souvint alors qu'elle avait déjà quitté son hôtel. Une idée lui vint :

— Pourquoi ne pas vous reposer chez moi ? Mme Hahn vous installera dans la chambre des invités, et les enfants ne s'apercevront même pas que vous êtes revenue.

Il regarda sa montre. Dans quelques minutes il serait 7 heures.

— Je vais appeler Mme Hahn.

— Non, s'il vous plaît. Je retourne à mon hôtel.

— Ce serait absurde. Pourquoi louer à nouveau une chambre alors que vous pouvez dormir chez moi ? Personne ne viendra vous déranger de toute la journée.

Quelle gentillesse ! Mais quelle imprudence aussi, peut-être. Cependant, lorsqu'elle se leva, elle se sentit encore si lasse qu'elle n'eut pas le courage de discuter, ni même celui de téléphoner à l'hôtel. Elle vit Peter se diriger vers un bureau, saisir un téléphone, et elle se rassit. Jamais elle n'avait éprouvé une telle faiblesse. Elle n'avait pas plus de forces qu'un bébé. Peter revint, frais et dispos comme s'il avait dormi toute la nuit au lieu de s'épuiser au-dessus d'une table d'opération. La satisfaction d'avoir gagné la partie, en tout cas momentanément, devait le soutenir.

— Mme Hahn vous attend. Les enfants ne se lèvent pas avant 8 heures, sauf Mark, qui doit être déjà parti.

Il s'éloigna pour poser quelques questions à une infirmière, puis revint auprès de Mélanie.

— Marie va très bien. Je vous accompagne en bas et je vous mets dans un taxi, ensuite je reviendrai surveiller ma malade.

— Vraiment vous ne devriez pas… C'est trop bête que je…

C'était vraiment ridicule, en effet. Elle avait couvert des événements sanglants et des batailles de rues sans faiblir, et brusquement elle avait peine à se tenir debout sans avoir de vertige. Heureusement Peter la soutint par le bras pendant qu'ils se rendaient au rez-de-chaussée.

— Je pense que c'est l'âge…

Elle lui sourit piteusement pendant qu'ils attendaient un taxi.

— Je ne devrais pas être si fatiguée…

— C'est juste un moment de dépression. Nous ressentons tous cela à un moment ou un autre.

— Qu'allez-vous faire ?

— Je reste ici et je vais tâcher de dormir quelques heures. La nuit dernière, après vous avoir téléphoné, j'ai appelé ma secrétaire afin qu'elle annule tous mes rendez-vous pour aujourd'hui. L'un de mes assistants fera à ma place la tournée des malades ce matin, et je ferai celle de l'après-midi.

Elle savait que sous son apparence dynamique il devait mourir de fatigue. Il abaissa vers elle un regard empreint de sollicitude en l'aidant à monter dans le taxi.

— Quand retournez-vous à New York ?

— Je dois partir ce soir. Mon bureau a refusé que je reste un jour de plus.

— De toute façon, il n'y a plus rien d'intéressant à filmer, Mélanie. Nous n'avons plus qu'à surveiller Marie et à lui administrer des doses de médicaments, autant qu'elle pourra les tolérer. Vous avez vu tout ce qu'il y avait à voir cette nuit.

Elle plongea son regard dans le sien.

— Merci de nous avoir permis de tourner l'opération.

— J'étais heureux de vous savoir près de moi. Maintenant partez vite et dormez bien.

Il donna son adresse au conducteur et referma la portière. Le taxi s'engouffra dans le trafic de Los Angeles et disparut en direction de Bel Air. Tout en la regardant s'éloigner, il ressentit une joie étonnante de sa présence dans sa ville. Il savait qu'il la reverrait dans quelques heures. Les sentiments qui l'agitaient n'étaient pas très clairs, pas plus que ceux qui inquiétaient Mélanie. Mais il savait au moins une chose : il était amoureux d'elle.

CHAPITRE IX

Mme Hahn, derrière une fenêtre, attendait le retour de Mel à Bel Air. Avec tout juste un « hello » d'accueil, elle la conduisit dans la chambre des invités. Mel la remercia et regarda autour d'elle, mourant de faim, à bout de forces. Elle rêvait surtout de prendre un bain bien chaud, mais elle n'eut pas le courage de le faire couler. Elle posa son fourre-tout et son sac près du lit. Pourrait-elle récupérer facilement sa valise lorsqu'elle arriverait à New York ? Pour le moment, elle refusa de se faire du souci à ce sujet. À peine allongée sur le lit, sans s'être déshabillée, elle se laissa emporter par le sommeil. Ses pensées erraient encore autour de Peter et de Marie lorsqu'elle perçut un petit coup frappé à la porte. Difficilement elle revint à un état conscient et se tourna vers la porte.

— Oui ?

Mme Hahn entra avec un petit plateau d'osier.

— Le docteur a pensé que vous auriez envie de manger quelque chose.

Avec l'impression d'être une pauvre malade, Mélanie dévora des yeux une assiette contenant des œufs brouillés encore fumants et une tasse de chocolat chaud exhalant une odeur délicieuse dans toute la chambre.

— Je ne vous ai pas apporté de café afin que vous puissiez dormir.

— Merci beaucoup.

Un peu embarrassée de faire attendre la gouvernante, elle se hâta de s'asseoir sur le bord du lit, honteuse de sa veste chiffonnée, de son chemisier tout froissé et de ses cheveux complètement décoiffés par ce début de somme. Sans prononcer un mot, Mme Hahn posa le plateau sur une table près du lit et sortit de la pièce.

Pendant que Mel dévorait ses œufs accompagnés de toasts elle entendit soudain du bruit venant de l'étage supérieur et se demanda si c'était Matthew ou Pam se préparant pour l'école. Mais elle n'eut pas la force d'aller leur dire bonjour. Voracement elle termina son chocolat et son dernier toast et se recoucha, rassasiée, exténuée, mais enchantée du reportage. Allongée sur le dos, les yeux fermés, les bras repliés sur sa tête, elle dormit ainsi jusqu'à 3 heures de l'après-midi.

En regardant l'heure à sa montre, elle éprouva un choc et sortit d'un bond de son lit. Puis elle se demanda où elle pourrait bien aller. Que dirait Mme Hahn en constatant qu'elle dormait toute la journée ! Et les enfants qui allaient rentrer d'une minute à l'autre ! Tout en marchant dans la chambre, elle se demandait surtout comment Marie avait supporté les sept dernières heures. Apercevant un téléphone posé sur un secrétaire, elle s'y dirigea aussitôt, pieds nus. Elle appela l'hôpital, demanda l'étage de cardiologie, puis directement Peter. Le téléphoniste lui répondit qu'il ne pouvait être dérangé dans l'immédiat. Mélanie pensa qu'il était peut-être en train de dormir.

— J'appelais pour avoir des nouvelles de Marie Dupret, la transplantée du cœur…

Il y eut un silence au bout du fil.

— … Ici Mélanie Adams. J'ai assisté à l'intervention la nuit dernière.

Elle ne sut quoi ajouter, mais il était inutile de préciser davantage. Tout le personnel de l'hôpital savait qui elle était, et qu'elle effectuait un reportage sur Peter Hallam et Pattie Lou Jones.

— Un moment, s'il vous plaît.

La voix était brusque. Un moment plus tard elle reconnut le timbre familier de Peter.

— Vous êtes réveillée ?

— Tout juste, mais vraiment honteuse d'avoir dormi toute la matinée jusqu'à maintenant.

— Vous en aviez bien besoin. Vous avez failli vous effondrer lorsque je vous ai quittée. Mme Hahn vous a-t-elle donné un peu à manger ?

— Oui, c'était parfait. Je me trouve dans le meilleur hôtel de Los Angeles.

Tout en parlant elle promenait un regard intéressé sur la décoration de la chambre, devinant que chaque détail en avait été fixé par Anne.

— Comment va Marie ?

— Bien.

Il parut heureux qu'elle ait pensé à lui poser cette question.

— La nuit dernière je n'ai pas eu le temps de vous expliquer que nous avons adopté une nouvelle technique et qu'elle a bien fonctionné. Je vous fournirai quelques renseignements plus tard, mais pour le moment je vous confirme seulement que Marie va très bien. De toute façon, il faut au moins une semaine pour savoir s'il y aura rejet ou non.

— Dans combien de temps saurez-vous qu'elle est hors de danger ?

— Il faut attendre assez longtemps.

Probablement, pensa Mel, jusqu'à ce qu'elle rende le dernier soupir.

— Mais nous avons bon espoir car pour le moment elle réagit au mieux.

— Pourvu que cela dure !

— Nous faisons notre possible.

Une fois de plus elle admira sa modestie. Jamais il ne se mettait en avant en s'attribuant une victoire dont il était pourtant l'artisan.

— Avez-vous dormi ?

La réponse fut vague.

— Un peu… J'ai décidé d'effectuer moi-même les tournées de malades ce matin, puis je me suis un peu reposé. Je reviendrai sans doute pour dîner chez moi ce soir avec les enfants. Je peux me décharger sur l'un de mes assistants…

Puis soudain, d'une voix amicale, chaude, il ajouta vivement :

— Je vous verrai ce soir, Mel.

Alors elle eut une folle envie de le revoir.

— Vos enfants vont finir par être excédés par ma présence.

— Cela m'étonnerait. Ils seront très contents de vous savoir encore à la maison, autant que moi. À quelle heure part votre avion ? Ou bien ne vous en êtes-vous pas encore préoccupée ?

— Je pense prendre le même vol que la nuit dernière.

Elle se savait suffisamment reposée pour supporter l'« œil rouge » sans fatigue.

— Je partirai d'ici vers 20 heures.

— Alors tout va bien. Mme Hahn nous préparera un repas pour 19 heures, comme d'habitude. Je pense revenir à la maison vers 18 heures, mais si un empêchement survient, je vous passe un coup de fil.

Pendant une minute, elle put l'imaginer prononçant ces mêmes phrases pour Anne, et l'impression en était étrange, comme si elle essayait de dérober une place appartenant à une morte. Pourtant ces paroles n'avaient rien d'exceptionnel ; aussi fut-elle furieuse contre elle-même de nourrir de telles chimères. Il lui dit au revoir et raccrocha. Encore agacée, Mélanie enleva ses vêtements qu'elle posa sur son lit et entra sous la douche. Elle tourna à fond le robinet, comme s'il pouvait chasser de stupides pensées en déversant un violent jet d'eau. Elle comprit alors qu'elle aurait pu aller piquer une tête dans la piscine, mais elle n'avait pas envie de sortir de sa chambre. Elle avait besoin d'un peu de temps pour se réveiller vraiment, se reprendre. La nuit avait été longue, et il lui faudrait appeler son bureau à New York, puis Raquel. Elle avait bien demandé au chef des reportages, la veille, d'appeler chez elle pour prévenir de son retard, mais y avait-il pensé ? Après sa douche, elle forma le numéro de son domicile et obtint Raquel aussitôt. Tout allait bien, la commission avait été faite, mais les filles ne cachèrent pas leur désappointement. Mélanie leur promit qu'elle serait de retour le lendemain matin. Puis elle appela la salle de rédaction et donna tous les détails sur l'intervention, ainsi que sur le bon déroulement des suites opératoires.

Un vrai succès, assura-t-elle, et les prises de vues ne dissimulaient rien de chaque geste du chirurgien.

— Vous verrez, les gars, ce sera un document exceptionnel !

— D'accord, et nous t'attendons avec impatience, Mel.

Elle n'éprouvait pas la même impatience. Elle aurait préféré s'attarder à Los Angeles, auprès de Peter, elle avait une foule de raisons pour prolonger son séjour : Pattie Lou, Peter, Marie... De bonnes excuses, elle s'en rendait compte, mais elle voulait rester.

Elle reposa le téléphone, s'habilla, quitta sa chambre et se mit en quête de Mme Hahn. Cette dernière préparait un rôti pour le soir. Mel la remercia à nouveau pour le plateau qu'elle lui avait apporté et murmura quelques excuses pour avoir dormi toute la journée.

Mme Hahn resta de bois.

— Le docteur m'a prévenue que vous veniez pour vous reposer. Voulez-vous quelque chose à manger ?

Efficace, mais guère aimable, elle avait un comportement assez intimidant. Jamais Mel n'aurait accepté une femme de ce genre pour s'occuper de ses filles. Pourquoi donc Peter l'avait-il gardée ! Il était tellement attentif à ce genre de détail, et avec l'absence d'une mère... Il est vrai que c'était Anne qui avait engagé Mme Hahn. Tout s'expliquait ! Quelle femme redoutable que cette Anne !

Mel accepta une tasse de café noir et se fit griller un toast. Elle s'assit dans la grande véranda aux meubles blancs.

C'était la pièce la plus ensoleillée de la maison. La plus confortable aussi, pensa-t-elle. Le style conventionnel qu'Anne avait choisi pour la décoration de sa demeure ne plaisait pas à Mel, mais dans cette véranda, allongée comme elle l'était sur une chaise longue et croquant son toast, elle se sentit à l'aise. Contemplant par la fenêtre la surface tranquille de la piscine, elle n'entendit pas la porte qui s'ouvrait et le bruit d'une personne approchant d'elle. Elle se croyait encore seule lorsqu'elle entendit une voix :

— Que faites-vous ici ?

Elle sursauta si vivement qu'elle renversa un peu de son café sur sa jambe. Heureusement, le tissu en gabardine noire la protégea d'une brûlure. Mel se retourna et vit Pam.

— Hello ! dit Mel. Vous m'avez fait une peur bleue !

Elle souriait, mais Pam gardait un visage fermé.

— Je vous croyais à New York.

— Je devais y aller, mais je suis finalement restée pour faire un reportage sur une greffe du cœur effectuée par votre père la nuit dernière. C'était vraiment remarquable.

L'admiration qu'elle avait ressentie pour la dextérité extraordinaire du chirurgien fit briller ses yeux, mais Pam resta impassible, sinon maussade.

— Ouais…

— L'école, c'était bien, Pam ?

Les yeux froids de la jeune fille se fixèrent sur Mel.

— C'était la pièce préférée de ma mère.

— Je comprends cela, je l'aime beaucoup moi aussi, il y a tellement de soleil.

Mais le commentaire de Pam avait refroidi l'atmosphère, et c'est bien ce qu'elle avait désiré. Elle s'assit lentement à l'autre bout de la pièce, et regarda à l'extérieur.

— Tous les jours elle venait s'installer ici, et elle me regardait nager dans la piscine.

C'était un bon poste d'observation, et un endroit charmant. Mel, qui observait Pam, la vit devenir triste. Elle décida de prendre le taureau par les cornes.

— Elle doit vous manquer terriblement.

Les traits de la jeune fille se durcirent, et elle laissa couler quelques secondes avant de répondre :

— Elle aurait pu être opérée, mais elle n'avait pas confiance en mon père.

Les mots tombaient avec brutalité. Mel avait du mal à croire que Pam disait la vérité.

— Je ne crois pas que c'était aussi simple que vous le pensez.

Son interlocutrice se leva d'un bond.

— Qu'est-ce que vous pouvez en savoir, sinon ce qu'*il* vous en a dit !

— Je crois que votre mère a préféré cette solution. Elle en avait le droit.

Le terrain était brûlant, elle s'en rendait compte.

— Quelquefois il est difficile de comprendre pourquoi les gens agissent d'une façon plutôt que d'une autre, poursuivit-elle.

— De toute façon, il n'aurait pu la sauver.

Elle marchait de long en large sous le regard attentif de Mélanie.

— Même avec un cœur greffé, elle serait morte aujourd'hui.

Mel hocha la tête, sachant qu'elle disait vrai.

— Qu'auriez-vous souhaité qu'elle décide ?

Pam se détourna et ses épaules se mirent à trembler. Mélanie se précipita vers elle :

— Pam...

Elle la fit pivoter doucement vers elle et vit les pleurs qui ruisselaient sur la petite figure pâle. Elle la prit alors dans ses bras et la laissa sangloter sur son épaule. L'adolescente se laissa aller pendant quelques minutes, la main de Mel caressant ses cheveux.

— Je suis tellement triste pour vous, Pam...

— Oui, moi aussi...

Enfin elle se reprit et s'assit en s'essuyant les yeux.

— Je l'aimais tellement...

— Elle vous aimait aussi, j'en suis certaine.

— Mais alors pourquoi n'a-t-elle pas tenté la greffe ? Elle serait restée plus longtemps parmi nous.

— Je ne connais pas la réponse à cette question et personne ne le saura jamais. Je crois que votre père s'est interrogé sans cesse à ce sujet, lui aussi. Mais vous devez supporter cette épreuve, si douloureuse qu'elle soit. C'est la seule solution possible.

Le regard de Pam se posa avec une sorte de défi sur Mélanie.

— J'ai cessé de manger pendant assez longtemps. Je voulais, je crois, mourir moi aussi. Mark pense que c'était seulement pour ennuyer mon père, mais c'est faux. Je ne pouvais m'en empêcher.

— Votre père l'a certainement compris. Vous sentez-vous mieux maintenant que pendant cette période ?

— Quelquefois, je ne sais pas...

Ce regard désespérément triste ! Mais qu'aurait pu faire Mel ? Cette enfant avait besoin d'une présence à ses côtés. Pendant une minute, Mel aurait voulu remplir ce rôle, mais elle avait sa propre vie à des milliers de kilomètres de là, bien remplie avec ses enfants à elle, ses problèmes, son travail.

— Vous savez, Pam, j'aimerais beaucoup que vous veniez me voir un jour à New York.

— Vos filles me traiteraient de gourde, comme mes frères.

Elle renifla bruyamment comme une petite fille. Mel lui sourit avec affection :

— J'espère qu'elles ne sont pas aussi sottes, et elles peuvent mieux comprendre les problèmes d'une fille de leur âge que ne le font les garçons. Mark a ses propres difficultés d'adulte à résoudre, et Matt est trop jeune pour pouvoir vous aider.

— Non, je ne suis pas trop jeune !

La petite voix les fit se retourner. Personne ne l'avait vu pénétrer dans la pièce. Il revenait tout juste de l'école, et le car l'avait déposé comme chaque jour devant la maison.

— Je fais mon lit, je prends mon bain tout seul et je peux faire cuire de la soupe.

Même Pam eut un sourire en l'entendant. Mel lui sourit largement.

— Je savais déjà que vous étiez un enfant terrible !

— Vous êtes revenue ?

Radieux, il avançait vers elle avec empressement.

— Je ne suis pas revenue, j'ai seulement retardé mon départ. Comment s'est passée votre journée ?

— Très bien.

Il remarqua alors la mine chiffonnée de sa sœur.

— Pourquoi est-ce que tu as encore pleuré ?

Avant qu'elle ait pu répliquer, il expliqua à Mel :

— Elle pleure tout le temps. Les filles sont bêtes.

— Mais non, voyons ! Tout le monde pleure un jour ou l'autre, même les hommes les plus costauds.

— Mon papa ne pleure jamais.

Il se rengorgeait en parlant, si bien que Mel se douta que Peter devait jouer au père macho avec lui.

— À mon avis, cela doit lui arriver.

— Jamais !

Pam le contredit aussitôt :

— Si, ça lui arrive. Je l'ai vu une fois, après...

Elle ne termina pas sa phrase qui, du reste, n'aurait rien appris à personne. Tout le monde avait compris, mais Matt se rebiffa :

— C'est pas vrai. Papa est un dur, et Mark aussi.

À ce moment, Mme Hahn entra dans la pièce et appela l'enfant pour qu'il se lave la figure et les mains. Toute résistance était impossible, il dut la suivre. Les deux femmes se retrouvèrent seules.

Mel se pencha vers la jeune fille et posa la main sur la sienne.

— Pam, si je peux faire quelque chose pour vous... Si vous avez besoin d'une amie, vous m'appelez. Je vous laisserai mon numéro de téléphone avant de partir. Vous pouvez me joindre n'importe quand. Je crois que je suis de bon conseil, je sais écouter, et New York n'est pas au bout du monde.

Pam la regarda avec des yeux soupçonneux, puis elle hocha la tête.

— Merci.

— J'ai parlé sérieusement. Vous pouvez m'appeler n'importe quand.

Pam grimaça un sourire et se leva.

— J'ai du travail qui m'attend. Vous partez bientôt ?

Elle posait sa question avec un ton équivoque, à moitié plein d'espoir, à moitié hésitant, le reflet même des sentiments qu'elle éprouvait pour l'amie de son père.

— Je prends l'avion ce soir, mais je resterai ici jusqu'à environ 20 heures.

— Vous dînerez avec nous ?

Manifestement, cette éventualité la contrariait.

— Peut-être, je n'en suis pas certaine. Est-ce que cela vous ennuierait beaucoup ?

— Non, vraiment...

Elle s'éloigna, s'arrêta dans l'embrasure de la porte, se retourna et demanda :

— Voulez-vous que je vous prête encore mon costume de bain blanc ?

— Non, il reste trop peu de temps, mais je vous remercie.

Elle fit un signe de tête et partit. Quelques minutes plus tard Matthew déboula dans la pièce avec deux livres qu'il donna à Mel pour qu'elle les lise à haute voix. Évidemment ces enfants étaient sevrés d'attentions aussi bien que d'amour. Le petit garçon ne cessa de l'occuper et de l'amuser jusqu'au retour de Peter. Elle s'aperçut tout de suite qu'il était à bout de forces. Son cœur se serra en constatant à quel point il était pâle et fatigué, d'autant que sa journée n'était pas terminée. Il avait encore beaucoup à faire chez lui avec les problèmes des enfants à régler. Quelle charge après un travail épuisant ! Il était même étonnant que Peter puisse rassembler suffisamment d'énergie pour ses enfants. Il n'y arrivait qu'au détriment de sa propre santé.

— Comment va Marie ?

Elle l'interrogeait avec des yeux pleins d'attente. Il eut un sourire las.

— Elle se porte bien. Est-ce que Matthew ne vous a pas rendue folle depuis son retour ?

— Pas du tout, et j'ai bavardé très agréablement avec Pam.

Il parut surpris.

— Ah... c'est une bonne chose. Voulez-vous prendre un apéritif dans mon bureau ?

— Avec plaisir.

Elle le suivit jusqu'à son bureau tout en murmurant quelques excuses pour l'encombrer ainsi.

— Ridicule ! Vous avez supporté une nuit plutôt exténuante. Pourquoi ne pas rester encore un jour ?

— Vous avez été vraiment gentil, répondit-elle.

Il sourit en lui tendant un verre de vin.

— Bien, faites à votre idée...

De nouveau il se montrait très amical. Comme sa fille, il devait éprouver pour son invitée une gamme de sentiments allant du froid au chaud, alternativement. Mais elle ressentait elle-même des émotions confuses et n'était pas certaine de les maîtriser. Elle leva les yeux vers lui en portant le verre à ses lèvres, et ils échangèrent quelques mots sur cet hôpital qui était devenu familier à Mélanie. Avant qu'ils aient terminé un second verre, Mme Hahn frappa à la porte avec autorité.

— Le dîner est servi, docteur.

— Merci.

Il se leva et son invitée le suivit jusqu'à la salle à manger. Pam et Matt ne tardèrent pas à les rejoindre, ainsi que Mark, rentré depuis quelques instants. Très vite, Mel fut entraînée dans une conversation animée et découvrit qu'elle s'intégrait bien à eux tous. Lorsque le moment vint de les quitter pour attraper son avion, elle éprouva un véritable regret. Elle serra Pam dans ses bras, embrassa Matt, serra la main de Mark et remercia Mme Hahn. Elle les considérait comme de vieux amis. Elle se tourna enfin vers Peter et lui serra la main.

— Merci infiniment. Cette journée a été réellement un événement exceptionnel pour moi.

Elle promena un dernier regard sur les enfants rassemblés près d'elle, puis s'adressa à Peter :

— Maintenant je ferais bien d'appeler un taxi, sinon vous allez encore m'avoir sur le dos.

— Ne soyez pas ridicule, je vais vous conduire moi-même à l'aéroport.

— Il n'en est pas question. Vous avez été debout toute la nuit, et vous n'avez pas pu dormir dans la journée comme moi.

— J'ai suffisamment dormi. Venez, ne dites plus de sottises. Où est votre valise ?

Mélanie se mit à rire :

— À New York, attendant que je vienne la récupérer, du moins je l'espère.

Devant sa mine déconcertée, elle expliqua :

— Elle était déjà enregistrée lorsque vous m'avez appelée hier soir.

Il se mit à rire lui aussi.

— C'est très sportif, ce que vous avez fait là !

— Surtout pour une vieille femme de mon âge, mais je n'aurais manqué pour rien au monde ce reportage que vous m'avez proposé.

Elle regarda avec désolation son chemisier de soie froissé auquel elle n'avait prêté aucune attention pendant les dernières heures. L'état de ses vêtements ne présentait pas une grande importance ici.

— N'insistez pas, Peter, je vais appeler un taxi.

Elle regarda sa montre. Il était 20 h 15.

— Je dois m'en aller.

Il sortit de sa poche les clefs de sa voiture et les agita sous son nez :

— Allez, venez !

Puis, tourné vers ses enfants et Mme Hahn, il ajouta :

— Si l'hôpital appelle, répondez que je serai de retour dans une heure ou deux. J'ai mon signal sur moi, aussi je pourrai prendre un message urgent si c'est nécessaire.

Cependant, avant de partir, par prudence, il téléphona pour prendre des nouvelles de Marie et de Pattie Lou ; son assistant de garde lui assura qu'elles allaient bien.

Mel agita la main en direction des enfants une dernière fois puis monta dans la voiture. Peter lui donnait la délicieuse impression de prendre toutes les décisions à sa place. Quel changement pour elle, habituée à se débrouiller toujours seule !

— Vous m'inquiétez un peu, docteur. J'ai l'impression que c'est vous qui me commandez ce que je dois faire et que je n'ai plus qu'à vous obéir.

La remarque le fit rire.

— Il est vrai que j'ai l'habitude de donner des ordres du matin au soir... et d'être obéi.

— Aussi, je ne bronche pas.

Elle eut un grand sourire.

— Je trouve cela tellement amusant de laisser quelqu'un me commander une fois par hasard, même s'il ne s'agit que d'une chose aussi banale que de prendre ou non un taxi.

— C'est le moins que je puisse faire pour vous. Vous avez été mon ombre pendant ces quatre derniers jours, et vous avez effectué un travail absolument merveilleux, j'en suis certain.

— Ne vous avancez pas trop. Attendez de voir le film terminé.

— J'ai pu en juger d'après votre façon de travailler.

— Votre confiance m'intimide. Je ne suis pas sûre de la mériter.

Il lui jeta un regard de côté :

— Si, vous la méritez.

Puis, avec un froncement de sourcils :

— À propos, racontez-moi votre entretien avec Pam.

— Eh bien, dit-elle en soupirant, ce n'est pas une enfant très heureuse, n'est-ce pas ?

— Malheureusement, c'est exact.

— Elle se torture avec le souvenir d'Anne...

Prononcer ce prénom lui parut étrange. Il passait difficilement ses lèvres.

— Mais je crois qu'elle retrouvera tout son équilibre bientôt. Seulement elle a absolument besoin d'avoir quelqu'un à qui parler.

— Je l'ai envoyée dans une maison de repos, riposta-t-il, sur la défensive.

— Ce n'est pas suffisant et...

Après une hésitation, elle décida de vider l'abcès.

— Mme Hahn ne paraît pas une femme très affectueuse.

— Elle n'est pas démonstrative, mais elle aime les enfants, et elle est tellement compétente !

— Pam a besoin de quelqu'un avec qui parler, Peter, et Matt aussi.

— Et que me proposez-vous ?

La critique l'avait rendu un peu amer.

— Faut-il que je me marie à cause des enfants ?

— Non. Mais en menant une vie normale vous trouverez une femme pour vous au moment voulu.

— Je n'en ai pas l'intention.

Elle vit les mâchoires de Peter se contracter.

— Pourquoi ? Votre mariage a été très heureux, vous pouvez encore trouver le bonheur dans un second mariage.

— Ce ne sera jamais pareil.

Son regard empreint de tristesse se posa sur Mel.

— Je ne veux pas me remarier.

— Vous ne pouvez pas demeurer seul le reste de votre vie.

— Je ne vois pas pourquoi. Vous ne vous êtes jamais remariée. Alors, pourquoi moi ?

L'argument ne manquait pas de poids.

— Je ne suis pas faite pour vivre mariée. Mais vous, si.

Cette réflexion le fit rire.

— Eh bien, en voilà une absurdité ! Expliquez-vous.

— Il n'y a pas d'explication, c'est ainsi. Mon travail m'absorbe beaucoup trop pour que je m'attache à quelqu'un.

— Je n'en crois rien. Simplement, vous avez peur.

Elle réprima un mouvement de recul en entendant ces mots. Il l'avait touchée au point sensible.

— Peur ? s'exclama-t-elle avec une surprise simulée. De quoi aurais-je peur ?

— Des responsabilités, de l'amour, d'être vulnérable, je ne sais trop, je ne vous connais pas bien.

Mais il lisait en elle. Pendant un certain temps elle ne répondit pas. Elle se contenta de regarder à travers la vitre la nuit qui tombait, puis elle se tourna vers lui.

— Vous avez sans doute raison. Mais je suis trop âgée maintenant pour changer.

— À trente-deux... trois... quatre... je ne connais pas votre âge, mais vous dites une énormité !

— Non, je vous assure. J'ai trente-cinq ans, mais j'aime ma vie comme elle est.

— Vous ne l'aimerez plus ainsi lorsque vos filles partiront.

— Ce sera le même problème pour vous. Mais, dans votre cas, je crois que vos enfants auraient besoin de quelqu'un dès maintenant, et vous aussi.

Puis, très brusquement, elle le regarda en riant :

— Quelle folie ! Nous sommes pratiquement en train de nous chamailler parce que nous devrions nous marier l'un et l'autre. Et nous nous connaissons à peine !

Avec une curieuse expression dans les yeux, il se tourna vers elle :

— Le plus étrange c'est que j'ai l'impression de vous connaître depuis des années.

— Moi aussi je ressens cette impression, mais cela n'a aucun sens.

L'aéroport apparut, beaucoup trop tôt, et ils furent engloutis dans un monde de lumières et de bruits. Peter donna un pourboire à un employé afin de quitter sa voiture devant le trottoir et il suivit Mélanie à l'intérieur des bâtiments. Quel dommage qu'ils n'aient pas davantage de temps pour bavarder tous les deux, seuls ! Après la nuit dernière, il se sentait encore plus proche d'elle qu'auparavant. N'avaient-ils pas partagé la même angoisse afin d'arracher une vie humaine à la mort ? Ils étaient comme des camarades de guerre, même davantage, et Peter regrettait plus encore que la veille de la voir partir.

— J'espère que vous me montrerez votre reportage.

Un peu embarrassés, ils attendaient près de la porte correspondant au vol de l'« œil rouge ». Mélanie mourait d'envie qu'il la prenne dans ses bras.

— Certainement, comptez sur moi. Et transmettez mon affection aux enfants.

Il y avait un relent de déjà vu dans cette scène, et pourtant la séparation était plus poignante que la veille.

— Et à Marie et Pattie Lou…, dit-elle doucement.

— Prenez soin de vous, Mel, ne travaillez pas trop.

— Vous non plus.

Il cherchait son regard pour transmettre ce que la confusion de ses sentiments l'empêchait d'exprimer verbalement. Il ne savait que faire dans cet endroit public et il n'était pas sûr de savoir clairement ce qu'elle représentait pour lui.

— Merci pour tout…

Avec cet adieu elle le prit au dépourvu en lui déposant un baiser rapide sur la joue, puis elle franchit la porte en agitant encore la main, et elle disparut en le laissant figé sur place jusqu'au moment où il entendit résonner son signal. Impossible d'attendre le départ de l'avion. Il appela l'hôpital et son assistant l'informa que Marie faisait un peu de température. Fallait-il lui administrer une dose supplémentaire de l'un de ses nombreux médicaments ? Il donna ses ordres et revint à sa voiture. Il ne pensait déjà plus à Marie mais à Mel lorsque l'avion décolla. L'immense oiseau d'argent s'éleva dans les airs et Mélanie fouilla du regard le parking qui défilait sous elle en se demandant si elle pourrait l'apercevoir et si jamais elle reverrait les enfants.

La tristesse l'envahit à la pensée de quitter Los Angeles et surtout de revenir chez elle. Ce soir, inutile de se leurrer sur ses sentiments. Collée au hublot, elle pensait à lui et aux quatre jours qui venaient de s'écouler, sachant qu'elle l'aimait déjà et que cet amour ne la conduirait nulle part. Ils menaient des vies séparées, dans des mondes différents, dans des villes éloignées, et voilà ! Personne ne pouvait rien y changer !

CHAPITRE X

Le trajet s'effectua sans incident. Comme ses souvenirs étaient tout frais, Mel en profita pour prendre quelques notes sur les événements des quatre derniers jours. Certains détails devraient être mis en relief dans le commentaire. Enfin, après avoir noté tout ce qui l'intéressait, elle ferma son carnet, reposa sa tête contre le dossier et ferma les yeux.

À plusieurs reprises l'hôtesse lui avait proposé des boissons variées : vin, cocktails, champagne. Mélanie avait tout refusé. Elle avait besoin de rester seule avec ses pensées. Mais très vite elle glissa dans un sommeil qui dura jusqu'à l'arrivée. La traversée d'ouest en est s'effectua trop rapidement pour lui apporter un véritable repos, d'autant qu'avec les vents arrière favorables ils franchirent la distance en moins de cinq heures. Le micro annonçant l'atterrissage la réveilla. Une hôtesse la secoua par le bras pour lui demander d'attacher sa ceinture.

— Merci…

Elle leva des yeux encore ensommeillés vers l'hôtesse et étouffa un bâillement. La ceinture bouclée, elle prit un peigne dans son sac, avec la sensation désagréable d'avoir porté les mêmes vêtements depuis un siècle. Pourvu qu'elle puisse récupérer sa valise à l'arrivée ! À peine trente heures s'étaient écoulées depuis que l'appel de Peter l'avait stoppée juste avant l'embarquement, mais comme tout paraissait déjà lointain ! Ses pensées retournèrent à lui. Son visage parut s'abîmer devant ses yeux pendant que ses paupières se fermaient. Elle dut se forcer pour reprendre ses esprits lorsqu'elle sentit la trépidation de l'avion se posant sur la piste. Elle était de retour à New York. Une montagne de travail l'attendait à la fois pour les nouvelles télévisées et pour le film sur la greffe du cœur de Pattie Lou, sans compter mille choses à régler avec les filles. Si seulement elle avait pu prolonger encore son séjour à Los Angeles, mais sous quel prétexte ? Jamais son bureau n'aurait admis de fausses raisons.

Sa valise l'attendait au service des bagages. Elle la prit, sortit de l'aérogare et monta dans un taxi. Il fila aussitôt sur New York à vive allure, car à 6 h 30 le trafic était fluide. Le soleil qui brillait de tous ses feux se reflétait sur le fuselage étincelant des avions s'envolant dans un ciel très bleu. Lorsque le taxi traversa le pont et obliqua au sud vers East River Drive, une émotion serra le cœur de Mélanie. Elle n'en fut pas surprise. Chaque retour à New York lui produisait le même effet. Quelle ville magnifique ! Ses regrets d'avoir eu à quitter Los Angeles s'atténuèrent, car elle appartenait à cette cité grouillante dans laquelle elle allait reprendre pied. Elle en faisait partie intégrante. Cette constatation amena un sourire sur ses lèvres, ce qui étonna le chauffeur. Il se creusait la cervelle. Où donc avait-il rencontré sa passagère ? L'avait-il déjà pilotée dans son taxi, ou était-elle l'épouse d'un homme célèbre ? Était-elle une femme politique ou une actrice de cinéma ? Il ne savait plus très bien où ni comment, mais il était certain que cette femme n'était pas une inconnue pour lui.

— Partie depuis longtemps ?

Il ne posait cette question que pour tâter le terrain.

— Juste quelques jours, sur la Côte Ouest.

— Ouais...

Il opina, puis tourna dans la soixante-dix-neuvième rue et fila sur l'ouest.

— Moi aussi je suis parti une fois, mais il n'y a rien de comparable à New York.

Elle sourit. Les New-Yorkais possèdent l'amour de leur ville jusque dans leurs entrailles, malgré les loubards, les criminels, la pollution, la surpopulation et toute cette pourriture qui contribuent à former la cité. De toute façon, elle a une qualité que l'on ne trouve nulle part ailleurs, cette électricité dans l'air qui vous saisit aux tripes. Mélanie en ressentit les effets à mesure que la vie s'éveillait dans les rues qu'elle traversait.

— Une ville superbe, remarqua le chauffeur.

La passion vibrait dans sa voix. Mel hocha la tête :

— C'est vrai.

Vrai également qu'elle était heureuse de se retrouver dans son élément. Comme c'était bon de revenir chez soi, pensa-t-elle lorsque le taxi la déposa devant sa maison, et quelle excitation de revoir ses jumelles ! Après avoir réglé la course, elle transporta sa valise à l'intérieur, la posa sur le sol et se précipita dans l'escalier pour retrouver les filles. Toutes deux dormaient. Mélanie entra doucement dans la chambre de Jessica, s'assit sur son lit et la contempla. Les cheveux roux s'étalaient sur l'oreiller comme une cascade liquide.

— Grosse fainéante !

La voix de sa mère la fit sursauter. Jessica ouvrit un œil. Alors Mélanie se pencha et posa un baiser sur sa joue. Jessica sourit :

— Alors, maman... tu es rentrée !

Elle s'assit, s'étira puis se serra contre sa mère en continuant de sourire dans un demi-sommeil.

— Tu as fait bon voyage ?

— Très bon, mais je suis contente d'être de retour.

La Californie était loin derrière, avec Peter Hallam et Marie Dupret, et Center City Hospital et tout ce qui lui était arrivé depuis le départ de New York.

— Nous avons pris des séquences formidables.

— Tu as assisté à l'opération ?

L'intérêt de Jessie s'éveilla immédiatement. Elle aurait donné n'importe quoi pour suivre toutes les phases de la greffe. Mais sa jumelle aurait blêmi rien qu'à cette pensée.

— Oui, la nuit dernière j'ai vu opérer les chirurgiens pendant qu'ils implantaient un cœur neuf... Non, la nuit précédente...

Les jours se mélangeaient dans sa tête, aussi se mit-elle à en rire :

— Peu importe. La greffe a magnifiquement réussi. C'était réellement extraordinaire. Jess.

— Je pourrai voir le film ?

— Naturellement. Tu viendras au studio avant la diffusion du reportage.

— Merci, maman.

Elle sortit paresseusement de son lit, ses jambes paraissant plus longues encore avec cette petite che-

178

misette de nuit rose à ras des fesses. Mélanie sortit de la chambre pour se rendre dans l'autre. Valérie dormait à poings fermés et il fallut que sa mère la secoue à plusieurs reprises pour la faire émerger de son sommeil. Finalement elle enleva la couverture et le drap du dessus si bien que Val s'éveilla avec un grognement paresseux.

— Ça suffit, Jess…

Alors elle ouvrit les yeux et vit Mélanie. Elle parut surprise et confuse car elle avait totalement oublié que sa mère devait revenir.

— Comment ça se fait que tu sois là ?

— Charmant accueil ! Jusqu'à preuve du contraire, je vis ici.

Valérie sourit, se tourna mollement sur l'autre côté et bâilla.

— Je ne savais plus très bien à quelle heure tu revenais.

— Alors qu'avais-tu l'intention de faire ? Dormir toute la journée et faire l'école buissonnière ?

Elle ne s'inquiétait pas réellement de l'assiduité de ses filles à leurs études, quoique Valérie fût la moins consciencieuse des deux.

— Excellente idée. De toute façon, les cours sont presque terminés.

— Alors pourquoi te plains-tu d'avoir encore à plancher pendant deux semaines ?

— Ah… maman…

Elle essaya de se rendormir, mais sa mère la chatouilla.

— Arrête !

Valérie s'assit en hurlant et essaya d'éviter les mains prestes de sa mère. Mais Mélanie connaissait les points sensibles de sa fille et bientôt un fou rire les gagna toutes les deux qui durait encore lorsque Jessica entra dans la chambre. D'un bond elle sauta sur le lit et se joignit à sa mère, ce qui provoqua une bataille d'oreillers contre la pauvre Valérie. Au bout d'un moment, épuisées mais riant encore, elles s'écroulèrent sur la couche. Le cœur de Mélanie se remplissait d'une douce joie. Quoi qu'elle fasse, ou qu'elle aille, c'était toujours délicieux de rentrer à la maison. Aussitôt qu'elle eut réalisé ce bonheur, ses pensées s'envolèrent vers Pam à Los Angeles. Que sa vie était triste comparée à celle des jumelles, et quelle solitude ! Après le petit déjeuner, lorsque ses filles furent habillées, elle leur parla des enfants Hallam et spécialement de Pam, et du mal qu'elle éprouvait à surmonter le chagrin causé par la mort de sa mère. Les jumelles s'apitoyèrent.

— C'est vraiment dur pour elle.

La plus compatissante, il fallait s'y attendre, était Valérie, qui très vite demanda :

— De quoi a l'air son frère ? Je parie qu'il est très chouette.

Jessie lança à sa sœur un regard désapprobateur :

— Val... Tu dis la même chose de tous les garçons !

— Et alors ? Je suis sûre qu'il l'est !

— Qu'est-ce que ça peut te faire ? Il n'habite même pas à New York. Il y a des quantités de garçons très chouettes à Los Angeles, mais tu habites New York, alors laisse tomber.

Le souci que se faisait Jessie pour sa sœur amusa Mélanie. Elle s'adressa à Valérie, qui terminait sa tasse de thé :

— Aurais-tu épuisé tous les garçons de New York ?

— Il y a toujours de la place pour un nouveau, répliqua-t-elle en riant.

— Comment arrives-tu à les reconnaître les uns des autres ?

— Elle ne les reconnaît pas.

La remarque de Jessica avait fusé aussitôt. Elle désapprouvait sa sœur dans son comportement envers ses soupirants. Jess ressemblait beaucoup plus à Mel dans ce domaine, avec son esprit d'indépendance, sa réflexion, sa peur de s'attacher – trop grande parfois –, et cela tracassait Mel. Elle craignait d'avoir trop laissé sa marque sur la plus posée des jumelles, peut-être même sur les deux. Si Val ne pouvait supporter de n'avoir qu'un admirateur à ses pieds, n'était-ce pas par crainte de finir comme Mel ?

— Elle n'arrête pas de sourire et de roucouler avec les garçons dans le hall du collège, et ils s'en fichent complètement si elle a oublié leurs prénoms.

Ce n'était pas la jalousie mais la crainte qui agitait Jess. Pourtant, elle avait elle aussi ses amourettes, comme le lui rappela discrètement sa mère après que Val fut sortie de la pièce pour aller chercher ses livres de classe.

— Je le sais bien, mais elle se conduit comme si elle n'avait pas de cervelle. Elle n'a rien dans la tête, maman.

— Tu verras, dans quelques années, elle aura totalement changé.

— Bof ! peut-être…

Jessie haussa les épaules.

Les deux filles partirent rapidement pour leur collège, à dix blocs de leur domicile, et Mélanie profita

181

du moment tranquille qui suivit leur départ pour rassembler ses pensées et défaire sa valise. Elle décida de se rendre tôt au studio ce jour-là pour classer ses notes. Mais elle sortait à peine de la douche qu'il était déjà 10 heures ; et le téléphone sonna. Avant même de s'être essuyée, elle décrocha. En reconnaissant la voix de Grant, elle eut chaud au cœur.

— Alors tu es revenue ? Je commençais à croire que tu avais disparu à tout jamais.

— Non, ce n'est pas aussi dramatique. Quoique le dernier jour ait été véritablement dramatique, mais dans un genre différent. L'hôpital a trouvé un donneur pour une malade qui n'avait plus qu'un souffle de vie. J'ai annulé mon départ et suis revenue pour couvrir l'intervention.

— Ton estomac est plus résistant que le mien !

— Je n'en suis pas si sûre, mais j'étais fascinée par le travail des chirurgiens.

Comme un flash, le souvenir de Peter traversa son esprit.

— Mon voyage a été une réussite du début à la fin. Et toi, comment vas-tu ?

— Toujours pareil. J'ai appelé tes filles de temps à autre pour vérifier que tout allait bien, et je n'ai pas eu à intervenir. Elles mènent une vie trépidante qui me donne le vertige.

— À moi aussi. Tu es vraiment gentil d'avoir appelé.

— Je t'avais dit que je le ferais.

Ils étaient aussi heureux l'un que l'autre de se retrouver.

— Comment s'est comportée la petite malade ?

— Fort bien. Elle était transformée la dernière fois

que je l'ai vue à l'hôpital avec son cœur remis à neuf. Le résultat est merveilleux, Grant.

— Et ce grand chirurgien qui a opéré, est-il merveilleux lui aussi ?

On aurait pu croire qu'il avait deviné ses sentiments, mais elle se sentit ridicule à la pensée de lui en faire part. À son âge ! Éprouver une attirance aussi violente envers un homme était plutôt du genre de Val.

— C'est un homme intéressant.

— C'est tout ? Hallam est de loin le meilleur cardiologue de tous les États-Unis et tu ne trouves rien d'autre à dire sur lui ?... Ou bien tu en as beaucoup trop à dire ?

— Il n'y a rien d'autre à ajouter. J'ai été très bousculée ces jours derniers.

— Bien, dès que tu auras une minute, Mel, passe-moi un coup de fil et nous prendrons un verre quelque part.

— Compte sur moi.

Mais non, pas tout de suite, ce verre. Encore plongée dans les troubles de sa vie sentimentale, elle n'avait aucune envie d'en émerger trop vite.

— À bientôt, mon chou...

Il laissa passer un moment, puis reprit :

— Je suis content que tu sois rentrée.

— Merci, moi aussi.

Pourtant, à ce moment-là, elle mentait. Même le bonheur de se retrouver à New York ne put, en cet instant, dissiper sa tristesse.

En sortant de chez elle, un coup d'œil à sa montre lui apprit qu'il était 11 heures. Peter devait se trouver dans son service de cardiologie. Soudain, elle éprouva le besoin urgent d'appeler l'hôpital pour prendre des nouvelles de Marie, mais il lui fallait respecter les impératifs de sa vie professionnelle. Elle n'avait pas le droit de se laisser envahir par ses problèmes personnels. Le nouveau cœur de Marie, les enfants de Peter, le vide et la solitude dont souffrait Pam, le petit Matthew avec ses grands yeux bleus... Le besoin de les revoir lui étreignit le cœur. Elle dut chasser vigoureusement ces pensées nostalgiques car il lui fallait arrêter un taxi et se rendre à son bureau. De nouveau le spectacle de la cité en pleine activité l'enchanta. Les New-Yorkais se précipitaient chez Bloomingdale ou disparaissaient dans une bouche de métro, hélaient des taxis, entraient ou sortaient comme des fous des hautes tours pour les besoins de leur travail. À les regarder, Mel avait l'impression de participer déjà à leur vie, de faire partie d'un film aux innombrables figurants et elle éprouva l'exaltante sensation d'être bien vivante, pleine d'entrain, malgré son manque de sommeil. Elle avait le sourire en pénétrant dans la salle de rédaction.

Un directeur de reportages la croisa précipitamment, les bras chargés de deux boîtes de films.

— Qu'est-ce qui t'arrive ? grommela-t-il au passage.

— Je suis heureuse d'être de retour.

Il hocha la tête et marmonna avant de disparaître :

— Folle !

Sur son bureau s'empilaient des masses de mémos, des résumés sur les principaux événements évoqués au cours des derniers jours. Elle sortit dans le hall pour s'informer des dernières nouvelles transmises par les télétypes : un tremblement de terre au Brésil, une inondation en Italie qui avait fait cent soixante-quatre victimes, le Président se rendait aux Bahamas pour un long week-end de pêche. Les informations du jour n'étaient pas meilleures ou pires qu'à l'accoutumée, aussi, lorsque sa secrétaire vint l'informer qu'on la réclamait au téléphone, retourna-t-elle sans hâte à son bureau. Sans même s'asseoir, elle souleva le récepteur et, d'une voix neutre, tout en parcourant les mémos sur son bureau, elle annonça :

— Mélanie Adams à l'appareil...

Il y eut juste un moment de silence, comme si elle prenait de court son correspondant, puis elle entendit le ronronnement des appels longue distance. Elle n'eut pas le temps de se demander qui était ce lointain correspondant...

— Je vous dérange ?

Instantanément elle reconnut la voix et dut s'asseoir, suffoquée de l'entendre. Peut-être qu'à la réflexion il s'était aperçu qu'un détail clochait dans le reportage, qu'il s'en inquiétait...

— Non, pas du tout. Comment allez-vous ?

Elle avait répondu d'une voix douce, et à l'autre bout du fil Peter ressentit, comme la première fois qu'il l'avait rencontrée, une mystérieuse émotion.

— Je vais très bien. J'ai fini mon travail au bloc chirurgical très tôt ce matin, et j'ai voulu m'assurer que vous étiez bien retournée chez vous. Avez-vous retrouvé votre valise à New York ?

Il parlait avec une certaine nervosité, mais elle était ravie qu'il ait appelé.

— Je l'ai retrouvée. Donnez-moi des nouvelles de Marie.

Peut-être était-ce la raison de cet appel ?

— Elle se porte à merveille, et même, elle m'a posé

quelques questions sur vous. Pattie Lou aussi. C'est la vedette de l'hôpital.

Des larmes vinrent aux paupières de Mel et soudain, une fois de plus, elle ressentit le manque qui l'avait saisie pendant qu'elle était dans l'avion : ce besoin de se trouver à Los Angeles et pas à New York.

— Transmettez-lui toute mon affection. Dès qu'elle se sentira un peu mieux, je pense que je lui passerai un coup de fil.

— Elle sera folle de joie. Vos filles vont bien ?

Mélanie fut à la fois confuse et touchée de le deviner tâtonnant dans la conversation, à la recherche d'un sujet qui permettrait de prolonger cette communication téléphonique.

— Aussi bien l'une que l'autre. Valérie a profité de mon absence pour tomber amoureuse un peu plus souvent que la semaine dernière, et Jessica est furieuse de n'avoir pu assister à la transplantation. C'est la plus sérieuse de mes deux filles.

— C'est celle qui désire faire plus tard des études de médecine, n'est-ce pas ?

Elle fut surprise qu'il se soit souvenu de ce détail.

— Oui, c'est celle-là, dit-elle en souriant. Elle a fait une scène dramatique à sa sœur ce matin parce qu'elle est tombée amoureuse six fois en quelques jours.

Peter se mit à rire dans sa petite cabine de l'hôpital, à l'autre bout des États-Unis.

— Nous avons dû affronter le même problème avec Mark lorsqu'il avait l'âge de Pam. Mais il a mis un peu de plomb dans sa cervelle dans les dernières années.

— Ah… mais attendez un peu avec Matt ! s'exclamat-elle gaiement. Ce sera un don Juan redoutable.

La réflexion amusa Peter. Son rire résonna dans le récepteur.

— J'ai bien peur que vous n'ayez raison.

De nouveau s'installa une pause, mais cette fois ce fut Mel qui ranima la conversation.

— Pam va bien ?

— Oui... rien de nouveau.

Mais il soupira avant de reprendre :

— Vous savez, je crois que cela lui a fait le plus grand bien de bavarder un peu avec vous. C'était une bonne chose qu'elle puisse trouver un autre interlocuteur que Mme Hahn.

Ce n'était pas le moment, pensa Mel, de lui expliquer ce qu'elle pensait de cette femme austère. Non, pas maintenant.

— Cela m'a fait plaisir de parler avec elle...

Les besoins affectifs de Pam tombaient désespérément dans le vide, et il aurait fallu que sa violence s'épuise d'une façon ou d'une autre. Puis une question, à laquelle elle ne put résister, vint aux lèvres de Mel :

— Ont-ils reçu les petits paquets que j'ai envoyés ?

— Des paquets ? demanda-t-il, surpris. Avez-vous envoyé des cadeaux aux enfants ? Vous n'auriez pas dû.

— Je n'ai pu m'en empêcher. J'ai déniché une petite chose parfaite pour Pam, et je n'ai pas voulu oublier Matthew et Mark. De toute façon, ils ont été très patients avec moi qui me suis imposée dans leur maison. D'après ce que vous m'avez dit, vous n'avez reçu personne depuis... au cours des deux dernières années ?...

Elle s'était hâtée de terminer une phrase mal engagée.

— ... aussi ils ont dû trouver étrange que j'apparaisse ainsi dans leur vie. C'était la moindre des choses de ma part de leur envoyer une petite surprise pour les remercier de leur accueil.

Cette attention dut le toucher car sa voix se fit plus amicale encore.

— Vous n'auriez pas dû, Mel. Nous avons été tellement contents de vous recevoir !

À la façon douce dont il prononçait cette phrase, elle sentit comme une caresse, au point qu'elle rougit. Il y avait en lui quelque chose de profondément intime qui arrivait à l'émouvoir, même par téléphone avec ces milliers de kilomètres qui les séparaient. Malgré elle, des idées qu'elle n'aurait pas voulu avoir lui vinrent à l'esprit. Mais il était presque impossible de résister à l'attirance qu'il exerçait sur elle. À la fois fort et vulnérable, humble et gentil et pourtant capable de faire des miracles, il incarnait pour elle la séduction. Ses goûts l'avaient toujours portée vers les hommes forts, mais trop souvent elle avait fui loin d'eux. Nouer une aventure avec des hommes moins brillants présentait moins de risques.

— Vous savez, cela a été un plaisir pour moi de travailler avec vous.

Elle ne savait trop quoi dire d'autre et elle se demandait encore pour quelle raison il l'avait appelée.

— Vous me volez ma phrase, remarqua-t-il. Je vous ai téléphoné justement pour vous le dire. J'étais sur la défensive au sujet de cette interview, et grâce à vous je suis très content de m'y être prêté. Tout le monde à l'hôpital est enchanté.

Pas autant que lui, mais inutile de le préciser.

— Eh bien, attendez de voir le film. J'espère que vous ne serez pas déçu.

— Je suis sûr qu'il est excellent.

— Merci de me faire confiance.

Elle lui en était reconnaissante, mais elle éprouvait également des sentiments beaucoup plus vifs pour lui, sans trop oser les nommer.

— Et, Mel, j'aurais voulu vous dire aussi... Je...

Mais il ne savait pas comment exprimer ce qu'il ressentait, les mots lui manquaient. Aussi il se demanda soudain s'il avait bien fait d'appeler. Mélanie était une femme qui signait des autographes, qui apparaissait sur les écrans de la télévision nationale.

— ... Vous me plaisez tellement, Mel.

Une telle gaucherie n'aurait pas étonné chez un garçon de quinze ans, aussi tous deux eurent un sourire, à Los Angeles comme à New York.

— À moi aussi, vous me plaisez beaucoup.

Dans le fond, rien de plus simple à exprimer, rien d'inquiétant dans ces aveux. Pourquoi donc s'acharnait-elle à lutter contre elle-même, contre ses sentiments !

— J'ai tellement aimé travailler avec vous, mais aussi rencontrer vos enfants, voir votre maison...

Puis, avec une soudaine vivacité, elle ajouta :

— Je vous assure que j'ai été spécialement touchée que vous me laissiez pénétrer dans votre vie privée.

— Je crois que je vous ai invitée parce je me sentais en sécurité avec vous. Mais je ne l'avais pas prémédité. En fait, avant que vous arriviez, j'avais décidé de ne rien vous livrer de personnel sur moi-même... ou Anne...

De nouveau il avait une voix très douce.

— Je suis heureuse que vous l'ayez fait, répliqua-t-elle vivement.

— Moi aussi... Je... Je suis persuadé que le reportage sur Pattie Lou sera magnifique.

— Merci, Peter.

Elle aimait ce qu'il lui disait. Malheureusement, elle aimait beaucoup trop tout ce qui le concernait. Au bout du fil elle perçut juste un léger soupir.

— Bon, j'imagine que je dois vous laisser travailler. Je n'étais pas certain de vous joindre au bureau après l'« œil rouge » de la nuit dernière.

Elle eut un petit rire.

— Les émissions doivent se poursuivre, et à 18 heures je dois présenter les informations. Lorsque vous m'avez appelée, je déchiffrais les nouvelles aux télétypes.

— J'espère que mon appel ne vous aura pas retardée.

— Pas du tout. Du reste, c'est vite une sorte de routine au bout d'un moment et on cesse de voir ce que l'on est en train de lire. Aujourd'hui il n'y a rien de vraiment intéressant.

— À l'hôpital ce n'est pas très différent. Je me rends à mon cabinet maintenant car j'ai du retard à rattraper. Surveiller Marie et Pattie Lou ces derniers jours a pris beaucoup de mon temps.

Ils retournaient tous deux à leur vie quotidienne, leur travail, leurs enfants, leurs responsabilités, si loin l'un de l'autre, et pourtant si proches sur beaucoup de points. Il se reposait autant sur elle qu'elle sur lui, et même davantage.

— Vous savez, je suis contente de savoir qu'il y a quelqu'un qui travaille aussi dur que moi.

Cette remarque lui parut singulière car il avait constaté chez lui la même réaction vis-à-vis d'elle, dès leur première rencontre. Ce qui l'avait parfois tourmenté avec Anne, c'était de l'avoir cantonnée dans la décoration de la maison, l'achat des objets d'art ou les vacances des enfants ici et là.

— Je n'ai pas la prétention de me livrer à une activité aussi prestigieuse que la vôtre, Peter, mais pourtant j'ai besoin de toute mon énergie pour bien faire mon travail, et peu de gens le comprennent. Parfois je ne termine qu'à la nuit et mon cerveau n'est plus qu'une bouillie. Je deviens incapable de prononcer un mot intelligent, même si ma vie en dépendait, lorsque je rentre chez moi.

C'était l'une des nombreuses raisons qui la détournaient de toute idée de remariage. Qui donc aurait pu la persuader de mener une vie plus exténuante encore ?

— Comme je vous comprends ! Mais d'un autre côté, quelquefois, c'est dur de n'avoir personne à qui se confier.

— Je n'en ai pas vraiment besoin. Tout ce que j'ai réussi dans ma profession, je l'ai fait toujours plus ou moins seule. Je trouve que c'est plus facile.

— Oui...

Son ton n'était pas convaincu.

— ... mais alors vous ne pouvez partager avec personne la griserie d'une victoire.

Anne était exceptionnelle dans ce domaine, exceptionnelle aussi pour participer aux échecs et aux tragédies. Mais sa vie n'avait jamais été aussi remplie que celle de son mari. Sans doute à cause de cette disponibilité dont elle jouissait, elle pouvait mieux l'épauler. Peter avait du mal à imaginer que son épouse aurait pu travailler, et pourtant il avait toujours admiré les ménages partageant les mêmes tâches, dans la branche médicale comme dans la magistrature, le professorat ou les sciences. Ces associations se montraient très productives, chacun insufflant à l'autre son propre élan. Mais l'épuisement de l'un pouvait déteindre sur l'autre.

— Il n'y a pas de règle absolue, confia-t-il encore, mais je sais que ce n'est pas toujours facile d'être seul.

— Pas facile non plus d'être deux, assura-t-elle avec force.

— Non, mais il y a des compensations.

Cela, il en était certain. Il lui suffisait de regarder ses enfants pour s'en persuader.

— Je pense que vous avez raison. Je ne suis sûre de rien, sinon qu'il est bon de bavarder avec quelqu'un qui travaille lui aussi comme un nègre et qui, lorsqu'il rentre chez lui le soir, doit assumer le rôle d'un père et d'une mère auprès de ses enfants.

Parfois, au cours des années passées, elle avait cru qu'elle ne pourrait jamais s'en tirer, mais elle avait fini par s'en sortir, et elle avait connu une belle réussite.

— Vous avez fait du bon travail, Mel.

Ces mots représentaient pour elle la plus belle des récompenses.

— Vous aussi.

Il fut sensible au timbre mélodieux de sa voix, une fois encore.

— Mais je ne suis seul que depuis près de deux ans, tandis que pour vous ça dure depuis quinze ans. C'est énorme.

— Oui, ça me vaut quelques cheveux gris.

Elle rit doucement dans le téléphone. À ce moment précis, l'un des producteurs lui indiqua d'un geste qu'il avait besoin d'elle. Elle répondit par un signe qu'elle n'en avait plus que pour quelques minutes et il disparut.

— Eh bien, dit-elle, on me signale que je dois retourner à mon travail. Cela signifie sans doute que notre film vient d'arriver de Los Angeles.

— Si vite ?

— C'est difficile à expliquer, mais le studio nous le fait parvenir par computeurs en l'espace de vingt-quatre heures. Je vous dirai de quoi il a l'air.

— J'aimerais beaucoup, en effet.

Quelle joie elle ressentait à la pensée qu'il lui avait téléphoné !

— Merci encore, Peter, de m'avoir passé ce coup de fil. Vous me manquez tous beaucoup.

Le « tous » rendait la phrase plus banale. Cette petite ruse lui rappela les coquetteries de Val et de Jess lorsqu'elles téléphonaient à leurs amoureux. C'était vraiment ridicule d'adopter les mêmes tactiques, mais cela amena un sourire sur ses lèvres.

— Je vous rappellerai bientôt.

— Merci. Vous nous manquez beaucoup aussi.

« Nous » à la place du « me » ? Il ne voulait pas s'engager, lui non plus. Ils jouaient au même jeu, sans savoir pourquoi. Mais ils ne désiraient pas aller plus loin pour le moment.

— Prenez bien soin de vous.

— Merci, vous aussi.

Ils raccrochèrent et Mélanie s'assit à son bureau pendant un long moment, ne pensant qu'à lui. C'était idiot, mais cet appel l'excitait, il l'excitait autant que si elle était encore une toute jeune fille. Puis elle se précipita dans les laboratoires avec un sourire aux lèvres. Elle

193

souriait encore au moment où la projection commença. Elle put se voir regardant Peter, Pattie Lou et Pearl, et même Marie lors de la transplantation à 2 heures du matin. Son cœur battait chaque fois qu'il parlait, chaque fois que la caméra s'attardait sur lui et dévoilait un peu de sa rigueur et de son dévouement. Lorsque les lumières se rallumèrent, elle en avait presque le souffle coupé. Le reportage était sensationnel.

Dans son état actuel il durait des heures, aussi faudrait-il couper et raccorder. Mais, en quittant le laboratoire, elle ne pensait qu'à Peter.

CHAPITRE XI

Ce soir-là Mélanie présenta les informations pour la première fois depuis son retour, et l'émission se déroula en douceur comme toujours. Elle termina par ce sourire charmant, professionnel, que tous les auditeurs des États-Unis savaient reconnaître et apprécier. Ce qu'elle ne savait pas en quittant le plateau, c'est que Peter Hallam l'avait suivie avec une vive attention dans son bureau de Los Angeles. Juste au milieu de sa prestation, Pam était entrée dans la pièce, s'était arrêtée et avait elle aussi écouté. Son père ne s'était même pas aperçu de son arrivée.

— Est-ce que le Président a été assassiné, ou quelque chose dans ce genre, papa ?

Il la regarda avec un certain mécontentement. La journée avait été longue, et il désirait voir Mel du début à la fin. Ce n'était pas la première fois qu'il l'apercevait sur l'écran, mais ce n'était plus la même chose.

— Pam, je monterai tout à l'heure. Je veux seulement rester tranquille pour suivre les nouvelles.

Pam resta encore longtemps dans l'embrasure de la porte. Elle aimait et détestait à la fois Mélanie, et cette lutte intérieure la déchirait. Au premier coup d'œil elle avait été attirée par la journaliste, mais elle ne supportait pas la façon dont son père se conduisait envers elle dès qu'il la voyait.

— Bon... d'accord...

Peter ne vit pas l'expression qu'avait Pam lorsqu'elle quitta la pièce. Il resta devant l'appareil jusqu'au moment où Mel disparut de l'écran. Alors il garda le silence pendant un moment, puis il éteignit la télévision et monta voir ses enfants, exténué après les deux heures qu'il avait passées au chevet de Marie. Les premiers symptômes d'une infection se déclaraient, et elle présentait une réaction aux médicaments. On pouvait s'y attendre, mais c'était ennuyeux.

À New York, Mel se dépêcha de rentrer chez elle pour dîner avec ses filles. Puis elle retourna au studio pour le show de 23 heures. Tout de suite après, elle revit Grant, qui attendait près du plateau la fin de l'émission.

— Tu as fait du bon travail ce soir.

Il abaissa sur elle un chaleureux sourire. À la figure de Mel il devina combien elle était fatiguée, mais il découvrit autre chose. Quelque chose qu'il n'avait jamais aperçu auparavant, une sorte d'épanouissement.

— Comment fais-tu pour tenir encore debout avec ce manque de sommeil ?

— Je suis sur le point de défaillir.

Son sourire trahissait sa lassitude, mais elle était ravie de le retrouver.

— Alors rentre vite chez toi et repose-toi.

— Oui, papa !

— Je suis assez vieux pour être ton père, alors fais gaffe !

— Bien, monsieur.

Elle lui fit un salut malicieux et, quelques instants plus tard, elle roulait à moitié endormie dans un taxi.

Elle grimpa dans sa chambre, enleva ses vêtements qu'elle laissa tomber sur le sol et très vite, nue et paisible, elle s'anéantit entre des draps frais, l'esprit enfin vide. Elle dormit d'une traite jusqu'au lendemain matin, assez tôt, lorsque le téléphone sonna et que Peter lui dit :

— Bonjour. L'heure est-elle trop matinale pour vous parler ?

— Pas du tout.

Elle étouffa un bâillement et regarda sa montre. Pour lui, en Californie, il était 10 heures 15.

— Vous allez bien ?

— Un travail fou. J'ai deux pontages prévus pour la journée.

— Comment vont Marie et Pattie Lou ?

Elle s'assit dans son lit et promena son regard sur sa chambre, à New York.

— Elles se portent bien toutes les deux, mais Pattie Lou mieux que Marie.

En fait, une double victoire, pensa-t-elle.

— La chose importante, reprit-il, c'est de savoir comment vous allez.

— Franchement ? répondit-elle en souriant. Eh bien, je suis morte.

— Vous devriez prendre un peu de repos, vous travaillez trop, Mel.

— Cette critique est amusante, venant de vous !

Elle essayait d'adopter un ton dégagé, comme s'il

était tout à fait normal qu'il l'appelle, mais elle se savait frémissante.

— De toute façon, je vais prendre un peu de vacances.

— Vraiment ?

Sa surprise n'était pas feinte. Elle ne lui en avait jamais parlé auparavant. Mais ils avaient eu peu de temps pour bavarder au cours de ce séjour.

— Où irez-vous ?

— Aux Bermudes.

Cette perspective l'enchantait. Depuis longtemps elle espérait s'y rendre. Un producteur de la télévision qu'elle connaissait bien lui avait proposé de lui louer sa maison pour quelques jours. Mais elle n'avait jamais pu combiner cette location avec les périodes de vacances des filles. Aussi avait-elle finalement résolu d'y aller toute seule.

Lorsqu'il reprit la parole, sa voix vibrait d'une certaine nervosité :

— Des amis vous accompagnent ?

— Non, j'y vais seule.

— Vraiment ?

L'étonnement et le soulagement devenaient évidents.

— Quelle femme indépendante vous êtes !

— J'ai pensé que ce serait amusant. Les filles sont folles de jalousie, mais elles ont leurs amis et une grande réception cette semaine.

— Moi aussi je suis jaloux.

— Vous avez tort, ce sera sans doute très ennuyeux.

Surtout, éviter de s'attarder sur l'idée qu'ils auraient pu faire ensemble un séjour merveilleux aux Bermudes…

— Mais ça me fera le plus grand bien.

— En effet.

Ils échangèrent encore quelques mots puis se séparèrent. Peter devait se rendre dans le bloc opératoire, et Mel désirait étudier de nouvelles prises de son film.

CHAPITRE XII

La sonnerie du téléphone résonna au moment où Mel quittait son domicile le mercredi matin suivant. Elle était déjà en retard pour aller faire ses courses chez Bloomingdale. Il lui fallait absolument acheter des maillots de bain pour son voyage aux Bermudes. En examinant ceux qu'elle avait portés l'été précédent, elle avait été consternée. Comme elle avait vécu pendant deux mois en maillot de bain, ils en avaient pris un coup : usés, déformés, complètement décolorés.

— Hello ?

— C'est moi, annonça Grant.

— Que se passe-t-il ? Je me ruais dehors pour acheter des affaires pour mes vacances.

Il lui tardait de partir. Il ne lui restait plus que deux jours à passer à New York.

— Je vais chez Bloomie's, veux-tu que je te rapporte quelque chose ?

— Non, merci. J'avais oublié que tu te fournissais chez eux. As-tu besoin d'un maître d'hôtel, ou d'un homme secrétaire pour là-bas ?

— Absolument pas.

Elle avait répondu gaiement.

200

— Je voulais te demander un renseignement au sujet de Marcia Evans…

Cette grande dame du théâtre classique avait été interviewée par Mélanie six mois auparavant.

— … Je l'ai pour mon show de ce soir.

Mel poussa un cri d'horreur :

— Alors bonne chance ! C'est un véritable dragon.

— Merde ! C'est bien ce que je craignais. Pourtant le producteur m'a assuré que je n'avais pas à me faire de souci. Que me conseilles-tu pour survivre ?

— Munis-toi d'un contrepoison. Je n'ai jamais rencontré femme plus venimeuse. Fais très attention à ne pas l'énerver, elle devient terrifiante !

— Tu fais bien de me prévenir.

Il parut ennuyé, et surtout furieux contre le producteur qui lui avait imposé cette interview.

— J'y penserai encore en faisant mes courses, promit Mel, et je te rappellerai dès mon retour.

— Tu ne veux pas dîner avec moi ce soir, pour me donner du courage ?

— Viens plutôt chez moi, tu verras mes filles.

— J'essaierai… si rien ne vient m'en empêcher.

— Toi et tes bonnes femmes !

— Je n'y peux rien si je suis faible… Je t'appellerai plus tard, mon petit.

— Okay.

Il raccrocha. Elle jeta un coup d'œil sur son reflet dans le miroir et saisit son sac. Elle portait une robe de toile blanche avec une veste de soie noire et des souliers vernis noirs achetés à Rome l'année précédente. Elle se vit élégante et se sentit en forme. Le travail de la semaine avait été épuisant. Il avait fallu mettre au point le film sur Peter Hallam et Pattie Lou Jones, et après avoir trimé comme des galériens ils avaient, les techniciens et elle-même, réalisé un reportage remarquable, d'une densité exceptionnelle. Au moment où elle franchissait la porte de son domicile, le téléphone sonna encore. Elle hésita à répondre. Si ce damné réalisateur lui demandait de retourner au studio, comme c'était probable... Pour une fois elle voulait avoir du temps devant elle pour faire ses courses. Mais la sonnerie retentit avec une telle insistance qu'elle finit par céder et revint dans le living-room.

— Oui ?

Le cœur battant d'appréhension, elle attendit que le réalisateur lui parle. Déjà deux fois depuis le matin il avait jugé bon de l'appeler.

— Hello, Mel ?

Peter restait déconcerté par la rudesse de ce « oui » qui l'avait accueilli. Elle en fut remplie de confusion.

— Oh... Peter, excusez mon aboiement. J'étais déjà sur le pas de ma porte. Je sortais, mais...

De nouveau elle se sentit jeune, comme chaque fois qu'il l'appelait. Quel effet extraordinaire il avait sur elle ! Il arrivait à lui faire perdre contenance, douter d'elle-même. Elle avait les mêmes réactions qu'une jeune fille lorsqu'il lui parlait...

— ... je suis heureuse de vous entendre. Comment va Marie ?

Soudain l'anxiété la saisit.

— De mieux en mieux. Mais elle nous a donné des inquiétudes la nuit dernière. J'ai craint qu'elle ne fasse un rejet total, mais tout est rentré dans l'ordre. Nous avons diminué ses médicaments. Dans quelques semaines elle pourra sans doute retourner chez elle.

Événement auquel Mélanie aurait bien aimé assister, mais qui ne justifiait pas le déplacement à Los Angeles. Jamais son directeur ne lui en aurait donné l'autorisation.

— Et les enfants ?

— Ils vont bien. Je me demandais seulement comment vous alliez. Je vous ai appelée à votre bureau mais on m'a répondu que vous étiez absente.

— J'ai fait l'école buissonnière.

Elle rit, le cœur en fête, heureuse.

— Je pars dans deux jours pour les Bermudes et j'avais besoin d'acheter quelques vêtements.

— Vous avez bien de la chance. Nous restons ici pour tout le week-end. Mark va disputer une compétition de tennis et Matthew doit aller à une fête d'anniversaire.

— Mes filles iront à cette fête dont je vous ai parlé, puis au Cape Cod avec un ami et ses parents.

Échanger des nouvelles de leurs enfants n'était qu'une façade. Mélanie aurait voulu en savoir plus sur Peter, et pas sur Pam, Mark et Matthew. Aussi se lança-t-elle à l'eau :

— Mais vous, comment allez-vous ? Pas trop de travail ?

— Bien sûr que si, répondit-il en riant. Je ne sais pas comment je pourrais me débrouiller autrement, et vous êtes pareille, Mel.

— C'est exact. Lorsque je serai bien vieille et toute ridée et qu'il faudra que je prenne ma retraite, je me demande bien ce que je ferai de moi.

— Je suis sûr que vous trouverez à vous occuper.

— Ouais… je ferai peut-être de la chirurgie du cerveau.

Tous deux se mirent à rire. Mélanie s'assit, ses

velléités d'achats chez Bloomingdale complètement évanouies.

— Ou bien j'écrirai un livre.

— Sur quel sujet ?

— Mes Mémoires, dit-elle pour le taquiner.

— Non, vraiment ?

Elle n'avait pas souvent l'occasion de confier ses rêves à quelqu'un, mais avec Peter c'était facile.

— Je ne sais pas très bien, mais je crois que j'aimerais écrire un livre sur la profession de journaliste pour une femme. Les débuts sont terriblement difficiles, ensuite les difficultés s'aplanissent. Mais ce travail est à la fois enthousiasmant et exaspérant. Moi, j'ai beaucoup aimé devoir me débrouiller par mes propres moyens pour arriver, et j'aurais beaucoup à dire sur mes débuts à la télévision. Parce que l'important n'est pas que l'on choisisse une branche comme la mienne ou une autre, ce qu'il faut savoir, c'est que le terrain est glissant, surtout lorsqu'on arrive au sommet. Je sais de quoi je parle... Oui, j'ai envie de raconter ce qui arrive dès qu'on met un pied dans le journalisme.

— Je sens que vous écrirez un best-seller.

— Je ne crois pas, mais j'aimerais essayer.

— J'ai toujours voulu expliquer dans un livre en quoi consiste la chirurgie du cœur, et ce à l'intention des profanes. Ils devraient connaître les grandes lignes de l'intervention et les risques qu'ils courent, mais aussi savoir ce qu'il faut demander au chirurgien, et les dangers que présente chaque cas spécifique. Je ne sais pas si ce sujet peut intéresser grand monde, mais trop de malades sont totalement ignorants dans ce domaine et se noient dans les explications de leurs médecins.

— Je crois que vous tenez là un excellent sujet.

L'intérêt d'un ouvrage tel que celui-là était évident, et elle se demanda comment Peter s'en tirerait.

— Nous devrions filer tous deux dans le Pacifique Sud et rédiger nos livres, dit-il, lorsque les enfants auront grandi.

— Pourquoi attendre ?

Ce projet l'amusait, mais cela lui rappela qu'elle partait deux jours plus tard.

— Je ne suis jamais allée dans le Pacifique Sud, ajouta-t-elle.

Mais elle connaissait les Bermudes. Elle retrouverait un climat insulaire et la distance était très minime, mais en fin de compte ce voyage n'était pas tellement excitant. Ou était-ce parce qu'elle s'y rendait seule que ces vacances lui semblaient soudain mornes ? Si seulement Peter venait avec elle ! Mais elle avait trop peur de le lui demander.

— J'ai toujours eu envie d'aller à Bora Bora, avoua-t-il, mais je ne peux m'éloigner de mes malades suffisamment de temps pour que cela en vaille la peine.

— C'est peut-être une excuse que vous vous donnez.

Anne lui avait adressé le même reproche ; sans doute avait-elle eu raison.

— C'est peut-être vrai, admit-il.

Curieusement, il était aisé d'être franc avec elle.

— Mais je me déciderai à y aller avant de prendre ma retraite.

Ce n'était qu'une idée parmi bien d'autres qu'il n'avait jamais eu le temps de réaliser, et maintenant qu'Anne était partie il n'avait plus personne pour l'accompagner. Trop souvent il avait repoussé à plus tard. Aujourd'hui, il le regrettait. Il n'y avait plus de « plus tard », en tout cas pour Anne et lui. Il s'interrogea sur la sagesse, mais était-ce de la sagesse de dresser encore des projets pour l'avenir ? S'il avait une attaque ? S'il mourait ? si...

— Il faudrait que je n'attende pas trop longtemps.

— N'attendez pas ! Vous méritez bien ces vacances.

Autant le reconnaître, ce qu'il voulait surtout, c'était Mélanie.

— Ce voyage vous excite, Mel ?

— Oui et non.

Déjà auparavant elle s'était rendue dans des stations romantiques toute seule. Elle en connaissait les inconvénients.

— Vous m'enverrez une carte postale ?

— Certainement.

— Bien... Je ferais mieux de vous laisser. Appelez-moi dès que vous serez de retour, et reposez-vous.

— Vous avez autant besoin de repos que moi, sinon davantage.

— J'en doute.

Elle regarda sa montre, se demandant où Peter se trouvait. En Californie il était 9 h 30 du matin.

— Vous n'allez pas à l'hôpital ce matin ?

— Non. Le dernier mercredi de chaque mois, nous avons des conférences pour que toute l'équipe se tienne au courant des dernières techniques. Nous discutons sur tout ce qui a été effectué en chirurgie de pointe aux États-Unis depuis le début du mois, et de ce que nous, nous avons essayé de réaliser, ici à l'hôpital.

— Quel dommage que je ne l'aie pas su ! J'aurais aimé le faire figurer dans mon film.

De toute façon, elle avait déjà de quoi constituer un bon reportage.

— Nous commençons à 10 heures du matin. Je finis ma tournée très tôt.

Puis, avec une sorte de gaminerie, il déclara :

— Depuis plusieurs jours, je m'étais promis cette petite récompense de vous passer un coup de fil.

Ce genre de chose passait facilement au téléphone, et il fut soudain soulagé qu'il y ait tant de distance entre eux deux.

— Comme je suis flattée !

Il aurait aimé lui avouer qu'elle pouvait effectivement l'être car il n'avait jamais appelé une autre femme sans raison valable depuis qu'il avait épousé Anne. Mais il se tut.

— Moi aussi j'ai pensé vous appeler à différentes reprises, et j'aurais aimé avoir des nouvelles de Marie, mais la différence des horaires entre nous m'en a empêchée.

— Cela m'arrive aussi. De toute façon, je suis heureux d'avoir pu vous joindre. Passez un très bon week-end aux Bermudes.

— Merci beaucoup. Vous avez été très gentil de me téléphoner. Je vous appelle dès mon retour.

Pour la première fois elle s'engageait à lui faire signe, et déjà il lui tardait de le faire.

— À propos, ajouta-t-elle, le film est sensationnel.

— Quelle chance !

Mais ce n'était pas pour se tenir au courant qu'il avait voulu lui parler.

— Prenez soin de vous, Mel.

— Je vous appelle le week-end prochain.

Soudain elle comprit qu'un lien s'était noué entre eux, un lien qui n'existait pas auparavant. En se dirigeant vers Bloomingdale, elle se sentit jeune, insouciante.

Elle essaya deux maillots bleus, un noir et un rouge, mais le rouge ne s'harmonisait pas avec la couleur de ses cheveux. Elle se décida pour un bleu roi assez vif et le noir. Tous deux étaient un peu osés, mais elle se voulait érotique ce jour-là. Avec un sourire satisfait, elle se tenait devant la caisse, sa carte de crédit dans une main et les deux maillots de bain sur le bras, attendant patiemment son tour, lorsqu'elle vit une femme en pleurs courir en tous sens.

— Le Président a été assassiné !

Elle s'adressait en sanglotant à quiconque voulait bien l'écouter.

— Il a été atteint dans la poitrine et le dos, il est en train de mourir.

L'étage tout entier parut foudroyé. Puis les clients se parlèrent les uns aux autres et commencèrent à courir comme si leur précipitation pouvait servir à quelque chose. Pour Mel, la réaction fut différente. Avec le réflexe d'une professionnelle, elle planta là ses maillots sur la caisse, dégringola les deux étages et sortit du magasin. Elle sauta dans le premier taxi venu et, complètement essoufflée, donna l'adresse de son bureau et demanda au chauffeur de prendre les nouvelles à la radio. Lui et elle, en silence dans la voiture qui fonçait, tendirent l'oreille pour saisir les informations. Personne ne savait encore si le Président était mort ou vivant. En déplacement à Los Angeles pour la journée afin de conférer avec le gouverneur et différents hommes politiques, il venait d'être précipitamment transporté à l'hôpital, grièvement blessé. Deux agents des services secrets étaient morts à ses côtés. Toute pâle, Mel donna un billet de dix dollars au chauffeur et courut au bâtiment de la télévision. L'affolement le plus total régnait du hall jusqu'à la salle de rédaction. Elle se précipita dans le bureau du rédacteur en chef, qui fut visiblement soulagé en la voyant.

— Ouf ! J'espérais bien que tu viendrais, Mel.

— Je n'ai fait que courir depuis Bloomingdale jusqu'ici.

Elle était aussi épuisée que si elle avait vraiment couru et elle n'aurait pas hésité à le faire si cela avait été nécessaire. Elle savait que sa place était ici, nulle part ailleurs.

— Je veux que tu diffuses immédiatement un bulletin d'information.

La toilette qu'elle portait lui parut convenir.

— Passe vite un peu de maquillage et peux-tu fermer un peu ta veste ? Ta robe est trop blanche pour la caméra.

— Très bien. Y a-t-il du nouveau ?

— Pas encore. Il est en chirurgie et c'est sérieux, Mel.

— Merde.

Rapidement elle se rendit à son bureau, où elle conservait toujours son coffret à maquillage, et cinq minutes plus tard elle revenait, coiffée, légèrement maquillée, veste boutonnée, prête à apparaître sur les écrans. Le producteur la suivit dans le studio et lui tendit une liasse de feuillets qu'elle déchiffra à vive allure. Elle lui jeta un coup d'œil angoissé.

— Très inquiétant, non ?

D'après les dernières nouvelles, le Président avait reçu trois balles dans la poitrine, et sa colonne vertébrale aurait été atteinte. Même s'il survivait, il pouvait rester paralysé ou, pis encore, perdre toute autonomie. Pour le moment, il se trouvait sur la table d'opération à Center City. Alors Mel se demanda ce que Peter Hallam pouvait bien savoir que la presse ignorait encore. Mais elle n'avait pas le temps de l'appeler avant de présenter l'émission.

Elle prit sa place sur le plateau et, sous la chaleur des projecteurs, face aux caméras, elle commença à improviser son message. Tous les programmes avaient été interrompus pour diffuser la nouvelle. Mais il n'y avait pas grand-chose à en dire : les éléments manquaient. Pendant les trois heures qui suivirent elle revint sur les écrans pour diffuser le message, puis elle céda la place à un autre journaliste, celui qui présentait les nouvelles durant le week-end. Tout le personnel avait été convoqué, et des discussions sans fin, où toutes les hypothèses étaient envisagées, se succédaient sur les ondes à mesure que parvenaient les rapports de la Côte Ouest et les interprétations que leur donnaient les reporters de Los Angeles, postés dans le hall de Center City que Mélanie connaissait si bien. Elle aurait voulu rester à l'écoute parmi eux. Mais à 18 heures aucun bulletin officiel n'était encore donné. On savait seulement que le Président était encore en vie après être sorti du bloc opératoire. Il n'y avait plus qu'à attendre, c'est ce que faisait sa femme, qui avait pris un avion pour se rendre auprès de lui et devait arriver à destination dans moins d'une heure.

Comme d'habitude, Mel diffusa les informations de 18 heures, presque toutes consacrées aux nouvelles en provenance de Los Angeles. Lorsqu'elle sortit de la salle de projection, le producteur l'arrêta sur son passage.

— Mel…

L'air sombre, il lui tendit une liasse de papiers.

— Pars vite…

Elle le regarda avec stupéfaction.

— Rentre chez toi, prends tes affaires et reviens pour les informations de 23 heures, ensuite tu seras conduite à l'aéroport. Nous avons retenu un avion pour toi, et tu pourras couvrir l'attentat du Président et l'évolution de son état de santé directement de Los Angeles dès demain matin. À l'heure qu'il est, Dieu seul sait s'il est encore en vie !

L'assassin était sous les verrous. Déjà les détails les plus infimes de son passé étaient épluchés et diffusés sur les ondes sans une seconde d'arrêt, coupés par les communiqués de chirurgiens en renom sur les chances du Président.

— Tu es d'accord ?

Tous deux savaient que cette question n'était que pure formalité. Mel n'avait pas le choix. Elle était payée pour ce genre d'éventualité. Couvrir un événement dramatique d'une portée nationale faisait partie de son métier. Mentalement elle dressa la liste des urgences à régler avant son départ. Par expérience, elle savait que Raquel s'occuperait des filles et qu'avant de boucler sa valise elle aurait le temps de les embrasser.

Chez elle, les jumelles et Raquel se tenaient devant la télévision. Jessica fut la première à se tourner vers elle :

— Que va-t-il arriver, maman ?

Bruyamment, Raquel se moucha.

— Nous ne pouvons pas encore le savoir.

Puis elle leur fit part de la décision de son directeur.

— Il m'envoie en Californie ce soir. Vous serez sages, vous autres ?

Raquel accepta, comme prévu, de s'installer dans la maison.

— Je reviendrai dès que je le pourrai.

Un baiser à ses jumelles, et elle fila à la télévision pour donner les dernières nouvelles. Dès qu'elle eut quitté le plateau, elle fut prise en charge par deux policiers, qui la conduisirent vers l'aéroport tout en suivant les communiqués de la radio. Dans les grandes occasions, la police acceptait de fournir une escorte aux journalistes pressés par le temps. Ce jour-là, le trajet télévision-aéroport Kennedy se fit à une allure record, sirènes hurlantes. Dix minutes après que Mel eut pris place à bord, l'avion décolla. Les tours de contrôle de tous les aéroports survolés durant le trajet fournirent aux pilotes les derniers bulletins de santé, transmis à Mel par l'hôtesse. Le Président vivait toujours, mais on ne pouvait savoir pour combien de temps. La nuit s'éternisait pendant que l'avion franchissait les différents États séparant la Côte Est de la Côte Ouest. Mélanie arriva épuisée à Los Angeles. Une nouvelle escorte de police l'attendait. Elle décida de se rendre directement à Center City avant d'aller se reposer à son hôtel. Il faudrait se lever à 6 heures du matin, et il était déjà 4 heures ! Mais à Center City il n'y avait rien de neuf ; aussi, elle ne s'attarda pas et se rendit à l'hôtel. Déjà 5 heures. Elle s'imaginait qu'elle pourrait dormir au moins une heure avant de retourner à l'hôpital. Il lui suffirait de boire une tasse de café noir pour tenir le coup. Elle demanda au gardien de nuit de la réveiller. La télévision lui avait retenu une chambre dans cet hôtel, qu'elle ne connaissait pas, mais qui avait l'avantage de se trouver à proximité de Center City.

Comme il était étrange de se retrouver dans cette ville, si vite après l'avoir quittée ! Aurait-elle le temps de voir Peter ? Peut-être, lorsque tout serait terminé. À moins évidemment que le Président ne meure. Elle aurait alors à revenir aussitôt en avion avec l'Air Force pour assister à la cérémonie des funérailles à Washington. De toute façon, elle priait pour que l'état du Président s'améliore. Mais, mon Dieu, si seulement elle pouvait voir Peter dans les jours qui suivaient ! Savait-il seulement qu'elle était revenue à Los Angeles ?

Dès l'appel du gardien elle s'éveilla, tous ses sens en alerte, mais les membres aussi douloureux que si elle n'avait pas dormi du tout. Pourtant il lui faudrait bien rester sur ses pieds avec l'aide du café et une dépense d'énergie considérable. Heureusement l'expérience lui avait appris qu'elle était capable de ce tour de force. Elle revêtit rapidement une robe gris foncé, chaussa des escarpins noirs à hauts talons et sortit de l'hôtel à 6 h 30. Elle sauta dans la voiture de police, qui gagna l'hôpital en dix minutes. Maintenant il fallait recueillir les derniers détails et les transmettre à New York. Là-bas, il était déjà presque 10 heures et les habitants de la Côte Est manquaient d'informations depuis plusieurs heures.

Il y avait foule dans le hall. L'équipe de télévision qu'elle connaissait déjà se trouvait dans la mêlée avec cinquante autres cameramen et deux douzaines de reporters. Ils campaient tous dans le hall et un porte-parole de l'hôpital leur donnait les derniers bulletins toutes les demi-heures. Finalement, à 8 heures, une heure après que Mel eut diffusé le peu d'éléments nouveaux concernant la santé du Président, les premières bonnes nouvelles apparurent. Le Président avait toute sa conscience, et sa colonne vertébrale n'avait pas été atteinte. S'il survivait, il ne serait pas paralysé. De même, le cerveau n'aurait subi aucun dommage, d'après les médecins qui le soignaient. Cependant ils ne pouvaient répondre de son rétablissement complet car son état était jugé critique. Trois heures plus tard, sa femme prononçait quelques mots devant la nation. Mel obtint trois minutes de son temps. La pauvre femme paraissait brisée par le chagrin et morte de fatigue ; cependant, elle conservait toute sa dignité et parlait d'une voix ferme. Le cœur de tous les téléspectateurs battit pour elle au moment où des larmes perlèrent à ses yeux, mais sa voix ne faiblit pas une seule fois. Mel se garda d'intervenir et se contenta de lui poser très peu de questions en lui assurant que tous les Américains priaient pour leur Président. Puis, par miracle, elle put joindre le chirurgien un moment plus tard. Mais il ne lui apprit rien de plus.

À 18 heures, l'état du Président était toujours stationnaire. Mel fut relevée de son poste par un présentateur local. Elle eut droit à cinq heures pour se reposer. Mais lorsqu'elle revint dans sa chambre, l'énervement l'empêcha de trouver le sommeil. Elle s'allongea sur son lit dans le noir, l'esprit obsédé par mille choses, et soudain elle se redressa, attrapa le téléphone et forma un numéro sur le cadran.

Mme Hahn répondit. Sans perdre de temps en amabilités, Mel lui demanda de parler à Peter qui prit l'appareil.

— Mel ?

— Hé là... C'est sans doute idiot parce que j'ai la tête à l'envers, mais je voulais juste vous appeler pour vous dire que je suis ici.

Il sourit doucement, la devinant à bout de nerfs.

— Vous vous souvenez de moi ? Peter Hallam du Center City avec qui vous avez fait une télévision ? Mel, je vous ai vue deux fois aujourd'hui, mais vous ne m'avez pas aperçu. Vous tenez le coup ?

— Il le faut, j'en ai l'habitude. Au bout d'un moment il suffit de mettre son corps en pilotage automatique, et espérer qu'on ne va pas s'écraser contre un mur dans un endroit qui ressemble à une salle de bains !

— Où êtes-vous actuellement ?

Elle lui donna le nom de son hôtel. Indépendamment du drame que représentait l'attentat, Peter était heureux que les circonstances la ramènent juste à côté de lui. Mais arriveraient-ils à se voir ?

— Puis-je faire quelque chose pour vous ?

— Dans l'immédiat, rien. Mais si l'occasion s'en présente, je vous le ferai savoir.

Il se sentit aussi intimidé qu'un petit garçon lorsqu'il lui posa la question qui lui brûlait les lèvres :

— Pensez-vous que... que nous pourrons nous rencontrer ? Je veux dire ailleurs qu'au milieu d'un hall fourmillant de journalistes ?

— Je ne le sais pas encore, répliqua-t-elle. Franchement, tout dépend de ce qui va arriver.

Puis elle soupira :

— Peter, que va-t-il se passer ? Le Président a-t-il de réelles chances de s'en tirer ?

Elle aurait dû le lui demander beaucoup plus tôt, mais la fatigue lui faisait perdre le fil de ses idées.

— C'est bien possible. S'il a une forte constitution, tout ira bien. Le cœur n'est pas touché, sinon on aurait fait appel à moi. J'étais dans la salle d'opération pour le cas où il aurait fallu intervenir. Mais on n'a pas eu besoin de moi.

Elle n'avait pas su qu'il avait assisté à l'opération. Il devait y avoir des quantités de détails tenus encore cachés. Tout ce que l'on pouvait apprendre de nouveau concernait l'assassin. Âgé de vingt-trois ans, il avait passé les cinq dernières années dans un hôpital psychiatrique et avait annoncé à sa sœur, deux mois plus tôt, qu'il allait tuer le Président. Personne ne l'avait pris au sérieux, d'autant qu'il avait confié à son voisin de l'hôpital qu'il était Dieu et que l'infirmière en chef était Marilyn Monroe. Ceux qui le connaissaient pensaient même qu'il ignorait qui était le Président, mais tous se trompaient. Il en savait assez pour réussir à l'abattre.

— Nous en saurons davantage demain, Mel.

— Si vous obtenez des informations intéressantes d'ici là, pourriez-vous m'appeler ?

— Bien sûr. Mais tâchez un peu de dormir avant de devenir le prochain malade.

— Je vous obéis, mais je suis tellement surexcitée que je n'arrive pas à fermer l'œil.

— Essayez encore. Il vous suffit de fermer les yeux et de vous détendre. Ne pensez pas au sommeil.

Il avait sa voix douce, et elle était tellement heureuse de l'avoir appelé !

— Voulez-vous que je vous conduise à l'hôpital demain ?

— Demain ? Vous plaisantez ! Je dois y retourner ce soir à 23 heures.

— C'est inhumain ! s'exclama-t-il vigoureusement.

— L'attentat aussi est inhumain !

Ils tombèrent d'accord, puis elle raccrocha. Encore une fois, elle se réjouit d'avoir pu le joindre. Si seulement ils pouvaient passer quelques instants ensemble avant qu'elle reparte !

En se retournant dans son lit, Mel pria pour que rien ne les empêche de se rencontrer.

CHAPITRE XIII

La journée du vendredi s'écoula dans l'anxiété pour Mélanie et les journalistes rassemblés dans le hall de Center City. Une demi-douzaine d'employés avaient été réquisitionnés pour fournir sandwiches et café. Ils allaient tous, de temps à autre, diffuser leurs dernières informations aux différentes stations auxquelles ils appartenaient. Mais rien ne fut modifié dans les bulletins sur l'état de santé du Président jusqu'à 19 heures. Mel ne bougea pas de l'hôpital jusqu'à 20 heures, ce vendredi-là. La fatigue lui causait des élancements dans la tête et des brûlures aux yeux. Elle se rendit dans le parking et se glissa derrière le volant de la voiture qui avait été louée la veille. Sa vue se brouillait tellement qu'elle fut presque effrayée à la pensée de mettre le contact et de rentrer à l'hôtel en conduisant. Et la voix qui retentit à ses oreilles lui parvint comme à travers un brouillard épais. Elle se retourna pour distinguer la personne qui se tenait près de la voiture.

— Vous n'êtes pas en état de conduire, miss Adams.

Elle crut au début que c'était un agent, mais en louchant sur l'inconnu elle reconnut une figure familière ; alors elle sourit et reposa sa tête contre le dossier. Les

218

vitres étaient complètement baissées car, pour conduire jusqu'à l'hôtel, il lui fallait de l'air frais qui l'empêcherait de tomber endormie.

— Eh bien, si je m'y attendais ! Qu'est-ce que vous pouvez bien faire ici ?

Même dans son état comateux, elle discernait la couleur bleu sombre de ses yeux. Quel merveilleux réconfort de le voir enfin !

— Je travaille ici, ou bien l'avez-vous oublié ?

— Mais c'est une heure trop tardive pour vous, non ?

Il secoua la tête, attentif à la lueur qu'il voyait dans ses yeux. Elle était folle de joie, mais trop fatiguée pour tenter le moindre geste.

— Poussez-vous, dit-il. Je vais vous reconduire à votre hôtel.

— Ne soyez pas idiot. Je vais très bien. Il suffit que je...

— Écoutez, Mel, soyez raisonnable. Avec le Président ici, lorsque vous écraserez la voiture contre un arbre, personne ne voudra vous admettre dans la salle des urgences. Tout le monde tourne autour du Président et personne n'est disponible pour un autre blessé. Aussi, laissez-moi vous piloter. D'accord ?

N'ayant plus aucune force pour discuter avec lui, elle se contenta de sourire comme une enfant épuisée, inclina la tête en signe d'assentiment et glissa sur le second siège.

— Bien !

Il conduisit adroitement au milieu de la circulation de Los Angeles encore dense à cette heure.

— Vous allez bien, Mel ?

— Je n'en peux plus. J'irai mieux dès que j'aurai fait un petit somme.

— Quand devez-vous retourner à l'hôpital ?

— Pas avant 6 heures demain matin, Dieu merci.

Elle se redressa un peu sur son siège.

— Pouvez-vous me communiquer une information intéressante sur l'état du Président ?

Il secoua négativement la tête.

— Quelle horreur ! dit-elle. Mais j'espère qu'il s'en sortira.

— Tout le monde le souhaite dans notre pays, et moi aussi. On se sent tellement impuissant dans un cas comme celui-ci ! Dans l'immédiat, ce que l'on peut dire c'est qu'il a eu de la chance. Il pourrait être mort. En fait, aux rayons X, j'ai constaté qu'il l'avait échappé belle. Sa vie n'a tenu qu'à un fil. À un millimètre près, il rendait l'âme, ou il perdait à tout jamais le contrôle de ses mouvements. Si la balle avait ricoché un tout petit peu différemment…

Il ne termina pas sa phrase. Les chirurgiens qui avaient opéré le Président étaient ses amis, au courant des dernières techniques.

— Je suis désolée pour sa femme. Je l'ai trouvée vraiment courageuse : elle s'accroche à la plus petite bribe d'espoir.

La femme du Président n'était plus très jeune, et les deux derniers jours lui avaient imposé une douloureuse tension.

— Elle souffre d'un problème de cœur, vous savez. Juste un petit problème, mais cela fait de l'attentat une épreuve physiquement difficile à supporter.

Un sourire fatigué de Mel lui répondit :

— En tous les cas, vous serez sur place s'il y a des soins à lui donner.

En même temps, elle sentit à quel point elle lui était reconnaissante d'être à son côté. Elle se rendit compte qu'elle n'aurait jamais pu accomplir ce trajet compliqué pour regagner son hôtel et le lui dit pendant qu'il évoluait aisément au milieu des voitures.

— Ne soyez pas ridicule. Jamais je ne vous aurais laissée prendre le volant dans cet état.

— Heureusement vous étiez là lorsque je suis sortie de l'hôpital.

Elle ne s'était pas aperçue plus tôt de son extrême fatigue. Elle ne s'était pas aperçue non plus qu'il avait guetté sa sortie de l'hôpital, sachant bien qu'elle serait à bout de forces.

— Merci mille fois, Peter.

Il arrêta la voiture devant l'hôtel et l'accompagna jusqu'à la porte. Il regarda la jeune femme avec sollicitude.

— Pourrez-vous gagner votre chambre sans aide ?

Ces soins attentifs dont il l'entourait lui firent chaud au cœur. Personne, depuis des années, ne s'était préoccupé d'elle à ce point. Et même du temps de son mari...

— Je vais très bien, je peux marcher. C'est simplement que je n'avais pas la force de conduire.

Mais, elle le savait, si la nécessité s'en était fait sentir, elle aurait pu tenir le volant.

— Je passe vous prendre demain matin. 5 h 45 ?

— Je ne veux pas que vous veniez.

— Pourquoi ? Mon heure habituelle est 6 heures. Que peut bien me faire une différence d'un quart d'heure ?

— Je vous assure, je peux très bien conduire.

Cet excès d'attention finissait par l'embarrasser. Mais Peter tint bon.

— Je ne comprends pas les raisons de votre refus.

Tout à coup Mel fut saisie de scrupules :

— Comment allez-vous faire pour rentrer chez vous ?

— Ne vous inquiétez pas. Je vais arrêter un taxi qui me conduira jusqu'au parking, où je pourrai récupérer ma voiture. Moi, je suis complètement éveillé. Tandis que vous, c'est tout juste si vous tenez sur vos pieds.

— Oh, Peter, je ne voulais pas dire que…

Mais un bâillement vint interrompre sa phrase, si bien qu'il se mit à rire.

— Oui ? Y a-t-il quelque chose d'autre que vous désiriez faire savoir à votre public, miss Adams ?

Ce ton taquin lui aurait bien plu si cette journée ne l'avait laissée complètement hébétée.

— Seulement vous remercier, Peter.

Ils s'attardèrent encore pendant quelques instants devant la porte de l'hôtel.

— J'ai été heureuse de vous revoir.

— Ça m'étonnerait : vous n'êtes plus capable de regarder clairement quoi que ce soit. Tout ce qui parvient actuellement à votre cerveau, c'est qu'un parfait étranger vous a raccompagnée jusqu'à votre porte.

— Les étrangers se montrent tellement gentils…, marmonna-t-elle avec effort.

— Maintenant obéissez-moi, montez dans votre chambre et reposez-vous. Avez-vous mangé quelque chose ?

— Oui, suffisamment. Tout ce que je désire, c'est

mon lit. Au point où j'en suis, n'importe quel lit ferait l'affaire.

Même le plancher lui aurait suffi. Il appuya sur le bouton de l'ascenseur, la fit entrer et, avant de refermer la porte sur elle, déclara :

— À demain matin.

Encore une fois, elle voulut le lui interdire, mais il était trop tard. L'ascenseur s'élevait et la déposait à son étage. Elle n'eut que les forces nécessaires pour marcher jusqu'à la porte, la fermer derrière elle et s'affaler sur le lit. Tous ces mouvements se firent automatiquement, comme si elle n'était plus qu'une morte-vivante, un zombie. Elle n'enleva même pas ses vêtements. Un coup de fil au standard pour être réveillée à 5 heures le lendemain matin, puis elle ne se souvint plus de rien jusqu'au moment où la sonnerie du téléphone éclata à son oreille.

— 5 heures, miss Adams.

— Déjà ?

La voix rauque, et tout son corps à moitié endormi, elle dut prendre son courage à deux mains pour s'asseoir, le récepteur dans la main, et interroger :

— Avez-vous pris les nouvelles ? Le Président vit-il encore ?

— Je crois, oui…

De toute façon, si le Président avait rendu l'âme, elle aurait reçu l'information directement de l'hôpital ou du studio de télévision local. Par précaution elle appela ce dernier. Mais il ne fit que confirmer l'état stationnaire du blessé, état toujours critique cependant. Mélanie prit une douche, puis elle se rendit compte qu'il était encore trop tôt pour commander un café. Dès qu'elle fut prête, elle descendit et, à 5 h 40, elle se posta à la porte de l'hôtel. Encore une fois elle regretta de n'avoir pas montré plus de fermeté la veille lorsque Peter insistait pour venir la chercher. Il n'y avait aucune raison pour qu'il se mette ainsi à sa disposition. Vraiment, c'était idiot ! À très exactement 5 h 45 il arrêta sa voiture devant elle, lui ouvrit la portière et la regarda se glisser auprès de lui. Il avait l'air parfaitement dispos et bien réveillé. Dès qu'elle fut installée, il lui offrit une Thermos de café.

— Miséricorde ! C'est la chose au monde dont j'avais le plus envie !

— Et vous trouverez des sandwiches dans ce paquet.

Il lui désigna du doigt un sac en papier brun posé à ses pieds. Puis il lui sourit :

— Bonjour.

Il avait parfaitement deviné qu'elle n'avait rien mangé la nuit précédente, et avait lui-même confectionné des sandwiches pour les lui apporter.

— Je dois avouer qu'il est bien agréable d'avoir un ami à Los Angeles.

Elle mordit dans un blanc de dinde glissé entre deux toasts et s'adossa confortablement au dossier de la Mercedes, une tasse de café dans la main.

— C'est la belle vie !

Alors elle se retourna vers lui avec un sourire timide :

— Vous savez, lorsque je suis partie de Los Angeles, il y a quinze jours, je ne croyais pas que nous nous reverrions, du moins pas avant très longtemps.

— J'ai pensé la même chose, et je suis désolé que nos retrouvailles soient dues à d'aussi tragiques circonstances, mais je suis bien content que vous soyez revenue, Mel.

— Eh bien, dit-elle après avoir pris une gorgée de café brûlant, moi aussi. C'est un peu choquant de l'avouer, mais cet attentat...

Elle hésita, regarda longuement par la vitre, puis s'adressa à lui.

— Vous étiez souvent dans mes pensées durant ces quinze derniers jours, et je ne sais trop pourquoi. Peut-être que de vous revoir me permettra d'y voir plus clair.

Il inclina la tête. Ce problème, il le connaissait.

— Moi-même, je ne sais comment vous expliquer les sentiments que j'éprouve pour vous. Le nombre de fois où j'ai voulu vous téléphoner pour un oui ou un non, pour vous donner les dernières nouvelles de Marie... vous raconter une intervention que je venais de terminer... vous rapporter un mot de l'un des enfants...

— Vous avez mené une vie très solitaire, et je vous ai ouvert une porte. Aujourd'hui, vous ne savez plus que décider avec cette porte...

Il acquiesça et Mélanie devint songeuse.

— Le plus étrange, c'est que moi non plus je ne sais pas où j'en suis. Vous avez ouvert une porte pour moi aussi, et je n'ai cessé de penser à vous lorsque je suis revenue chez moi. J'ai été si heureuse lorsque vous m'avez appelée, la première fois...

— Je n'avais pas le choix, j'étais poussé par une force irrésistible.

— Pourquoi ?

— Je n'en sais rien, Mel. Dans l'immédiat, je suis soulagé que vous soyez à Los Angeles. Cette fois, je l'espère, je saurai ce que je veux vous dire... ou bien je n'oserai pas vous le dire...

Mélanie courageusement lui posa une question difficile :

— Cela vous effraie-t-il ?

— Oui. Plus que vous ne l'imaginez.

Il avait répondu d'une voix tremblante, en évitant de la regarder.

— Eh bien, si ça peut vous consoler, je vous avoue que moi aussi je meurs de peur.

— Pourquoi cela ? Pendant des années vous vous êtes débrouillée toute seule. Vous savez ce que vous faites, mais moi je ne sais pas.

— Justement, c'est le fond du problème. Pendant quinze ans je suis restée seule, sans personne qui ait vraiment compté pour moi. Si un homme me devenait trop proche, je m'enfuyais. Mais je ne sais ce qui se passe avec vous... Je ne sais plus où j'en suis avec vous, Peter, et j'étais si attirée par vous lorsque je suis venue il y a deux semaines...

La Mercedes stoppa dans le parking de Center City. Peter tourna la tête vers elle.

— Vous êtes la première femme, depuis que j'ai épousé Anne, pour laquelle j'éprouve des sentiments aussi violents, et cela m'inspire une peur effroyable, Mel.

— Pourquoi ?

— Je ne sais pas, mais c'est ainsi. Depuis la mort d'Anne, je me suis tenu à l'écart et, tout à coup, j'en ai assez de cette solitude.

Pendant un long moment ils se tinrent silencieux dans la voiture, puis Mel brisa la tension.

— Le mieux serait d'attendre et de voir comment nos relations évoluent, non ? Surtout ne rien provoquer. Aucun de nous deux n'a pris le moindre risque jusqu'à présent. Vous m'avez téléphoné, et je suis revenue à Los Angeles parce que le Président a été victime d'un assassin. Il ne faut pas chercher autre chose.

— Êtes-vous certaine qu'il n'y a rien d'autre ?

— Pas tout à fait, c'est bien cela l'ennuyeux. Mais si nous conservons notre calme, nous n'aurons pas à trembler de peur, répondit-elle en essayant de rire.

— J'espère que je ne vous effraie pas, Mel. Je tiens beaucoup trop à vous pour vous causer la moindre inquiétude.

— Je me fais peur à moi-même, surtout. Pour rien au monde je ne voudrais m'exposer à souffrir de nouveau, et cela ne dépend que de moi. J'ai construit une forteresse tout autour de moi, et si j'ai l'imprudence d'y laisser pénétrer quelqu'un, il pourra détruire toute mon œuvre, et cela me prendra un temps infini pour l'édifier une nouvelle fois.

Elle parlait avec une franchise totale, les larmes aux yeux.

— Je ne veux pas vous faire du mal, Mel, jamais, si je puis l'empêcher. Au contraire, j'aimerais vous soulager du fardeau que vous portez sur vos épaules.

— Mais je ne crois pas que j'aimerais m'en décharger.

— Et je ne suis pas sûr de vouloir en prendre une part.

— Alors c'est parfait, c'est très bien comme cela.

Un court instant elle observa le silence, assise près de lui, immobile, avant de sortir de la voiture.

— Nous vivons tellement éloignés l'un de l'autre, Peter ! Vous ici, moi là-bas... Nous ne retrouverons jamais un instant comme maintenant.

— Vous n'êtes pas encore repartie, nous pourrons nous revoir.

— Ce n'est pas évident : j'ai tellement à faire !

Il ne voulut pas se laisser décourager. Pas encore. Il voulait découvrir la nature de ses sentiments envers cette femme qui le fascinait tellement. Il admira une fois de plus les grands yeux verts dont il se souvenait si bien.

— La dernière fois que vous êtes venue, vous m'avez suivi partout dans l'hôpital. Cette fois, laissez-moi me mettre à votre disposition pour autant que cela m'est possible. Nous trouverons peut-être un peu de temps pour bavarder tranquillement.

— J'aimerais tellement ! Mais vous m'avez vue à l'œuvre, je n'arrête ni jour ni nuit.

— Nous pouvons essayer. Lorsque j'aurai terminé mes tournées, j'essaierai de vous dénicher dans le hall, et avec un peu de chance nous irons grignoter un sandwich.

L'idée lui plaisait, mais trouverait-elle un peu de temps libre ?

— Je tenterai le maximum pour vous revoir, Peter, mais comprenez que je ne peux faire à mon idée.

— Je le comprends.

Alors, pour la première fois, il allongea le bras et lui toucha la main.

— Très bien, Mel. Je serai à l'hôpital, je n'irai nulle part ailleurs.

Elle lui sourit, heureuse de sentir sa main sur la sienne. Si seulement elle arrivait à soustraire quelques minutes dans son emploi du temps !

— Merci de m'avoir emmenée ici, Peter.

— À votre service, madame !

Un moment plus tard, ils étaient engloutis dans la foule qui se pressait dans le hall. Une dernière fois, il se retourna pour lui lancer un regard, mais elle était déjà en conversation avec un journaliste qui avait passé la nuit à assurer la permanence, et l'ascenseur s'envola.

Les nouvelles étaient bonnes. Le Président vivait toujours ; une demi-heure auparavant, le porte-parole de l'hôpital avait annoncé que son état s'améliorait.

La femme du Président revint à 8 heures. Elle demeurait à l'hôtel *Bel Air*. Son escorte des Services de sécurité lui fraya un chemin dans le hall. Personne ne put l'approcher, pas plus Mel que les autres journalistes. La pauvre femme avait un teint blafard et des yeux hagards.

À 8 h 30, Mel fit son émission pour New York, puis de nouveau à 9 heures pour les nouvelles du matin. Mais elle n'avait pas grand-chose à annoncer, sinon que le Président était toujours en vie. Elle continua à recueillir tous les bulletins de santé qui se succédaient, sans trouver une minute pour penser à elle ou à Peter Hallam.

Elle ne le revit pas avant 15 heures, lorsqu'il apparut soudain à côté d'elle, impressionnant dans sa blouse blanche empesée. Immédiatement, un cercle de journalistes se forma autour de lui : ils crurent qu'il venait leur donner les dernières informations. Il eut du mal à se faire entendre par-dessus le tumulte et à les persuader qu'il n'était descendu que pour rencontrer une amie, à titre strictement personnel. Enfin Mel et lui purent se soustraire à la cohue et se réfugier dans un coin, même si plusieurs journalistes soupçonnèrent leur consœur d'extorquer une exclusivité au chirurgien. En désespoir de cause, il enleva sa blouse et la dissimula dans un placard.

— Mon Dieu ! J'ai cru qu'ils allaient me mettre en pièces !

— Pour un peu, ils l'auraient fait.

La fatigue l'accablait après neuf heures d'attente. Comme seule nourriture, elle n'avait pris que le sandwich qu'il lui avait offert dans la voiture. Mais elle avait bu des litres de café depuis le matin.

— Vous avez déjeuné ?

— Pas encore.

— Pouvez-vous vous échapper ?

Elle consulta sa montre.

— Dans dix minutes, j'ai une émission pour les nouvelles de 18 heures à New York, mais ensuite je peux me libérer.

— Combien de temps ?

— Quelques heures. Je devrais revenir à 18 heures, et aussi à 20 pour l'émission de 23 heures à New York. Mais ensuite, j'espère que j'en aurai terminé, à moins d'un incident.

— Alors pourquoi ne partirais-je pas maintenant pour ensuite venir vous chercher à 18 heures ? Nous pourrons aller dans un coin tranquille pour dîner. Je vous raccompagnerai ici à temps pour votre bulletin de 23 heures, puis je vous ramènerai à votre hôtel.

— Je ne serai plus qu'une pauvre loque et je m'endormirai sans doute pendant le dîner.

— Aucune importance, il m'est arrivé de faire dormir des convives pendant des repas ! Au moins, avec vous, j'aurai une excuse.

Il lui sourit, dévoré par l'envie de la prendre dans ses bras.

Elle lui rendit son sourire.

— Je serai heureuse d'être avec vous ce soir.

— Bien. Alors à 18 heures.

Il partit rapidement pour se rendre à son cabinet, et revint très exactement trois heures plus tard. Mel avait des cernes sombres sous les yeux. Il se rendit compte, lorsqu'elle monta dans la voiture, qu'elle n'en pouvait plus. Un sourire fatigué tendit ses lèvres lorsqu'elle lui dit :

— Vous savez, Peter, si séduisant que vous soyez, je ne ressens envers vous, en ce moment, que des envies d'anthropophage.

Cette idée le fit rire et, avec une grimace horrifiée, il répondit :

— C'est dégoûtant !

— Eh bien, je suis ainsi. Comment s'est passé votre après-midi ?

— Très bien. Dans quel état se trouve le Président ?

Il pensait qu'elle en savait plus que lui sur ce sujet. Occupé comme il l'était avec ses propres malades, il n'avait pas le temps de s'inquiéter de quiconque.

— Il se maintient. Je commence à croire qu'il s'en tirera s'il arrive à durer ainsi un certain temps. Qu'en pensez-vous ?

— C'est bien possible.

Gaiement, il ajouta :

— J'espère seulement qu'il ne va pas sauter sur ses pieds demain matin, ce qui vous obligerait à reprendre l'avion.

— Pour le moment, il n'y a rien à craindre. Est-ce que je me trompe ?

— Pas du tout.

Détendu, heureux, il lui jetait de temps à autre un

regard de côté pendant qu'il conduisait vers un restaurant proche.

— Les enfants vont bien ?

— Très bien. Comme ils vous ont vue à la télévision, ils savent que vous êtes de retour, mais je n'ai pas eu le temps de leur dire que je vous ai rencontrée.

Elle réfléchit un moment puis lâcha :

— Peut-être ne devriez-vous pas le leur dire.

— Pourquoi ?

— Cela pourrait les perturber. Les enfants possèdent des antennes remarquablement sensibles. Les miennes sont ainsi, spécialement Jess. Val est tellement préoccupée par elle-même qu'elle est aveugle dans bien des domaines, mais Jessica a une intuition étonnante des choses qui ne sont pas encore arrivées.

— Pam lui ressemble un peu. Mais les garçons sont totalement différents.

— Justement, c'est Pam qui m'inquiète. Elle se fait suffisamment de tracas avec ses propres problèmes pour que vous lui en donniez un nouveau à mon sujet.

— Qu'est-ce qui vous fait penser qu'elle pourrait craindre votre retour ?

— Pourquoi donc ne le craindrait-elle pas ? Réfléchissez, Peter. Tout le monde a été bouleversé au cours de ces deux dernières années, mais enfin elle sait qu'elle vous a. Et elle n'a connu aucune rivale durant cette période, dans son esprit tout au moins. Voilà que j'entre en scène. Je suis une menace pour sa tranquillité.

— Une menace ?

— Je suis une femme. Elle est une fille, et vous êtes son père. Vous lui appartenez.

232

— Cela ne peut rien changer si quelqu'un d'autre m'intéresse.

— Si, en quelque sorte. Je suis certaine que vos relations avec Pam étaient différentes du temps de votre femme. Vous aviez moins de temps à lui accorder, vous aviez d'autres préoccupations. Maintenant, tout à coup, vous lui appartenez complètement ou presque. Si vous modifiez cet état de choses, et parce qu'une étrangère a fait son apparition, elle le prendra très mal.

Il gara sa voiture tout en étudiant ses paroles.

— Je n'ai jamais réfléchi à cette question.

Ils se dirigèrent vers l'entrée d'un petit restaurant italien.

— Je n'ai jamais eu à y penser, ajouta-t-il. Mais sans doute devrai-je me montrer un peu plus circonspect sur ce que je lui raconterai.

— Je crois que c'est une bonne idée. Peter, peut-être que vous n'aurez plus aucune envie de me revoir après ces quelques jours ! Pour le moment vous n'avez qu'une image désastreuse de moi. Lorsque je n'ai pas dormi pendant plusieurs jours, je suis prête à défaillir.

— Nous sommes tous pareils.

— Pas vous, il me semble. Vous résistez miraculeusement à la fantastique somme de travail que vous abattez.

— Je connais mes limites.

— Moi aussi, mais je les ai franchies il y a deux jours.

— Venez, nous allons faire un bon dîner, ça vous remettra d'aplomb.

Ils entrèrent et le maître d'hôtel leur donna une table à l'écart.

— Du vin, Mel ?

Elle secoua immédiatement la tête.

— Je tomberais raide sur mon assiette.

Elle rit et commanda un steak. Elle n'avait plus faim, mais les protéines lui donneraient des forces. Le dîner fut charmant et gai ; ils bavardèrent sans effort. Elle était étonnée de ce profond sentiment de confort qu'il lui donnait toujours. Il parut intéressé par le travail qu'elle effectuait. Et elle, elle en savait déjà long sur les greffes du cœur. La conversation facile, mais stimulante, dura jusqu'au moment où elle s'appuya contre le dossier de son siège, une tasse de café à la main, le cœur content et l'estomac rassasié.

— Vous êtes une bénédiction du ciel, Peter. Le saviez-vous ?

— J'ai pris plaisir à ce repas, moi aussi.

— J'étais loin de m'y attendre lorsque je suis venue à Los Angeles.

— En ce moment, remarqua-t-il en souriant, vous devriez vous trouver aux Bermudes.

— Comment ça ! Quel jour sommes-nous ?

Mel avait perdu toute notion du temps. Depuis son arrivée, elle n'avait même pas téléphoné à ses filles, mais elle savait que les jumelles comprendraient. De toute façon, elles passaient un long week-end au Cape Cod. Mais comment, se demanda-t-elle, ne s'était-elle pas rendu compte que ce week-end avait déjà commencé ? Elle avait l'impression de n'avoir pas quitté Los Angeles depuis des semaines. D'une certaine façon, elle aurait même voulu que ce fût vrai, alors que ce sentiment lui était inhabituel. Toute sa vie se concentrait sur New York jusqu'ici. Désormais sa vie était à Los Angeles.

— Je suis désolé que vous ayez raté votre voyage aux Bermudes, Mel.

— Pas moi.

Elle le regarda au fond des yeux.

— Je préfère me trouver ici.

Il ne sut pas très bien comment répondre ; aussi, il se pencha vers elle et lui prit la main.

— Je suis content. Je suis heureux que vous soyez revenue, Mel. Mon seul regret, c'est que vous ayez tant à faire.

Avec un regard plus aigu encore, elle répliqua :

— Ce n'est pas cher payé pour vous revoir.

— Le Président doit penser bien différemment.

Ils prolongèrent encore quelques instants ce tête-à-tête, puis avec regret Mel dut consulter sa montre. Il était temps de retourner au travail. Peter lui proposa de la raccompagner puis de l'attendre sur place, mais elle refusa tout net.

— Je peux prendre un taxi après mon émission de 23 heures pour New York, ce qui fait seulement 20 heures à Los Angeles.

— Je vous le répète : aussi longtemps que vous restez ici, je vous servirai de chauffeur.

Puis, avec une mine soudain embarrassée, il se rétracta :

— ... à moins que cela ne vous dérange...

Ce fut au tour de Mélanie de poser sa main sur la sienne.

— Non, je ne demande que cela.

— Bien.

Il régla l'addition et tous deux retournèrent à Center City. Mélanie fut exacte à son rendez-vous et elle annonça aux téléspectateurs de New York que le Président avait un peu de fièvre, mais qu'il fallait s'y attendre. Une demi-heure plus tard, Peter la reconduisit à son hôtel en lui promettant de revenir la prendre le lendemain matin. Une fois de plus, elle entra, grimpa à son étage et s'affala sur son lit. Mais cette fois, lorsqu'elle fut déshabillée et couchée, elle ne put arriver à trouver le sommeil. Elle était encore éveillée lorsque, une demi-heure plus tard, il l'appela.

— Allô ?

Elle eut peur qu'on ne lui donne de mauvaises nouvelles du Président. En reconnaissant sa voix, elle poussa un soupir de soulagement et lui en expliqua la raison.

— Désolé de vous avoir inquiétée.

— Cela ne fait rien. Qu'est-ce qui se passe ?

Il hésita. Elle put presque l'entendre respirer.

— Je voulais simplement vous dire que je vous trouve merveilleuse.

Ses propres paroles lui firent peur, et son cœur se mit à battre. De même, Mélanie, qui s'était assise dans son lit, devint à la fois nerveuse et tout heureuse de l'entendre.

— La dernière fois que je suis venue, j'ai pensé la même chose de vous.

Il rougit, confus. Mel souriait à l'autre bout du fil. Ils bavardèrent doucement pendant un moment, puis finirent par raccrocher, à la fois tremblants de peur et heureux, comme deux enfants. Ils effectuaient tous les deux leurs premiers pas sur un terrain mouvant, et il n'était pas trop tard pour revenir en arrière. Mais la décision devenait plus délicate jour après jour. Aucun des deux n'arrivait à deviner ce qui se passerait lorsqu'elle retournerait à New York, mais il était trop tôt pour s'en inquiéter. Dans l'immédiat, ils se contentaient de se réjouir de ce petit trajet de compagnie.

« Bonsoir, Mel, à demain... » Le timbre de sa voix la poursuivait pendant qu'elle reposait dans le noir en essayant de dormir... et elle éprouvait la même griserie qu'une jeune fille invitée au bal par le plus beau garçon du coin... C'était drôle comme Peter la rendait jeune...

CHAPITRE XIV

Le matin suivant, Peter vint la chercher et la déposa à l'hôpital. Elle apprit que le Président allait un peu mieux. Pour la première fois depuis plusieurs jours elle put disposer de quelques instants pour elle-même dans le milieu de la journée. Sur une subite impulsion, elle appela l'unité de cardiologie et demanda si elle pouvait rendre une visite à Marie. Elle prit l'ascenseur au sixième étage et trouva la malade assise dans son lit. Son joli visage était pâle et légèrement bouffi. Mélanie constata avec tristesse que déjà le traitement faisait sentir ses effets secondaires. Mais les yeux étaient brillants et Marie parut heureuse de voir Mel.

Elle avait des sondes aux bras, mais paraissait en meilleure santé qu'avant la greffe.

— Je suis venue vous voir. Pas de New York, je dois l'avouer. Je passe mes journées dans le hall à cause du Président.

Marie hocha la tête avec un regard grave.

— Quelle affreuse histoire ! Va-t-il mieux ?

— Un peu mieux aujourd'hui. Mais il n'est pas sorti de l'auberge.

La remarque manquait de tact, elle s'en rendit

compte aussitôt, car Marie elle non plus n'était pas sortie de l'auberge. Elle sourit à la jeune fille, qui n'avait que quelques années de moins qu'elle et dont la vie était un miracle de tous les jours.

— Il n'a pas la même chance que vous, Marie.

— Parce qu'il n'est pas soigné par Peter Hallam.

En prononçant le nom du chirurgien, un éclair brilla dans ses yeux et Mel comprit. Peter Hallam était devenu un dieu pour elle. Elle devait même éprouver pour lui des sentiments assez passionnés, ce qui était normal étant donné qu'il l'avait sauvée. Mais elle découvrit plus encore, quelques moments plus tard, lorsque Peter entra dans la pièce, rougit en l'apercevant et s'assit au chevet de sa malade. Une étonnante complicité devint évidente entre lui et elle. Il lui parlait d'une voix tranquille, douce, et on aurait pu croire que personne d'autre n'existait que Marie et Peter.

La journaliste se sentit de trop et sortit de la chambre. Elle retourna dans le hall, où la foule des journalistes continuait à tourner en rond en attendant des bulletins. Elle ne revit Peter que lorsqu'il la raccompagna le soir à son hôtel. De même que la veille, elle se reposa pendant deux heures, puis revint à l'hôpital à 20 heures pour une émission en direct destinée aux informations de 23 heures à New York. Ce ne fut que sur le trajet les conduisant dans un restaurant pour le dîner qu'elle prononça le nom de Marie.

— Elle vous adore, Peter.

— Ne dites pas de sottises. Elle n'est pas différente de mes autres malades.

Mais il comprenait ce que Mélanie voulait dire car il existait un lien spécial entre lui et chacun de ses

239

patients. Ce lien était plus spécialement étroit avec Marie, qui n'avait personne auprès d'elle.

— C'est une gentille fille, Mel. Et elle a besoin de quelqu'un à qui parler pendant qu'elle traverse cette dure période. Elle reste allongée toute la journée, et elle n'a rien d'autre à faire que penser, penser beaucoup trop. Il lui faudrait quelqu'un auprès de qui elle pourrait s'épancher.

— Et vous êtes si merveilleusement patient.

Elle se demandait comment il pouvait ainsi donner, et encore donner sans compter de son cerveau, de son cœur, de son temps, de sa patience. Elle s'émerveillait de cette capacité qu'il avait de se sacrifier pour les autres.

Au milieu du dîner un garçon vint le prévenir qu'on l'appelait au téléphone. L'hôpital le réclamait pour une urgence.

— Marie ?

Mélanie craignait que son état ne se soit soudain aggravé, mais il secoua la tête :

— Non, c'est un homme qui est entré la semaine dernière et qui a un besoin urgent d'une greffe. Mais nous n'avons pas de donneur.

Ce problème devenait obsédant, un problème qui se posait sans cesse, sans jamais trouver de solution définitive.

— Pourra-t-il attendre ?

— Je ne sais pas, mais je l'espère.

Il conduisit adroitement dans la circulation et ils arrivèrent à destination en moins de dix minutes. Mélanie ne revit pas Peter ce soir-là. Peu avant qu'elle prenne l'antenne, elle reçut un message dans le hall l'informant que le Dr Hallam ne quitterait pas le bloc opératoire avant plusieurs heures. Cela signifiait-il qu'un donneur avait été trouvé ? Ou bien le chirurgien essayait-il de réparer le cœur malade jusqu'à ce qu'une greffe soit possible ? Mélanie revint seule à son hôtel, étonnée de constater à quel point il lui manquait. Elle prit un bain chaud et resta longtemps les yeux fixés sur le mur carrelé, tracassée d'avoir parlé de Marie. Mais elle avait bien su interpréter le regard de la malade. Mel en ressentait presque de la jalousie. À 9 h 30, elle se coucha et elle dormit d'une traite jusqu'à l'appel de 5 heures le lendemain matin. Trois quarts d'heure plus tard, Peter la cueillait sur le trottoir. Mais il n'avait pas bonne mine.

— Eh là…

Elle se glissa rapidement à sa place habituelle et, une fraction de seconde, elle eut un mouvement ins-tinctif qu'elle dut refréner très vite. Elle avait été sur le point de se pencher pour lui donner un baiser sur la joue. Elle se retint juste à temps, chercha ses yeux et y aperçut alors une tristesse anormale.

— Vous allez bien ?

— Je vais bien, répondit-il.

Elle ne le crut pas.

— Comment s'est passée votre nuit auprès du malade ?

— Nous l'avons perdu.

Il mit le contact et Mel examina son profil.

— Nous avons tenté l'impossible, mais il était trop tard.

— Vous n'avez pas à me convaincre, assura-t-elle d'une voix douce, je sais que vous n'avez pas pu en faire plus.

— Oui… Peut-être ai-je seulement besoin de m'en convaincre.

Elle posa une main légère sur son bras.

— Peter…

— Excusez-moi, Mel.

Il abaissa son regard vers elle avec un vague sourire. Elle aurait tant voulu lui venir en aide, mais que faire ?

— Ne vous sentez pas coupable !

— Oui…

Il attendit cinq minutes avant de poursuivre.

— Il avait une jeune femme et trois petits enfants.

— Vous n'y pouvez rien.

— Qui donc y peut quelque chose ?

Brusquement, un accès de colère la secoua.

— Mais, Peter, vous n'êtes pas le bon Dieu ! Vous n'avez aucune responsabilité dans cette mort ! Ce n'est pas vous qui donnez la vie !

Les mots résonnaient durement, mais elle constata qu'il écoutait.

— Vous n'y pouvez rien, répéta-t-elle avec force, même si vous êtes le chirurgien le plus habile du monde.

— C'était un parfait candidat pour une greffe du cœur, mais nous n'avions pas de donneur.

— Ce n'est pas votre faute, et maintenant il ne faut plus y penser. Fermez la porte sur cet échec.

Il gara la voiture dans le parking de l'hôpital et la regarda avec tristesse.

— Vous avez raison, Mel, je le sais bien. Après toutes ces années, je ne devrais pas réagir ainsi, mais je ne peux m'en empêcher.

Il soupira un peu, puis reprit :

— Avez-vous le temps de prendre une tasse de café ?

Elle regarda sa montre et fit une grimace.

— Peut-être. Je vais d'abord vérifier qu'il n'y a rien de nouveau.

Mais il y avait du nouveau, et Mélanie dut prendre l'antenne trois minutes plus tard pour annoncer que le Président était sorti de la phase critique. Un hourra accueillit cette information dans le hall. Pour la plupart des journalistes présents, cette amélioration de l'état du Président leur permettait de retourner chez eux et de mettre fin à ces séances de camping dans le hall de Center City.

Pendant que Mélanie parlait sur les ondes à l'intention des habitants de la Côte Est, Peter la contemplait. Le pays tout entier se réjouissait en cette minute, mais eux deux sentaient la tristesse les envahir. Leurs yeux se rencontrèrent lorsqu'elle vint le rejoindre.

— Faudra-t-il que vous retourniez à New York ?

Cette question fut murmurée avec inquiétude.

— Pas encore. Je viens de recevoir un message me demandant d'obtenir une interview de la femme du Président aujourd'hui, pour autant que ce sera possible.

Leur conversation fut interrompue par un appel pour Peter. Il dut la quitter aussitôt.

Mel formula une demande à l'intention de la Première Dame, qui logeait dans une chambre attenante à celle de son mari depuis deux jours. La réponse lui parvint peu après. La femme du Président accordait à Mel une interview en exclusivité à midi, dans une pièce privée du troisième étage, ce qui excluait tout espoir d'un déjeuner avec Peter. Mais l'entretien se déroula extrêmement bien, à la vive satisfaction de la journaliste. Dans l'après-midi, un autre bulletin optimiste fut diffusé. Le Président était désormais hors de danger. Dans la soirée, lorsque Peter emmena Mel dîner à l'extérieur, l'atmosphère qui régnait depuis plusieurs jours s'était détendue.

— Comment s'est passée votre journée ?

Elle s'écroula sur le siège en le regardant avec un sourire.

— Mon malade à moi va mieux.

— Moi, je n'ai pas arrêté depuis ce matin. Marie vous fait dire bien des choses.

— Transmettez-lui également bien des choses…

Mais elle n'avait guère envie de plaisanter. Dans combien de temps devrait-elle quitter Los Angeles ? Le bruit courait que dans quelques jours le Président serait transporté au Walter Reed Hospital de Washington, mais la Première Dame n'avait pas pu, ou voulu, confirmer cette information.

— À quoi pensez-vous, Mel ?

Elle remarqua qu'il avait l'air moins déprimé que le matin.

— À dix mille choses à la fois. On nous a annoncé le départ prochain du Président. Pensez-vous qu'il soit transportable ?

— Dans l'immédiat, c'est risqué, mais si son état continue à s'améliorer le transport sera faisable. De plus il sera possible de transporter tout le matériel nécessaire dans son avion particulier.

Cette perspective ne lui souriait guère, et à Mel non plus. Mais pendant le dîner ils oublièrent leurs inquiétudes et Peter se lança dans le récit comique des espiègleries de Matt lorsqu'il n'avait que deux ou trois ans. Il embraya sur les incidents ridicules survenus au cours de ses stages dans les hôpitaux. Ils finirent tous deux par rire aux éclats comme deux enfants, tant et si bien que lorsque Mel dut, à 20 heures, parler à l'antenne elle eut du mal à conserver son sérieux. Cette humeur folâtre durait encore lorsqu'une demi-heure plus tard ils quittèrent Center City. Le fait de se trouver ensemble leur donnait toujours de l'entrain et un goût plus vif de la vie.

— Venez donc prendre un verre chez moi, proposa Peter.

La pensée de la quitter lui était insupportable. Il savait bien que dans quelques jours elle serait partie.

— Ce ne serait pas très raisonnable. Je pense toujours que vos enfants pourraient y trouver à redire.

— Et moi ? Est-ce que je n'ai pas le droit de voir une amie ?

— Si, bien sûr, mais emmener quelqu'un chez vous présente un risque. Que dirait Pam en me revoyant ?

— Elle n'aura qu'à se faire une raison.

— Cela en vaut-il la peine pour quelques jours seulement ?

— Pourquoi ne venez-vous pas plutôt à mon hôtel prendre un verre ? Le décor est affreux, mais le bar paraît assez convenable.

Aucun des deux n'avait envie de boire, ils n'avaient que besoin de s'asseoir et de parler pendant des heures jusqu'à ce que la fatigue les terrasse.

— Vous savez, je peux rester dans la voiture et bavarder avec vous toute la nuit.

Il n'arrivait toujours pas à démêler la nature de tous ces sentiments qui s'affrontaient en lui dès qu'il s'agissait de Mélanie : attirance, respect, confiance, peur, réserve, intimité, tout à la fois. Mais, quel que fût le sentiment dominant, il ne s'en lassait pas. La présence de Mel Adams devenait une nécessité aussi violente qu'une drogue. Il était subjugué, conquis, et ne savait comment se comporter.

— Je ressens la même impression, dit Mel, et le plus étrange c'est que nous nous connaissons à peine. Pourtant on croirait que nous nous sommes rencontrés il y a des années.

Elle ne se souvenait pas d'avoir pris autant de plaisir à bavarder avec quelqu'un, et cette constatation lui inspira une certaine crainte. Aucun des deux n'abordait le sujet de leur attirance mutuelle, mais ils ne cessaient d'y penser.

Elle prit le taureau par les cornes ce soir-là, lorsqu'ils commandèrent leur second café irlandais. La boisson, mélange de café et de whisky, les avait légèrement surexcités, d'autant qu'ils se trouvaient tout près l'un de l'autre.

— Vous allez me manquer affreusement lorsque je partirai, dit-elle en le regardant droit dans les yeux.

Il l'observa par-dessus son verre :

— Et moi donc ! Je n'ai cessé d'y penser depuis que je vous ai déposée ce matin devant l'hôpital. Ce que vous m'avez dit au sujet de mon malade m'est allé droit au cœur. Vous m'avez littéralement tiré de la mélasse où je m'enfonçais. Ce sera bien triste maintenant de ne plus passer vous prendre le matin à votre hôtel.

— Vous aurez plus de temps pour vous-même et pour vos enfants. Se sont-ils plaints ?

— Ils sont trop tournés vers leur propre vie.

— Pareil pour mes jumelles.

Elles devaient se trouver sur le trajet du retour de Cape Cod cette nuit-là.

— Il faudra que je leur téléphone si ce n'est pas trop compliqué avec la différence des fuseaux horaires. Lorsque je me réveillerai, elles seront déjà parties pour leur école, et lorsque je reviendrai, elles seront en train de dormir.

— Vous allez rentrer prochainement...

Il prononçait ces mots avec chagrin, et elle prit son temps pour y répondre.

— C'est une vie folle que je mène, Peter.

Elle continuait à le regarder bien en face comme si elle voulait qu'il lui donne son opinion sur ce sujet.

— Mais enrichissante, il me semble. Nous travaillons tous les deux jusqu'au bout de nos forces, mais c'est supportable lorsqu'on aime ce que l'on fait.

— Je suis de votre avis.

Elle sourit, et il allongea le bras par-dessus la table pour atteindre sa main. Jamais ils n'avaient eu d'autres contacts physiques, mais c'était un geste auquel ils prenaient plaisir.

— Merci pour tout ce que vous avez fait pour moi, Peter.

— Quoi ? Vous piloter de l'hôpital à l'hôtel puis refaire le même parcours en sens inverse ? Il n'y a rien là d'une prouesse extraordinaire.

— Mais j'en ai bien profité.

— Moi aussi. Comme ce sera étrange lorsque vous ne serez plus ici.

Elle se mit à rire.

— Je vais sans doute me poster sur mon trottoir à New York tous les matins à 6 heures moins le quart, attendant que vous apparaissiez dans votre Mercedes.

— Comme j'aimerais…

Ils demeurèrent silencieux, puis l'addition fut présentée et il la régla. Ils traversèrent lentement le hall de l'hôtel. L'heure avait passé et il leur faudrait se lever tôt le lendemain matin. Pendant qu'elle lui souhaitait une bonne nuit, Mélanie se désespérait d'avoir à le quitter.

— À demain, Peter.

Il inclina la tête et lui fit un signe de la main lorsque la porte de l'ascenseur se referma sur elle. Il revint chez lui, l'esprit obsédé par Mel, s'inquiétant de ce que serait sa vie sans elle. Il ne voulait même pas l'envisager. Mélanie, pendant ce temps, dans sa chambre d'hôtel, restait immobile à sa fenêtre en regardant le ciel. Elle pensait à Peter et à tout ce qu'ils s'étaient dit durant les derniers jours. Soudain, un affreux sentiment de solitude se leva en elle, comme jamais elle n'en avait ressenti auparavant. Elle ne voulait plus revenir à New York. Non, plus du tout. Pourtant, c'était fou ! Déjà elle avait éprouvé cette réaction à Los Angeles, mais avec beaucoup moins de violence. Il lui fallut se coucher avec l'impression très nette et très désagréable que Peter Hallam avait pris une importance catastrophique dans sa vie.

Le lendemain matin, elle grimpa rapidement dans la Mercedes et ils accomplirent le trajet familier jusqu'à Center City en bavardant gaiement.

Soudain Peter eut un rire et se tourna vers elle :

— C'est absolument comme si nous étions mariés, non ?

Elle se sentit pâlir.

— Comment ça ?

— Nous rendre à nos bureaux ensemble tous les jours.

Brusquement timide, il ajouta :

— J'ai un aveu à vous faire. J'aime la routine. Je suis un homme d'habitudes.

— Moi aussi.

Elle lui rendit son sourire, brusquement soulagée. Elle se carra sur son siège, les yeux fixés sur les bâtiments de l'hôpital qui apparaissaient indistinctement devant eux.

— Je me demande quelles nouvelles m'attendent ce matin.

Le Président poursuivait une rapide convalescence ; ils s'informèrent sur son transport éventuel à Washington.

Cependant, lorsque l'annonce devint officielle que le Président partirait de Los Angeles dès le lendemain avec une équipe de médecins à bord de son avion personnel, elle fut bouleversée. Elle eut l'impression qu'on lui avait donné un coup de poing dans le plexus. L'air sortit de ses poumons comme une plainte et elle articula faiblement :

— Non...

Pourtant c'était vrai. Il partait. Alors une fois de plus ce fut l'affolement dans le hall. Les bulletins étaient diffusés à l'antenne et les interviews avec les médecins se multiplièrent. Mel dut appeler New York une douzaine de fois. On lui apprit qu'une place avait été demandée pour elle dans l'Air Force One, mais que seuls six membres de la presse seraient admis à bord de l'avion. Silencieusement, elle pria avec ferveur toute la journée afin de ne pas faire partie de ces six élus, mais à 17 heures New York lui téléphona pour lui apprendre qu'elle serait du voyage. Le départ aurait lieu le lendemain aux environs de midi, mais elle devrait se trouver à l'hôpital dès 9 heures afin d'assurer la couverture des préparatifs. Lorsqu'elle retrouva Peter au parking, ce soir-là, elle s'écroula sur son siège.

— Qu'est-ce qu'il y a, Mel ?

Immédiatement il se rendit compte que son humeur était au sombre. Lui-même avait eu une dure journée avec quatre heures en chirurgie pour greffer un cœur artificiel, opération qu'il aurait voulu éviter. Mais dans ce cas particulier, il n'y avait pas d'autre choix. Tout ce qui avait été tenté auparavant sur le malade avait été inefficace. En l'absence de donneur, il avait bien fallu se rabattre sur cette greffe. Le risque d'infection était grand. De plus Marie lui avait causé du souci dans la journée. Mais il n'en dit rien à Mel lorsqu'elle tourna vers lui un regard empli de détresse.

— Je pars demain.

— Oh non !

Il lui rendit son regard pendant un long moment, puis il hocha la tête.

— Eh bien, nous savions que vous ne pouviez demeurer à Los Angeles pour toujours.

Mais il lui fallut encore quelques minutes pour reprendre ses esprits. Il fit démarrer la Mercedes.

— Devez-vous retourner à l'hôpital ce soir ?

— Non, je suis libre jusqu'à demain matin 9 heures.

Cette réponse amena un sourire joyeux sur ses lèvres. Il la regarda avec tendresse :

— Alors, j'ai une proposition à vous faire. Je vous raccompagne à votre hôtel, vous prenez un peu de repos si vous le désirez, vous vous changez si vous en avez envie, et nous allons dans un bon restaurant pour le dîner. Qu'en pensez-vous ?

— Merveilleux. Êtes-vous sûr que vous n'êtes pas trop fatigué ?

Elle venait de remarquer qu'il avait les traits tirés.

— Sûr ! Et j'adorerais aller dans un endroit tranquille avec vous. Si nous retournions au *Bistro* ?

— Parfait... La seule chose qui compte pour moi, c'est que je ne sois pas à New York ! C'est vraiment épouvantable, non ?

Il y avait environ une semaine qu'elle se trouvait à Los Angeles, mais elle avait l'impression qu'elle était partie de New York depuis une année. Sa vie là-bas sombrait dans le brouillard avec les émissions de 18 et 23 heures, les jumelles, l'éternelle routine. Tout cela ne présentait plus aucun attrait pour elle en cet instant, et elle se sentait encore déprimée lorsqu'elle monta à sa chambre pour se changer. La seule chose qui la réjouissait était de revoir Peter le soir même. Il vint la prendre à 19 h 30. Dans son costume de flanelle gris sombre avec une veste croisée, il avait une classe qui l'impressionna. Tout ce qu'elle avait pu mettre consistait en une robe de soie caramel avec une longue veste assortie. Elle avait apporté ces vêtements pour présenter les nouvelles, mais n'avait pas eu encore à les utiliser.

Ils formaient un couple très élégant lorsqu'ils entrèrent au *Bistro*. Le maître d'hôtel leur présenta la carte et proposa un menu. Mais Mel n'avait pas faim. Tout ce qu'elle désirait, c'était rester près de Peter, lui parler. Elle eut même envie, à différentes reprises, de se cramponner désespérément à lui. Après le soufflé au chocolat et le café il commanda du cognac pour deux, puis il la regarda tristement.

— J'aimerais tellement que vous ne partiez pas.

— Et moi donc ! C'est vraiment fou, mais cette semaine, malgré ce travail épouvantable, a été merveilleuse pour moi.

— Vous reviendrez.

Mais Dieu seul savait quand elle pourrait revenir. Il y avait plus d'un an qu'elle n'avait eu l'occasion de venir à Los Angeles lorsqu'on lui avait demandé d'interviewer Peter. Un coup de chance avait permis qu'elle y retourne peu après.

— Si seulement nous n'habitions pas si loin l'un de l'autre ! soupira-t-elle.

— Oui, c'est dommage... mais je vous téléphonerai.

Mais alors, quoi ? Que pouvait-on espérer ?

Il n'y avait pas de réponse ! Ils habitaient des deux côtés d'un immense continent, avec leurs enfants, leur maison, leur carrière, leurs amis. Aucun des deux ne pouvait s'enfouir dans une valise et prendre l'avion. Il leur faudrait se satisfaire d'appels téléphoniques et de visites impromptues.

Ils firent quelques pas le long de Rodeo Drive après le dîner.

— Je voudrais que nos vies soient différentes, Peter.

— Comment cela ?

— Je voudrais au moins que nous vivions dans la même ville.

— Je suis de votre avis, mais je vois le problème d'une façon différente. J'estime que nous avons une chance extraordinaire de nous être rencontrés. Vous apportez tellement à ma vie, Mel.

— À la mienne aussi. Vous m'êtes indispensable.

Elle sourit et leurs mains se joignirent, puis s'étreignirent très fort pendant qu'ils continuaient à marcher, chacun plongé dans ses pensées.

Il abaissa son regard vers la jeune femme, qui tenait toujours sa main.

— Quelle solitude, ici, lorsque vous ne serez plus là !

L'écho de ses paroles lui parvint et il eut du mal à croire que c'était lui qui les avait prononcées. Mais c'était bien l'expression de ses sentiments, et il n'avait plus peur de les étaler au grand jour. Le cognac l'avait poussé à cet aveu. Cette semaine qui s'était écoulée aux côtés de Mel était un don du ciel. Jamais il n'en avait tant espéré. Jour après jour il avait senti son attirance pour Mel s'affirmer, et la pensée de ne plus la voir le plongeait dans le désespoir, un désespoir bien plus profond qu'il ne pouvait s'y attendre.

Puis ils revinrent lentement vers la voiture et il reprit le chemin de l'hôtel. Ils prolongèrent leur conversation devant le trottoir, à la lueur des réverbères.

— Vous reverrai-je demain, Mel ?

— Je dois me rendre à Center City à 9 heures.

— Mais je serai en chirurgie à 7 heures. Quand donc décollera l'avion du Président ?

— À midi.

— Alors, c'est ainsi...

Tristement assis dans la Mercedes, ils se tournèrent l'un vers l'autre et alors, sans prononcer un seul mot, il se pencha vers elle et lui prit le visage pour l'embrasser. Elle ferma les yeux et sentit ses lèvres contre les siennes. Son sang se mit à circuler plus vite et vint battre jusqu'à ses oreilles. Lorsqu'il s'écarta, un vertige la saisit et elle dut se raccrocher à lui pendant un long moment. Elle leva enfin les yeux et promena les doigts sur son visage, effleura ses lèvres. Il embrassa l'extrémité de ses doigts.

— Comme vous allez me manquer, Mel.

— Vous allez aussi me manquer.

— Je vous appellerai.

De nouveau il la saisit dans ses bras et la tint serrée contre lui longtemps, sans rien dire. Puis il la reconduisit à l'hôtel et l'embrassa une dernière fois devant l'ascenseur. Il revint lentement dans sa voiture et prit la direction de sa maison, avec un poids sur le cœur comme il n'en avait jamais connu depuis qu'il avait perdu Anne. Et il n'avait jamais souhaité cette douleur. Il eut peur de la violence de cet élan qui le poussait vers Mel. Comme cela aurait été plus facile s'il n'avait ressenti qu'une simple amitié pour elle !

CHAPITRE XV

Lorsqu'elle arriva à l'hôpital, le lendemain, Mélanie fut informée qu'elle pouvait monter voir la Première Dame en même temps que deux autres journalistes. L'entretien eut lieu pendant que s'effectuaient tous les préparatifs pour le transport du Président. Ils devaient tous quitter l'hôpital à 10 heures, arriver à l'aéroport international de Los Angeles peu avant 11 heures, et ensuite l'avion devait décoller aussi rapidement que possible. Le Président allait bien, mais la Première Dame ne cachait pas ses inquiétudes. Il était difficile d'imaginer ce qui se passerait durant le trajet. De toute façon le Président tenait à rentrer à Washington, et ses médecins l'avaient approuvé.

Mel compléta l'interview et attendit dans le couloir jusqu'à ce que le Président, quarante-cinq minutes plus tard, fasse son apparition sur une civière. Il agita le bras à l'intention des infirmières et des employés qui s'étaient alignés contre le mur, afficha un sourire radieux et murmura quelques remerciements. Mais il était très pâle, portait d'énormes pansements et conservait une perfusion dans le bras. Quelques membres du service de sécurité formaient une barrière autour de lui, ainsi que les médecins et les infirmières qui se rendaient à Washington avec lui. Mel se tint à bonne distance et descendit dans le hall en empruntant un autre ascenseur. Elle se joignit alors aux autres journalistes sélectionnés pour prendre place dans l'Air Force One. Une voiture spéciale avait été réservée pour le petit groupe. Mélanie y grimpa en jetant un dernier regard à Center City. Elle aurait aimé laisser un message dans le bureau de Peter avant de partir, mais elle n'en eut ni le temps ni l'occasion. La limousine fila vers l'aéroport.

— Comment l'as-tu trouvé ?

Tout en prenant quelques notes et en allumant sa cigarette d'une main, le reporter assis près d'elle lui adressait la parole. Ils formaient une équipe au style décontracté, mais une trace de tension persistait parmi eux. La semaine leur avait paru interminable. La plupart d'entre eux regagneraient leur maison dès l'atterrissage à Washington. La télévision avait déjà retenu une place pour Mel à 10 heures du soir dans l'avion qui la prendrait à Washington et la conduirait à New York. À son arrivée, à 23 heures à l'aéroport de La Guardia, un taxi l'attendrait pour la reconduire à son domicile. Elle avait l'impression de changer de planète, sans aucune envie de se retrouver chez elle. Dans son esprit elle revoyait Peter, ses lèvres prononçaient son nom, et elle sentait encore le goût de ses lèvres sur les siennes.

— Comment ?

Elle n'avait pas entendu la question de son voisin.

— Je te demandais comment tu l'avais trouvé.

Le vieux journaliste avait l'air renfrogné. Mel fronça

les sourcils pour se souvenir du Président allongé sur la civière.

— Mal en point, mais vivant.

À moins qu'un incident fâcheux survienne durant le vol, ou que son état s'aggrave brusquement, il ne mourrait pas des suites de l'attentat. Il avait de la chance, les journalistes n'avaient cessé de le répéter ces jours derniers. Les autres présidents ne s'étaient pas aussi bien tirés des tentatives d'assassinat.

Les journalistes se livrèrent alors à leurs papotages habituels, parsemés de plaisanteries de mauvais goût, et échangèrent potins et vieux souvenirs. Mel se plongea dans l'évocation des jours derniers et de ses rencontres avec Peter. Elle ne pouvait imaginer la moindre raison lui permettant de retourner à Los Angeles dans un avenir proche, et cette constatation la rongeait.

Son voisin, après l'avoir dévisagée, lui adressa encore la parole :

— Tu as l'air complètement abattue, Mel.

— Non… Juste un peu de fatigue.

— Comme nous tous !

Une demi-heure plus tard, ils prenaient place à bord de l'avion dans la partie réservée aux passagers. Une sorte de salle d'urgence avait été aménagée pour le Président derrière le poste de pilotage. Aucun des journalistes ne reçut l'autorisation de s'en approcher. Durant le vol, environ toutes les heures, l'attaché de presse vint leur donner les dernières nouvelles. Il n'y eut aucun incident et l'avion se posa à Washington quatre heures et demie après le décollage. Le président fut aussitôt transporté au Walter Reed Hospital, où il arriva moins d'une heure plus tard.

Mélanie se rendit compte alors que son reportage

était terminé. Elle avait échangé quelques mots à l'aéroport avec le correspondant local de la télévision. Puis, en compagnie des autres journalistes, elle avait accompagné le Président jusqu'à l'hôpital. Là, elle avait pris la limousine mise à sa disposition et elle était revenue à l'aéroport. Elle disposait d'une heure de battement avant le décollage. Elle s'assit, plongée dans un état second. La dernière semaine commençait à tourner au rêve, et même Peter devenait un fantôme dans son souvenir. Avait-elle imaginé ses rencontres avec lui ?

À pas lents, elle se dirigea vers une cabine téléphonique, mit un jeton et appela chez elle. Ce fut Jessie qui répondit et, une seconde, Mel sentit les larmes monter à ses yeux. Fallait-il qu'elle soit épuisée !

— Jess !

— Maman ! Tu es rentrée ?

Elle parlait avec l'enthousiasme d'une petite fille.

— Presque, chérie. Je suis à l'aéroport de Washington, et je serai à la maison vers 23 h 30. Seigneur ! J'ai l'impression d'avoir été absente une année.

— Tu nous as terriblement manqué !

Jess ne lui reprocha pas de n'avoir pas donné de nouvelles, sachant trop bien que son emploi du temps l'en avait empêchée.

— Tu vas bien ?

— Une véritable loque. Je vais m'écrouler avant d'arriver à la maison. Mais j'arriverai bien à me traîner jusqu'à vous. Pourtant, ne m'attendez pas !

Ce n'était pas la fatigue seulement qui la submergeait. Une véritable dépression lui enlevait toute force lorsqu'elle se rendait compte de la distance qui la séparait de Peter. C'était idiot, aussi, mais elle ne pouvait s'empêcher de penser toujours à lui.

— Tu plaisantes ?

Jess ne cacha pas son indignation :

— Nous ne t'avons pas vue depuis une semaine ! Évidemment, que nous t'attendrons. S'il le faut, nous te porterons dans l'escalier.

Les yeux de Mel se remplirent de larmes pendant qu'un sourire lui venait aux lèvres.

— Je t'adore, Jess… Comment va Val ?

— Bien. Tu nous as beaucoup manqué, à toutes les deux.

— Vous m'avez manqué, mes chéries.

Elles l'attendaient dans le living-room et elles se précipitèrent à son cou l'une après l'autre. Mel, regardant autour d'elle, se retrouva avec délices dans son univers familier. Sa maison ne lui avait jamais paru aussi confortable et accueillante, ni ses filles aussi délicieuses.

— Les gars, je suis heureuse d'être de retour !

Mais une part d'elle-même se refusait à cette réjouissance. Le regret de n'être pas là-bas, en train de dîner avec Peter, gâchait son plaisir. Ce passé, pourtant, il fallait l'oublier, au moins dans l'immédiat.

— Ça a dû être épouvantable, maman. On dirait que tu n'as jamais quitté le hall de l'hôpital, d'après ce que nous avons vu.

— J'en suis à peine sortie, en effet, juste quelques heures pour dormir de temps à autre.

Mais les heures passées avec Peter… ? Mel regarda ses filles, s'attendant presque à les voir s'étonner du changement qui s'était effectué en elle. Mais non. Extérieurement, il n'y avait rien à découvrir de nouveau. Le changement se tenait bien caché tout au fond d'elle-même.

— Avez-vous passé une bonne semaine, toutes les deux ?

Elle sourit avec reconnaissance à Val, sa voluptueuse jumelle, qui lui tendait un Coca-Cola.

— Merci, chérie... Dites-moi, belle Dame, êtes-vous encore tombée amoureuse ?

— Pas encore, répondit Val en riant sans complexe, mais j'y travaille !

Sa mère roula des yeux avec une grimace effrayée. Toutes trois bavardèrent pendant un long moment ; il était 1 heure du matin lorsqu'elles allèrent se coucher. Les jumelles embrassèrent leur mère devant sa porte, puis grimpèrent à leurs chambres. Mel défit sa valise et prit une douche chaude. Lorsqu'elle regarda ensuite sa montre, il était 2 heures du matin... 11 heures sur la Côte Ouest... et rien ne lui parut plus important que de savoir où il était et ce qu'il faisait. Sa vie était coupée en deux, désormais. Il y avait New York d'un côté, et Los Angeles de l'autre. Ce serait dur de mener la même existence qu'auparavant. Il faudrait bien, un jour ou l'autre, voir clair dans cette confusion des sentiments... savoir ce que Peter Hallam signifiait exactement pour elle... Mais la réponse, au fond d'elle-même, elle la connaissait déjà.

CHAPITRE XVI

Une communication téléphonique de Grant, le lendemain matin, la tira de son sommeil. Elle se retourna dans son lit, saisit l'appareil, et sourit en reconnaissant sa voix. Par la fenêtre elle apercevait un brillant soleil de juin.

— Bon retour, ma vieille. C'était bien, Los Angeles ?

— Oh, charmant...

Elle sourit encore et s'étira.

— Je n'avais qu'à m'allonger devant la piscine pour prendre le soleil...

Cette interprétation d'une semaine harassante les fit rire tous deux.

— Tu vas bien ? reprit-elle.

— Moi, travail fou comme d'habitude, mais parle plutôt de toi.

— Je trouve que la vie est dingue ici, non ?

— Tu dois être crevée.

— Tu as raison, je suis morte de fatigue.

— Viendras-tu aujourd'hui à la télévision ?

— Je présente les informations à 18 heures. Je ne pense pas venir plus tôt.

— Parfait. Je tâcherai de te voir. Tu m'as bien manqué. Auras-tu le temps de prendre un verre ?

Le temps, oui, mais pas l'envie. Il lui fallait encore un peu de temps pour y voir clair en elle-même. Et pas question de parler de Peter à Grant.

— Pas ce soir, chéri. Peut-être la semaine prochaine.

— D'accord, à bientôt, Mel.

En s'étirant une seconde fois, debout près de son lit, elle pensa à Grant avec soulagement. Quelle chance d'avoir un ami tel que lui ! Au moment où elle entrait dans sa salle de bains pour prendre sa douche, le téléphone sonna à nouveau. À cette heure-ci, peu de gens l'appelaient et, du reste, personne ne savait qu'elle était revenue de Los Angeles.

— Allô ?

— Mel...

Son cœur battit au son de cette voix légèrement nerveuse. Le sang afflua à son cœur avec violence pendant qu'elle tendait l'oreille pour entendre Peter par-dessus le bourdonnement des appels à longue distance.

— Je n'étais pas certain que vous soyez déjà rentrée chez vous... J'ai à peine quelques minutes, mais j'ai préféré vous appeler. Vous avez fait un bon voyage ?

— Oui... très bon...

Les mots s'embarrassaient dans sa gorge. Elle ferma les yeux, frémissant à cette voix lointaine.

— Nous avons droit à une petite pause entre deux interventions aujourd'hui, et j'en profite pour vous dire à quel point je vous regrette...

Avec cette simple phrase, il réussit à lui mettre le cœur à l'envers. Elle resta silencieuse.

— Mel ?

— Oui... je me demandais...

Oubliant toute prudence, elle s'assit à son bureau et, avec un soupir, avoua :

— Vous me manquez terriblement. Je me rends compte que vous avez bouleversé ma vie, docteur !

— C'est vrai ?

Il était soulagé : elle éprouvait les mêmes réactions que lui. Il avait à peine dormi la nuit précédente, mais n'avait pas osé l'appeler et la réveiller, se doutant qu'elle avait besoin de repos.

— Est-ce que vous réalisez à quel point c'est idiot, Peter ? Dieu seul sait quand nous nous reverrons, et nous sommes là comme deux enfants, pleins de crainte et d'espoir...

Mais elle bavarda gaiement avec lui. Tout ce qu'elle désirait, c'était entendre sa voix.

— Vous voyez ainsi la situation ? Pleins de crainte et d'espoir... Je me le demande.

— Mais alors, quoi ?

Elle ne savait plus très bien ce qu'elle attendait de lui, n'était pas prête pour entendre des déclarations d'amour passionné ; mais il n'y était pas décidé non plus. Pour le moment elle n'avait rien à craindre de lui, mais elle aurait préféré avoir tout à craindre.

— Je crois que vous avez raison, Mel. Vous me mettez dans un état fou. C'est ça votre pensée, n'est-ce pas ?

Ce dialogue amena des rires sur la ligne. Mel se sentit aussi joyeuse qu'une très jeune fille. Souvent il la mettait dans cet état, alors qu'il n'avait que neuf ans de plus qu'elle.

— Comment vont vos filles, à propos ?

— Bien. Et vos enfants ?

— Ça peut aller. Matthew s'est plaint hier soir de

ne jamais me voir. Aussi, nous partirons pêcher ou nous distraire un peu le week-end prochain si je peux me libérer. Mais tout dépendra de l'état de mon opéré.

— Quelle opération avez-vous pratiquée sur lui ?

— Un triple pontage, mais il n'y a pas de complications à craindre.

Il jeta un coup d'œil sur la pendule dans la petite pièce d'où il téléphonait :

— Je dois retourner au bloc de chirurgie, mais je penserai à vous, Mel.

— Vous feriez mieux de penser à votre patient, recommanda-t-elle en souriant. Je terminerai peut-être mon émission ce soir par un « et bonsoir, Peter, où que vous soyez ».

— Vous savez où je suis.

Il y avait tant de douceur dans sa voix qu'elle en eut chaud au cœur.

— Oui… à des milliers de kilomètres, dit-elle tristement.

— Vous ne pouvez pas venir pour le week-end ?

— Vous êtes fou ? Je viens juste d'arriver à New York.

Mais l'idée lui plaisait, même si elle était irréalisable.

— C'était différent, insista-t-il. Vous avez fait le déplacement pour votre travail. Venez donc pour une visite.

— Vous croyez ça facile ? articula-t-elle légèrement.

— Pourquoi pas ?

Mais elle se doutait qu'ils auraient eu peur l'un et l'autre si elle avait accepté cette proposition. Elle n'était pas encore prête à effectuer cet énorme pas vers lui.

— Je ne veux pas vous faire de peine, docteur Hallam, mais je dois vous avouer que j'habite New York et que j'ai deux enfants.

— Oui, mais vous prenez deux mois de vacances, juillet et août, chaque année. C'est vous qui me l'avez dit. Alors emmenez vos filles à Disneyland ou dans les environs, en Californie.

— Et pourquoi ne viendriez-vous pas à Martha's Vineyard ?

Ils savaient que ce bavardage n'était qu'un jeu, mais pourquoi ne pas imaginer l'impossible ?

— D'accord, ma chère. Mais d'abord je dois me rendre en chirurgie.

Fin du premier round.

— Bonne chance, et merci de m'avoir appelée.

— Je vous rappellerai plus tard, Mel. Serez-vous chez vous ce soir ?

— Oui, entre mes deux apparitions.

— Je vous passerai un coup de fil.

Il tint parole, et encore une fois il lui fit battre le cœur. Elle connut la même panique que le matin, jusqu'au moment où elle dut se rendre à la télévision pour son émission de 23 heures. Il lui fallut un rude effort pour se concentrer sur les informations qu'elle diffusait. Mais dès qu'elle sortit du plateau, ses pensées reprirent leur vagabondage. Grant la guettait.

— Hé là, Mel, qu'est-ce qu'il y a ?

Son show commençait quinze minutes plus tard, aussi n'avaient-ils pas beaucoup de temps pour bavarder.

— Rien, pourquoi ?

— Tu me parais bizarre. Es-tu sûre d'aller bien ?

— Sûre.

Mais cette lueur rêveuse dans ses yeux ne pouvait lui échapper. Il devina qu'elle se trouvait ailleurs, et ce fut alors une illumination. Déjà il avait remarqué ce flottement chez elle, mais moins prononcé qu'en ce moment. Qui donc était-ce ? Et où donc l'avait-elle rencontré ? Et comment avait-elle trouvé la possibilité de le rencontrer ? Qui était cet « il » ? Habitait-il New York ou Los Angeles ?

— Rentre chez toi et repose-toi. Une moitié de toi se trouve ailleurs.

— Tu as raison.

Elle se prépara à partir, consciente que les appels de Peter lui avaient mis la tête à l'envers. Il fallait absolument qu'elle soit capable de se concentrer sur son travail, mais cela lui demandait un effort incroyable.

Elle revint chez elle en taxi. Les jumelles étaient déjà au lit, et Raquel avait pris quelques jours de congé pour compenser ses jours de présence de la semaine précédente. Mel s'allongea sur le divan du living-room et réfléchit. Retourner à Los Angeles, comme le suggérait Peter, n'était pas faisable. La seule solution consistait à patienter quelques semaines, pour se rendre ensuite à Martha's Vineyard. Alors ses émotions s'apaiseraient et s'ordonneraient. Les choses reprendraient leur cours normal, là-bas, avec le soleil et la mer, et cette vie complètement détendue qu'elle y menait chaque année.

CHAPITRE XVII

— Vous êtes prêtes, là-haut ?

Mélanie appelait du hall du rez-de-chaussée tout en jetant un regard circulaire pour la dernière fois. Elle fermait la maison de New York pour l'été. Ses deux grosses valises étaient déjà prêtes, rangées à côté des trois raquettes de tennis, de deux grands chapeaux de paille et de la petite mallette verte de Raquel. Mel portait le même chapeau que ses filles.

Tous les ans Raquel accompagnait la famille pendant six semaines et se réservait les deux dernières semaines pour son congé qu'elle prenait seule à New York.

— Dépêchez-vous, les gars ! Nous devons nous trouver à l'aéroport dans une demi-heure.

Mais elle ne s'inquiétait pas trop car l'avion décollait de La Guardia, guère éloigné de son domicile.

Comme chaque année, à la même date, un merveilleux vent d'optimisme soufflait sur leur départ. Mel se sentait comme une toute jeune fille en pensant à son séjour à Martha's Vineyard. Elle avait fait ses adieux à la télévision la veille puis Grant l'avait emmenée prendre un verre pour fêter ses vacances. Ils avaient bavardé pendant quelques instants, comme à l'accoutumée. Cependant Grant avait constaté qu'elle se trouvait encore en plein désarroi, fatiguée et nerveuse. Son travail n'avait pas été facile au studio. Elle avait terminé la mise au point du reportage sur la greffe du cœur en Californie, effectué deux interviews importantes et bouclé un long métrage avant son départ, si bien qu'elle ne laissait pas la chaîne en pénurie de documents pendant son absence. Comme toujours, elle se donnait entièrement à ses différentes tâches. Mais, dernièrement, elle s'était dépensée sans compter. Grant se doutait que cette frénésie s'expliquait par son trouble intérieur, quoique Mel ne lui eût fait aucune confidence à ce sujet.

Peter l'appelait tous les jours sans qu'elle sache où il voulait en venir. Par ailleurs, elle s'était inquiétée au sujet de sa carrière. Son contrat devait être reconduit au mois d'octobre, mais il y avait eu des bouleversements à la tête de la chaîne. Le directeur serait sans doute remplacé, et Dieu seul savait ce qui pourrait bien en résulter ! Des influences politiques auraient été à la base de ces changements de personnel, mais Grant l'avait rassurée et Peter lui avait dit la même chose lorsqu'elle lui avait confié ses soucis. En tout cas, elle ne voulait pas que son travail, ou même Peter ou Grant, viennent occuper ses pensées. Ses vacances devaient s'écouler paisiblement avec ses filles, et c'était tout. Mais à condition qu'elles se décident à arriver dans le hall, se dit-elle en piétinant devant la porte d'entrée. Enfin, les jumelles dévalèrent l'escalier, les bras chargés d'affaires inutiles, de livres et de paquets. Valérie étreignait un énorme ours en peluche.

— Val... Voyons...

— Maman ! Je ne peux pas faire autrement. Josh me

l'a donné la semaine dernière et, comme ses parents possèdent une maison à Chappaquiddick, il viendra nous voir et si jamais je…

— Très bien… très bien. Mais rassemble un peu tout ton bric-à-brac, s'il te plaît, sautons dans un taxi et filons à l'aéroport, ou nous allons rater l'avion.

Partir en voyage avec les filles représentait un tour de force. Mais le chauffeur s'arrangea pour caser presque tous les bagages dans la malle, et réussit à démarrer avec Mel et les filles sur les sièges arrière, l'énorme ours en peluche sur les genoux, et Raquel devant, disparaissant sous les chapeaux et les raquettes de tennis. Pendant le trajet vers La Guardia, Mel se remémora la liste des précautions à prendre au dernier moment, pour savoir si elle n'avait rien oublié : fermer à clé la porte du jardin et toutes les fenêtres, brancher le signal d'alarme, fermer le gaz… Malgré tout, cette impression angoissante d'avoir oublié quelque chose la tourmentait. Mais, lorsqu'elles grimpèrent dans l'avion, elles avaient toutes les quatre l'esprit au bleu fixe. Le soulagement qu'éprouva Mel lorsque l'avion décolla fut une bénédiction. Depuis des semaines elle ne s'était sentie aussi légère, comme si elle déposait une masse de tracas derrière elle à New York pour voler vers une paix délicieuse.

Les appels téléphoniques de Peter, une ou même deux fois par jour, lui faisaient toujours plaisir, mais le tourment subsistait après leur joyeuse conversation. Pourquoi avait-il appelé ? Quand donc se reverraient-ils ? Et, finalement, à quoi rimait cette histoire ? Il lui avait avoué se trouver dans le même chaos qu'elle, mais ils n'étaient pas capables d'arrêter cet élan qui les poussait vers l'inconnu. Aussi évitaient-ils d'en parler.

Ils tournaient en rond dans des sujets sans danger tout en admettant, de temps à autre, qu'ils avaient besoin de se revoir. « Mais pourquoi se revoir, se demandait Mel sans cesse, et pourquoi me manque-t-il tellement ? » Elle ne connaissait pas la réponse, ou se refusait à l'admettre.

— Maman, tu crois que mon vélo sera en état ou qu'il sera rouillé ?

Valérie, debout dans un couloir, serrait son ours dans ses bras, rayonnante de bonheur. Un passager passa près d'elle et lui jeta un regard brûlant. Dieu merci, pensa Mel, sa fille ne portait plus le short microscopique qu'elle avait enfilé le matin pour le petit déjeuner et qu'elle avait envisagé de garder sur elle pendant le voyage.

— Je ne sais pas, chérie. Nous verrons sur place.

La personne qui leur louait la maison chaque année leur permettait d'entreposer quelques affaires jusqu'à la saison suivante.

Arrivées à Boston, elles louèrent une voiture et filèrent sur Woods Hole, où elles embarquèrent sur le ferry. Cette partie du voyage était la plus amusante. Fendre l'eau donnait l'impression de laisser le monde réel loin derrière, avec toutes ses complications. Mélanie s'accouda au bastingage, seule pendant quelques minutes, laissant le vent jouer dans ses cheveux, avec une sensation de liberté totale comme elle n'en avait pas ressentie depuis des mois. Elle sut, à cet instant, qu'elle avait un immense besoin de vacances. Et même ces minutes de tranquillité, en attendant que ses filles viennent la rejoindre, lui parurent un bienfait inappréciable. Elles avaient laissé Raquel en grande conversation avec un passager dans l'entrepont, ce qui fut un prétexte à d'innombrables plaisanteries entre elles. Mel, intérieurement, s'amusait à la pensée de la Mme Hahn de Peter flirtant avec un homme sur un bateau. Inimaginable !

Lorsqu'elles arrivèrent à leur maison de Chilmark, les filles se mirent à courir pieds nus vers la plage, puis s'amusèrent à se poursuivre jusqu'à en perdre le souffle, sous le regard indulgent de leur mère.

L'installation se fit rapidement, comme chaque année. Lorsque la nuit tomba, elles eurent l'impression d'être dans leurs meubles depuis un mois. Déjà les joues des jumelles avaient rosi au cours de l'après-midi. Dans la soirée elles déballèrent leurs affaires et l'ours trouva son nid dans le fauteuil de la chambre de Val. La maison était assez confortable, mais sans rien d'original. On aurait dit la demeure d'une vieille grand-mère, avec son porche et son fauteuil à bascule en osier, ses chintz fleuris dans les chambres et cette petite odeur de poussière qui vous prenait à la gorge à votre arrivée et s'évanouissait complètement au fil des jours. Tout cela formait un ensemble auquel les filles étaient accoutumées depuis leur enfance, comme l'expliqua Mel à Peter lorsqu'il appela ce soir-là. « Chilmark est un peu notre maison », précisa-t-elle.

— Mes filles adorent se trouver ici, et moi aussi, ajouta-t-elle.

— Comme cela me semble tentant, Mel !

Il arrivait à s'en faire une idée d'après les détails qu'elle en donnait. De longues plages de sable blanc, une vie facile en short et chemisette, pieds nus, et parfois de vagues connaissances new-yorkaises, des intellectuels, qui venaient de temps à autre pour se gaver de homards et de fruits de mer.

— Nous, dit Peter, nous allons dans la montagne chaque année, à Aspen.

Quelle vie différente de Martha's Vineyard ! Mais intéressante aussi, d'après la description qu'il en fit à Mel.

— Pourquoi ne venez-vous pas avec vos filles ? Nous irons les dix premiers jours du mois d'août.

— Vous n'arriveriez pas à les extirper d'ici pour un million de dollars, ni même pour un rendez-vous avec leur chanteur de rock favori, aussi…

Tous deux se mirent à rire devant les caprices de cette jeunesse. Leur conversation au téléphone allait toujours bon train, mais parfois elle semblait irréelle : des voix désincarnées correspondant par l'intermédiaire du téléphone, sans que jamais les personnes physiques arrivent à se rapprocher.

— Inutile, j'imagine, de vous demander de venir ?

— En effet…

Il y eut un étrange silence alors, et Mel tendit l'oreille en se demandant ce qu'il pouvait bien avoir dans l'esprit. Mais lorsqu'il parla à nouveau, ce fut sur le ton de la plaisanterie :

— C'est vraiment dommage !

— Quoi donc ?

Tout cela n'avait aucun sens, mais elle se sentait étonnamment en forme après le dîner.

— Que vous ne vouliez pas quitter votre île.

— Pourquoi partirais-je ?

Son cœur se mit à battre un peu plus vite.

— Parce que j'aurai l'occasion d'aller à New York prochainement. On me demande de faire une conférence à un groupe de chirurgiens de la Côte Est.

Elle retint son souffle, attendant qu'il poursuive, puis se décida à demander :

— Ah bon. Et vous irez ?

— Peut-être. En temps normal j'aurais refusé, surtout à cette période de l'année. New York en juillet n'est pas le rêve, mais j'ai pensé que, étant donné les circonstances...

Il rougissait furieusement au bout du fil, et Mel à l'autre extrémité poussa une exclamation :

— Peter ! Vous y allez !

Il rit doucement, amusé par ce petit dialogue.

— Cet après-midi, à trois heures, j'ai accepté cette invitation. Alors, qu'en pensez-vous ?

— Quelle tuile !

Elle jeta un regard consterné autour d'elle.

— Nous venons juste de nous installer ici !

— Préférez-vous que je n'aille pas à New York ? demanda-t-il vivement. Je n'y suis pas obligé.

— Pour l'amour de Dieu, ne faites pas l'innocent ! Combien de temps pensez-vous que nous allons vivre ainsi, vous et moi ? C'est ridicule de s'appeler deux fois par jour et de ne jamais se rencontrer !

Il y avait seulement trois semaines et demie qu'elle avait quitté la Californie, mais le temps avait passé si lentement depuis cette date.

— C'est bien ce que je pensais... dit-il en riant. Aussi j'espère que...

— Quand partez-vous ?

— Jeudi prochain... mais j'aimerais que ce soit demain.

— Moi aussi.

Elle fronça les sourcils puis sifflota entre ses dents.

— Ça fait à peine six jours, constata-t-elle.

— Je le sais. On m'a retenu une chambre au *Plaza*.

Mel réfléchit. Une idée lui venait, mais elle n'osait pas encore l'exprimer, de peur de les mettre tous deux dans une situation embarrassante. Pourtant, c'était tentant...

— Pourquoi ne descendriez-vous pas chez moi ? Les filles n'y seront pas et vous pourrez occuper tout leur étage à vous seul. Ce serait plus confortable qu'un hôtel, non ?

Il resta silencieux un instant, soupesant, comme elle venait de le faire, le pour et le contre de cette proposition. Habiter sous le même toit pouvait présenter des inconvénients, supposer une sorte d'engagement... mais du moment qu'ils occuperaient des étages différents...

— Vous êtes certaine que cela ne vous dérangerait pas ? Évidemment ce serait plus facile, mais je ne voudrais surtout pas vous encombrer ou...

Il bafouillait un peu, ce qui la fit rire pendant qu'elle s'étirait dans son lit, le répondeur à son oreille.

— Ça me rend aussi nerveuse que vous, affirmat-elle, mais, après tout, nous sommes des adultes, nous pouvons affronter la situation, non ?

— En êtes-vous sûre ?

— Et vous pouvez laisser les filles seules ?

— Non, mais j'ai Raquel ici, aussi je peux m'absenter.

L'excitation la saisit tout à coup à la pensée des événements qui se préparaient.

— Oh Peter, j'en meurs d'envie !

— Moi aussi.

Les six jours suivants traînèrent d'une façon insupportable. Ils se téléphonaient jusqu'à deux ou trois fois par jour, si bien que Raquel finit par se douter qu'il y avait un homme dans la vie de miss Adams. Mais les filles n'eurent aucune réaction. Le dimanche soir Mel les informa incidemment qu'elle devait se rendre à New York pour quelques jours et qu'elle partirait donc le mardi matin. Les bouches s'ouvrirent et les yeux s'écarquillèrent à cette nouvelle. Jamais elle n'avait interrompu ses vacances sous quelque prétexte que ce soit, sauf lorsque Jess s'était cassé un bras et qu'il avait fallu l'accompagner à New York. Et encore... leur voyage n'avait duré que deux jours, et la raison en était importante.

Mel annonça qu'elle serait de retour le vendredi soir, ce qui signifiait quatre jours au loin, insistant sur le fait qu'il lui fallait résoudre un problème concernant l'un de ses longs métrages. Malheureusement, elle devait revoir le montage. Les jumelles étaient encore abasourdies lorsqu'elles retournèrent à la plage pour retrouver leurs amis et faire un feu de camp. Mais Raquel fixa sa patronne avec un regard aigu pendant qu'elles débarrassaient la table.

— C'est sérieux cette fois, hein ?

Mel évita l'explication et emporta une pile d'assiettes à la cuisine.

— Quoi donc ?

— N'essayez pas de me tromper. Vous avez un nouvel ami.

— C'est archifaux. Cet ami est juste un homme que j'ai eu l'occasion d'interviewer.

Mais elle se refusait toujours à rencontrer le regard de Raquel car elle savait que, si elle l'affrontait, elle n'arriverait pas à la convaincre.

— Surveillez les filles pendant que je suis absente,

surtout Val. J'ai remarqué que le jeune Jacobs a grandi et qu'il bée d'admiration dès qu'il la regarde.

— Il ne la touchera pas, comptez sur moi. Je les surveillerai.

Raquel suivit du regard Mel qui se réfugiait dans sa chambre puis retourna à sa cuisine, une cigarette au coin des lèvres.

Le mardi matin, Mel prit le ferry jusqu'à Woods Hole, puis l'avion pour regagner New York. Elle arriva chez elle à 16 heures, ce qui lui laissa suffisamment de temps pour aérer, brancher l'air conditionné et acheter des fleurs fraîches chez le fleuriste le plus proche. Enfin, à tout hasard, elle garnit son réfrigérateur. Puis elle se prépara pour bien accueillir Peter. L'avion atterrissait à 21 heures, mais elle partit de chez elle à 19 h 30 par prudence, en quoi elle avait raison car la circulation était intense et les voitures obstruaient toutes les files. Il était 20 h 45 lorsque son car arriva à l'aéroport. Elle n'eut que le temps de se renseigner sur le numéro de la porte par laquelle Peter arriverait. Mais elle dut attendre en marchant nerveusement de long en large pendant une demi-heure : l'avion avait du retard. À 21 h 15 exactement, l'avion apparut dans le ciel, puis alla se ranger devant la porte. Les passagers commencèrent à descendre. Mel avait les yeux fixés sur eux, détaillant ces Californiens à la peau bronzée, aux jambes nues et brunes, en tee-shirt et chapeau de paille, et soudain elle distingua un homme qui tranchait nettement sur les autres. Il portait un costume de toile beige avec une cravate bleu marine sur une chemise bleu clair, et son visage ainsi que ses cheveux légèrement décolorés portaient l'empreinte du soleil. Il conservait un air sérieux en se dirigeant vers elle, puis il abaissa son regard vers le visage qui se levait vers lui et alors, sans aucun embarras, il se pencha et l'embrassa. Pendant quelques minutes qui parurent des siècles ils se tinrent serrés l'un contre l'autre au milieu d'une foule qui tourbillonnait autour d'eux comme une cascade autour d'un roc.

Il s'écarta un peu et lui sourit.

— Hello !

— Fait bon voyage ?

— Pas aussi bon que cet accueil.

Main dans la main ils allèrent retirer les bagages, puis hélèrent un taxi. Mais sans cesse ils s'arrêtaient pour échanger un baiser. Mel se demandait comment elle avait pu vivre sans lui.

— Vous êtes ravissante.

Son hâle magnifique faisait ressortir le vert de ses yeux et les reflets cuivrés de sa chevelure. Elle portait une robe blanche légère et des sandales à hauts talons. Dans sa chevelure elle avait posé une fleur. Elle respirait la santé, l'été, le bonheur, et buvait des yeux Peter comme si elle l'attendait depuis une éternité.

— Vous savez, je ne suis pas venu à New York depuis des années.

Il jeta un coup d'œil au paysage assez quelconque qui défilait pendant que la voiture se dirigeait vers New York et secoua la tête.

— En général je refuse toujours ce genre d'invitation, mais pour une fois j'ai pensé que...

Il eut un haussement d'épaules, se pencha et l'embrassa. Cette audace qu'il manifestait depuis son arrivée la surprenait, de même que sa propre aisance devant ce nouveau comportement de Peter. Mais leurs fréquentes conversations au téléphone avaient abattu bien des barrières. Ils avaient acquis dans leurs rapports une assurance qu'ils n'avaient jamais connue lorsqu'ils se trouvaient ensemble auparavant. Ils ne se connaissaient que depuis deux mois, mais ces mois paraissaient des années.

— Je suis bien heureuse que vous ayez accepté.

Elle lui sourit, puis détourna le regard et demanda :
— Avez-vous faim ?
— Pas très.

Pour lui il n'était que sept heures moins le quart, alors qu'à New York il serait bientôt 22 heures.

— J'ai acheté de quoi dîner chez moi, mais nous pouvons aller dans un restaurant si vous préférez.
— Nous ferons à votre idée.

Il n'arrivait pas à détourner ses yeux de ce joli visage si proche du sien. Tout ce qui n'était pas elle disparut lorsqu'il lui prit la main.

— Comme je suis heureux de vous voir, Mel !
— C'est comme un rêve, vous ne trouvez pas ? chuchota-t-elle.
— Oui, le plus beau rêve que j'aie fait depuis des années.

Ils gardèrent le silence pendant que le taxi entrait dans Manhattan. Puis Peter passa les doigts sur la joue de la jeune femme.

— J'ai réussi à me persuader que je vous devais bien un voyage puisque vous étiez venue deux fois à Los Angeles.

Il avait cherché un prétexte, une bonne raison pour venir. Cela même facilitait leurs retrouvailles car ils avaient la possibilité d'avancer l'un vers l'autre comme dans le passé, à petits pas.

— Le Président s'est remis à une vitesse record, déclara-t-il.

— Oui, il n'y a que cinq semaines qu'il a été grièvement blessé et il est déjà sur pied. Il arrive à travailler plusieurs heures par jour.

Mel hocha la tête, puis questionna :

— Et Marie, à propos ?

— Elle va bien.

Mais une grimace lui vint aux lèvres.

— Deux de mes assistants la tiennent sous surveillance pendant que je suis absent. Sa santé n'est pas mauvaise, mais elle supporte mal les immunosuppresseurs et sa figure a enflé comme une pleine lune. Et nous n'y pouvons rien ! Nous avons tout essayé ! Elle ne se plaint jamais. J'aimerais tellement qu'elle réagisse mieux.

Mel essaya de se concentrer sur la malade, mais toutes ses pensées affluaient sur Peter. Tout ce qui ne le concernait pas lui semblait sans intérêt. Il en fut de même pour lui, tout disparut : enfants, malades, guerre, émissions à la T.V. Plus rien n'existait au monde que lui et elle.

Le taxi tourna dans la Quatre-Vingt-Seizième rue et Peter regarda par la vitre, curieux de connaître la maison de Mel, la façon dont elle l'avait arrangée, curieux de tout ce qui constituait son décor habituel. Il se rendait compte qu'il connaissait beaucoup d'elle, de ses sentiments et de ses pensées, mais d'un autre côté il ne savait rien de sa vie quotidienne.

Le taxi stoppa devant la maison. Mel sourit en elle-même, se souvenant de la première fois où elle avait aperçu la maison à Bel Air, et comme son aspect conventionnel l'avait frappée. Elle se doutait que Peter réagirait d'une façon toute différente à la vue de sa demeure, et elle ne se trompait pas. Il parut charmé en pénétrant à l'intérieur, respira les fleurs qu'elle avait disposées dans des vases, jeta un regard circulaire sur les gais coloris de l'ameublement puis admira le petit jardin. Il se retourna vers Mel avec un sourire émerveillé.

— Cette maison vous ressemble et je savais qu'il en serait ainsi.

Il l'entoura de ses bras et la serra contre lui.

— Elle vous plaît ?

Mais elle connaissait déjà la réponse.

— Je l'adore.

— Venez, je vais vous faire visiter.

Elle lui prit la main et le conduisit aux étages supérieurs. Devant sa propre chambre, elle marqua une pause en restant sur le seuil, puis elle lui montra son bureau et elle l'accompagna ensuite chez les filles. Elle avait préparé pour lui la chambre de Jessica, qui était plus propre et plus facile à aménager confortablement. Tout était prêt : des fleurs fraîches sur le bureau et, près du lit, un thermos d'argent rempli d'eau glacée ; enfin une pile d'épaisses et moelleuses serviettes de toilette attendait près de la douche. Elle avait laissé les lumières allumées partout avant de partir pour l'aéroport, afin d'accentuer l'aspect accueillant de sa demeure.

— C'est absolument charmant !

Il s'assit devant le bureau et admira l'arrangement de la pièce.

— Vous avez un goût exquis.

Elle en pensait autant de lui, quoique la maison de Bel Air reflétât beaucoup plus la prédilection d'Anne pour le style classique un peu froid. Il la regardait avec tant de chaleur qu'elle avança lentement vers lui ; toujours assis, il allongea le bras pour lui saisir la main.

— Comment vous dire à quel point je suis heureux de me retrouver avec vous, Mel ?

Alors il l'attira à lui et l'assit sur son genou afin de l'embrasser une fois de plus. Elle n'avait pas encore récupéré son souffle lorsqu'ils finirent par redescendre l'escalier. Ils s'installèrent devant la table de la cuisine et bavardèrent, tant et si bien qu'il était presque 2 heures du matin lorsqu'ils décidèrent qu'il était temps de se coucher. Ils montèrent l'escalier et s'embrassèrent longuement devant la porte de Mel. Puis, avec un sourire et un mouvement de la main, Peter grimpa à l'étage supérieur. Mel entra dans sa chambre, se remémorant chaque mot de leur conversation et, de nouveau, elle fut frappée de la joie qui l'envahissait lorsqu'elle se trouvait près de lui. Il suffisait qu'il se tienne devant elle pour qu'elle se sente follement heureuse. Elle pensait encore à lui en se brossant les dents et en se déshabillant, et encore en se glissant dans son lit. Quel bonheur qu'il habite la maison ces quelques jours ! Il n'y aurait aucune gêne, ni pour lui ni pour elle. Et même le bruit de ses pas, juste au-dessus d'elle, lui faisait plaisir. À cause du décalage horaire il était encore en pleine forme, et curieusement elle aussi ! Tout ce qui lui restait à faire c'était de rester allongée à penser à lui. Elle crut que des heures s'étaient écoulées ainsi lorsqu'elle l'entendit descendre l'escalier à pas feutrés et passer devant sa chambre. Tendant l'oreille elle perçut le bruit de la porte de la cuisine se refermant. Avec un sourire elle sauta de son lit et gagna le rez-de-chaussée. Il était assis à la table de la cuisine et dévorait un sandwich au jambon et au fromage en buvant un verre de bière.

— Je vous avais bien dit que nous devions dîner ! s'exclama-t-elle gaiement.

Elle prit un soda pour elle-même.

— Vous ne devriez pas être debout, Mel.

— Je n'arrivais pas à dormir. Je suis trop excitée, j'imagine.

Elle s'assit en face de lui. Il souriait.

— Moi non plus. Je pourrais rester ici avec vous pendant des heures encore, mais je serais trop ensommeillé demain matin lorsqu'il faudra que je donne ma conférence.

— L'avez-vous préparée ?

— Plus ou moins.

Son exposé, expliqua-t-il, comportait la projection de diapositives sur différentes interventions qu'il avait effectuées, et en particulier celle de Marie.

— Et vous, qu'allez-vous faire ces jours-ci ?

— Absolument rien. Mon congé dure deux mois, aussi je n'aurai qu'à traîner de-ci de-là et à me distraire pendant que vous êtes à New York. Puis-je aller vous entendre demain ?

— Non, pas demain, mais vendredi si cela vous chante. Êtes-vous certaine d'avoir envie de suivre une de mes conférences ?

— Naturellement.

Son air surpris la mit en joie.

— Vous avez oublié ? Je suis la dame qui vous a interviewé à Center City !

Il se frappa le front avec la paume de la main en affichant une expression stupéfaite.

— C'était donc vous ! Je savais bien que nous nous étions rencontrés quelque part mais je ne me rappelais plus où !

— Mensonge !

Elle lui mordilla l'oreille et il lui donna une petite tape.

Ils montèrent côte à côte, main dans la main, comme s'ils avaient vécu l'un avec l'autre pendant des dizaines d'années. Lorsqu'elle s'arrêta devant sa porte, il se pencha et l'embrassa.

— Bonne nuit, mon petit.

— Bonsoir, mon amour.

Les mots s'étaient formés sur ses lèvres sans qu'elle l'ait voulu. Elle le regarda bien en face, avec ses grands yeux bien ouverts ; alors il la prit encore dans ses bras et elle se sentit merveilleusement bien.

— Bonsoir, murmura-t-il.

Il posa ses lèvres sur les siennes et la quitta aussitôt. Elle se coucha, éteignit et pensa à ce qu'elle venait de lui murmurer. Il fallait bien reconnaître que c'était la vérité qu'elle avait ainsi formulée. Peter, dans son lit, s'avoua qu'il l'aimait lui aussi.

CHAPITRE XVIII

Le lendemain matin, lorsque Mel s'éveilla, Peter était déjà parti. Elle monta à sa chambre pour faire le lit mais il avait tout laissé dans un ordre parfait. Dans la cuisine, elle trouva un mot :

« Je reviendrai à 18 heures. Passez une bonne journée. Baisers. P. »

Toute la journée elle eut l'impression de flotter dans un univers de rêve. Elle se rendit chez Bloomingdale pour des achats destinés à elle-même, à la maison et aux filles, et, lorsqu'elle revint, elle se sentit euphorique à la pensée que dans quelques heures elle ne serait plus seule.

Elle mit une bouteille de vin au frais pour Peter. Il arriva enfin, un peu décoiffé et fatigué. Elle courut à sa rencontre.

— Bonsoir, Peter, comment s'est passée votre journée ?

— Elle se termine merveilleusement bien ici.

Dans le living-room, les lumières n'étaient pas encore allumées ; le soleil couchant éclairait encore la pièce.

— Et vous ?

— Elle m'a paru interminable, à vous attendre.

Rien n'était plus vrai. Mel s'installa sur le divan et tapota la place tout près de la sienne.

— Venez vous asseoir ici et donnez-moi des détails.

Quel délice de bavarder avec quelqu'un en fin de journée, quelqu'un d'autre que ses enfants ! Mel raconta tout son emploi du temps puis, brusquement intimidée, elle avoua avoir littéralement compté les heures jusqu'à ce qu'il revienne. Il fut visiblement ravi.

— Même chose pour moi. Tout au long de la journée, j'ai pensé à vous. C'est fou, vous ne trouvez pas ?

Il glissa un bras sur ses épaules et la serra contre lui. Leurs lèvres, soudain, se rencontrèrent et ils s'embrassèrent jusqu'à en perdre le souffle. Lorsqu'ils s'écartèrent un peu l'un de l'autre, ils ne trouvèrent rien à se dire. Ils ne pensaient qu'à une chose, s'embrasser encore.

— Et si je commençais à préparer le dîner ? proposa Mel en riant.

— Et pourquoi pas une douche fraîche, à deux ?

— Je ne suis pas certaine que cet « à deux » soit indispensable.

Elle se leva et voulut s'éloigner mais il la rattrapa par le poignet et la serra très fort dans ses bras.

— Je vous aime, Mel.

Le monde s'arrêta de tourner et un silence total régna dans la pièce. Jamais auparavant Peter n'avait prononcé de telles paroles, sinon devant Anne. Et Mel avait décidé depuis des années qu'elle ne voulait pas plus entendre des déclarations d'amour qu'elle ne voulait en faire elle-même. Pourtant, en cet instant, ce « je vous aime » prenait une intensité et une réalité bouleversantes. Ces mots s'imprimèrent dans son cœur en lettres de feu et, lorsque Peter l'embrassa à nouveau, elle se cramponna à lui comme si ses jambes ne la portaient plus. Il posa une multitude de baisers sur son visage, ses lèvres, sa nuque, ses mains, et, tout à coup, sans en avoir pris consciemment la décision, Mel le saisit par la main et lentement le conduisit à sa chambre. Puis elle se retourna vers lui :

— Je vous aime, moi aussi.

Elle murmurait si doucement cet aveu que, s'il ne l'avait pas contemplée, il n'aurait pas entendu.

— N'ayez pas peur, Mel...

Il s'approcha d'elle et soigneusement dégrafa sa robe pendant qu'elle ouvrait sa chemise. Lorsqu'elle fut déshabillée, il la conduisit tout doucement sur le lit. Ses mains effleurèrent avec tendresse le corps mince et lisse jusqu'au moment où elle se cambra pour aller à la rencontre de son corps, haletante, et ils se pressèrent l'un contre l'autre en savourant chaque seconde jusqu'à ce qu'il la pénètre. Elle poussa une longue plainte et Peter gémit sourdement. Puis ils restèrent allongés l'un près de l'autre en silence pendant que les derniers rayons du soleil s'attardaient sur le sol. Lorsque Peter se tourna enfin vers elle, il vit des pleurs glisser lentement sur les joues de Mel.

— Oh, je suis désolé... Je...

Il était éperdu, mais elle secoua la tête et l'embrassa en disant :

— Je t'aime tellement que, quelquefois, cela me fait peur.

— Cela m'effraie moi aussi de t'aimer...

Mais il la tenait si serrée contre lui qu'il était impossible d'imaginer qu'ils pouvaient connaître autre chose que de la joie.

Vers 21 heures ils descendirent au rez-de-chaussée, nus et se tenant par la main. Ils mangèrent des sandwiches puis se rendirent dans le living et regardèrent la télévision tout en devisant gaiement.

— Ne dirait-on pas que nous sommes de jeunes mariés !

La remarque de Peter amusa Mel, qui fit une grimace affolée et feignit de s'évanouir. Mais il la retint et la serra contre lui. Quelle étreinte délicieuse ! Mel réalisa que jamais aucun homme ne l'avait rendue aussi heureuse. Ils dormirent dans le lit de Mel et la nuit fut entrecoupée de réveils où ils firent l'amour. Au matin, lorsque Peter dut se lever pour se rendre à sa conférence, Mel le suivit. Elle lui prépara du café et des œufs brouillés qu'il dévora avant de partir. Lorsqu'il eut disparu, elle s'assit, nue et solitaire, impatiente de son retour.

CHAPITRE XIX

Le vendredi, Mel accompagna Peter à sa conférence et l'écouta parler, fascinée par son exposé et heureuse pour lui de l'accueil chaleureux que lui réservait l'assistance. Ses commentaires, ses diapositives et leurs explications concernant les techniques les plus avancées furent vigoureusement applaudis. Ensuite, il fut entouré par ses collègues pendant presque une heure tandis que Mel attendait discrètement à quelque distance, fière de lui.

— Alors, qu'en penses-tu ?

Il lui posa cette question lorsqu'ils se retrouvèrent seuls. Ils avaient décidé de dîner ensemble chez elle puisqu'il devait partir le lendemain. L'un comme l'autre désiraient un peu de temps bien à eux.

— Tu es sensationnel !

Elle lui sourit avec bonheur tout en buvant son verre de vin blanc. Elle avait acheté d'énormes homards du Maine en souvenir de ceux qu'elle prenait à Martha's Vineyard. Ils étaient servis froids avec de la salade et du pain à l'ail, et arrosés de Pouilly-Fumé.

— Et, ajouta-t-elle, j'ai remarqué qu'ils réagissaient extrêmement bien.

— Je l'ai noté moi aussi, répondit-il avec satisfaction.

Il se pencha par-dessus la table et l'embrassa.

— J'étais content que tu sois présente.

— Moi aussi.

Une ombre la traversa tandis qu'elle se souvenait
qu'il serait parti le lendemain. Ils devaient se séparer
à l'aéroport à 8 heures du matin. Peter s'envolerait
à 10 heures et atterrirait à Los Angeles à 13 heures,
horaire local. Cela lui permettrait de voir Pam et de
passer quelque temps avec elle avant qu'elle parte pour
son camp de vacances le jour suivant. Mel serait déjà
auprès de ses filles.

— Qu'est-ce qu'il y a, chérie ?

Il lui prit la main dans les siennes.

— Tu as l'air si triste, tout à coup…

Pour la centième fois depuis qu'il était devenu son
amant, il se demandait si elle regrettait d'avoir cédé
à son amour. Ils allaient se séparer, sans savoir quand
ils pourraient se retrouver. Cette incertitude sur leur
avenir, il faudrait sans cesse la supporter.

— Je pensais que demain tu ne serais plus auprès
de moi.

— Oui, je dois partir.

Ses mains serrèrent plus tendrement les doigts de
Mel.

— Nous menons une vie idiote, toi et moi.

Elle hocha la tête et ils se sourirent.

— Mais nous pouvons peut-être combiner quelque
chose… Pourquoi ne viendrais-tu pas à Aspen avec tes
filles ? Nous devons nous y rendre dans environ trois
semaines et Valérie et Jessica adoreraient cet endroit,

Mel. Pour les enfants, c'est idéal... Pour eux, mais pour nous aussi... Pour tout le monde, en réalité.

Depuis un certain temps, cette idée lui trottait par la tête.

— Nous pourrions être ensemble, tu comprends, ajouta-t-il.

— Mais pas comme ici... Nos enfants deviendraient dingues s'ils se rendaient compte... pour toi et moi, soupira-t-elle.

En tout cas, Pam serait furieuse, mais Mel savait que ses filles seraient très troublées. Elles n'étaient pas préparées à affronter ce genre de situation. Peter n'était qu'un étranger pour elles, un nom qu'elles avaient vaguement entendu depuis que leur mère l'avait interviewé. Et tout à coup... « Dites donc, les filles, vous savez... nous partons pour Aspen avec lui et ses enfants ! » Quelle révolution !

— Nos enfants se feront une raison. De toute façon, ils n'ont pas besoin de connaître tous les détails.

Son assurance laissa Mel subjuguée. Elle resta assise à le regarder, puis un long, paresseux, joyeux sourire lui vint aux lèvres. Pour un homme qui n'avait pas connu d'autre femme que la sienne pendant les vingt dernières années, et aucune autre depuis son veuvage, il ne manquait pas d'une assurance stupéfiante. Quelle en était la raison ? Les sentiments qu'il éprouvait pour elle, ou simplement le résultat d'un parfait équilibre ?

— Je vous trouve étonnamment optimiste, cher monsieur.

— Je ne l'étais pas auparavant, Mel. Mais je suis sûr que tout s'arrangera.

Les choses paraissaient tellement faciles à New York, dans sa petite maison ensoleillée, seul à seul !

Peut-être n'en serait-il pas de même dès qu'ils seraient accompagnés de leurs enfants, mais il ne voulait pas l'envisager.

— Je suis persuadé que nos enfants réagiront très bien. Tu ne crois pas ?

— Même Pam ?

— Tu lui as beaucoup plu lorsque tu es venue à Los Angeles. Et à Aspen, tout le monde s'occupe, excursions, promenades, natation, tennis, pêche, festival de musique le soir. Les enfants y rencontrent des tas d'amis. D'une certaine façon, ils s'intéressent beaucoup moins à nous car ils ont un emploi du temps très chargé.

Trop facile, cette façon d'envisager la situation. Mel se demanda s'il n'était pas totalement irréaliste.

Peter la tint très serrée contre lui.

— Par ailleurs, dit-il, je ne crois pas pouvoir survivre plus de quelques semaines sans toi.

— Pourtant, il faudra bien s'y habituer, tu ne crois pas ?

Sa voix devint douce et triste pendant qu'elle posait la tête sur la poitrine de Peter et que sa chaleur l'enveloppait.

— Je ne crois pas que nous pourrons te rejoindre à Aspen. Ce serait trop difficile de le faire admettre à mes filles.

— Quoi donc ? Que nous nous connaissons ? Elles ne verront pas autre chose qu'une amitié entre nous.

— Tu les prends pour des aveugles, Peter. Nous avons tous les deux des enfants adultes, à l'exception de Matt. Nous ne pourrons leur dissimuler nos relations.

— Qui cherche à dissimuler quelque chose ?

Il l'éloigna à bout de bras afin de pouvoir la regarder bien en face.

— Je t'aime, Mel.

Chaque fois qu'il la contemplait, chaque fois qu'elle entrait dans une pièce, chaque fois qu'il pensait à elle, il lui répétait ces mots.

— Et tu désires mettre nos enfants au courant ?

Il sourit :

— Éventuellement !

— Et alors quoi ? Nous menons des vies séparées, nous habitons à des milliers de kilomètres l'un de l'autre, et nous informons les enfants que nous nous aimons ? Pense un moment à la tête qu'ils feraient !… Imagine un peu la réaction de Pam, précisa-t-elle.

— Tu penses trop, soupira-t-il.

— Je réfléchis.

— Cesse de réfléchir et viens à Aspen. Nous passerons des vacances délicieuses sans nous préoccuper des enfants. Tout ira bien, fais-moi confiance.

Tant d'innocence stupéfiait Mel. Jamais elle ne lui aurait supposé un comportement aussi peu nuancé envers ses enfants. Elle devait cependant admettre qu'en ce qui la concernait, même si cette expédition présentait des problèmes, elle mourait d'envie de le revoir. Aspen présentait une bonne occasion, si elle arrivait à convaincre les jumelles de s'éloigner de Martha's Vineyard pour une semaine ou deux. Mais quel prétexte pourrait-elle leur donner ?

— Ne te fais pas de soucis, Mel, et viens.

Elle lui sourit, ils s'embrassèrent, puis Mel reprit un peu de vin blanc.

— Je n'ai pas la moindre idée de ce que je pourrai

bien raconter aux filles pour expliquer ce voyage à Aspen.

— Dis-leur que l'air de la montagne leur ferait du bien.

Cette suggestion la fit rire.

— Tu n'aimes pas la mer ? questionna-t-elle, ironique.

— Si, mais j'adore la montagne avec cet air pur, ces paysages magnifiques, ces excursions variées...

Elle avait du mal à l'imaginer en sportif, mais au terme d'une année de tension perpétuelle, il était facile de comprendre qu'il avait le plus grand besoin d'un changement complet d'atmosphère. Les montagnes le lui offraient. Mais Mel, qui avait toujours passé ses vacances au bord de la mer depuis sa plus tendre enfance, trouvait en Martha's Vineyard le décor idéal pour deux mois d'été avec ses filles.

— En leur parlant de Mark, reprit-elle gaiement, j'arriverai bien à convaincre Val, mais c'est de toute façon un casse-tête.

— Moi, dit-il en riant, je leur parlerai de tes jumelles avant notre départ.

Cette nuit-là, il n'osa pas aborder à nouveau le sujet. Mais le lendemain matin, devant leur petit déjeuner, il revint à la charge. Ils n'avaient plus qu'une heure devant eux avant de partir pour l'aéroport. Peter avait bouclé sa valise et Mel avait fermé son sac de voyage. Elle ne pensait pas revenir avant le mois de septembre.

— Alors, Mel, tu viendras ?

— J'aimerais tellement !

Il posa sa tasse de café et se pencha pour lui embrasser le bout du nez.

— Viendras-tu à Aspen à la fin du mois ? répéta-t-il.

— J'essaierai, mais je dois y réfléchir d'abord.

Cette perspective n'avait cessé de lui occuper l'esprit durant la nuit, mais elle n'arrivait pas à se décider. Si jamais ce voyage n'avait pas lieu, elle ne reverrait pas Peter avant des mois, et cela… non ! Impossible !

Elle posa elle aussi sa tasse, soupira, puis regarda Peter dans les yeux.

— Je n'arrive pas à savoir si ce serait bien que nous informions les enfants de ce qui nous arrive.

— Pourquoi ? demanda-t-il vivement.

— Parce qu'ils risquent d'en être perturbés.

— Je crois que tu sous-estimes nos enfants.

— Mais comment expliquerais-tu notre arrivée à tes enfants ?

— Je ne vois pas pourquoi j'aurais une explication à leur donner.

— Oh ! Pour l'amour de Dieu, est-ce que tu ne comprends pas ? Il faut leur donner une raison. Comment pourrais-tu te passer d'un prétexte, quel qu'il soit !

— Très bien, très bien… Nous leur donnerons une raison. Nous leur dirons que nous sommes de vieux amis.

— Alors qu'ils savent très bien qu'il n'en est rien !

Cette discussion mettait ses nerfs à vif. Peter regarda sa montre : 7 heures 30. Dans une demi-heure, il faudrait quitter la maison.

— Je me fiche complètement de ce que tu diras à tes enfants, Mel, et de ce que j'expliquerai aux miens. Mais je veux que tu viennes à Aspen.

Lui aussi commençait à s'énerver, et cela la contraria.

— Je vais y réfléchir.

— Non, tu n'as pas à y réfléchir.

Il se pencha vers elle et l'impressionna par sa stature massive.

— Tu as pris pendant si longtemps des décisions toute seule que tu ne peux plus faire confiance à quelqu'un d'autre.

— Ça n'a rien à voir avec notre problème !

Leurs voix grimpaient sans qu'ils y prennent garde.

— Et, poursuivit-elle, tu te fais des illusions sur les réactions des enfants.

— Pour l'amour de Dieu, Mel, n'avons-nous pas le droit de vivre, nous aussi ? Est-il interdit de t'aimer ?

— Non, bien sûr, mais nous ne devons pas sacrifier nos enfants pour une liaison qui ne peut nous mener nulle part.

— Qu'est-ce qui te fait penser une chose pareille ? cria-t-il.

— Tu oublies que je vis à New York et toi à Los Angeles ?

— Je n'oublie rien, aussi je voulais te retrouver à mi-chemin dans trois semaines. Est-ce trop te demander ?

— Oh ! S'il te plaît...

Brusquement, elle se mit à hurler :

— Très bien ! Très bien ! J'irai à Aspen.

— Parfait.

Un nouveau coup d'œil à sa montre lui apprit qu'il était déjà 8 heures 5. Il saisit Mel dans ses bras, avec brusquerie. Le temps passait trop vite, ils auraient dû partir depuis cinq minutes. Mais il ne pouvait laisser leur discussion se terminer ainsi. Il embrassa Mel sur le front et la décoiffa doucement avec la main, souriant à ses propres pensées.

— Tu vois, nous venons d'avoir notre première dispute. Tu es têtue comme une mule, Mel.

— Je le sais, excuse-moi...

Elle leva la tête vers lui, et ils s'embrassèrent.

— J'essaie de faire au mieux, sans choquer les filles.

— Je sais, mais nous existons, nous aussi.

— Il y a bien longtemps que je n'ai laissé un homme entrer dans ma vie, et seulement lorsque j'étais certaine qu'il ne pouvait me faire souffrir.

— Je ne veux pas te faire souffrir, Mel.

Tristement, il pensa qu'elle aurait à se défendre contre lui.

— Je supplie le ciel de ne jamais te faire souffrir, reprit-il avec force.

— Tu n'y peux rien. Lorsqu'un homme et une femme s'aiment, ils finissent toujours par se blesser. À moins qu'ils ne se tiennent à bonne distance l'un de l'autre.

— Ce n'est plus une vie !

— Non, mais c'est moins risqué.

— Maudite sécurité !

Il abaissa son regard vers elle, et sérieusement lui dit une fois de plus :

— Je t'aime.

— Moi aussi, je t'aime.

Encore en cet instant cet aveu la faisait trembler.

— Comme j'aimerais que nous puissions rester ici...

Il faudrait courir pour attraper l'avion. Peter regarda l'heure à sa montre, puis fixa Mel :

— J'ai une suggestion à te faire.

— Laquelle ?

— J'appelle chez moi, puis à l'hôpital pour obtenir un jour de sursis. Si mes malades ont survécu à mon absence, ils peuvent bien se passer de moi un jour de plus. Qu'en penses-tu ?

Avec le regard émerveillé d'une petite fille, elle laissa tout son corps s'appuyer contre lui.

— Épatant ! Mais… et Pam ? Ne voulais-tu pas la revoir avant son départ en vacances ?

— Si, mais peut-être pour la première fois depuis presque deux ans, je ferai ce que j'ai envie de faire. Ça me changera. Je la verrai dans trois semaines lorsqu'elle reviendra à la maison. Elle n'en mourra pas !

— Tu crois ?

— Et toi ? demanda-t-il plus sérieusement. Pourrais-tu ne retourner à Vineyard que demain ?

— Tu ne plaisantes pas, Peter ?

Tout en le dévisageant, elle se rendit compte que cette décision qui la déroutait totalement n'était pas prise à la légère.

— Très bien, déclara-t-elle. Peter, je ne veux pas te quitter. Passons le week-end ensemble.

Un sourire au coin des lèvres, elle se pressa contre lui.

— Quel homme remarquable tu fais !

— Un homme qui aime une femme extraordinaire. Je dirais même que nous formons un couple tout à fait exceptionnel. Qu'en penses-tu ?

— Je suis de ton avis.

Ils se regardèrent avec un air complice, puis Mel chuchota :

— Puisque nous ne partons pas tout de suite, que

diriez-vous d'aller passer un petit moment dans ma chambre, docteur Hallam ?

— Excellente idée, miss Adams.

Elle monta les escaliers et le laissa au rez-de-chaussée afin qu'il téléphone au médecin de garde à Los Angeles. Ce dernier accepta immédiatement d'accorder ce sursis de deux jours, mais ne manqua pas de plaisanter sur ce sujet. Deux minutes plus tard, Peter grimpait les marches quatre à quatre et se précipitait dans la chambre de Mélanie. Triomphant, il lança :

— Je peux rester !

Sans répondre, elle avança vers lui en enlevant ses vêtements un à un, et ils s'allongèrent sur le lit dans un abandon total, comprenant instinctivement qu'ils avaient fait un pas de plus l'un vers l'autre.

CHAPITRE XX

— Mais enfin, pourquoi est-ce que tu ne rentres pas ?

La voix de Pam se transformait en gémissement pendant que Peter lui téléphonait après le petit déjeuner.

— Tu n'as aucun malade à New York !

Elle était à la fois furieuse et blessée ; son ton devint accusateur.

— Je suis retenu ici pour les besoins de la conférence, Pam. J'arriverai à la maison demain soir.

— Mais je pars demain matin.

— Je sais, mais Mme Hahn te conduira au car. Ce n'est quand même pas la première fois que tu t'en vas.

« Quelle bizarrerie pour les parents que d'avoir à se défendre devant leurs enfants ! » pensa Mel en l'écoutant.

— C'est la quatrième fois que tu te rends à ce camp ! Tu n'es plus une enfant, Pam ! Et tu seras de retour dans trois semaines.

— Ouais…

Elle avait pris soudain un ton triste, résigné, ce qui ne pouvait manquer de toucher son père. Un affreux sentiment de culpabilité l'envahit, d'autant qu'il ne pouvait revenir sur sa décision. Pam avait réussi à faire vibrer une corde sensible en lui, celle de ses responsabilités de père.

— D'accord !

Ce ton sec augmenta encore son malaise.

— Ma chérie, je n'y peux rien.

Quel mensonge ! Cela le rendait malade. Avait-il eu tort de rester ? Mais, bon sang, il avait bien le droit de mener sa propre vie et de passer quelque temps avec Mel, non ?

— Très bien, papa.

Il était facile de deviner son désarroi, et Peter savait par expérience qu'il était dangereux de la bouleverser.

— Écoute, j'irai te voir le week-end prochain.

Le camp était situé près de Santa Barbara, et le trajet depuis Los Angeles ne présentait pas de difficulté. Soudain il se souvint qu'il serait de permanence à cette date.

— Diable, je ne pourrai pas. Je suis pris ce week-end !

— Ça ne fait rien. Amuse-toi bien.

Elle parut brusquement pressée de terminer la conversation. Mel surveillait Peter et voyait les émotions se succéder de façon visible sur son visage. Lorsqu'il raccrocha, elle vint s'asseoir auprès de lui.

— Tu peux encore attraper un avion cet après-midi, tu sais.

— Non, je ne le ferai pas, Mel. Ce que je t'ai dit tout à l'heure tient toujours. Nous avons le droit d'être quelquefois ensemble, toi et moi.

— Elle a besoin de toi aussi, et cela te tourmente.

— Elle arrive à me donner un sentiment de culpabilité, et cela, depuis la mort d'Anne. On pourrait croire qu'elle me rend responsable de cette mort. Le reste du temps, il faut que je paie pour mes péchés, et je n'en viens jamais à bout.

— Quel fardeau pour toi ! Mais pourquoi l'acceptes-tu ?

— Je n'ai pas le choix, affirma-t-il tristement. Depuis la mort d'Anne, elle a traversé tous les troubles émotionnels possibles, allant de l'anorexie jusqu'aux problèmes de peau et les cauchemars.

— Mais tout le monde subit des chocs un jour ou l'autre. Elle aurait dû accepter cette épreuve, Peter. Ce n'est pas à toi de payer, elle devrait le comprendre.

Un peu plus tard Mel appela les jumelles et Raquel.

Les filles ne cachèrent pas leur désappointement ; Jessica surtout y fut sensible, mais elles prirent leur parti d'attendre le lendemain soir, puis elles passèrent l'appareil à Raquel. Celle-ci attendit que les filles aient quitté la pièce pour parler plus librement.

— Petite, il y a quelqu'un, non ?

— Quoi ?

Mel se figea pendant que Peter l'observait.

— Un nouveau copain à New York ?

— Quel copain ?

Maintenant, elle rougissait.

— Raquel, vous n'êtes qu'une obsédée sexuelle. Comment vont les filles ?

— Très bien. Val a un nouvel amoureux qu'elle a rencontré avant-hier sur la place, et je crois que Jessica a tapé dans l'œil d'un garçon, mais il n'a pas l'air de l'intéresser.

Mel eut un sourire.

— En somme, tout marche normalement. Et le temps ?

— Superbe, j'ai l'air d'une Jamaïcaine.

Toutes deux se mirent à rire. En fermant les yeux, Mel pouvait s'imaginer à Vineyard. Quel paradis ce serait si Peter et elle s'y trouvaient au lieu de tourner en rond dans New York un samedi de juillet ! Peter, bien qu'adorant la montagne, s'y serait certainement plu.

— À demain, Raquel. Si vous avez besoin de me téléphoner, je serai à la maison une partie de la journée.

— Nous n'aurons pas à téléphoner.

— Parfait.

Quel réconfort de savoir les filles en bonnes mains ! En raccrochant, Mel sourit intérieurement, comparant sa Raquel à la Mme Hahn de Peter. Elles n'avaient rien de commun, comme elle l'expliqua à Peter.

— Vous appréciez beaucoup votre gouvernante, n'est-ce pas ? demanda-t-il.

— Je lui suis tellement reconnaissante pour tout ce qu'elle fait pour nous ! Quelquefois elle est butée comme un âne, mais elle aime vraiment les enfants, et moi aussi du reste.

— Rien de plus facile.

Il l'embrassa sur la bouche et s'adossa à son siège pour la contempler. Elle élevait ses enfants d'une façon différente de lui, s'adressait à elles comme à des adultes, ce qu'il n'aurait pu faire. Elle menait remarquablement sa barque. Une minute, il s'inquiéta de savoir s'il dérangeait ce bel équilibre sans offrir de contrepartie. Mel vit la tristesse dans ses yeux pendant qu'elle se levait et s'étirait. La matinée avait été délicieuse ; il fallait la considérer comme un présent du ciel puisqu'elle n'était pas prévue dans leur programme.

— À quoi penses-tu, Peter ?

Elle voulait toujours connaître ses pensées, et chaque

fois qu'il lui répondait elle s'étonnait de ce qui le préoccupait.

— Je me disais que ta vie est merveilleusement bien organisée, et je me demandais si elle pouvait continuer à marcher ainsi. Je me demandais aussi ce que je venais y faire, si je représentais des complications, un trouble pour toi ou un apport appréciable.

— Tu as trouvé une réponse ?

Elle s'étira sur sa chaise longue. Mel était nue et, une fois de plus, Peter s'étonna d'avoir constamment besoin de lui faire l'amour.

— Ma réponse, c'est que je ne peux y réfléchir lorsque je te vois ainsi, sans rien sur le corps.

— Moi non plus.

Elle sourit et lui fit signe afin qu'il approche. Il s'allongea tout près d'elle, et un moment plus tard il roula lentement sur elle en tenant entre ses mains le mince visage.

— Je suis fou de toi, Mel.

Le souffle coupé, elle mourait d'envie qu'il la prenne.

— Moi aussi…

L'amour leur fit oublier leurs soucis, leur culpabilité, leurs responsabilités et jusqu'à leurs propres enfants.

Il était 13 h 30 lorsque, douchés et habillés, ils sortirent sous le soleil de New York. Mel ronronnait comme un chat qui a bu son lait.

— Quels paresseux nous sommes !

— Et pourquoi ne pas l'être ? Nous travaillons comme des forçats. Je ne peux me souvenir d'avoir passé un week-end comme celui-ci.

— Moi non plus ! J'aurais été trop fatiguée pour travailler.

— C'est une bonne chose. Peut-être devrais-je te fatiguer pour t'empêcher de travailler ; alors tu pourrais penser à autre chose qu'à ta télévision.

— J'y pense tout le temps ?

— Je n'ai pas dit cela, mais tu as une vie professionnelle où n'entrent ni tes enfants, ni ta maison, ni un mari.

— Ah... tu veux dire que je ne suis pas uniquement une femme d'intérieur, et ça te tracasse ?

— Non.

Il secoua la tête lentement, réfléchissant, tout en marchant au hasard dans Lexington Avenue. Ce n'était qu'un jour plein de soleil, de chaleur, et ils étaient heureux de se promener ensemble.

— Ça ne me tracasse pas. Ton travail m'impressionne et je respecte ta personnalité. Mais ce serait différent si tu n'étais...

Il chercha les mots, et termina :

— ... qu'une simple femme.

— Quelle sottise ! Où vois-tu une différence ?

— Par exemple, tu ne peux pas partir pour l'Europe avec moi pendant six mois.

— C'est vrai, mon contrat me l'interdit, ou bien il faudrait qu'un homme de loi super-retors défende mes intérêts. Mais toi non plus tu ne pourrais pas partir.

— C'est différent. Je suis un homme.

— Oh ! Peter ! protesta-t-elle, tu n'es qu'un sale macho.

— Oui, observa-t-il avec un certain orgueil, je le suis. Mais je respecte ton travail, comme je te l'ai dit, du moment que tu conserves toute ta féminité et que tu peux mener une vie de femme d'intérieur.

— Que signifie tout cela ?

Cette réaction de Peter l'amusait, mais de n'importe qui d'autre elle l'aurait pris de travers.

— Tu voudrais que je passe mon temps à cirer le parquet et à faire des confitures ?

— Non, mais te montrer bonne mère, avoir des enfants, prendre soin d'un homme, sans faire passer la télévision en premier. J'étais heureux qu'Anne n'ait pas de travail parce qu'elle était toujours disponible pour moi. Je n'aimerais pas que mon épouse ou la femme que j'aime ait des préoccupations professionnelles en tête.

— Mais, Peter, aucun homme et aucune femme ne peuvent se tenir perpétuellement à la disposition d'un autre ! Si tu tiens suffisamment à quelqu'un, tu peux toujours combiner ton emploi du temps. Ce n'est qu'une question d'organisation, et le sens des priorités. Je suis restée la plupart du temps auprès de mes filles.

— Je l'ai compris…

Depuis leur première rencontre il savait qu'elle avait été une excellente mère.

— Mais tu n'as jamais désiré te retrouver chez toi à cause d'un homme.

— C'est vrai, répondit-elle avec honnêteté.

— Et maintenant ?

Cette question passait difficilement ses lèvres.

— Qu'est-ce que tu me demandes, Peter ?

Le silence tomba brusquement. Bien des sujets n'avaient jamais été abordés entre eux, simplement par peur des explications. Mais Peter avait plus de courage que Mel pour en parler et, tout à coup, il voulut connaître sa position. Mais peut-être était-ce trop tôt pour se risquer ? Mel comprit et murmura :

— Ne t'inquiète pas, Peter.

— Tu sais, je me demandais simplement si tout cela a une signification pour toi.

— La même que pour toi, je pense. Je considère nos relations comme quelque chose de magnifique et de miraculeux que je n'ai jamais connu auparavant. Et si tu veux savoir où cela nous mène, je peux te le dire.

— Je sais, et cela me cause bien du souci. C'est pareil lorsque j'opère, je n'aime pas trancher dans le vif. Je préfère savoir où je vais, quelle sera la prochaine étape. Je suis un homme prévoyant, Mel.

— J'aime prévoir, moi aussi, mais on ne peut avoir aucune certitude, dans ce domaine.

Elle leva la tête vers lui, sourit, et leur humeur grimpa au beau fixe.

— Pourquoi ? ironisa-t-il.

— Que veux-tu ? Un contrat que je signerais ?

— Parfaitement. Un contrat pour que ce corps excitant soit à moi chaque fois que je le désirerais.

Ils se tenaient par la main en balançant leurs bras ; Mel rayonnait de bonheur.

— Je suis si contente que tu sois resté pour le week-end…

— Moi aussi.

Ils entrèrent dans Central Park et se promenèrent jusqu'à 17 heures puis remontèrent la Cinquième Avenue jusqu'à l'hôtel *Stanhope*. Ils s'installèrent dans le café en plein air et prirent un verre, puis repartirent à pied pour leur domicile, prêts à se claquemurer dans leur confortable petit nid. De nouveau ils s'aimèrent puis ils regardèrent le soleil se coucher, à 20 heures. Alors ils prirent une douche et se rendirent chez *Elaine* pour dîner. Le restaurant était plein. Mel connaissait une bonne moitié des consommateurs quoique la plupart de ses relations eussent quitté New York pour ce week-end d'été. Mel se plongea aussitôt dans son vrai milieu, côtoyant des célébrités, à l'aise dans cette atmosphère électrique typique de Manhattan.

— Alors, docteur, que pensez-vous de New York ?

Ils revenaient bras dessus bras dessous vers leur maison.

— Je pense que tu l'adores et que New York t'adore.

— Tu as raison, mais... mais il se trouve que je t'aime aussi.

— Bien que je ne sois ni un présentateur de télévision, ni un politicien, ni un écrivain ?

— Tu vaux bien plus qu'eux tous, Peter. Tu es vrai !

Le compliment l'amusa.

— Merci, mais ils le sont aussi.

— Ce n'est pas pareil. Eux, ils ne font partie que de la moitié de ma vie, et ils n'entreront jamais dans l'autre moitié. Je n'ai jamais rencontré personne qui puisse comprendre les deux aspects de ma vie. Ma profession et ma famille sont d'une importance capitale pour moi, et chacune est diamétralement différente de l'autre.

— Mais tu arrives à les faire cohabiter.

— Ce n'est pas toujours très facile, mais c'est vrai, ce que tu dis.

Peter, soudain, pensa à sa fille réagissant mal en apprenant qu'il ne rentrait pas aussi vite que prévu, et il songea qu'elle lui ferait payer sa défection dès qu'ils se reverraient. Elle était ainsi.

Mais Mel lui sourit, et ils tournèrent dans la Quatre-Vingt-Unième rue pour retourner chez eux, se coucher et bavarder jusqu'à 2 heures du matin.

Le lendemain, ils prirent un petit déjeuner léger à la *Tavern-on-the-Green*, puis poussèrent jusqu'à Greenwich Village pour la foire en plein air. Il n'y avait pas beaucoup de distractions à New York en été, mais cela n'avait aucune importance. Ils voulaient seulement être ensemble. Ils marchèrent pendant des heures, évoquant leur passé, leur vie, leur travail, leurs enfants, parlant d'eux-mêmes. Ils ne se lassaient pas l'un de l'autre, mais à 17 heures il fallut bien revenir à la maison et faire l'amour pour la dernière fois. À 19 heures ils prirent un taxi pour l'aéroport. Alors le temps passa à une rapidité vertigineuse. Déjà ils devaient se dire au revoir et s'agripper l'un à l'autre devant la porte d'embarquement.

— Tu vas tellement me manquer.

Il plongeait son regard dans les yeux verts, infiniment heureux d'avoir eu ces quelques jours à New York. Sa vie, il le sentait, en était transformée sans qu'il en éprouve de l'inquiétude. Il mit son index sous le menton de Mel et lui fit lever la tête vers lui.

— Tu m'as promis de venir à Aspen.

Elle sourit et refoula les sanglots qui lui nouaient la gorge.

— Nous viendrons.

Elle ne savait toujours pas comment elle annoncerait cette expédition aux jumelles.

— J'y compte bien, dit-il.

Il la serra contre lui et l'embrassa une dernière fois avant de prendre la file des passagers, lui fit encore un signe de la main avant de monter dans l'avion, et Mel eut l'impression qu'il emportait son cœur.

Ce fut un long voyage solitaire pour retourner à

Martha's Vineyard cette nuit-là, et Mel n'arriva à la maison qu'après minuit. Tout le monde dormait, ce qui la soulagea. Elle n'avait envie de parler à personne sinon à Peter Hallam, et il était encore dans les airs à destination de Los Angeles.

Cette nuit-là, assise pendant des heures devant l'entrée de la maison, le visage doucement caressé par la brise, Mel écouta le murmure de l'océan. Quel repos, quelle paix merveilleuse ! Si seulement Peter avait été auprès d'elle ! Mais enfin, un peu de solitude avait parfois du bon. Ce voyage à Aspen avec les enfants allait créer tant de difficultés ! Que dire aux filles ?

Le lendemain matin, au petit déjeuner, elle décida de leur donner tout le temps nécessaire pour s'habituer à cette idée. Jamais elles ne s'étaient éloignées de Vineyard au milieu de l'été, les années passées, aussi ce changement allait-il les surprendre.

— Aspen ? s'exclama Jessica. Pourquoi irions-nous à Aspen ?

Mel affecta un air nonchalant, mais elle sentit son cœur battre plus vite.

— Tout simplement parce que cette invitation me paraît très tentante et que c'est une bonne occasion de connaître ce coin.

Mel entendit le grognement de Raquel retournant dans la cuisine pour y prendre le jus de pomme et vit l'expression horrifiée de Val.

— Mais nous ne pouvons pas partir ! C'est parfait, ici, et nous ne connaissons personne à Aspen !

— Calme-toi, Val, répondit calmement Mel, il y a aussi des garçons à Aspen.

— Mais c'est différent, nous les connaissons tous ici !

Elle parut sur le point de pleurer, mais Mel ne céda pas :

— J'estime que nous ne devons pas manquer cette chance.

Le « je » aurait été plus approprié que le « nous », pensa-t-elle, se sentant coupable de leur cacher ses véritables raisons.

— Pourquoi ? Qu'y a-t-il à Aspen ?

Jessica surveillait chacun de ses mouvements.

— Rien... je veux dire... Oh, pour l'amour de Dieu, Jess, arrête de m'interroger comme un inspecteur de police. Aspen est un endroit fabuleux, les montagnes sont superbes, il y a plein de jeunes et des tas de choses à faire, des promenades sac au dos, de l'équitation, des excursions, de la pêche...

— Pouah !... Je déteste tout ça !

Valérie venait d'interrompre cette énumération en manifestant son dégoût.

— Ça te fera du bien.

Cette fois, ce fut Jessica qui intervint avec son esprit toujours pratique :

— Mais ça signifie que nous allons rater une partie de l'été au bord de la mer. Et nous avons loué la maison pour deux mois. Je n'y comprends plus rien !

Elle quitta la table en maugréant et Val éclata en sanglots puis se précipita dans sa chambre.

— Je n'irai pas, dit Jess devant la porte. Jamais nous n'avons passé un été aussi amusant, et tu veux nous le saboter !

— Je ne veux pas le...

Mais le battant claqua avant que la jeune femme ait terminé sa phrase. Mel regarda Raquel avec irritation pendant qu'elle débarrassait la table.

— C'est donc sérieux ? remarqua la gouvernante avec un air sentencieux.

— Oh ! S'il vous plaît…

— D'accord, d'accord… je me tais. Mais attention ! Dans six mois vous serez mariée ! Jamais je ne vous ai vue partir de Vineyard.

— Ce sera un voyage merveilleux.

— Je sais. Mais moi là-dedans ? Faut-il que j'y aille aussi ?

— Vous n'avez qu'à prendre votre congé à ce moment-là plutôt que d'attendre la fin de l'été. Ça vous convient ?

— Ma foi, oui.

Au moins une personne satisfaite.

Val ne sortit pas de sa chambre pendant deux heures. Puis elle apparut, les yeux rouges, le nez humide, et s'en fut retrouver ses amis sur la plage sans adresser le moindre mot à sa mère. Mais Jessica vint retrouver Mel, seule devant le porche de la maison, une demi-heure plus tard. Mel répondait à quelques lettres. Jess s'assit sur les marches, juste à ses pieds, et attendit jusqu'à ce que sa mère abaisse son regard sur elle.

— Pourquoi allons-nous à Aspen, maman ?

Il était difficile de lui mentir mais lui répondre… « Parce que j'aime un homme et qu'il y va cet été » ? Impossible.

— Tu ne crois pas que ce serait bien de changer un peu, Jess ?

Elle évita les yeux de sa fille, ces yeux scrutateurs qui voulaient plonger dans les siens.

— Il n'y a pas d'autre raison ?

— D'autre raison ?

311

— Oui, je n'arrive pas à comprendre pourquoi tu tiens à ce que nous y allions.

— Nous sommes invitées par des amis.

Au moins c'était une demi-vérité, mais qui se révéla aussi épineuse que Mel le craignait. Et si Peter s'imaginait que ses enfants réagiraient mieux, il se trompait !

— Quels amis ?

Le regard de Jessica se fit encore plus aigu. Mel prit une profonde inspiration. Inutile de mentir davantage, sa fille découvrirait bien de qui il s'agissait.

— Un ami qui s'appelle Peter Hallam et sa famille.

— Le médecin que tu as interviewé en Californie ? Oui ? Pourquoi nous invite-t-il à Aspen ?

— Parce que lui et moi nous sommes seuls avec nos enfants, et qu'il a été si gentil pendant les interviews que nous sommes devenus des amis, et qu'il a trois enfants plus ou moins de vos âges.

— Et alors ?

— Eh bien, ce seraient de bonnes vacances, il me semble.

— Pour qui ?

Touché ! Jessica ne cachait plus sa fureur, et Mel y répondit par un découragement total. C'était peut-être idiot, cette idée d'aller à Aspen. Mais elle reprit du courage.

— Écoute bien, Jess. Je n'ai pas envie d'en discuter avec toi. Nous y allons, un point, c'est tout !

— Alors quoi ? Nous vivons en dictature ou en démocratie ?

— Appelle ça comme tu voudras. Nous partons pour Aspen dans trois semaines, et j'espère que vous vous amuserez bien. Si c'est raté, considère que ce ne sont que deux semaines au cours d'un été très long et très agréable. Tu comprendras mieux à quel point tu as de la chance de passer tes vacances ici, à faire presque tout ce que tu veux pendant deux mois. De plus, vous avez toutes les deux une grande fête la semaine prochaine pour votre anniversaire. Alors cesse un peu de te plaindre, s'il te plaît.

Mais Jessica ne fut guère convaincue car elle partit en trombe.

Au cours des deux semaines suivantes, l'atmosphère ne se détendit pas. Pourtant Mel fit des efforts pour traiter magnifiquement soixante-quinze jeunes à l'occasion de l'anniversaire de ses filles. Mais justement cette réjouissance leur rendit plus amère encore la perspective du départ et Mel en avait par-dessus la tête de subir leurs récriminations perpétuelles.

— Comment le leur as-tu annoncé, chéri ?

Allongée le soir dans son lit, elle bavardait avec Peter. Ils se téléphonaient deux fois par jour, et mouraient d'envie de se retrouver malgré le problème des enfants.

— Je ne leur ai encore rien dit. J'ai le temps.

— Tu plaisantes ? Nous arrivons la semaine prochaine !

La stupeur lui avait fait hausser le ton. Pendant qu'elle devait affronter les gémissements de ses filles, lui, il gardait le silence.

— Tu devrais prendre les choses plus légèrement, conseilla-t-il.

Cette nonchalance ne fit que l'exaspérer davantage.

— Peter, tu dois leur donner le temps de s'habituer à l'idée que nous allons nous retrouver tous ensemble, sinon ils seront pris de court et probablement furieux.

— Mais non, ils seront très contents. Maintenant, parle-moi un peu de toi.

Elle lui raconta son emploi du temps et il l'informa des nouvelles techniques qu'il avait testées en chirurgie le matin même. Par ailleurs, Marie se portait bien, malgré une petite rechute. Elle devait quitter l'hôpital dans quelques jours, c'est-à-dire un peu plus tard que prévu, mais en bonne forme.

— Je meurs d'envie de te revoir, chéri.

— Moi aussi.

Il sourit et ils badinèrent encore un moment. Mais Peter cessa de sourire lorsqu'il fit face à Pam quatre jours plus tard, au dîner.

— Tu dis que nous avons des amis qui nous retrouveront à Aspen cette année ?

Mark, la veille, n'avait guère manifesté ses sentiments à cette nouvelle, sinon une légère surprise. Mais il n'avait pas le temps de discuter, ce soir-là, car il était en retard. Il partit très rapidement. Peter avait l'intention d'en parler à Matthew après en avoir informé Pam.

— Quels amis ? reprit-elle, livide.

— Une famille qui devrait te plaire.

Il sentit qu'il commençait à transpirer légèrement et en eut honte.

— Il y a deux filles qui ont presque ton âge.

Il essayait de gagner du temps, tous deux le savaient.

— Quel âge ont-elles ?

— Seize ans.

Un mince espoir se leva, qui se dissipa rapidement.

— Ces bonnes femmes vont me snober parce que je suis plus jeune qu'elles.

— Je ne crois pas.

— Je n'irai pas.

— Pam... s'il te plaît...

— Je resterai ici avec Mme Hahn.

— Elle va partir en congé, objecta Peter.

— Alors je partirai avec elle. Je ne veux pas aller à Aspen avec toi, à moins que tu nous débarrasses de ces gens. D'où les sors-tu, à propos ? Qui sont-ils ?

— Mel Adams et ses jumelles.

Impossible de dissimuler plus longtemps, pensa Peter. Les yeux de Pam s'ouvrirent démesurément.

— Elle ? Je n'irai pas.

À entendre ce « elle » proféré avec tant d'hostilité, le sang de Peter ne fit qu'un tour. Avant d'avoir le temps de se maîtriser, il abattit violemment le poing sur la table.

— Tu feras ce que je te dis, comprends-tu ? Et si je veux que tu viennes à Aspen, tu iras à Aspen ! C'est clair ?

Elle ne prononça pas un mot, mais prit son assiette vide et la projeta contre le mur, où elle se brisa en mille morceaux. Pam fila hors de la pièce sous l'œil médusé de son père. Du vivant d'Anne, les choses se seraient passées différemment. Anne aurait forcé sa fille à revenir et à nettoyer tous les débris, mais il n'avait pas le cœur d'agir ainsi : ce n'était qu'une enfant sans mère. Il resta sur son siège, les yeux fixés sur son assiette, puis au bout d'un moment il se leva et alla s'enfermer dans son bureau. Il lui fallut une demi-heure pour retrouver son calme. Alors il eut le courage d'appeler Mel, mais seulement pour entendre sa voix, pas pour lui rapporter la scène.

Le matin suivant Pam ne descendit pas prendre son petit déjeuner. Matthew manifesta un grand intérêt pour la nouvelle annoncée par son père. Il venait juste de revenir de chez sa grand-mère la veille au soir, après le dîner.

— Qui vient avec nous à Aspen, papa ?

Avec un froncement de sourcil belliqueux, Peter le regarda bien en face :

— Miss Adams, cette dame qui est venue dîner ici une fois, et ses deux filles.

Il se prépara à batailler puisque ses enfants semblaient toujours prêts à se bagarrer avec lui, mais Matthew s'illumina en entendant prononcer le nom de Mel.

— Elle vient ? Hooooo… ! Quand ?

Peter sourit et regarda son plus jeune fils avec soulagement. Dieu merci, lui au moins prenait la chose du bon côté ! Quant à Mark, on ne savait pas encore sa réaction, mais il fallait espérer qu'il ne se conduirait pas comme Pam. Mark menait sa propre vie et n'avait pas dû être trop troublé.

— Nous allons la retrouver à Aspen, Matt : elle et ses deux filles.

— Woooo… Et pourquoi elle ne viendrait pas ici et nous prendrions l'avion tous ensemble ?

— Prendre l'avion ?

Mark venait d'entrer dans la pièce, maussade et encore à moitié endormi. Il était rentré tard la nuit précédente et devait se dépêcher pour arriver à temps à ses cours, mais il mourait de faim. Mme Hahn lui préparait des œufs frits, du bacon, des toasts, un jus d'orange et du café.

— Nous parlions d'Aspen.

Déjà sur la défensive, Peter attendit l'explosion.

— Matt pensait que Mel Adams et ses filles pourraient nous rejoindre ici…

316

Pas de réaction de la part de Mark. Peter se tourna vers son plus jeune fils :

— … mais elles viennent de la Côte Est, aussi leur est-il plus facile de prendre l'avion pour Denver puis pour Aspen.

— Elles sont chouettes ?

— Qui ?

Peter se troubla. Depuis quelques jours il perdait pied avec ses enfants, et la scène qui l'avait opposé à sa fille avait mis ses nerfs à vif.

Pam était toujours enfermée dans sa chambre. Le soir, tard, il avait frappé à sa porte et crié son nom, mais elle n'avait pas répondu, le verrou était mis. Aussi avait-il décidé de la laisser tranquille pour la journée. Ce soir, lorsqu'il reviendrait de l'hôpital, il essaierait de lui parler.

— Elles sont chouettes, ces filles ?

Mark revenait à la charge, avec une expression qui aurait fait douter de son intelligence : aussi, Peter se mit à rire. L'énorme petit déjeuner arrivait.

— Grands dieux, Mark, qu'est-ce que c'est que ce repas pantagruélique ?

— C'est pour moi. Papa, comment sont ces filles ?

— Quoi ?… Comment ?… Ah ! excuse-moi… Je n'en sais rien. Je pense qu'elles sont jolies car leur mère est plutôt bien.

— Hmmm…

Mark était partagé entre l'envie d'attaquer son petit déjeuner et celle de discuter sur les charmes des jumelles.

— J'espère que ce ne sont pas des monstres.

— Tu n'es qu'un pauvre type, intervint Matt avec dégoût. Elles sont probablement formidables.

Sur cette réflexion, Peter jugea bon de se lever avec un sourire.

— Messieurs, je vous laisse avec cet espoir, et vous souhaite une bonne journée. Si tu vois ta sœur, Matt, embrasse-la de ma part. Je te verrai ce soir au dîner, Mark ?

Celui-ci acquiesça, la bouche pleine et un œil sur la pendule, inquiet de son retard.

— Oui, papa, je pense.

— N'oublie pas de prévenir Mme Hahn.

— D'accord.

Peter sortit de chez lui et se rendit à l'hôpital pour effectuer ses tournées. Aucune intervention n'était programmée pour cette matinée, mais une réunion était prévue pour étudier les nouvelles techniques. Il en discuta longuement avec Mel, tard dans l'après-midi. Puis il décida de lui parler avec franchise de l'attitude de Pam.

— ... mais elle se reprendra. Simplement, ce changement lui a fait peur.

— Tu veux toujours que nous venions ?

— Tu veux rire ? Je ne peux même plus imaginer que je pourrais y aller sans toi. Et ta nichée ? Est-ce qu'elle se fait à ce voyage à Aspen ?

— Ma nichée rouspète.

Il fallait se faire une raison, des deux côtés les enfants réagissaient mal. En tout cas Mel avait vu juste au sujet de Pam.

— Au moins Matt, lui, est fou de joie. Quant à Mark, il s'est déjà mis en position de bataille pour rencontrer tes filles et faire le coq. Mais il est sans danger.

— Ne dis pas une chose pareille, répliqua Mel en riant. Attends un peu d'avoir vu Val.

— Est-elle séduisante à ce point ?

Mel avait déjà parlé de la beauté ravageuse de sa fille, mais elle avait l'œil indulgent d'une mère, sans doute.

— Peter, dit-elle d'une voix ferme, Valérie n'est pas séduisante : elle est sexy des pieds à la tête. Commence dès maintenant à mêler du bromure à la nourriture de ton fils.

— Pauvre gosse ! Je crois qu'il est encore puceau mais prêt à tout pour ne plus l'être. Il va avoir dix-huit ans le mois prochain, et part pour l'Université l'année prochaine. Il tient à ne plus être puceau, à cette date-là.

— Eh bien, dis-lui de s'attaquer à une autre fille.

— Il sera difficile à persuader étant donné que je m'attaque à la mère.

Tous deux plaisantèrent sur ce sujet, soupirant après ces retrouvailles à Aspen malgré les obstacles.

— Tu crois que nous y survivrons, Peter ?

— Sans aucun doute, mon amour. Et nous aurons tous des vacances exquises.

— Pam aussi ?

— J'en suis certain. Et n'oublie pas que nous devons penser un peu à nous, aussi. Je t'aime, Mel.

Elle répondit sur le même ton, et ils raccrochèrent.

Les prévisions de Peter se révélèrent beaucoup trop optimistes lorsqu'il embarqua avec ses enfants quelques jours plus tard pour Denver.

— Grouille-toi, espèce de grincheuse, nous allons monter à bord.

Mark en avait par-dessus la tête des bouderies de

Pam, qui duraient depuis plusieurs jours : elle n'adressait même plus la parole à son père.

— Tu es décidée à nous faire passer de belles vacances, hein ?

— Ta gueule.

Elle parlait à son frère aîné sur un ton qui aurait hérissé n'importe qui. Il parut prêt à la battre.

— Dépêchez-vous, tous les deux.

Peter portait un pantalon de toile, une chemise écossaise sous un pull-over rouge et un sac à dos. D'une main il tenait les billets d'avion et de l'autre son plus jeune fils. Matt était de si belle humeur que cela compensait l'agressivité de Pam. Elle trouva une place pour elle à l'autre bout de l'avion, pendant que les trois hommes s'asseyaient côte à côte, Matt à côté du hublot et Peter près du couloir afin de garder un œil sur sa fille. Elle resta collée à son hublot pendant la moitié du voyage, puis elle se plongea dans un livre jusqu'à l'arrivée du plateau du déjeuner. Elle n'y toucha que du bout des lèvres, ce qui causa du souci à son père. Un peu plus tard, lorsqu'il vint lui offrir des bonbons qu'il venait d'acheter, elle refusa sans même lever les yeux vers lui.

— Elle se conduit comme un âne, tu ne trouves pas, papa ?

Mark fit cette remarque à voix basse au moment où ils allaient atterrir à Denver.

— Ça ira bientôt mieux. Les filles de Mel la distrairont. Pour le moment, elle est contrariée parce qu'elle ne sera plus la petite reine pendant un certain temps. C'est la seule fille à la maison, et voilà qu'en arrivent trois nouvelles. Au début, ça va lui faire un choc.

— Elle n'en fait qu'à sa tête depuis la mort de maman. Jamais maman n'aurait cédé à ses caprices.

— Peut-être pas, en effet...

La remarque de son fils aîné l'avait piqué au vif. Il avait désespérément essayé de faire toujours le maximum ; pourquoi donc ses enfants lui signifiaient-ils si souvent que leur mère aurait mieux réussi ?

Matthew réclama toute son attention parce qu'ils se posaient sur la piste. Il fallut courir pour sortir de l'appareil et attraper le vol pour Aspen. Après un court trajet au-dessus de montagnes abruptes, ils effectuèrent un magnifique atterrissage en plongée sur le petit aéroport couvert de Lear Jets et d'avions privés. Aspen était un véritable pôle d'attraction pour les milliardaires mais aussi pour toutes sortes de gens. Peter s'y plaisait. Les séjours à Aspen avaient constitué une tradition qu'il avait longtemps respectée avec Anne, et il continuait à la suivre parce qu'ils y avaient connu des jours heureux, en hiver et en été.

— Nous y voici ! s'écria-t-il joyeusement.

Ils grimpèrent tous les quatre dans une voiture louée à l'aéroport. Peter avait retenu un appartement dans l'un de ces grands ensembles, semblable à celui qu'il avait occupé durant les cinq dernières années.

Le parcours sur une route de montagne n'avait rien perdu de sa splendeur.

Ils se hâtèrent de défaire leurs valises, pour aller faire des courses au supermarché puis il fut temps d'aller chercher les arrivantes à l'aéroport. Peter regarda autour de lui ses enfants occupés à déballer les sacs de provisions et leur lança l'une de ses sempiternelles propositions à la cantonade :

— Quelqu'un veut-il m'accompagner ?

— Je viens !

Mark s'empressa de poser le paquet qu'il tenait et enfila des baskets sur ses pieds nus. Dans son short kaki et son T-shirt rouge, avec son visage bruni au soleil de Los Angeles et ses cheveux décolorés, il était si beau que même son père le remarqua. Si les jumelles n'étaient pas troublées par la vue de ce superbe garçon, c'est qu'elles n'étaient pas normales. Peter se sentit fier d'avoir un fils tel que Mark.

— Moi aussi ! lança Matt d'une voix flûtée.

Il se saisit précipitamment de son fusil interstellaire. Cet engin produisait un bruit qui rendait Peter à moitié fou.

— As-tu besoin de l'emporter ?

— Bien sûr, nous pourrions être envahis par des créatures en provenance d'une autre planète.

— Elles arrivent par le prochain avion, remarqua Pam.

— Ça suffit, intervint Peter agacé. J'espère que tu nous accompagneras toi aussi. Nous formons une famille et nous devons nous montrer unis.

— Comme c'est touchant ! Mais je n'irai pas.

— Viens, pauvre conne, dit Mark en la poussant devant lui.

— Bon Dieu, je veux que tu te conduises convenablement, Pam !

À ce hurlement, Pam parut soudain se calmer. Cependant, le trajet jusqu'à l'aéroport se fit en silence. Peter ne cessait de se tourmenter de l'accueil que sa fille réservait aux invitées. Mais lorsqu'il aperçut Mel en haut de l'escalier roulant, il fut emporté par le besoin de la serrer dans ses bras et ne pensa à rien d'autre. Cependant, il devait conserver son sang-froid devant les enfants. Elle avança vers lui, ses cheveux flamboyants rassemblés par un nœud lâche dans le dos, un chapeau de paille ombrageant ses yeux, le corps moulé dans une jolie robe de toile claire.

— Je suis content de vous voir, Mel.

Il lui prit la main, mais elle l'embrassa sur la joue avec légèreté puis se tourna vers les enfants. Il lui avait fallu un effort considérable pour ne pas l'embrasser sur la bouche.

— Hello, Pam, je suis heureuse de vous revoir.

Elle lui effleura l'épaule de la main et se pencha pour embrasser Matt, qui noua les bras autour de son cou. Puis elle voulut dire bonjour à Mark, mais il fixait intensément quelqu'un derrière son dos. Elle se retourna :

— Je vous présente mes filles. Voici Jessica...

À la couleur de leurs cheveux, on devinait vite qu'elles étaient mère et fille ; c'était la fille qui avait capté l'attention de Mark.

— ... et voilà Valérie.

Les jumelles dirent bonjour poliment, et Mel les présenta à Peter, qui luttait désespérément pour ne pas éclater de rire : son fils aîné paraissait prêt à s'écrouler aux pieds de Val. Lorsqu'il accompagna Mel au guichet des bagages il ne put s'empêcher de plaisanter sur ce coup de foudre.

— Tu avais raison. Je me demande même si le bromure aurait eu le moindre effet. Tu devrais l'empêcher de sortir seule, Mel !

— J'essaie, chéri, j'essaie... Comment s'est passé ton voyage ?

— Très bien.

— Et Pam ?

Du coin de l'œil, elle regarda le groupe des enfants et s'aperçut que Pam et Jessie bavardaient ensemble pendant que Matt couvait Valérie des yeux.

— J'ai bien peur que nous n'assistions à des drames, dit-elle en riant.

Val et Mark parlaient avec animation et Pam avait l'air de se dérider en répondant à Jess. Celle-ci prit la main de Matt et admira le fusil.

— Ce sont des filles bien, dit Mel, aussi tout se passera sans problème.

— Leur mère est encore mieux.

— Je t'aime.

Tournant le dos aux enfants, elle forma un baiser avec ses lèvres, ce qui ne fit qu'augmenter l'envie de Peter de la serrer contre lui.

— Je t'aime aussi.

Il prononça ces mots tout près de son oreille, puis un porteur prit leurs bagages.

Heureusement Peter avait loué une camionnette. Avec sept personnes à bord et les bagages des Adams, celle-ci était pleine à craquer. Les jeunes se mirent à bavarder entre eux ; même Pam parut sortir peu à peu de sa coquille devant les attentions dont Jessica la comblait.

Elle ne manifesta pas non plus d'objections véhémentes lorsque Peter, qui avait craint une explosion de sa part, expliqua l'arrangement des chambres à coucher. Pam, Jess et Val partageraient une chambre avec une paire de lits superposés. Elles y seraient à l'étroit, mais elles ne parurent pas s'en formaliser. Pam était en train de rire des taquineries que lui disait Jessica. Les deux garçons coucheraient dans une autre chambre comprenant deux lits jumeaux. Peter et Mel auraient

324

chacun une petite chambre avec un lit à une personne. En temps ordinaire, les Hallam avaient chacun leur chambre, mais cette année-là il avait bien fallu un peu d'esprit d'initiative pour combiner le logement de deux familles tout en ménageant des chambres séparées pour lui et Mel. C'était indispensable pour ces premières vacances avec leurs enfants.

— Tout le monde est installé ?

— Ça va très bien, répondit vivement Valérie.

Elle ne cachait pas son admiration pour Peter. Un peu plus tard, elle murmura à sa mère, qui s'en amusa fort :

— Je le trouve vachement bien.

Malheureusement, le fils aussi lui plaisait. Mais sa mère l'avait déjà prévenue d'éviter une nouvelle romance qui ne ferait que compliquer leur vie pendant les deux semaines à venir. Et Val avait promis d'obéir. Pour le moment tout le monde s'occupait du dîner et elle avait la responsabilité de préparer la salade et les pommes de terre bouillies avec Mark. Aussi Mel commençait-elle à perdre tout espoir de saper à sa racine un flirt naissant. Mais avec un peu de chance tout tournerait bien et Mark et Val se fatigueraient rapidement l'un de l'autre.

Avec Val, les amourettes ne duraient jamais long-temps, comme Jessica le faisait remarquer à Pam en riant. Elles étaient assises près du feu après que Pam eut mis son frère au lit. Jess l'avait accompagnée. Elle se montrait sensible aux problèmes affectifs de sa nouvelle amie.

— Je ne crois pas que Mark ait réussi à détourner son regard des jumelles depuis leur arrivée, observa gaiement Peter.

Il appréciait les efforts de l'aînée des jumelles pour mettre Pam à l'aise. Une gentille fille, songea-t-il, et il se souvint des remarques de Mel à son sujet. Après avoir tellement entendu parler de ces sœurs, il était curieux de les avoir sous les yeux. Elles correspondaient bien à la description qu'en avait faite Mel, surtout Val, qu'on pouvait imaginer plus facilement en double page dans *Playboy* plutôt qu'en écolière. Ses grands yeux innocents contrastaient avec la sensualité de tout son corps.

— J'ai compris que vous désiriez faire des études de médecine, Jess ?

Le regard de la jumelle s'alluma, mais Pam se renfrogna.

— Quelle horreur ! grommela-t-elle.

— C'est vrai, répondit calmement Jess, tout le monde le pense. Je veux être gynécologue ou pédiatre.

— Ce sont d'excellentes spécialités, mais les études sont très ardues.

— Moi, lança Pam avec aigreur, je veux être mannequin.

— J'aimerais aussi, mais je n'ai pas votre silhouette.

Jessica le croyait sincèrement, mais rien n'était plus faux. Elle avait vécu trop longtemps dans l'ombre de Val.

— Tu peux choisir la carrière que tu veux, Jess.

Mel, assise près du feu, se sentait merveilleusement bien de se retrouver près de Peter. Il lui semblait que des centaines d'années s'étaient écoulées depuis leur dernière rencontre.

— Qui veut aller se promener ? proposa Mark.

Après discussion, tout le petit groupe accepta, sauf Matt, qui dormait déjà dans son lit.

— Peut-on le laisser seul ? demanda Mel avec inquiétude.

— Bien sûr, répondit Peter en souriant, il dort comme un sonneur. L'air de la montagne lui fait toujours cet effet ; Anne disait toujours...

Il stoppa net, visiblement embarrassé. Un frisson parcourut l'épine dorsale de Mel. Quel ennui de mettre les pieds là où Anne l'avait précédée, de prendre des vacances à Aspen avec ses enfants à elle, alors qu'elle n'était plus ! Sans doute fallait-il expliquer ainsi la réaction de Pam. Mel envisagea d'avoir une explication avec elle.

Mais, pendant cette balade dans l'air frais du soir, cette dernière devisa avec animation avec Jessie. Ils se promenèrent ainsi : trois paires d'amis, Mel et Peter, précédés par Jessie et Pam, et devant eux Val et Mark.

— Qu'en penses-tu ? Tout marche très bien, non ?

Peter interrogeait avec la supériorité de celui qui a toujours raison, ce qui fit pouffer Mel.

— Ne vends pas la peau de l'ours... Nous venons juste d'arriver.

— Et alors ? Qu'est-ce qui peut bien se produire maintenant ?

Elle fit semblant de se protéger la tête contre la fureur du ciel, puis le dévisagea :

— Es-tu sérieux ? N'importe quoi peut arriver. Espérons du moins qu'il n'y aura ni meurtre, ni jambe cassée, ni grossesse inattendue d'ici la fin de ce séjour.

— Bel optimisme, plaisanta-t-il.

Puis il l'attira derrière un arbre et l'embrassa, très rapidement afin de n'être pas vu des enfants. Ils s'étreignirent doucement puis reprirent leur marche.

La promenade dura une heure et demie. Lorsqu'ils

revinrent à leur domicile, ils étaient heureux et gais, quoique fatigués. Chacun gagna sa chambre sans que personne récrimine. Chaque chambre comportait du reste une salle de bains, aussi n'y eut-il pas de file d'attente pour le brossage des dents. Après que les lumières se furent éteintes, Mel put encore entendre les filles bavarder à voix basse. Elle mourait d'envie de traverser le hall sur la pointe des pieds pour aller retrouver Peter, mais elle eut peur d'être découverte. Non, pas encore. Pas avec les enfants si près d'elle. Et comme elle restait allongée dans son lit, se souvenant des beaux jours passés avec lui à New York, elle vit sa porte s'entrouvrir et une ombre se glisser dans sa chambre. Elle s'assit, stupéfaite, au moment même où il entrait dans son lit.

— Peter !

Elle était abasourdie.

— Comment l'as-tu deviné ?

Il riait dans le noir pendant qu'elle glissait ses bras derrière sa nuque et l'embrassait.

— Tu n'aurais pas dû... Si jamais les enfants...

— Ne pense plus aux enfants. Les filles sont en train de papoter sans penser à nous, et Mark est probablement aussi endormi que Matt...

Il la serra dans ses bras, puis sa main courut sous la chemise de nuit sans que Mel proteste.

— Comme j'avais envie de toi... souffla-t-il.

Mel resta silencieuse encore un moment, mais tout son comportement trahissait le même besoin. Leurs corps se mêlèrent pendant des heures avec un plaisir sans cesse renouvelé. Puis, à regret, Peter sortit du lit. Elle l'accompagna sans faire de bruit jusqu'à sa porte pour lui donner un dernier baiser, et le regarda pendant qu'il regagnait sa chambre sans faire le moindre bruit.

La chambre des filles restait silencieuse. Tout le monde dormait dans la maison. Mel ne se souvenait pas avoir jamais été aussi heureuse. Elle retourna à son lit qui portait encore l'empreinte de leurs deux corps et s'endormit en étreignant son oreiller.

CHAPITRE XXI

Le lendemain, ils firent une excursion de plusieurs kilomètres et pique-niquèrent sur le trajet, s'arrêtant près d'un ruisseau et vagabondant aux alentours. Matt attrapa un petit serpent pour Mark, ce qui provoqua des hurlements de la part des trois filles, qui se précipitèrent vers leurs parents, qui ne firent qu'en rire. Puis Matt laissa l'animal s'enfuir et ils reprirent leur marche. Le soir commençait à tomber lorsqu'ils revinrent chez eux, ce qui ne les empêcha pas de piquer une tête dans la piscine. Les enfants s'amusaient comme de vieux amis, mais Mel remarqua que Pam, lorsqu'elle ne bavardait pas avec Jessica, ne quittait pas des yeux son père et elle-même.

— Ils forment un joli groupe, tu ne trouves pas, Mel ?

Impossible de prétendre le contraire. Ils formaient même un groupe de jeunes, très beaux physiquement. Mais pourquoi fallait-il que Pam les suive perpétuellement du regard ! Mel était reconnaissante à sa fille de retenir l'attention de Pam avec tant d'obstination. Bien entendu, Valérie et Mark ne se quittèrent pas depuis le petit déjeuner jusqu'au soir.

— Oui, dit Mel, ils sont vraiment bien, mais il faut les surveiller.

— Je te reconnais bien là ! Qu'est-ce qui peut bien te tracasser ?

L'inquiétude de Mel ne faisait que l'amuser. Elle avait toujours un œil sur leurs deux nichées, et il appréciait cette manie. Manifestement elle réussissait très bien en mère de famille.

— Je ne me tracasse pas pour une chose particulière, mais je reste en éveil.

Peter jeta un coup d'œil à Val et à Mark.

— Je pense que nous n'avons rien à craindre. Ils sont jeunes et pleins d'ardeur, mais encore très peu sûrs d'eux-mêmes. L'année prochaine, nous n'aurons plus cette chance.

— Oh, mon Dieu !...

Elle grimaça d'inquiétude.

— ... J'espère que tu te trompes. J'aurais dû marier cette enfant dès qu'elle avait douze ans. Je ne pourrai pas la tenir pendant encore quatre ou cinq ans.

— Tu devrais lui faire confiance, c'est une fille charmante.

Mel acquiesça sans conviction.

— Elle est terriblement naïve. Sa sœur a un caractère tout à fait différent.

Peter l'avait déjà remarqué, aussi approuva-t-il.

— Et Pam a l'air de très bien s'entendre avec Jess.

— Jess est toujours très gentille avec ceux qui sont plus jeunes qu'elle.

— En effet, dit Peter.

Il rayonnait. Jamais, depuis deux ans, il n'avait été aussi heureux.

— Matt l'adore, ajouta-t-il.

Puis il baissa la voix, se pencha et murmura à l'oreille de Mel :

— Et je t'adore. Crois-tu que nous pourrons nous installer ici pour toujours ?

— J'aimerais bien.

Ce n'était pas entièrement vrai. Elle regrettait le temps où ils étaient seuls à New York. Ici, elle n'avait pas sa liberté. Il fallait surveiller les enfants, être prête à intervenir si nécessaire. Dans la soirée, les quatre grands allèrent au cinéma et elle resta avec Peter et Matt. Lorsque les enfants revinrent, Mark et Val annoncèrent qu'ils allaient faire un petit tour tout seuls, ce qui provoqua immédiatement une interdiction de la part de Mel.

— Ce n'est pas gentil pour les autres. Nous formons un groupe ici.

Il y avait bien d'autres raisons, mais elle ne tenait pas à les préciser. Les jours suivants, elle resta aux aguets en toutes occasions, promenades, balades à cheval, pique-niques dans des champs couverts de fleurs. Il y avait de quoi s'inquiéter, à les voir si jeunes dans leur T-shirts moulants et leurs shorts courts ou leurs maillots de bain minuscules, avec cet air vif des hauteurs et la promiscuité... Jamais Val n'avait paru aussi amoureuse d'un garçon, ce qui tourmentait sa mère bien plus qu'elle ne l'avouait à Peter. Elle en parla à Jess, un jour qu'elles étaient seules toutes les deux. Évidemment Jess avait noté elle aussi cette nouvelle amourette de sa sœur.

— Maman, tu crois que c'est ennuyeux ?

— Non, mais je crois que nous devons la surveiller.

— Tu crois que... qu'elle... je ne crois pas que...

Jessie ressentait un malaise certain à formuler une accusation envers sa sœur.

Mel sourit.

— Je ne crois pas qu'elle voudrait, mais je crains ces champs pleins de fleurs, cette neige sur les montagnes, et les nuits où l'on se sent seul ! Mark, je crois, a plus de personnalité que bien des garçons qu'elle connaît. Tout ce que je veux, c'est qu'elle ne fasse pas de sottise. Mais je ne crois pas qu'elle se laissera aller, Jess.

— Elle ne me parle pas beaucoup en ce moment, maman.

Habituellement Val lui racontait par le menu tout ce qui lui arrivait, surtout ce qui concernait les garçons.

— Peut-être prend-elle cette aventure trop au sérieux. Un premier amour, sans doute ! dit Mel en souriant.

— Alors j'espère qu'elle ne fera rien de stupide.

— Non, elle ne fera rien de ce genre… Et Pam, qu'en penses-tu, Jess ?

Elle prenait toujours au sérieux les jugements que portait sa fille et l'écoutait plus que n'importe qui d'autre, sauf Peter, peut-être.

— Je crois qu'elle n'est pas très heureuse, c'est le moins qu'on puisse dire. Nous avons bavardé sur un tas de choses, et quelquefois elle discute facilement, mais quelquefois aussi elle se ferme comme une huître. Sa mère lui manque terriblement, beaucoup plus qu'aux autres. Mark est plus âgé, et Matthew était trop petit quand elle est morte. Mais Pam ne s'en est pas remise. Souvent elle en veut à son père de la mort de sa mère.

— Elle te l'a dit ?

— Plus ou moins. Je crois surtout qu'elle n'y voit

pas très clair en elle-même. Ce n'est pas un âge facile à traverser.

Jessica parlait comme une adulte intelligente et responsable, ce qui toucha sa mère.

— Je le sais, aussi je te remercie de t'en occuper si bien.

— Je l'aime bien, expliqua-t-elle avec franchise. Elle est très intelligente. Elle fait des blocages, mais elle est gentille. Je l'ai invitée à venir nous voir à New York et elle a accepté.

Mel la regarda avec surprise.

— Ça t'ennuie, maman ?

— Pas du tout. La famille Hallam sera toujours la bienvenue chez nous.

Jess observa un long silence, puis regarda sa mère droit dans les yeux :

— Qu'y a-t-il entre toi et le Dr Hallam, maman ?

— Rien de spécial, nous sommes de bons amis.

Elle devina aussitôt que Jessica en savait déjà bien plus.

— Il me plaît beaucoup, Jess.

— Énormément ?

— Oui.

— Tu l'aimes ?

Mel retint sa respiration. Que signifiaient ces mots, que voulait donc savoir Jess ? « La vérité, se dit-elle. Seulement la vérité. Autant la lui dire. »

— Oui, je crois que je l'aime.

On aurait cru que Jess avait reçu un coup en pleine figure.

— Oh !

— Cela t'étonne ?

— Oui et non ! Je pensais bien qu'il y avait quelque

chose entre vous, mais je n'en étais pas sûre. C'est différent lorsqu'on entend quelqu'un l'annoncer ainsi…

Elle soupira, sourit et dit encore :

— Il me plaît.

— J'en suis heureuse.

— Tu crois que tu l'épouseras ?

Mel secoua la tête.

— Certainement pas.

— Pourquoi ?

— Parce que nos vies professionnelles nous séparent. Je ne peux quitter mon job et déménager à Los Angeles, et il ne peut pas venir s'installer à New York. Nous préférons tous les deux rester là où nous sommes.

— C'est triste… Si vous viviez dans la même ville, crois-tu que vous vous seriez mariés ?

— Je ne sais pas. Ce n'est pas forcément une solution pour nous. Aussi, nous nous réjouissons lorsque nous pouvons nous retrouver.

Elle allongea le bras et tapota la main de sa fille :

— Je t'aime, Jess.

— Moi aussi je t'aime, et je suis contente que nous soyons venues, finalement. C'est idiot que je t'aie fait une telle scène à Martha's Vineyard.

— N'y pensons plus. Je suis très contente que vous vous plaisiez ici, toutes les deux.

— Est-ce que je dérange ?

Peter venait d'entrer à l'improviste et de surprendre le geste amical de Mel envers sa fille.

— Pas du tout, répondit aussitôt la jeune femme. Nous venons d'avoir un petit entretien.

— Parfait.

Il avait l'air content.

— Où sont les autres ? demanda-t-il à Jess.

— Je ne sais pas.

Il était environ 17 heures et Mel avait fait les courses au supermarché avant de s'entretenir avec sa fille. Elle pensait que les autres enfants s'étaient rassemblés à la piscine, comme tous les jours à la même heure.

— Val et Mark sont allés faire une promenade avec Matt, annonça Jess.

— Ah bon ? dit Mel, surprise. Mais alors, où est Pam ?

— Elle dort dans ma chambre. Elle avait une petite migraine, je croyais que tu le savais.

Mel eut une expression contrariée, aussi Peter voulut-il la rassurer :

— Mark s'occupera de Val et de Matt, ne t'inquiète pas, Mel.

Mais à 19 heures, aucun des trois n'était revenu. Peter perdit un peu de son optimisme.

Il grimpa l'escalier pour parler à Jess et à Pam, qui bavardaient dans leur chambre.

— Savez-vous où ils sont allés ?

Jessica secoua la tête et Pam se figea :

— Je dormais lorsqu'ils sont partis.

Peter redescendit au salon où se trouvait Mel. Il faisait encore jour à l'extérieur, mais il voulut cependant jeter un coup d'œil aux environs.

— Je reviens dans un instant.

Une heure plus tard il n'avait pas réapparu.

— Qu'est-ce qui est arrivé, maman ? murmura Jess.

Pam était restée dans la chambre, raide et pâle.

— Je ne sais pas, chérie, mais Peter finira par les trouver.

Il était en train de parcourir l'autre versant de la montagne qui se dressait derrière la maison. Il marchait au hasard, loin des pistes, appelant les enfants à tue-tête. La nuit était noire lorsque enfin il découvrit Val et Mark, couverts d'égratignures et seuls.

— Où est Matt ?

Il s'adressait à son fils avec de la peur et de la violence dans la voix, tout en remarquant sur le visage de Val des traces de larmes et des griffures.

Mark parut prêt à pleurer, lui aussi.

— Nous ne savons pas.

— Quand l'as-tu vu pour la dernière fois ?

Peter sentait les muscles de sa mâchoire se durcir.

— Il y a deux ou trois heures. Nous étions en train de marcher, et tout à coup, en nous retournant, nous avons vu qu'il avait disparu.

Val commença à sangloter tout en donnant une version incohérente de cette explication. Mark continuait à lui tenir la main, et Peter soupçonna une autre cause à la disparition de son plus jeune fils.

— Que faisiez-vous, tous les deux ?

Il était blanc de rage, ce qui provoqua des larmes supplémentaires chez Val. D'un air penaud, Mark voulut relever la tête, mais déjà la main de son père lui envoyait une claque en pleine figure.

— Espèce de crétin ! Tu avais la responsabilité de ton frère puisque tu l'avais emmené !

— Je sais, papa.

Des larmes glissèrent sur ses joues. Pendant une heure ils poursuivirent leurs recherches, mais sans résultat. Ils revinrent par la piste qu'ils avaient suivie à l'aller, puis retournèrent à la maison. Lorsqu'il entra avec seulement Val et Mark, les filles éclatèrent en sanglots. Mel était blanche comme un linge. Elle se tint près de lui pendant qu'il téléphonait au shérif afin qu'il organise des recherches. Les secours arrivèrent en moins d'une demi-heure : une équipe médicale avec une civière et des cordes, et des policiers munis de puissants projecteurs.

— Si nous ne le trouvons pas cette nuit, assura leur chef, nous continuerons demain avec des hélicoptères.

Mais Peter ne pouvait supporter l'idée de savoir son fils tout seul durant la nuit, et la crainte qu'il ne soit tombé dans un ravin le harcelait. S'il avait une jambe cassée, ou pis encore ! S'il gisait inconscient quelque part ! Peter accompagna les hommes en laissant derrière lui Mel, les filles et Mark. Ce dernier maintenant pleurait ouvertement. Mel essayait bien de le rassurer, mais il se savait coupable. Mel avait préféré ne faire aucune observation à Val dans l'immédiat. Il devait être près de 22 heures, et Matt n'était toujours pas retrouvé, lorsque soudain Pam explosa. Elle se précipita devant Val en hurlant :

— C'est ta faute, sale garce ! Si tu n'avais pas voulu coucher avec Mark, mon petit frère ne se serait pas perdu !

Val ne trouva rien à répondre : elle se jeta dans les bras de Jessie en sanglotant. Ce ne fut qu'à 23 heures qu'un concert de klaxons éclata en haut de la montagne et que la lumière des projecteurs balaya le ciel noir. Quelques instants plus tard, l'équipe arriva au grand complet, victorieuse, avec Matthew dans les bras d'un policier et Peter qui retenait ses larmes tout en agitant le bras en signe de joie.

— Il est indemne ?

Mel courut à Peter au moment où enfin il laissait couler quelques larmes. Il la tint très fort contre lui en maîtrisant ses sanglots. On avait trouvé l'enfant sain et sauf devant une caverne, frissonnant de peur et de froid. Il raconta avoir erré tout seul pendant un moment puis s'être perdu. Enfin il prétendit avoir rencontré un ours.

— Oh, Mel ! J'ai cru que nous l'avions perdu !

Il se cramponnait toujours à Mel, refusant de la laisser aller.

— Dieu merci, il n'a aucune blessure.

Enfin elle vit le petit garçon au milieu d'eux tous, abominablement sale, sa figure égratignée et ses vêtements déchirés. Il avait dû tomber à plusieurs reprises, mais il était très fier d'être accompagné par les hommes du shérif. Du reste, il portait la casquette de l'un d'eux sur sa tête. Mel le prit dans ses bras et le serra à l'étouffer :

— Nous avons cru mourir de peur, Matt.

— Je vais bien, Mel.

Il parlait en adulte, en petit homme courageux.

— J'en suis bien heureuse.

Elle l'embrassa sur la joue et le tendit à son père. Peter remercia toute l'équipe et les invita à entrer se reposer. Les hommes s'installèrent au salon. Mark serrait son petit frère sur sa poitrine et Valérie, après s'être essuyé les yeux, recommençait à sourire. Pam aussi avait versé des larmes de soulagement puis, après avoir prononcé quelques mots d'excuse à Valérie, elle s'empressait comme le reste de la famille auprès de Matt. Vers minuit les hommes du shérif prirent congé. Les Hallam et les Adams restèrent entre eux près du feu, terminant les hamburgers que Mel avait préparés pour tous. Mark venait de jurer que plus jamais il n'irait se promener seul avec Valérie. Peter en profita pour s'adresser à tous les assistants :

— Il y a une chose que vous devez tous bien comprendre. Je crois que l'expérience de cette nuit doit nous servir de leçon…

Il regarda alternativement Val puis Mark, puis Matt et enfin Jessica et Pam :

— … Nous pouvons passer des vacances délicieuses ici. Mais il n'est plus question de vagabonder. Vous pourriez vous perdre dans les bois, être mordus par un serpent, Dieu sait quoi encore. Aussi, je veux que chacun d'entre vous se sente responsable de tous les autres. À partir de maintenant, je veux vous voir tous les cinq ensemble. Si l'un d'entre vous veut se rendre quelque part, les autres l'accompagneront. Est-ce que je me suis bien fait comprendre ?

Il fixa son fils aîné, qui baissa la tête avec un air de supplicié.

— Si je découvre deux d'entre vous sans les autres, je les renvoie à la maison à l'instant même. Et peu importe de qui il s'agit ! Maintenant je veux que chacun regagne son lit et s'endorme aussitôt. La nuit a été éprouvante pour chacun d'entre nous.

En peu de temps ils furent tous dans leur chambre, mais une nouvelle camaraderie s'était nouée entre eux. Mel remarqua que Val s'était de nouveau rapprochée de sa jumelle, et Pam de son frère Mark et aussi un peu de Val. Matt était le chouchou de tout le monde depuis qu'il avait provoqué une telle panique. La leçon avait été bonne pour eux tous, mais Mel et Peter avaient éprouvé une angoisse qui n'était pas près de disparaître.

— Mel, j'ai cru mourir sur cette montagne lorsque nous n'avons trouvé aucune trace de Matt.

Il l'avait rejointe dans son lit, et repensait sans arrêt

à cette recherche dans le noir. Elle sentait, en le serrant contre elle, le tremblement de tous ses membres.

— C'est fini, chéri. Matt est sauvé et plus jamais cela ne se reproduira.

Ils ne firent pas l'amour cette nuit-là. Pendant des heures Mel resta éveillée à le regarder dormir jusqu'au moment où le ciel s'éclaira des premières lueurs de l'aube. Alors elle le réveilla doucement et il retourna dans son propre lit.

Pour la première fois elle réalisait à quel point elle les aimait tous et découvrait la place énorme qu'ils tenaient dans son cœur.

Au matin, lorsqu'ils se retrouvèrent, on aurait cru que ce n'était qu'une grande famille. Les cinq enfants devinrent inséparables dès ce jour, et, quoique Mel eût souvent surpris Mark tenant Val par la main ou la regardant avec ce regard qui faisait monter du rouge à ses joues, ils ne s'éclipsèrent plus jamais. Le reste de la semaine s'écoula beaucoup trop vite au goût de tous.

La dernière soirée, Peter les invita dans un restaurant et le dîner se déroula gaiement comme s'ils étaient déjà de vieux amis. Jamais on n'aurait cru que les jumelles avaient bataillé si violemment pour ne pas venir. Sans cesse Peter échangeait des sourires avec Mel. Ces quinze jours représentaient une réussite, malgré la soirée où Matt s'était perdu. Mais même ce drame n'avait pu gâcher le séjour.

Après le dîner ils bavardèrent encore près du feu, chez eux, jusqu'à une heure avancée de la nuit. Matt s'endormit sur les genoux de Jessica, qui le prit dans ses bras pour aller le coucher avec l'aide de Pam. Enfin ils se séparèrent en regrettant de voir se terminer un séjour aussi agréable. Mel et Peter surtout, dans les bras l'un de l'autre pour leur dernière nuit, éprouvaient une affreuse tristesse.

— Je ne peux pas croire que je vais te quitter encore une fois, soupira-t-il.

Ils venaient de faire l'amour. Appuyé sur un coude, il la regardait d'un air navré.

— Nous n'y pouvons rien, soupira-t-elle.

Soudain une idée germa dans son esprit. Avec un sourire plein d'espoir, elle proposa :

— Pourquoi ne viendriez-vous pas tous à Martha's Vineyard pour la Fête du Travail ?

— Ce serait un bien long trajet pour juste trois jours, Mel.

Cependant, il hésitait : le courage lui manquait de laisser passer une occasion de la revoir.

— Mais alors restez une semaine...

« Ou un mois... restez une année... » Mais elle se tut.

— Je ne peux pas.

— Mais tes enfants n'ont pas d'empêchement ! Pam et Matt vous précéderaient, puis Mark interromprait son travail pour nous rejoindre avec toi pour le week-end.

— Ce n'est pas possible...

Peter lui sourit. Il ne pensait pas à ses enfants mais à elle, seulement à elle.

— Je t'aime tellement, Mel...

— Je t'aime aussi.

Ils se serrèrent l'un contre l'autre et firent encore l'amour. Lorsqu'ils se levèrent le lendemain matin, chacun dans sa chambre, ils étaient aussi déprimés l'un que l'autre. Fini les nuits passionnées, les longues promenades dans les bois ou les champs couverts de

fleurs : chacun devait rentrer chez soi. La vie quotidienne allait reprendre, avec les appels téléphoniques.
Mais Mélanie revint sur son idée de la Fête du Travail,
et les enfants firent chorus :

— Ce serait formidable !

— Alors il n'y a plus de problème !

Elle regarda Peter avec un air de triomphe, si bien
qu'il se mit à rire.

— Très bien, tu as gagné. Nous viendrons.

— Hourra !

Leurs hurlements de joie retentirent presque jusqu'en
haut de la montagne. Dans l'avion ils ne cessèrent de
plaisanter dès le décollage. Les enfants étaient assis sur
la même rangée, pendant que leurs parents se retrouvaient seuls pour la dernière fois, côte à côte, à l'autre
extrémité de l'appareil. À l'arrivée à Denver, il y eut
quelques larmes. Peter regarda intensément Mel dans
les yeux et chuchota :

— Je t'aime, Mel. Ne l'oublie jamais.

— Rappelle-toi que je t'aime aussi.

Les enfants firent semblant de ne rien remarquer de
cette petite scène, mais Val et Mark dissimulèrent un
sourire pendant que Pam se détournait. Heureusement,
Jessica lui tenait la main, ce qui la réconforta. Quant
à Matt, il embrassa fougueusement Mel :

— Je t'aime, Mel.

— Moi aussi...

Elle essuya ses yeux et donna un baiser à chaque
enfant de Peter. À Pam, la regardant bien en face,
elle ajouta :

— Prends soin de ton père...

Elle aurait voulu préciser « pour moi », mais n'osa
pas.

343

— D'accord.

Pam avait radouci sa voix. Ils durent tous se dominer au moment de la grande séparation, mais Matthew éclata en sanglots lorsque son père l'amena à l'avion.

— Je veux qu'elles viennent avec nous !

— Tu les reverras bientôt.

— Quand ?

— Dans quelques semaines, Matt.

À ce moment-là, Peter remarqua une expression rêveuse sur le visage de Mark. Il s'inquiéta : jusqu'à quel point étaient allées ses relations avec Val ? « Non, pensa Peter, ces enfants n'ont pas fait l'amour. » Pendant ce temps, dans l'avion pour Boston, Jessica et Val restaient silencieuses. Mel regardait par le hublot mais ne distinguait que le reflet de Peter. Ces semaines d'attente, quelle éternité à supporter ! Puis toute une année à passer avant de se retrouver à Aspen ? Cet amour qu'ils éprouvaient l'un pour l'autre leur causait un atroce chagrin, mais tous deux savaient fort bien qu'il était trop tard pour revenir en arrière.

CHAPITRE XXII

Les semaines suivantes à Martha's Vineyard s'éti-rèrent interminablement dès que les Adams furent de retour d'Aspen. L'atmosphère était différente de celle du mois de juin, où les jumelles se lançaient à corps perdu dans les amusements de l'été. Maintenant Val passait son temps à contempler rêveusement le ciel, et Mel se pendait au téléphone. Jessica se moquait d'elles.

— Les gars, vous me faites rigoler !

Valérie s'exténuait à galoper jusqu'à la poste tous les jours pour guetter les lettres de Mark. Quant à sa mère, dès qu'elle revenait à la maison, elle demandait avec une fausse nonchalance :

— Personne n'a appelé ?

Les deux filles en riaient ouvertement. Seule Raquel considérait ces changements avec inquiétude. À son avis, un vent de folie soufflait sur la famille. Du reste, elle les avertit que dans six mois... on verrait bien ! Ses sombres pronostics n'en finissaient pas. Mel les écoutait toujours avec le même amusement.

— Raquel, s'il vous plaît, calmez-vous.

— Ce coup-ci, c'est sérieux, madame Mel.

— Oui, c'est sérieux. Mais sérieux et dramatique, ce n'est pas pareil.

Grant appela aussi, juste pour dire bonjour. Il était tombé amoureux de la fille qui présentait la météo sur Canal 5, mais il s'intéressait aussi à une femme jockey aux cheveux roux et à une Cubaine monstrueusement sexy. Mel ne se priva pas de le plaisanter sur ses amourettes et lui conseilla de se conduire en adulte. Enfin elle lui dit quelques mots de Peter, ou plutôt les filles lâchèrent le morceau.

— Pourquoi ne m'en as-tu pas parlé toi-même ? Je croyais que nous étions amis !

— Nous le sommes, mais j'avais besoin de voir clair en moi.

— C'est donc vraiment sérieux ?

— Cela pourrait l'être, mais nous n'avons pas résolu le problème de la distance qui nous sépare.

— La distance ?

Soudain Grant comprit tout :

— Tu n'es qu'une écervelée ! Il s'agit du chirurgien de Los Angeles, non ?

Un gloussement de petite fille lui répondit.

— Ma pauvre ! Alors, qu'est-ce que tu vas faire ? Tu es ici, et il est là-bas ?

— Je ne sais pas comment m'en tirer !

— Qu'est-ce que tu me racontes, Mel ? Tu t'es déjà plongée dans ce genre de mélasse ! Tu as déjà cherché à réaliser ce rêve impossible. Aucun de vous deux ne renoncerait à son job pour quelque raison que ce soit, vous êtes tous les deux cramponnés à vos propres vies. Ma pauvre amie, tu connais déjà ce problème ! Tu refais la même sottise, les yeux fermés !

Ces commentaires la glacèrent longtemps après

qu'elle eut reposé le récepteur. Pendant des jours elle se demanda si Grant n'avait pas raison. S'était-elle empêtrée dans un amour impossible ?

Un jour, rien que pour éclaircir ses sentiments, elle appela Peter.

Il était très heureux des progrès que faisait Marie. Mel fit des prières muettes pour qu'aucun futur opéré ne débarque à l'hôpital pendant la semaine suivante, sinon Peter ne pourrait la rejoindre pour la Fête du Travail.

D'après lui, Pam et Matt se préparaient au départ. Le petit garçon ne tenait pas en place.

— Et Pam ?

— Elle est dans le même état que Matt, mais elle le dissimule.

— Les jumelles aussi. Elles trépignent en vous attendant tous.

Elles avaient déjà formé des projets auxquels participerait Pam. Mel aurait la responsabilité de Matthew. Même Raquel avait la tête aux champs à la perspective d'accueillir des invités, quoiqu'elle gémît sur le travail supplémentaire qui en découlerait. Il avait fallu des heures pour organiser l'aménagement des chambres. Finalement elles décidèrent que Mark dormirait dans un sac de couchage sur le divan du salon, et Pam sur un lit pliant dressé dans la chambre des filles. Matt occuperait le lit jumeau de la chambre de Raquel et Peter aurait droit à la chambre des invités. Non sans mal, elles étaient arrivées à un arrangement satisfaisant pour tous.

Lorsque Pam et Matthew débarquèrent, il y eut une atmosphère de fête dans toute la maison. Mel les surveilla pendant qu'ils allaient tous sur la plage rejoindre leurs amis habituels. Le soupirant que Val avait connu au début de l'été ne présentait plus aucun intérêt pour elle, et il y avait bien une demi-douzaine d'autres garçons amoureux de Jess, qui n'accordait la préférence à aucun d'entre eux. Il s'en trouva bien deux pour estimer Pam tout à fait séduisante, personne ne voulant croire qu'elle n'eût que quatorze ans : elle était grande et paraissait bien plus âgée. Pendant toute la semaine Mel se réjouit d'avoir les quatre enfants. Deux fois par jour elle donnait de leurs nouvelles à Peter.

— Il me tarde tellement que tu viennes !

— Et à moi donc ! Quant à Mark, il marche comme un somnambule en attendant de partir.

La nuit précédant le départ de Los Angeles, le voyage parut tomber à l'eau. L'une des jeunes opérées amorça un rejet du transplant qui lui avait été posé quatre mois auparavant, et l'infection fit des ravages. Mel apprit ces nouvelles avec un pincement au creux de l'estomac, mais elle n'insista pas pour que Peter abandonne sa malade aux mains de ses assistants. Celle-ci mourut le matin suivant. Peter appela Mel aussitôt, sans lui cacher son amère déception.

— Nous n'avons rien pu faire.

— Je suis sûre que tu as tenté l'impossible ; ça te fera du bien de changer de cadre.

— Oui, je l'espère.

Mais ce décès lui gâchait une partie du voyage ; il resta silencieux durant la première moitié du trajet. Puis il parut revivre et bavarda avec Mark au sujet de Mel et de ses filles.

— Elles sont vraiment gentilles, papa.

Mark était cramoisi et son air indifférent ne pouvait tromper son père.

— Je suis content qu'elles te plaisent. Elles me plaisent à moi aussi.

Quel paradis de revoir Mel ! Brusquement, il ne put penser à rien d'autre jusqu'au moment où l'avion se posa sur la piste. Mark sortit comme une flèche et dégringola l'escalier de métal, suivi de son père, non moins impatient. Puis Mark se précipita vers Val et s'arrêta net devant elle, bredouillant on ne sait quoi, hésitant à lui serrer la main ou à l'embrasser ou à lui lancer un « hello ». Il se dandina d'un pied sur l'autre en rougissant furieusement, tout comme Val en face de lui. Peter prit Mel dans ses bras et la serra très fort avant d'aller consciencieusement embrasser Pam, puis Jess et Val, enfin Matt. Mark et Val se chargèrent d'aller récupérer les bagages, et Peter remarqua que son fils saisissait furtivement la main de son amie.

— Les voilà de nouveau ensemble, déclara-t-il à Mel.

Elle sourit en regardant les tourtereaux s'éloigner :

— Heureusement ils ne pourront plus se perdre dans les montagnes.

Mais, pendant le week-end de la Fête du Travail, il fallut que Peter refrène leurs velléités d'aller faire de la voile ensemble. Il leur rappela les ordres qu'il leur avait donnés à Aspen :

— Le même règlement s'applique ici.

— Oh, papa...

Mark se mit à gémir, comme il ne l'avait pas fait depuis des années, comme un enfant. Il voulait tellement se trouver seul avec Val ! Ils avaient tant de choses à se dire !

— Nous voulons simplement bavarder, assura-t-il.

— Rien ne t'en empêche si tu te trouves avec les autres.

— Bof !

Pam intervint avec une grimace ironique :

— Lorsqu'on entend les âneries qu'ils ont à se dire…

Mel avait cependant remarqué qu'il y avait sur la plage un garçon de quatorze ans environ, que Pam n'avait pas l'air de dédaigner. Seuls Jess et Matthew conservèrent leur bon sens jusqu'à la fin du week-end. Jessica se préoccupait déjà de son retour en classe et Matt était trop heureux entre son père et Mel pour causer le moindre trouble. Depuis des années il ne rêvait que de cette sécurité. Peter plaisantait à l'occasion avec Raquel, qui ne lui cachait pas sa sympathie et rabâchait sans arrêt qu'il avait une chance extraordinaire d'avoir rencontré Mel. Tout ce qui était nécessaire à la jeune journaliste, répéta-t-elle à plusieurs reprises, c'était un homme dans sa vie, et maintenant elle avait besoin d'épouser un homme qui soit vraiment bien. Peter relata ces propos à l'intéressée, pendant qu'ils étaient allongés sur le sable, le dimanche après-midi. Mel fut horrifiée.

— Tu ne parles pas sérieusement ! Elle n'a pas raconté de pareilles sottises !

— Si, et elle a peut-être raison. Tu as sans doute besoin d'un bon mari qui te donnerait des enfants.

Cette pensée l'amusait. Ces vacances lui plaisaient, et ses enfants ne cachaient pas leur tristesse d'être bientôt obligés de repartir.

— Qu'est-ce que tu en penses ?

— Ils seraient enchantés, à la télévision !

Elle prenait la question à la légère, sans y attacher la moindre signification. Tout ce qu'elle désirait, c'était rester avec Peter. L'avenir ? On verrait bien. Ils s'arrangeraient toujours, lui et elle, pour se revoir. Soudain elle se souvint d'un détail important de sa vie professionnelle.

— Tu m'y fais penser... Je dois appeler mon conseiller juridique après la Fête du Travail.

— Pour quelle raison ?

— Mon contrat expire en octobre, et je veux dès maintenant tracer les grandes lignes du prochain.

Une fois de plus, il l'admira pour son efficacité.

— Je pense que tu peux imposer tes conditions maintenant.

— Pas entièrement. De toute façon, je veux consulter mon conseiller dans les quinze jours qui viennent.

Peter soupira. La tristesse d'une fin d'été commençait à l'atteindre lui aussi.

— Pourquoi ne pas donner ta démission ?

— Et faire quoi, alors ?

Même lancée pour plaisanter, cette idée ne lui paraissait pas aussi drôle qu'à lui.

— Venir habiter en Californie.

— Et vendre des cacahuètes sur la plage ?

— Non mais... Tu vas peut-être tomber des nues, mais nous avons la télévision, nous aussi, maintenant. Et même, nous avons les informations !

Il riait ; jamais elle ne l'avait trouvé aussi beau.

— Vraiment ? dit-elle, entrant dans le jeu. Voilà qui m'intéresse !

Pas un instant, elle ne prit sa suggestion au sérieux. Il posa la main sur son bras, et elle s'étonna de son regard étrange.

— Tu sais, dit-il, tu devrais y penser.

— À quoi ?

Un frisson la parcourut des pieds à la tête, malgré l'éclat du soleil.

— À donner ta démission et à venir en Californie. Tu pourrais entrer à la télévision de Los Angeles.

Elle s'assit, toute droite, et abaissa son regard vers lui, qui resta allongé sur le sable.

— Est-ce que tu as la moindre idée du temps qu'il m'a fallu pour en arriver là où je suis actuellement ? J'ai lutté pour obtenir mon poste, et je n'y renoncerai pour rien au monde. S'il te plaît, Peter, ne plaisante plus jamais sur ce sujet. Plus jamais.

Encore bouleversée, elle s'étendit sur le sable à côté de lui. Non, cette idée de donner sa démission n'avait rien de drôle.

— Tu n'as qu'à renoncer à ton hôpital et venir à New York pour repartir de zéro.

Elle remarqua le regard intense qu'il lui lançait et regretta d'avoir riposté avec tant de virulence. Elle l'avait blessé.

— J'aimerais pouvoir, Mel. J'aurais fait n'importe quoi pour me rapprocher de toi.

Elle ne montrait pas la même générosité, l'accusation était nette. Mais pas très gentille !

— Essaie de comprendre ! Ce n'est pas plus facile pour moi que pour toi, assura-t-elle plus doucement. Quitter New York, pour quelque endroit que ce soit, c'est rétrograder.

— Même si tu viens à Los Angeles ?

Il avait l'air tellement déçu ! Leur situation était sans issue.

— Oui, même à Los Angeles.

Pendant quelques minutes, ils contemplèrent la mer en silence.

— Nous trouverons bien une façon quelconque de nous revoir.

— Qu'est-ce que tu suggères ? Des week-ends à Kansas City ?

Cette fois, c'était Peter qui semblait furieux, amer. Ses yeux bleus avaient un éclat dur pendant qu'il la regardait.

— Et comment cela tournera-t-il avec les années, Mel ? Une romance d'été ? Nous nous retrouverons pour de longs week-ends avec nos enfants ?

— Je m'arrangerai... Je peux prendre l'avion pour Los Angeles, tu sais, et tu peux venir ici.

— Tu sais bien qu'il m'est difficile d'abandonner mes malades.

Mais elle, pouvait-elle laisser ses jumelles derrière elle ?

— Mais alors, que veux-tu que je te dise ? Que je plaque tout, c'est ce que tu veux ?

Soudain, elle frissonna. La conversation prenait un tour inquiétant.

— Il n'y a pas de réponse à donner, Peter.

— Moi non plus, je n'en donne pas. Et quelque chose me dit que tu ne cherches pas vraiment une solution.

— C'est faux. Mais regardons la situation en face : nous avons tous les deux nos situations des deux côtés de l'Amérique, aucun des deux ne peut y renoncer, ni ne le désire, pour aller vivre ailleurs. De toute façon, nous n'y sommes pas prêts...

— Ah bon ? observa-t-il avec un ton coléreux. Et pourquoi cela ?

— Parce que nous ne nous connaissons que depuis quatre mois. Je ne sais comment tu l'envisages, mais pour moi c'est trop court.

— J'aurais épousé Anne cinq minutes après l'avoir rencontrée, et j'aurais eu raison.

— C'était Anne !

L'exclamation avait jailli avec force. Heureusement ils étaient seuls sur la plage. Les enfants étaient allés jouer au volley-ball Dieu sait où, pendant que Raquel et Matt ramassaient des coquillages.

— Je ne suis pas Anne, Peter, je suis moi ! Je n'ai pas la moindre envie de chausser ses pantoufles ! Même si tu m'invites à Aspen dans la maison même où tu passais tes vacances avec elle tous les ans.

— Et alors quoi ? Tu regrettes d'être venue ?

— Non, mais j'ai dû surmonter cette impression déplaisante que partout où j'allais tu y étais allé avec elle, et que probablement j'ai dormi dans son lit.

Peter s'était levé, et Mel en avait fait autant.

— Cela t'intéressera de savoir que j'ai loué une autre maison cet été. Je ne suis pas aussi rustre que vous aimeriez le croire, miss Adams.

Ils se défièrent un instant du regard, silencieux et immobiles, puis elle baissa la tête.

— Je suis désolée... je n'ai pas voulu te blesser...

Elle releva la tête et ajouta :

— Tu lui étais tellement attaché, Peter... Quelquefois, c'est dur pour moi.

Il l'attira à lui dans un geste très lent.

— Nous avons été mariés pendant dix-huit ans, Mel.

— Je sais... mais je devine que tu me compares tout le temps à elle, l'épouse parfaite, la Femme Parfaite ! Je ne suis pas parfaite. Je suis moi.

— Moi, je te compare à elle ?

Jamais il n'avait prononcé le moindre mot dans ce sens, jamais !

Elle haussa les épaules, et ils s'assirent sur le sable, très près l'un de l'autre.

— Oui, toi... tes enfants... peut-être Mme Hahn.

Il la regarda avec attention :

— Tu n'aimes pas Mme Hahn, n'est-ce pas ? Pourquoi ?

— Sans doute parce qu'elle appartenait à Anne. Ou parce qu'elle est glaciale. Je ne crois pas qu'elle m'aime beaucoup, du reste.

Elle sourit songeant à Raquel, et Peter, devinant le cours de ses pensées, se détendit :

— Non, elle ne ressemble pas à Raquel, mais personne ne lui ressemble. Elle est unique.

Il avait fini par l'apprécier, mais aurait-il pu supporter chez lui une femme à la langue aussi bien pendue ? Il appréciait la réserve de Mme Hahn et la façon dont elle surveillait les enfants. Raquel agissait plutôt comme une amie, avec un balai dans une main et un micro dans l'autre.

— Peter, parlais-tu sérieusement en imaginant un déménagement en Californie ?

— Je ne crois pas, je ne faisais que rêvasser. Je comprends que tu ne puisses renoncer à ton poste ici. Et je ne désirerais pas que tu y renonces, mais j'aimerais que nous trouvions une formule qui nous permette de vivre ensemble. Ces allées et venues vont nous causer une terrible tension.

Les mots de Grant résonnèrent à son oreille... rêve impossible... rêve impossible... Non, pas cette fois !

— Je me rends bien compte qu'il n'est pas facile

355

pour toi de venir jusqu'ici. Mais je ferai de mon mieux pour aller à Los Angeles aussi souvent que je le pourrai.

— J'essaierai moi aussi de me libérer...

Tous deux savaient que c'était elle qui aurait le plus de facilité pour ces déplacements. S'éloigner des jumelles ne présentait pas les mêmes difficultés que pour lui d'abandonner ses malades. De plus, elle pourrait emmener éventuellement ses filles avec elle. Comme pour venir à l'appui de ce dernier point, Peter reçut un appel tard dans la nuit, ce dimanche-là. L'un des opérés venait de subir une attaque. Le chirurgien donna les instructions nécessaires par téléphone. Mais le transplant avait été posé deux années auparavant, et les chances de survie étaient minces, que Peter soit là ou non. Cependant, le chirurgien resta éveillé toute la nuit, hanté par l'état de son patient, se sentant coupable de n'avoir pas été auprès de lui.

— J'ai une responsabilité envers mes opérés, Mel. Je ne considère pas que j'en ai terminé avec eux lorsque j'enlève mon masque et ma blouse après l'intervention. Jusqu'à la fin de leur vie j'aurai un œil sur eux. C'est du moins ce que je ressens.

— Aussi es-tu le premier dans ta profession.

Assise près de lui devant l'entrée de la maison, elle serrait ses genoux entre ses bras. Ils contemplèrent le lever du soleil jusqu'au moment où un appel de Los Angeles annonça le décès du malade. Alors ils firent une longue promenade sur la plage, parlant peu, se tenant par la main. Lorsqu'ils revinrent, Peter se sentait mieux. Il savait que ce réconfort qu'elle lui apportait lui manquerait lorsqu'il serait à Los Angeles.

Le lundi était leur dernier jour ensemble à Vineyard.

Les enfants avaient fait des projets pour toute la journée et Raquel opérait un grand nettoyage avant la fermeture de la maison. Mel avait poussé les enfants à terminer leurs bagages la veille, si bien qu'ils n'auraient pas de temps à perdre en rangements pendant les dernières heures. Ils avaient décidé de prolonger jusqu'au mardi matin. Peter et ses enfants repartiraient comme ils étaient venus, par le vol de 7 heures du matin, et prendraient à Boston un vol pour Los Angeles qui les déposait dans la matinée, avec le décalage horaire qui jouait en leur faveur. Peter pourrait se rendre aussitôt à l'hôpital pour ses tournées après avoir reconduit ses enfants à leur domicile. Pam et Matthew ne retournaient à l'école que la semaine suivante, et Mark avait trois semaines devant lui avant la rentrée des classes.

Mel et les jumelles prendraient le ferry jusqu'à Woods Hole, fileraient ensuite jusqu'à Boston, où Mel rendrait la voiture louée puis voleraient toutes trois jusqu'à New York. Elles arriveraient au terme de leur voyage plus tard que les Hallam à Los Angeles. La perspective de la séparation rendit leur dernière soirée assez sombre. Pam fut la première à exprimer ses regrets de s'en aller, et Mark l'appuya tout en tenant très serrée la main de Valérie dans la sienne, habitude qui ne surprenait plus personne.

Peter s'en inquiétait. Il en parla à Mel au cours de leur dernière nuit.

— Tu ne peux pas leur en dire quelques mots, discrètement ?

Mais elle avait fini par prendre cette amourette à la légère.

— N'aie pas de souci à leur sujet. Moins nous les embêterons, plus vite ils se lasseront l'un de l'autre.

— À condition qu'il n'y ait pas de grossesse...

— Je surveille Val, et sa sœur la surveille aussi. De plus, franchement, j'estime que Mark est un garçon qui a le sens des responsabilités. Je ne crois pas qu'il profiterait de l'innocence de ma fille, même si elle cherchait à le séduire, ce qui, j'espère, ne lui vient pas à l'esprit...

— Je me demande si tu ne surestimes pas Mark.

Il passa un bras autour de ses épaules, repensant à ce week-end qui s'achevait. Alors il la regarda avec un sourire tendre :

— Dis-moi, quand viens-tu à Los Angeles ?

— Je retourne au studio dans deux jours. Laisse-moi le temps de me mettre au courant des nouvelles dispositions, et nous en discuterons tous les deux. Peut-être le week-end après celui qui vient, ou celui d'après.

À ces projets optimistes, il répondit par une mine découragée.

— Ce sera pratiquement octobre.

— Je ferai de mon mieux.

Il acquiesça, ne voulant pas ranimer leur querelle, mais ce « mieux » était loin de le satisfaire.

Au cours de ce dernier mois, il en était venu à s'apercevoir qu'il ne pouvait plus vivre sans elle. Il savait que c'était fou, mais c'était ainsi. Il la voulait à ses côtés pour partager les joies et les fardeaux de la vie quotidienne, les cocasseries lancées par Matt, les décès de ses malades, les pleurs versés par Pam, la beauté, les blessures, tout. Ce monde ne signifiait plus rien sans elle, mais il n'y avait aucun moyen pour qu'elle vienne à Los Angeles. En lui faisant l'amour cette nuit-là, il aurait voulu boire son esprit et absorber son âme et graver en lui le souvenir de toutes les courbes de son corps.

— Es-tu sûre que tu ne veux pas venir avec moi ?

Il lui murmura ces mots juste avant de grimper dans l'avion pour Boston.

— J'aimerais venir et je viendrai bientôt.

— Je t'appelle ce soir.

Mais il lui faudrait prendre son téléphone pour lui parler ; ne pas l'avoir en face de lui ; cela assombrit son humeur. Cette femme qu'il avait fini par trouver, c'était celle qui lui était nécessaire, mais il ne pouvait l'avoir à lui, non à cause d'un autre homme, mais parce qu'elle appartenait à la télévision. Pis encore, elle aimait la télévision. Pourtant il savait aussi qu'elle l'aimait, lui. Quel gâchis ! Il espérait cependant qu'un jour un événement surviendrait qui résoudrait ce problème. Peter sourit intérieurement : peut-être s'apercevrait-elle qu'elle ne pouvait vivre sans lui.

— Je t'aime, Mel.

— Je t'aime encore plus, chuchota-t-elle.

Du coin de l'œil, ils aperçurent Val et Mark s'embrassant en se serrant étroitement pendant que Pam faisait la grimace.

— Pouah ! Ils sont dégoûtants !

Mais comme le garçon de la plage qui lui plaisait s'avançait pour lui souhaiter un bon voyage, elle rougit furieusement en l'accueillant. Seul Matt restait en dehors de ces adieux romantiques, aussi chacun s'empressa-t-il soudain de l'embrasser une demi-douzaine de fois. Puis Peter et Mel se rejoignirent une dernière fois pour se dire adieu.

— Viens vite.

— C'est promis.

Les deux familles échangèrent de grands signes puis le groupe californien grimpa dans l'avion tandis que les Adams prenaient la voiture pour rejoindre le ferry. Les jumelles agitaient leurs mouchoirs en pleurant ouvertement et Mel essayait de dissimuler la blessure qu'elle portait au cœur.

CHAPITRE XXIII

Le reportage de Mélanie sur les opérations de Peter passa à l'antenne la première semaine de septembre et fut salué comme l'un des plus extraordinaires documents jamais réalisés dans l'histoire de la télévision. Tout le monde lui prédit l'une des plus hautes récompenses pour son exploit, et le nom de Peter Hallam atteignit la célébrité, d'autant que Pattie Lou Jones se portait merveilleusement bien. Un petit clip de contrôle en témoignait.

À Los Angeles, Peter recevait sans cesse des félicitations pour cette interview, et la chirurgie du cœur prit un essor étonnant auprès du grand public. Le héros du jour attribuait tout le succès de ce reportage à la journaliste qui, affirmait-il sans cesse, avait effectué un travail remarquable. Il fit tant et si bien que lorsque Mel débarqua à Los Angeles pour le dernier week-end de septembre, le personnel de l'hôpital l'accueillit comme une vieille amie, de même que Matthew et Mark. Pam fut un peu plus réservée, et Mme Hahn ne se départit pas de sa froideur habituelle.

— J'ai l'impression de revenir chez moi, Peter.

Elle rayonnait de bonheur pendant qu'il la conduisait

à son hôtel. Elle avait choisi l'hôtel *Bel-Air* parce qu'il était près du domicile de Peter, et parce qu'elle aimait la tranquillité. Peter passa la nuit avec elle, mourant d'impatience. Ils se sentaient comme deux adolescents se retrouvant en cachette dans un coin secret, ce qui excitait Mel. Peter avait l'intention d'expliquer le lendemain à ses enfants qu'il avait été obligé de rester à l'hôpital auprès d'un malade mais que ses assistants savaient où le joindre en cas de nécessité.

— Comme c'est bon de revenir !

Elle fit le tour du propriétaire dans la grande chambre confortable, enleva sa robe et s'assit en regardant gaiement Peter, qu'elle n'avait pas vu depuis plus de trois semaines. Mel n'avait pu venir plus tôt, en dépit de tous ses efforts, mais elle était présente, malgré une affaire imprévue au studio, un accès de fièvre de Jessica et des complications pour réorganiser leur vie à leur retour.

— Je suis tellement heureux de te voir, Mel ! C'est épouvantable de vivre si loin l'un de l'autre.

— Je sais.

Une fois de plus ils aboutirent à la conclusion qu'il n'y avait pas d'arrangement possible. Ils dînèrent dans leur chambre, heureux de cette solitude à deux. Ils avaient déjà fait l'amour lorsque Peter lui demanda des renseignements sur le nouveau contrat.

— Au moins, nous savons ce que nous voulons obtenir. Mais est-ce que nous l'obtiendrons ?

Dans le fond, c'était un peu leur situation à eux aussi. Il sourit et l'embrassa sur les lèvres.

— Ils sont fous s'ils ne t'accordent pas tout ce que tu exiges. Jamais ils ne trouveront une journaliste aussi exceptionnelle que toi, et ils le savent.

Mel rougit sous le compliment.

— Peut-être aurait-il mieux valu que ce soit toi qui négocies mon contrat plutôt que mon conseiller juridique.

— Quand donc auront lieu les pourparlers ?

— Dans environ deux semaines.

— Cela signifie que je ne te verrai pas le mois prochain, je suppose.

Les négociations concernant un contrat lui causaient toujours une certaine tension et Mel ne voulait pas se préoccuper d'autre chose : elle ne serait pas d'humeur à effectuer le moindre déplacement, même pour aller retrouver Peter.

— Pourras-tu venir ?

Il secoua la tête.

— J'en doute. Nous avons posé deux cœurs artificiels le mois dernier et nous avons un transplant cœur-poumons en attente. Je ne pourrai m'absenter pendant un bon moment.

Mel ne vit pas les enfants de Peter avant le dimanche soir, peu avant son départ à bord de l'« œil rouge ». Avec Peter, elle s'était littéralement claquemurée à *Bel-Air*, désireuse de se trouver seule avec lui. Pam, de retour dans la maison familiale, avec son père pour elle, se montra beaucoup moins aimable. Mais les garçons n'avaient pas changé : Mark toujours à la harceler pour obtenir des nouvelles de Val, et Matthew cherchant sans arrêt à grimper sur ses genoux pour se serrer contre elle. La soirée passa trop vite, et la jeune femme eut l'impression qu'elle venait juste d'arriver à Los Angeles lorsque Peter la raccompagna à l'aéroport. En attendant son avion, elle sentit les larmes lui monter aux yeux. Quel déchirement de quitter encore l'homme qu'elle aimait !

— Vraiment, c'est triste, n'est-ce pas ?

— Tu as raison.

À ce moment, son signal résonna et Peter dut courir au téléphone le plus proche. L'un de ses opérés manifestait des symptômes inquiétants ; aussi le chirurgien dut-il se rendre immédiatement à son chevet. Une seconde, il se souvint de la nuit où il avait opéré Marie. Le coup de téléphone avait eu lieu juste au moment où Mélanie allait embarquer. Mais, aujourd'hui, elle n'était pas en reportage et retournait à New York par le prochain avion. Peter n'eut pas la possibilité d'attendre avec elle. Il l'embrassa et courut dans le hall, se retourna pour faire un signe de la main une ou deux fois, puis disparut. Elle resta seule. « Quelle catastrophe d'avoir deux carrières aussi astreignantes ! » pensa-t-elle en gagnant sa place en première. Elle décida que, si jamais un malheureux se risquait à lui demander un autographe, elle lui casserait le bras. Elle était de trop mauvaise humeur pour se montrer gentille avec qui que ce soit, mais heureusement personne ne lui adressa la parole de Los Angeles à New York. Elle arriva chez elle fatiguée, déprimée. Lorsqu'elle appela Peter à l'hôpital, la standardiste lui apprit qu'il venait d'entrer dans la salle d'opération. Quelle existence solitaire et sans espoir pour eux deux ! D'autant qu'elle ne put retourner le voir durant tout le mois d'octobre. Les négociations pour son nouveau contrat devenaient épineuses, délicates.

— M'as-tu oublié, ou as-tu trouvé un week-end pour venir me voir le mois prochain ?

Jour après jour, Peter réitérait ses plaintes. De plus,

Mel s'exaspérait de voir le flot d'enveloppes fleuries que Mark envoyait à Val. Il avait dû acheter tout le stock de ce genre de papier à lettres disponible en Californie. Mel en devenait folle, mais Val adorait ces missives.

— Peter, je te promets de venir le mois prochain.

— Tu m'as dit la même chose le mois dernier.

— J'en ai été empêchée par ce fichu contrat, et de plus la télévision m'a réclamée pendant deux week-ends.

Lorsque le Premier Secrétaire soviétique avait débarqué avec son épouse pour une visite surprise, Mel avait été dépêchée à Washington pour interviewer la « Première Dame » d'U.R.S.S., qu'en définitive elle avait trouvée très agréable. Huit jours plus tard, nouveau reportage sur la convalescence du Président.

— Je n'y peux rien, Peter.

— Je le sais, mais tu ne pourras pas m'empêcher de protester.

Elle sourit. Parfois elle éprouvait le même agacement envers ses opérés.

— Promis, je prends l'avion le week-end prochain.

Elle tint parole, mais il fut retenu à l'hôpital : Marie brusquement commençait une rechute. Il avait dû l'opérer deux fois durant le mois précédent. Elle subissait toutes les complications possibles des transplantations. Aussi la journaliste passa-t-elle son temps à faire des courses avec les enfants. Elle emmena Pam faire des achats pour les jumelles, et elles déjeunèrent au bar du polo du *Beverly Hills Hotel*. Bien qu'elle ne voulût pas l'admettre, Pam adorait cet endroit ; ses yeux s'écarquillaient quand quelqu'un approchait de Mel pour lui demander un autographe, ce qui arriva cinq ou six fois pendant le repas. Ensuite Mel alla avec Matt voir un dessin animé. Le dimanche soir elle réussit à passer quelques instants avec Peter, mais il se montra distrait, guettant la sonnerie du téléphone, l'esprit occupé par l'état de Marie.

— Tu sais, si elle n'était pas si malade, je crois que j'en deviendrais jalouse.

Elle essayait de plaisanter, mais aucun ne se sentait d'humeur joyeuse.

— Elle me préoccupe beaucoup, Mel.

— Je le sais, mais il est dur de te voir obsédé par elle alors que nous avons attendu si longtemps entre deux visites.

Cette réponse lui rappela une question qu'il avait depuis longtemps l'intention de lui poser.

— As-tu pensé à la fête de Thanksgiving ?

— Que veux-tu dire ? interrogea-t-elle avec inquiétude.

— Je voudrais t'inviter avec tes filles à venir ici. Chaque année nous célébrons ce jour, et nous aimerions vous avoir. Ce serait à nouveau une vraie fête de famille.

— Elle a lieu dans trois semaines, n'est-ce pas ?

Il consulta son calendrier et acquiesça.

— Alors, reprit-elle, j'en aurai terminé avec mon contrat.

— Faut-il que ta vie tourne autour de ce contrat, Mel ? Même à Thanksgiving ?

Il paraissait tellement abattu qu'elle dut l'embrasser pour lui remonter le moral.

— Si tu savais la tension dans laquelle je vis tant que ce contrat n'est pas signé ! Mais dans trois semaines tout sera réglé.

— Alors tu viendras ?

— Oui.

— Et si ton contrat n'est pas encore au point ?

— Je viendrai quand même. Pour qui me prends-tu ? Pour un monstre ?

— Non, pour une redoutable femme d'affaires.

— Tu m'aimes quand même ?

Parfois l'inquiétude la prenait qu'il envoie tout promener. Plus d'une fois elle s'était demandé si sa réussite professionnelle ne lui coûterait pas l'amour d'un homme remarquable comme lui.

Mais il l'entoura de ses bras et la serra passionnément contre lui :

— Je t'aime plus que jamais.

Ce soir-là, lorsqu'il l'accompagna à l'avion, il attendit jusqu'au moment où l'appareil décolla.

Lorsque, le lendemain matin, Mel apprit à ses filles ce projet de voyage, elle provoqua un rugissement de joie de la part de Valérie, qui grimpa dans sa chambre pour écrire à Mark immédiatement afin de poster la lettre avant ses cours. Cette réaction contraria Mel, qui demanda à l'aînée des jumelles :

— Est-ce que ta sœur est capable de penser à autre chose qu'à Mark ?

— Je ne crois pas, répondit Jessica avec franchise.

— Ses examens vont en prendre un bon coup !

Jessica ne répliqua pas, mais elle nourrissait la même crainte. Sa sœur passait un temps énorme à griffonner des messages pour Mark.

— Je suis enchantée d'aller en Californie pour Thanksgiving.

— Moi aussi, répondit Mel.

Après un baiser à ses filles partant pour leur collège, et avant même de défaire sa valise, elle appela son conseiller. Elle savait qu'il se rendait à son bureau avant 8 heures tous les matins. Les nouvelles qu'il lui donna n'étaient pas rassurantes. La télévision laissait traîner en espérant que Mel renoncerait à quelques-unes des clauses qu'elle réclamait. Mais il lui conseilla de ne pas céder car elle obtiendrait sans doute gain de cause. Si jamais la télévision s'obstinait, alors Mel recevrait une douzaine d'offres différentes de l'extérieur, à condition qu'elle laisse bien entendre qu'elle était prête à les étudier.

— Mais je n'en ai pas envie, George ! Je veux rester là où je suis !

— Alors tenez bon.

— C'est bien mon intention. Pensez-vous que je pourrai signer avant Thanksgiving ?

— Je ferai de mon mieux.

Malgré tous ses efforts, le contrat ne fut pas signé à temps. Lorsque la famille Adams prit l'avion pour Los Angeles, trois semaines plus tard, rien n'était réglé, quoique le conseiller n'eût cessé d'affirmer que la poire allait tomber. Mel en devenait folle, Peter put s'en apercevoir à la façon nerveuse qu'elle eut de dégringoler la passerelle lorsqu'il vint les accueillir. Comme ils avaient quatre jours devant eux, il espéra qu'elle arriverait à se détendre. Si seulement le Président n'était pas encore blessé dans un attentat, si personne n'avait besoin d'une transplantation du cœur, tout irait bien. Ses prières furent exaucées. Les journées s'écoulèrent dans une euphorie générale avec les cinq enfants ravis de se retrouver. Mme Hahn prépara un véritable festin, si bien qu'aucun des convives n'arriva à se lever de table.

— Mon Dieu, je ne peux plus bouger !

Val contemplait son estomac avec désespoir. Mark vint à son secours et l'aida à se lever pendant que Pam et Jess montaient jouer aux échecs. Matt, recroquevillé près du feu dans sa couverture favorite, son ours en peluche contre son cœur, finit par aller se coucher. Peter et Mel se retirèrent dans le bureau pour bavarder. Une atmosphère parfaitement familiale avait régné durant toute la journée. Peter avait insisté pour que les Adams n'aillent pas s'installer à l'hôtel mais descendent chez lui, dans la chambre des invités. Du moment que Jess était de la partie, Mel estima que Pam ne verrait pas trop d'inconvénient à cet arrangement : Jess représentait une sorte de garant de moralité.

— Quel dîner délicieux, Peter !

— Quelle chance que vous ayez pu venir toutes les trois !

En la dévisageant, il découvrit les petites rides de fatigue qui lui striaient la peau au coin des yeux. Sur l'écran, elles n'apparaissaient jamais, mais il savait qu'elles existaient, et cela l'attristait de les voir. Quel travail harassant, quelle tension pour une jeune femme !

— Tu en fais trop, mon amour.

— Pourquoi me dis-tu cela ?

Elle allongea ses jambes vers le feu qui brûlait dans la cheminée.

— Tu as maigri et tu parais fatiguée.

— En effet… quel sacré boulot !

Elle lui sourit. Ses chaînes à lui pesaient tout autant, avec ses deux nouveaux transplants et surtout Marie,

369

qui réagissait mal aux immuno-suppresseurs. Mais dernièrement elle paraissait mieux résister.

— Rien de neuf pour ton contrat ?

— George prétend que ce n'est plus qu'une question d'heures. La signature aura lieu probablement lundi, dès mon retour.

Peter resta silencieux un long moment, puis il l'observa attentivement. Il ne savait comment aborder le sujet, mais s'il ne se lançait pas maintenant, ce serait ensuite trop tard.

— Mel...

— Humm ?

Les yeux fixés sur le feu, elle se tourna vers lui avec un sourire, enfin reposée après ces trois semaines.

— ... oui, docteur ?

Il aurait voulu s'approcher d'elle, mais il ne bougea pas.

— J'ai quelque chose à te dire.

— Quelque chose d'ennuyeux ?

Sans doute au sujet de Pam ; pourtant, elle avait l'air d'aller bien ces jours-ci. Ce qui ne marchait pas fort, c'était plutôt Val, dont les notes étaient désastreuses. Mel avait l'intention d'en parler un peu plus tard à Peter. Il faudrait prendre des mesures sévères pour calmer les amoureux avant que Val essuie un échec complet au collège.

— Qu'y a-t-il, chéri ?

— Il y a longtemps que je désirais t'en parler... Il s'agit de ton contrat.

Depuis un certain temps il évitait ce sujet, et elle appréciait sa réserve. Ses activités de journaliste étaient trop étrangères à Peter, au moins autant que ses interventions chirurgicales pour elle. Tout ce qu'ils pouvaient partager, c'était une aide morale, dont tous deux avaient un grand besoin.

— Que veux-tu savoir ?

— Si tu ne le signais pas, que se passerait-il ?

Elle sourit.

— Moi, je n'hésiterais pas à le signer dans la minute qui vient, mais ce sont les directeurs qui renâclent en ce moment parce qu'ils ne veulent pas souscrire à toutes mes conditions. Mais je crois qu'ils finiront par les accepter. Seulement, en attendant, j'ai les nerfs à vif.

— Je sais, mais... mais si tu refuses de signer...

Il prit une profonde inspiration puis revint à la charge :

— ... si tu signais avec quelqu'un d'autre à la place ?

— J'aurai peut-être à m'y résoudre si je n'obtiens pas ce que je demande.

Elle ne saisissait toujours pas le but de ses questions.

— Pourquoi ? Qu'est-ce que tu as en tête, Peter ?

Il la regarda droit dans les yeux et prononça simplement un mot :

— Mariage.

Elle se troubla. Une expression de stupeur apparut sur son visage pendant qu'elle pâlissait, sans cesser de le regarder.

— Que veux-tu dire ?

Sa question n'était qu'un murmure.

— Je veux t'épouser, Mel. Voilà des mois que je rassemble mon courage pour t'en parler, mais je ne voulais pas compromettre ta carrière. Aujourd'hui, je constate que tu éprouves des difficultés avec ton nouveau contrat, alors j'ai pensé... je me suis demandé...

Elle se leva d'un bond, fit quelques pas rapides dans

371

la pièce, revint au coin du feu, le dos tourné, puis, très lentement, fit face à Peter.

— Je ne sais que te dire.

Il aurait voulu sourire, mais il avait tellement peur qu'il ne réussit pas.

— Un simple « oui » ferait l'affaire.

— Je ne peux pas le dire. Renoncer à tout cet univers que j'ai édifié à New York ? Non, c'est impossible...

Ses yeux se remplirent de larmes.

— Je t'aime, mais je ne peux pas...

Un léger tremblement l'agita des pieds à la tête. Peter s'approcha et la prit dans ses bras, en la serrant si fort qu'elle ne put voir ses paupières rougies.

— Ne te fais pas de souci, Mel. Je comprends très bien. Mais je voulais quand même t'en parler.

Elle s'écarta un peu de lui afin de le dévisager. Tous deux pleuraient, maintenant.

— Je t'aime... Oh, mon Dieu, ne me demande pas de renoncer à ma vie à New York, Peter. Je ne peux pas te donner cette preuve d'amour.

— Tu n'as pas à me donner la preuve de quoi que ce soit, Mel.

Il s'essuya les joues et s'assit sur le divan. Inutile de se leurrer : ils ne pourraient pas éternellement traverser les États-Unis en avion pour se voir quelques jours par an. La fin de leur liaison devenait inévitable.

— Je pensais que nous avions beaucoup de chance tous les deux, avec des enfants charmants, des situations exceptionnelles, et notre amour.

Il sourit tristement :

— Mais nous n'avons pas tellement de chance.

Elle ne répondit pas, tout d'abord, occupée à se moucher et à essuyer ses larmes.

— Je ne sais que te dire, Peter.

— Ne me dis rien. Mais n'oublie pas que si tu changes d'avis je serai toujours à t'attendre, car je t'aime. Je veux t'épouser. Si tu venais à Los Angeles, tu pourrais entrer à la télévision et je suis prêt à tout supporter de toi sans te demander d'explication, même si tu y travailles aussi souvent et aussi longtemps qu'à New York.

— Mais Los Angeles n'est pas New York.

Il aurait voulu lui demander : « New York signifie donc plus pour toi que ton amour pour moi ? » mais pourquoi la faire souffrir ! Il se tut, puis soupira :

— Je le sais. Ne revenons pas là-dessus. Je voulais seulement que tu envisages cette proposition.

— J'ai l'air de préférer la télévision à New York à la vie avec toi à Los Angeles. C'est moche !

— Parfois la vérité est moche.

Mais tout n'était pas réglé entre eux.

— Peter, veux-tu poursuivre… avec… nous ? Avec moi… ? Si je reste à New York avec mon nouveau contrat ?

Elle tremblait de peur. Que deviendrait-elle si elle le perdait ? Elle ne serait plus que l'ombre d'elle-même.

— Bien sûr, nous pouvons continuer aussi longtemps que nous pourrons le supporter. Mais tu te rends bien compte qu'un jour ça finira entre nous. Et tu sais, Mel, à ce moment-là nous perdrons tous les deux quelque chose de très important, quelque chose dont nous avons profondément besoin. Je n'ai jamais autant aimé quelqu'un.

Les joues de Mel ruisselèrent de larmes et, à bout

de nerfs, elle sortit par la porte-fenêtre pour prendre un peu l'air. Peter vint la rejoindre.

— Je suis désolé de t'en avoir parlé, Mel. Je ne voulais pas te faire de peine.

— Tu ne m'as pas fait de peine, mais quelquefois…

Sa voix se brisa, mais elle poursuivit :

— … Dans la vie il y a quelquefois des choix abominables à faire. Tout ce que je désirais, c'était signer un bon contrat, et maintenant j'ai l'impression que si je l'obtiens je te brise le cœur.

— Mais non… Tu prendras la solution la meilleure pour toi, Mel, et je sais à quel point c'est important. Je respecte ton choix.

— Pourquoi faut-il que nous soyons si malheureux !

Les sanglots la secouaient désespérément.

— Pourquoi ne pourrions-nous pas vivre dans la même ville !

Il sourit, désormais résigné à cette séparation. Mel était la même depuis qu'il la connaissait, il avait eu tort d'essayer de la transformer.

— Parce que la vie fourmille de difficultés, Mel. Mais nous les surmonterons. Bon sang ! Même si je dois faire la traversée une demi-douzaine de fois, j'aurai encore envie de te voir.

Dans la douceur du soir qui tombait, il murmura :

— Est-ce que tu reviendras pour Noël ?

— Certainement si j'ai du temps libre.

— Très bien.

Il essaya, mais sans succès, de se satisfaire de cette semi-acceptation. De toute façon il n'avait pas le choix. Cette nuit-là, côte à côte dans leur lit, ils ne firent que réfléchir, et leur humeur sombre dura le lendemain et le surlendemain.

La présence des enfants n'apporta aucune amélioration. Val et Mark avaient organisé chaque minute du week-end. Quant à Jess, Pam et Matthew, ils allèrent au cinéma, puis chez des amis, et firent des courses. Pour une fois Peter n'insista pas pour que les enfants restent groupés. Il était trop préoccupé. Mel parut encore plus nerveuse lorsqu'ils partirent que lors de son arrivée, et l'appel de son conseiller juridique le lendemain matin à 8 heures n'arrangea pas les choses.

— Hourra ! Nous avons gagné !

George ne se tenait plus de joie en clamant la victoire. Elle arpentait sa chambre à pas lents, se remémorant l'expression de Peter lorsqu'elle l'avait quitté. Il avait un visage ravagé et elle s'était sentie coupable. Pourtant ce n'était pas sa faute à elle si la vie en avait disposé ainsi !

— Gagné quoi ?

Elle était trop agitée pour réaliser ce que claironnait George. Malgré le trajet par l'« œil rouge », elle avait envoyé les jumelles en classe.

— Bon Dieu ! Qu'est-ce que vous avez fabriqué en Californie, Mel ? Vous avez pris de la drogue, ou quoi ? Nous avons *le contrat* !

Il était aussi nerveux et fatigué qu'elle, car il lui avait fallu batailler longtemps, mais cela en valait la peine. Elle avait eu le cran de tenir bon, et elle avait emporté le morceau. Il avait peu de clients capables d'en faire autant.

— Nous signons à 9 heures ce matin. Vous pourrez venir ?

— Bien sûr.

Depuis deux mois elle attendait ce moment, mais lorsqu'elle raccrocha, elle constata que l'enthousiasme s'était évanoui. Cette victoire lui paraissait empoisonnée, à cause de Peter. En apposant sa signature, elle aurait l'impression de le trahir.

À 9 heures elle retrouva au studio George et les officiels qui l'attendaient. Ils étaient une dizaine dans la pièce ; elle arriva bonne dernière dans son ensemble de Dior, son manteau de vison sur le bras, et un chapeau noir à voilette qui correspondait à son humeur. Elle avait l'air d'une veuve dans un film d'avant-guerre, convoquée chez un notaire pour la lecture du testament. Son entrée revêtit une allure dramatique qui parut plaire. Les hommes réunis dans la pièce savaient que Mel valait son pesant d'or ; de plus, ils la respectaient d'avoir bien manœuvré avec eux. Elle distribua des sourires autour d'elle comme si elle jetait du riz à un mariage, et s'assit avec un œil sur George, qui lui fit un signe de tête. Il bouillait d'impatience de communiquer la nouvelle à la presse. Ce contrat ferait date, chacun des assistants, y compris Mel, s'en rendait compte. La plume à la main, elle jeta un coup d'œil sur les clauses. Déjà les officiels de la télévision avaient apposé leur signature. Il ne manquait plus que la sienne sur la petite ligne en pointillé. Ses paumes devinrent moites, la pâleur l'envahit et, soudain, elle crut voir Peter devant elle. Silencieuse, pétrifiée, elle arrêta sa main déjà sur le papier et, prête à tracer son nom, elle réfléchit, regarda George qui lui fit un nouveau signe de tête.

— Tout est au point, Mel.

Un sourire cupide jouait sur ses lèvres. Alors, brusquement, elle comprit qu'elle ne signerait pas. La main qui tenait la plume se releva et, secouant la tête, Mel regarda un à un tous ces hommes pour qui elle avait travaillé.

— Désolée, je ne veux pas de ce contrat.

— Mais pourquoi ?

Ils étaient stupéfaits. Était-elle devenue folle ? S'ils le lui avaient demandé, elle aurait répondu par l'affirmative.

— Mel, nous avons accepté toutes vos conditions.

— Je le sais.

Elle s'affaissa sur sa chaise comme si elle allait s'évanouir.

— Je ne peux pas vous l'expliquer, mais je ne signerai pas.

Alors tous lui jetèrent le même regard menaçant, même George.

— Pourquoi diable… ?

Des larmes brillaient dans ses yeux, mais elle ne pouvait pas pleurer pendant qu'elle les regardait tous avec un désespoir total. Elle aurait voulu honorer ce contrat, mais il y avait une chose qu'elle désirait encore davantage et qui, elle le savait, durerait toute une vie et pas seulement une année. Peter avait raison. Elle déménagerait à Los Angeles. Sa carrière ne serait pas complètement compromise simplement parce qu'elle quittait New York. Elle se redressa et d'une voix forte déclara :

— Messieurs, je vais habiter en Californie.

Un silence lourd tomba sur l'assemblée.

— Vous avez obtenu un contrat avec la télévision californienne ?

Ils avaient la certitude qu'elle perdait la tête. Personne ne pouvait lui offrir un contrat plus avantageux. Ou bien lui faisait-on un véritable pont d'or ? Personne n'arrivait à comprendre de quoi il retournait, et, moins que les autres, son conseiller. La gorge serrée, elle annonça sans regarder personne en particulier :

— Je vais me marier.

Sans ajouter un mot, elle sortit rapidement de la pièce, se précipita dans l'ascenseur et quitta l'immeuble avant qu'on ait pu la retenir. Elle revint chez elle à pied ; lorsqu'elle se retrouva dans sa maison, elle se sentit un peu mieux. Elle venait de jeter sa carrière aux orties, mais Peter valait bien ce sacrifice. Du moins il fallait l'espérer ! Elle prit le téléphone et forma son numéro. Le standardiste de l'hôpital se mit en quête du chirurgien et finit par le trouver. En moins d'une minute il fut au bout du fil, soucieux et distrait, mais heureux de l'entendre.

— Tu vas bien ?

Il n'écoutait la réponse qu'à moitié.

— Non, je ne vais pas bien…

Soudain il concentra son attention et le son étrange de cette voix lointaine l'inquiéta. Quelque chose était arrivé ! Quelque chose qui lui rappelait la mort d'Anne… Les jumelles… ?

— Qu'y a-t-il ?

Son cœur battait sourdement.

— Je suis allée signer mon contrat…

Les mots avaient du mal à se former dans sa gorge.

— … et je ne l'ai pas signé.

— Tu n'as pas… quoi ?

— Je ne l'ai pas signé.

— Quoi ?

Ses jambes se dérobèrent sous lui.

— Es-tu folle ?

— C'est ce qu'ils m'ont demandé.

Brusquement, ce fut la panique. S'il avait changé d'avis, c'était la catastrophe. Il était trop tard pour revenir à la télévision. Elle avait tout flanqué en l'air. D'une voix imperceptible, elle demanda :

— Suis-je folle ?

Alors il comprit ce qu'elle avait fait, et pourquoi, et des larmes montèrent à ses yeux.

— Oh, ma chérie, tu n'as pas... oui, tu es... Oh, je t'aime. Tu as bien réfléchi ?

— Oui, j'ai juste envoyé balader des millions dans l'air pour l'année qui vient. J'ai pensé que peut-être c'était une bonne chose...

Elle s'assit et commença à rire et, peu à peu, son rire s'amplifia, et elle ne put l'arrêter. Le rire de Peter lui répondit de l'autre côté des États-Unis. Elle enleva son chapeau et l'envoya voltiger dans la pièce.

— Docteur Hallam, à partir du 31 décembre, qui par hasard se trouve à la veille du Nouvel An, je n'ai plus de boulot. Pratiquement une mendiante.

— Formidable ! J'ai toujours eu envie d'épouser une mendiante.

Le rire de Mel diminua jusqu'à disparaître. Il y eut un silence.

— Tu le désires toujours ?

D'une voix douce, il répondit :

— Oui. Veux-tu m'épouser, Mel ?

Elle hocha simplement la tête pendant qu'il attendait avec anxiété.

— Je n'entends rien...

— J'ai dit « oui », répondit-elle.

Puis, soudain nerveuse, elle demanda :

— Crois-tu qu'on me prendra à la télévision de Los Angeles ?

— Tu plaisantes ! assura-t-il en riant, Les directeurs vont sonner à ta porte dès ce soir, mais... Mel... marions-nous à Noël.

— D'accord.

Le brouillard dans lequel elle était plongée ne se dissipait toujours pas, et tout ce que lui disait Peter lui paraissait parfait.

— À quelle date exactement ?

Oui, elle vivait dans un rêve en ce moment, mais combien de temps durerait ce rêve ? Et depuis quand ? Vaguement elle revoyait une grande salle remplie d'hommes en noir, et elle, refusant de signer le contrat, mais ensuite c'était le vide absolu jusqu'à cet appel téléphonique. Comment était-elle rentrée chez elle ? À pied ? En taxi ? En avion ?

— Que dirais-tu de la veille de Noël ?

— Bonne idée. C'est dans combien de temps ?

— Environ trois semaines et demie. Cela te convient ?

— Très bien.

Elle hocha la tête lentement, puis :

— Peter, est-ce que tu me trouves folle ?

— Non. Tu es la femme la plus courageuse que j'aie jamais rencontrée, et je t'en aime encore plus.

— J'ai une trouille épouvantable !

— Rassure-toi. Tu obtiendras une situation sensationnelle ici, et nous serons heureux. Tout devient merveilleux.

Mel espéra qu'il avait raison. Elle n'avait qu'une chose en tête : le refus de signer le contrat. Mais si c'était à refaire, elle aurait encore refusé. Maintenant que sa décision était prise, il fallait bien l'assumer quoi qu'il lui en coûtât.

— Qu'est-ce que je vais faire de ma maison ?

— Vends-la.

— Pourquoi ne pas la louer ?

La perspective de s'en séparer définitivement la rendait malade. Elle avait de grandes décisions à prendre désormais.

— As-tu l'intention de revenir à New York ? interrogea-t-il.

— Non, naturellement. À moins que tu y viennes.

— Alors pourquoi la conserver ? Vends-la, Mel. Tu utiliseras l'argent de la vente en investissant par ici.

— Nous achèterons une nouvelle maison ?

Le brouillard commençait à se dissiper pendant qu'elle envisageait l'avenir. La sonnette de la porte d'entrée retentit, mais elle ne répondit pas. Raquel prenait son jour de sortie, et il n'y avait personne que Mel eût envie de voir en ce moment, particulièrement parmi les journalistes. Dès qu'ils apprendraient la nouvelle, ils commenceraient à la harceler.

— Nous n'avons pas besoin d'une nouvelle maison, Mel. Nous en avons une.

Il paraissait heureux, mais Mel ne voulait pas vivre dans sa maison. C'était celle d'Anne... leur maison... pas une maison où elle se sentirait à l'aise... mais peut-être, dans les débuts...

— Écoute, reprit-il, il faut te reposer un peu. Prends un verre ou quelque chose qui te remontera. Je dois retourner au travail maintenant. Je t'appellerai plus tard. Je t'aime.

— Moi aussi, je t'aime.

Ce n'était plus qu'un murmure qui sortait de sa gorge. Elle ne bougea pas de son siège pendant encore une heure, songeant à la décision qu'elle avait prise.

Lorsque George téléphona, elle essaya de tout lui expliquer. Il pensait qu'elle avait fait une folie, tout en reconnaissant qu'elle était seul juge en la matière. Il accepta de contacter les chaînes de Los Angeles et, dans la nuit, Mel reçut trois propositions. Dans la semaine qui suivit elle décrocha un contrat aussi avantageux que celui qu'elle avait refusé après deux mois de tractation. Mais évidemment Los Angeles ne valait pas New York.

Les remous qu'avait provoqués sa rupture de contrat dépassèrent tout ce qu'elle aurait pu imaginer. Cela devint un supplice de se rendre au studio. Les directeurs lui demandèrent de rester jusqu'au 15 décembre, ce qui lui permettrait de partir quinze jours avant le terme de son précédent contrat. Mais partout elle était traitée comme une renégate. Même Grant vint lui dire qu'elle n'était qu'une folle, que tout irait de travers, qu'elle avait une carrière qui l'attendait à New York, et qu'elle ne devait pas se contenter d'un petit boulot à Los Angeles, et qu'enfin le mariage n'était pas fait pour elle. Mel eut l'impression de se débattre en plein cauchemar. Même les jumelles la regardaient d'un œil soupçonneux.

— Est-ce que tu savais ce que tu allais décider ?

Jess faisait allusion à la proposition de Peter, mais on aurait cru à l'entendre que Mel avait décidé de commettre un assassinat.

— Non, je ne le savais pas.

— Quand te l'a-t-il demandé ?

— Le jour de Thanksgiving.

L'œil plein de reproches de sa fille ne la quittait pas. Quant à Valérie, elle était si nerveuse qu'elle paraissait prête à tout envoyer valser à chaque instant.

Mel s'inquiétait du changement de ville. Il faudrait que ses filles débarquent dans un nouveau collège après le début des cours, quittent leur maison, leurs amis. Et lorsqu'elle mit son domicile en vente, elle pensa mourir. Elle trouva un acquéreur au cours du premier week-end mais, lorsqu'elle eut sa promesse d'achat, elle s'assit dans l'escalier et se mit à pleurer. Tout allait beaucoup trop vite. Seule Raquel semblait maîtriser la situation pendant qu'elle entassait leurs affaires à toutes dans des caisses à destination de la Californie.

— Je vous l'avais bien dit, madame Mel... je vous l'avais dit l'été dernier... dans six mois...

— Pour l'amour de Dieu, Raquel, taisez-vous !

Mais elle n'avait pas fini ses préparatifs et elle ne savait toujours pas ce qu'elle ferait de Raquel. Il n'y aurait pas de place pour elle dans la maison de Peter, mais Raquel n'avait pas quitté la famille Adams depuis des années. Elle appela Peter en catastrophe un soir.

— Que va devenir Raquel ?

— Est-elle malade ?

Il était à moitié endormi lorsque l'appel lui était parvenu.

— Non, je veux dire... que va faire Raquel ? Peut-elle venir avec nous ?

— Non, tu ne peux pas l'emmener ici.

— Pourquoi ? se rebiffa-t-elle.

— Nous n'avons pas de place suffisante, et Mme Hahn l'étranglerait.

— Personnellement, je préférerais que ce soit Raquel qui étrangle Mme Hahn.

— Mme Hahn est très dévouée.

C'était la première fois qu'il lui parlait sur ce ton, et Mel n'apprécia pas.

— Raquel est très dévouée aussi. Alors que faire ?

— Sois raisonnable.

Faudrait-il se montrer raisonnable encore longtemps ? Elle avait renoncé à sa situation, à sa maison. Ses enfants devaient s'arracher à leurs amis, à leur classe. Alors de quoi voulait-il encore qu'elle se sépare ? De Raquel ?

— Peter, si elle ne vient pas, je ne viens pas non plus, ni mes filles.

— Oh, pour l'amour de Dieu !

Il décida alors qu'il était trop tard pour discuter.

— Très bien, nous lui louerons un appartement.

— Merci.

Mel annonça la nouvelle le lendemain matin à Raquel, encore un peu mal à l'aise d'avoir contrarié Peter. Mais cette fois, ce fut Raquel qui la prit par surprise :

— En Californie ? Vous avez perdu la tête ? J'habite ici, à New York.

Mais elle embrassa Mel sur la joue.

— Merci bien, et vous me manquerez. Mais je ne veux pas émigrer en Californie. Vous aurez une vie agréable et un excellent mari. Mais moi, j'ai un petit ami ici et peut-être qu'un jour ou l'autre nous nous marierons.

— Nous allons bien vous regretter, Raquel.

Il n'y aurait plus rien de leur univers familier. Même le mobilier de leur maison partait chez un garde-meubles : Peter ne pouvait tout caser chez lui. À mesure que les jours passaient, Mel se rendait compte que rien n'était facile.

Le 15 décembre, deux semaines avant l'expiration de son contrat, elle donna pour la dernière fois les informations du soir à la télévision de New York. Elle savait qu'environ une quinzaine de jours plus tard elle réapparaîtrait sur les écrans, mais sur une autre chaîne, dans une émission produite à Los Angeles. Une page de sa vie tournait, et pour toujours. En enlevant son micro, elle se mit à pleurer. Lorsqu'elle sortit précipitamment du studio, elle tomba sur Grant qui l'attendait. Il la serra très fort dans ses bras et elle se mit à sangloter pendant qu'il secouait la tête à sa façon paternelle. Il était quand même fier qu'elle ait pris une décision qui demandait du courage. Peter Hallam n'était pas n'importe qui. Grant formait des vœux pour que tout marche bien, les carrières, les enfants, le déménagement. Tout cela, c'était beaucoup, mais Mel était capable de s'en sortir mieux que personne.

— Bonne chance, Mel. Tu nous manqueras terriblement.

Ses amis au studio avaient voulu lui offrir un verre d'adieu, mais elle avait refusé. Elle n'aurait pu le supporter. Ses nerfs étaient encore à vif. Elle promit de revenir un jour et de présenter Peter à tout le monde. Pour tous ses amis, c'était un peu comme un conte de fées qui lui arrivait. Elle était allée interviewer le beau chirurgien, et ils étaient tombés amoureux l'un de l'autre. Mais quel déchirement de les quitter tous, de vendre la maison, d'abandonner New York…

— Au revoir, Grant. Prends bien soin de toi.

Elle l'embrassa affectueusement et s'en alla, les joues ruisselantes de larmes ; oui, quel déchirement de s'arracher à cet univers familier ! Cinq minutes plus tard elle sortait de ces murs dans lesquels avaient grandi ses ambitions, et qui avaient été témoins de son ascension. Fini !

Chez elle s'empilaient des monceaux de caisses que les déménageurs viendraient chercher le lendemain matin. Ce serait également le dernier jour de Raquel. La famille Adams s'installerait à l'hôtel *Carlyle* pour le week-end et fermerait définitivement la maison le lundi. Mel prendrait sa robe en lainage blanc et le jour suivant, 19 décembre, l'avion les emporterait toutes les trois pour Los Angeles. Cinq jours encore et ce serait son mariage... son mariage... Mel, assise dans l'obscurité, eut l'impression d'une prison qui se refermait sur elle. Son mariage ! Elle allait se marier...

— Oh, mon Dieu !

Recroquevillée dans son lit, elle promena son regard sur le chaos qui s'étalait autour d'elle, et des larmes jaillirent une fois de plus. Cette tristesse était inexplicable. Même la pensée de Peter attendant sa venue à Los Angeles ne put la consoler.

CHAPITRE XXIV

Le samedi 16 décembre, Mel se trouvait dans sa chambre à coucher de la Quatre-Vingt-Unième rue Est pour la dernière fois. Les déménageurs avaient mis la maison à sac pendant deux jours, et la dernière malle venait de rouler sur le trottoir avant d'embarquer pour la Californie. Toutes ses affaires, sauf ses robes et quelques trésors auxquels elle tenait particulièrement, seraient entreposées à Los Angeles.

Les jumelles attendaient au rez-de-chaussée avec Raquel que leur mère veuille bien descendre. Mais Mel voulait jeter un dernier regard à sa chambre à coucher. Plus jamais elle ne s'allongerait dans son lit le matin, le regard tourné vers la fenêtre, guettant le pépiement des oiseaux dans le petit jardin. Il y aurait d'autres oiseaux en Californie, un autre jardin, une vie différente. Mais son domicile à New York comptait tellement ! C'était dur d'y renoncer, même pour l'amour d'un homme. Pourtant ce n'était qu'une maison, après tout !

— Maman ? Tu viens ?

Val criait à tue-tête du rez-de-chaussée.

— J'arrive, répondit-elle en hurlant.

Un dernier coup d'œil sur ce décor qu'elle aimait, et Mel dégringola l'escalier. Toutes deux l'attendaient, debout près des valises qu'elles emportaient à l'hôtel, les bras chargés des cadeaux qu'elles venaient d'échanger avec Raquel. Mel sortit pour héler un taxi au moment où quelques flocons de neige commençaient à voltiger. Il lui fallut près d'une demi-heure pour en arrêter un, et lorsqu'elle revint chez elle ses filles sanglotaient dans les bras de Raquel.

— Vous allez me manquer, les gars, dit Raquel.

Elle regarda Mel et sourit à travers ses larmes.

— Mais vous avez eu raison, madame Mel, c'est un homme très bien.

Mel hocha la tête, incapable de proférer un mot, puis elle embrassa affectueusement Raquel et se tourna vers les jumelles.

— Le taxi nous attend, les filles, pourquoi est-ce que vous ne mettez pas vos affaires sur le siège avant ?

Elles sortirent lourdement, avec leurs bottes, leurs parkas et leurs jeans, leurs gants fourrés, et Mel pensa encore qu'une époque se terminait.

— Raquel...

La voix de Mel était cassée par l'émotion :

— ... nous vous aimons, ne l'oubliez jamais. Si jamais vous avez besoin de quelque chose, ou si vous changez d'avis et décidez de venir nous rejoindre à Los Angeles...

Des larmes dans les yeux, les deux femmes s'embrassèrent longuement.

— Tout ira bien, mon petit... vous allez être très heureuse là-bas... ne pleurez pas...

Mais Raquel, maintenant, pleurait. Elles avaient vécu ensemble pendant tant d'années, et ensemble elles avaient élevé les filles. Fini ! Mel avait renoncé à tout son passé, même à Raquel, pour se lancer dans une vie nouvelle.

Le klaxon résonna dans la rue. Mel étreignit une dernière fois Raquel et regarda encore autour d'elle dans la maison sombre. Elle viendrait la fermer définitivement lundi, et les nouveaux occupants s'installeraient le lendemain. Tout serait transformé. Ils repeindraient les murs, colleraient des papiers, changeraient la cuisine, abattraient des cloisons.

— Allez, madame, du courage…

Raquel prit Mel par la main et l'accompagna à l'extérieur. Encore une fois Mel parcourut la façade d'un œil noyé, le cœur navré. Mais elle l'avait bien voulu, cet arrachement, et il était trop tard pour revenir en arrière.

Elle se dirigea vers le taxi, suivie de Raquel, qui portait le manteau tout neuf qu'elles avaient toutes les deux choisi pour son cadeau de Noël. Un Noël un peu prématuré étant donné les circonstances. De plus Mel avait signé un chèque important qui permettrait à Raquel de vivre au moins un mois ou deux, et rédigé une lettre de recommandation qui lui ouvrirait toutes les portes. Mel se glissa à côté de ses filles déjà installées dans le taxi et fit un signe de la main à Raquel, toute droite dans les flocons de neige, pleurant à chaudes larmes.

Une fois qu'elles arrivèrent à l'hôtel, les jumelles essuyèrent leurs larmes et leur humeur grimpa tandis qu'elles visitaient la suite retenue par leur mère. Elles commandèrent un repas, allumèrent la télévision et se précipitèrent au téléphone pour appeler leurs amis. Mel put disposer d'un peu de temps libre. De son téléphone personnel elle appela Peter.

— Allô, chéri ?

— Tu as l'air épuisée. Tout va bien ?

— Oui, mais c'était épouvantable de dire au revoir à Raquel et de quitter la maison.

— Dès que tu seras à Los Angeles, tu oublieras tout cela, Mel.

Il ajouta qu'il avait déjà reçu pour elle une pile de courrier de la station de télévision de Los Angeles. On lui demandait de se présenter dès son arrivée, car ses émissions démarreraient dès le 1er janvier.

— Je les appellerai mardi.

— C'est ce que je leur ai annoncé. Tu vas bien, ma chérie ?

Il savait que son cœur saignait et il l'admirait pour son énergie. Même en formulant sa demande en mariage, il n'avait guère d'espoir de la voir tout quitter, ou presque, pour lui. C'était un rêve, un rêve qui s'était réalisé.

— Je me porte à merveille, chéri ; juste un peu de fatigue.

Fatigue, mais aussi dépression. Cependant elle n'en souffla mot. Tout irait mieux dès qu'elle serait auprès de lui, l'angoisse de l'avenir se calmerait.

— Tes opérations ? demanda-t-elle.

— En ce moment, l'hôpital se remplit de patients qui attendent des transplantations, et toujours pas de cœurs disponibles. J'ai l'impression d'être un jongleur qui a lancé une dizaine de balles dans les airs à la fois.

Mais elle savait qu'il s'en tirerait au mieux et, une fois de plus, regretta de n'être pas déjà auprès de lui.

Elle ne l'avait pas revu depuis le jour où il lui avait proposé de l'épouser.

— Comment se porte Marie ?

— Un peu mieux. Je crois qu'elle s'en tirera.

Comme il était de fort bonne humeur, Mel se sentit mieux dès qu'elle eut reposé le récepteur. Ce soir-là, après avoir dîné, les trois Adams se couchèrent tôt et, lorsqu'elles se réveillèrent le lendemain matin, trente centimètres de neige recouvraient les trottoirs de New York.

— Maman, regarde !

Pour une fois Jessica abandonna son petit air sérieux et se mit à sauter de joie comme une enfant.

— Allons dans le parc et organisons une bataille de boules de neige !

Ce qu'elles firent. Puis Mel proposa d'aller patiner à Wollman Rink, où elles s'amusèrent comme des gamines à glisser, à tomber, à se taquiner. Même Val, d'abord réticente, finit par se laisser gagner par cette atmosphère de gaieté. Elles revinrent ensuite lentement à leur hôtel où elles avalèrent des tasses de chocolat brûlant avec de la crème fouettée.

— Nous ne sommes plus que des touristes, désormais, dit Mel.

Mais elle souriait, et dans la soirée elles allèrent au cinéma. Les jumelles avaient déjà formé des projets avec leurs amis pour le lendemain, mais rien pour la soirée. Le lundi matin Mel s'en alla fermer la maison, puis alla chez Bendel prendre sa robe de mariée, comme prévu. C'était un ensemble très simple composé d'une robe en lainage blanc avec une veste assortie. Le tissu, plutôt légèrement crémeux que vraiment blanc, avait coûté une fortune. Pour les filles,

Mel avait prévu des robes d'un bleu pastel et elle emportait exactement la même pour l'offrir à Pam.

Le mariage devait se dérouler la veille de Noël à l'église St Alban de Beverly Hill, et les invités se limitaient aux amis intimes de Peter. Mel n'avait aucune relation à Los Angeles.

— Maman, ça sera bizarre sans personne que nous connaissions, tu ne trouves pas ?

Mel essaya de rassurer Val, toujours anxieuse.

— Au début certainement, mais les amis de Peter deviendront vite les nôtres.

Val en prit son parti, mais Jessica se rembrunit. Une fois de plus elle se répéta qu'elle ne connaissait pas une âme dans cette ville lointaine et qu'elle aurait à changer de collège tandis que Val, qui n'avait que Mark en tête, avait des motifs de se réjouir.

Le lundi soir Mel emmena ses filles au *21* pour leur dernière journée new-yorkaise et une limousine ramena toute la famille à l'hôtel. Avant de se coucher, elles regardèrent le ciel étoilé. Mel dut refouler ses larmes.

— Nous reviendrons, nous reviendrons…

Elle n'en était pas aussi sûre qu'elle voulait bien le paraître. Mais elle voulait se réconforter et réconforter ses filles.

— Peut-être viendrez-vous poursuivre vos études ici.

Deux années les séparaient de l'université, mais pour leur mère… Aucune possibilité de retour, sinon quelques jours en passant.

Le lendemain, il fallut partir du *Carlyle*, ce qui n'avait rien d'aussi déchirant que de se séparer de leur maison. Et même l'excitation que procure l'aventure leur apporta une bonne humeur qui dura jusqu'à leur arrivée à l'aéroport. Deux amis étudiants retournant à Los Angeles repérèrent immédiatement les jumelles, si bien que Mel ne vit pratiquement plus ses filles jusqu'au décollage.

Elles regagnèrent leurs sièges au dernier moment.

— Où donc étiez-vous, toutes les deux ?

— À l'arrière, en train de jouer au bridge avec deux garçons de Los Angeles. Ils font leurs études à l'université de Columbia et retournent chez eux pour Noël. Ils nous ont invitées à une soirée demain à Malibu.

Les yeux de Val brillaient déjà à cette perspective, si bien que Jessica se mit à rire :

— Ouais... mais si tu crois que maman nous donnera la permission d'y aller !

Elle connaissait suffisamment sa mère pour deviner ses réactions.

— Nous pourrions y aller avec Mark, suggéra Val.

— Je pense que nous aurons à en discuter...

— Oh, maman...

Lorsque l'avion atterrit il faisait un temps magnifique. En descendant la passerelle, toutes trois examinèrent avec inquiétude la foule des amis venus accueillir les voyageurs, se demandant qui de la famille Hallam les attendait. Lorsque Val poussa un hurlement de joie en apercevant Mark, Mel découvrit tous les membres de la famille, même Matthew. Elle se précipita dans les bras de Peter, qui la tint étroitement enlacée. En cet instant, elle sut qu'elle avait eu raison de tout abandonner pour lui. Elle comprit, avec toutes les fibres de son être, qu'elle l'aimait.

CHAPITRE XXV

Mel et ses filles s'installèrent à l'hôtel *Bel-Air* jusqu'au 24 décembre. Ce jour-là, à 5 heures de l'après-midi, une voiture louée vint les chercher pour les conduire à l'église de St Alban. La mariée en blanc et ses filles en bleu étaient ravissantes. Mel tenait un bouquet de freesias blancs mélangés à de délicates orchidées, et ses filles avaient des petites fleurs de saison à la main, quelques-unes disposées artistement dans leurs cheveux.

Mel les regarda pendant qu'elles descendaient de la voiture :

— Vous êtes très jolies, les filles.

— Toi aussi, maman.

Les yeux de Jessica brillèrent en interrogeant sa mère :

— Tu as peur ?

Mel hésita, puis sourit :

— Je crève de peur.

Une lueur inquiète apparut sur la figure de Jess.

— Tu ne vas pas te dégonfler, au moins ?

Mel ne put retenir un rire :

— Mon Dieu, non ! Tu sais bien que nous ne pouvons plus retourner dans notre maison maintenant !

Lorsqu'elle prononça ces mots, Jess se contracta. C'était la gaffe ! Mel passa la main sur les cheveux roux de sa fille en murmurant :

— N'y pense plus, Jess, tu sais bien que nous avons une nouvelle maison, maintenant.

Elle savait que, de toutes les trois, c'était Jess qui avait eu le plus de mal à accepter le déménagement, même si elle ne s'en était jamais plainte. Pendant les cinq derniers jours, elle avait aidé Pam à réorganiser sa chambre, aidé aussi Val à transporter leurs affaires dans la chambre des invités. Les jumelles partageraient cette pièce, ce qui paraissait étrange après avoir fait chambre à part si longtemps.

— Ce qui m'ennuie, confia Jess à Pam, c'est que Val est tellement nunuche !

Puis elle soupira. Il n'y avait pas assez de place chez les Hallam, il fallait bien accepter de s'y tenir un peu à l'étroit. Jess acceptait tout, même l'accueil réfrigérant de Mme Hahn, qui ne cessait de jeter des coups d'œil inquisiteurs dans leurs valises et leurs placards. Quelques valises attendaient encore à l'hôtel *Bel-Air*, qui seraient embarquées le soir même pour la maison des Hallam. Mel avait refusé qu'elles y entrent avant le jour de la cérémonie.

— Eh bien, déclara Jess en jetant un coup d'œil sur la petite église, je crois que nous y sommes.

Mel, silencieuse, regarda la façade et Val poussa un cri de joie en apercevant Mark qui entrait sous le porche. Il avait l'air si beau, si jeune, si costaud ! Peter et Matt se trouvaient déjà à l'intérieur, mais Pam attendait les arrivants dans le fond de l'église. Il avait été décidé qu'elle précéderait Valérie, puis Jessica, toutes trois dans la même robe et tenant les mêmes bouquets, puis quelques mètres derrière elles viendrait Mel. Peter et ses fils se tenaient devant l'autel. Pour la sortie Pam et Matt précéderaient les invités, parmi lesquels se trouverait Mark, puis Peter et Mel franchiraient le porche derrière eux. Mel avait envoyé des invitations à ses amis de New York, et la secrétaire de Peter en avait fait autant pour ses intimes de Los Angeles.

Mais, lorsque Mel avança dans l'allée principale, elle découvrit qu'il n'y avait pas une seule tête connue dans l'assistance. Elle allait se marier avec juste ses jumelles pour l'accompagner. L'émotion, l'excitation, l'angoisse lui coupèrent ses moyens et ce fut pâle comme une morte que Peter la vit arriver. Il fit un pas vers elle et tranquillement lui prit le bras. Soudain, plus rien n'exista au monde que lui. Le rose lui monta aux joues et ses yeux brillèrent pendant qu'elle entendait les mots qu'il murmurait :

— Je t'aime, Mel, et tout ira bien.

— Je t'aime moi aussi.

Elle ne pouvait rien dire de plus.

Puis le célébrant rappela à tous les assistants la raison de leur présence dans l'église.

— Mes chers frères, nous sommes rassemblés ici, veille de Noël, en ce saint jour…

Puis il sourit et continua :

— … pour unir cette femme et cet homme par les liens sacrés du mariage…

Le cœur de Mel battait comme un tambour. De temps à autre Peter lui tapotait la main. Ensuite ils prononcèrent leur serment et échangèrent leurs anneaux. Peter avait commandé pour Mel un simple anneau incrusté de diamants. Mel avait insisté pour ne pas recevoir d'alliance, mais, lorsqu'elle aperçut le bijou, des larmes apparurent dans ses yeux, si bien qu'elle discerna à peine Peter pendant qu'elle glissait à son doigt une alliance d'or.

— ... pour garder et chérir à partir de ce jour jusqu'à... pour le meilleur et pour le pire jusqu'à la mort...

Un frisson parcourut son dos. Elle ne pouvait envisager de perdre Peter, et pourtant il avait survécu à la mort d'Anne, et il épousait aujourd'hui une autre femme. Elle leva les yeux vers cet homme qui était maintenant son époux.

— Je vous déclare mari et femme.

L'orgue retentit et une chorale entonna *Sainte Nuit* pendant que Mel, le regard perdu dans celui de Peter, sentait ses jambes se dérober sous elle.

— Vous pouvez embrasser la mariée, déclara le célébrant.

Peter obéit puis Mel, plongée dans un rêve, descendit à son bras l'allée centrale et pendant une heure serra les mains de parfaits inconnus. Elle ne trouva qu'une minute pour embrasser Mark, Matthew et Pam, et leur dire combien elle était heureuse. Elle aperçut aussi Mme Hahn ; même en ce jour de mariage l'Allemande lui parut hostile, mais Peter alla lui serrer la main et un sourire monta à ses lèvres. Cette femme désapprouvait-elle cette union ? Sans doute regrettait-elle toujours la précédente Mme Hallam. Alors, soudain, Mel ressentit amèrement l'absence de Raquel. Raquel avait été presque une mère pour elle qui n'avait pas de famille.

Ils montèrent à sept dans la limousine pour gagner l'hôtel *Bel-Air*, où la réception était prévue. C'est alors que la mariée découvrit que la cérémonie ne se déroulait pas dans l'intimité comme il avait été décidé. Les invitations avaient été lancées pour 18 heures, avec un buffet à 19 h 30, mais au moins une centaine de personnes étaient déjà arrivées. Un orchestre composé de sept musiciens fit retentir *la Marche nuptiale*, ce qui immobilisa aussitôt Peter, qui embrassa carrément Mel sur les lèvres.

— Bonjour, madame Hallam...

Tout devint complètement fou et merveilleux pour Mel et cela n'eut plus aucune importance que les invités soient des inconnus, voire des gens qu'elle ne reverrait jamais. Tous, ils partageaient avec elle le moment le plus merveilleux de sa vie, ils venaient lui serrer la main en lui assurant à quel point ils aimaient la voir sur leur écran, combien aussi ils enviaient Peter d'avoir une telle chance de l'épouser. Bientôt, ils n'eurent plus tellement l'air d'inconnus.

— Mais non, c'est moi qui ai de la chance...

Elle se défendait sans cesse. Il y eut néanmoins un moment qui jeta une ombre sur cette gaieté générale : ce fut quand elle entrevit à l'autre bout de la salle Val parlant à Mark et pleurant tout doucement. Lorsque Mel approcha, Val avait repris son sourire ; elle se serra contre sa mère, sous l'œil attentif de Jessica.

— Nous t'aimons, maman, et nous sommes tellement heureuses pour toi !

Dans l'œil de Jessie il y avait de la tristesse. Cela prendrait du temps pour qu'elle s'habitue à voir sa mère près de Peter. Mais Mel sentait qu'elle avait pris la bonne décision pour elle comme pour ses filles, et aussi pour Peter. Les jumelles se feraient bien une raison, même si les débuts de la cohabitation demandaient de la patience. Heureusement elles aimaient bien Peter et avaient des caractères accommodants.

En revanche, une ou deux fois Pam avait manifesté un peu de vivacité en lui répondant. Il suffirait d'y prendre garde, et cette enfant s'habituerait à l'idée que son père avait une nouvelle épouse. Chaque chose en son temps, se répétait Mel.

L'amourette entre Val et Mark continuait bon train, pourtant ils avaient perdu cet air radieux qu'ils affichaient dans le passé. À vivre sous le même toit, leurs sentiments avaient sans doute perdu de la griserie des débuts. Un beau jour, Mark découvrirait qu'elle était « nunuche », comme disait Jess, et Val, elle, se lasserait de le voir tourner autour d'elle... ainsi se terminerait la romance. C'est du moins ce que Mel espérait. Elle se retourna car Matt s'inclinait devant elle pour l'inviter à danser. Devant des invités souriants et attentifs, elle esquissa quelques pas avec lui jusqu'au moment où Peter l'emporta dans une valse.

— Est-ce que tu t'aperçois à quel point tu es jolie ?

— Non, mais sais-tu à quel point je suis heureuse ?

Elle rayonnait de bonheur.

— Je veux t'entendre me le dire, chuchota-t-il.

Il était lui aussi l'image de bonheur, mais il n'avait pas eu à changer radicalement de vie pour épouser Mel. Encore une fois elle se remémora tout ce à quoi elle avait dû renoncer...

— Je n'ai jamais été aussi heureuse de toute ma vie.

— Parfait, tu as eu la bonne réponse.

Tout en tourbillonnant, il regarda autour de lui :

— Nos enfants aussi ont l'air heureux.

Pam riait à une réflexion de Jess et Mark dansait

avec Val pendant que Matthew bavardait avec les invités.

— Je le crois aussi. Il n'y a que Mme Hahn qui ne paraisse pas se réjouir aujourd'hui.

— Donne-lui le temps, elle perdra sa raideur.

Il fallait une rude imagination pour l'imaginer douce et souriante. Mel ne se risqua pas à exprimer sa pensée.

— Elle t'aime aussi, tu sais, insista Peter, ainsi que tous mes amis.

— Ils sont très gentils.

Ils auraient pu être n'importe qui d'autre, envoyés on ne sait d'où pour faire acte de présence, manger, danser et féliciter les mariés.

— Dans quelque temps, lorsque nous serons bien installés, nous donnerons une petite soirée afin que tu fasses connaissance de mes amis à petite dose. Je me rends compte que les débuts seront difficiles pour toi.

— Pas du tout, dit-elle en souriant, parce que tu es là. Il n'y a que toi qui comptes pour moi, tu sais, à l'exception des enfants.

Il s'en réjouit, mais il aurait voulu aussi qu'elle apprécie ses amis. Elle ignorait tout d'eux.

— Je suis sûr que tu t'entendras très bien avec eux.

À la fin de la valse, un confrère de Peter vint les rejoindre et ils discutèrent sur l'interview que Mel avait faite. Le nouveau venu avait assisté à la transplantation, et Mel se souvint de lui.

Elle dansa encore avec une douzaine d'inconnus, s'amusa de leurs plaisanteries, serra des mains, essaya de graver quelques noms dans sa tête puis y renonça, sachant qu'elle n'y arriverait pas, et enfin vers

23 heures tout le monde rentra chez soi. La limousine vint chercher les Hallam et les Adams et les reconduisit dans la maison de Peter à Bel Air. Mark portait Matt, qui s'endormit dans la voiture pendant que les filles bavardaient entre deux bâillements. Au moment de franchir le seuil de leur domicile, Peter saisit le bras de Mel.

— Une minute, s'il te plaît.

— Qu'est-ce qu'il y a ?

Elle s'arrêta près de son mari devant la maison, pendant que le chauffeur déchargeait les bagages. Peter souriait. Il la prit dans ses bras, la souleva, et entra ainsi avec elle dans la maison. Puis il la déposa à terre devant l'arbre de Noël.

— Bienvenue chez nous, mon amour.

Ils s'embrassèrent à nouveau pendant que les enfants montaient l'escalier sur la pointe des pieds. Le seul à se réjouir était Mark. Les trois filles cachaient mal leur nervosité tout en essayant d'oublier la signification exacte de ce mariage et ses conséquences dans leur vie quotidienne. Ce n'était plus un jeu, c'était la réalité. Les trois filles dirent bonsoir et allèrent s'enfermer dans leurs chambres. Pam ne voulait pas voir Mel dans les bras de Peter, et les jumelles avaient du mal à réaliser que leur mère ne leur appartenait plus entièrement. Un trait était tiré sur leur vie passée.

Peter et Mel s'attardèrent encore un instant en commentant cette journée qu'ils jugèrent très réussie. Il lui offrit une coupe de champagne et, lorsque la pendule de la cheminée carillonna pour annoncer minuit, il lui porta un toast :

— Joyeux Noël, Mel.

Elle se leva, posa son verre, et ils s'embrassèrent longuement, très longuement, avant qu'il l'emporte dans ses bras, avec sa robe de mariage, vers leur chambre à coucher.

CHAPITRE XXVI

En l'honneur de noël qu'ils fêtèrent tous en famille dans la maison de Bel Air, Mme Hahn prépara une oie au riz brun et purée de marrons, accompagnée de petits pois aux oignons, enfin une tarte anglaise et un plum pudding pour le dessert.

Jessica ouvrit des yeux scandalisés en s'asseyant à table.

— Pas de dinde cette année ?

Sa sœur renifla l'oie, éclata en sanglots et s'enfuit au premier étage. Mel voulut la rejoindre, Mark l'arrêta :

— Je m'en charge, Mel.

Son calme avait de quoi surprendre, mais Jessica fut la seule à le remarquer. Val ne cessait de pleurnicher. La nuit précédente, elle avait même sangloté pendant des heures sans vouloir en expliquer la raison à sa jumelle. Jessie ne voulait pas inquiéter sa mère, qui, apparemment, n'avait rien remarqué de suspect chez Val.

— Merci, Mark, dit Mel.

Puis, tournée vers Peter, elle ajouta :

— Je suis désolée de cet incident. Je pense que tout le monde est un peu fatigué en ce moment.

Il approuva sans plus se formaliser. Les jumelles n'étaient pas habituées aux traditions Hallam qui voulaient que l'on mange de l'oie chaque année pour Noël. La dinde était réservée pour Thanksgiving.

Lorsque Mme Hahn servit la tarte anglaise, Jessie et Val n'en prirent qu'une bouchée, désolées de ne pas avoir leur gâteau aux pommes habituel. Même l'arbre de Noël leur paraissait bizarre avec ses petites ampoules et seulement des boules dorées comme décoration. Leur arbre à elles, couvert de lumières de toutes les couleurs qu'elles conservaient d'une année sur l'autre, était parti pour le garde-meubles avec le reste de leurs affaires.

— J'ai trop dîné !

Mel regardait Peter avec désespoir en se levant de table. Le seul compliment qu'elle aurait pu faire à Mme Hahn aurait concerné son talent de cuisinière. Une fois qu'elle se fut installée au salon, Mel regarda sa nouvelle maison et s'aperçut que les photographies d'Anne trônaient toujours un peu partout. Son portrait à l'huile était posé sur un guéridon. Peter saisit son regard au vol, se raidit et attendit nerveusement qu'elle fasse une réflexion. Mais elle se tut. Intérieurement elle décida qu'à son retour de leur lune de miel, la veille du Nouvel An, elle rangerait tous ces souvenirs.

Peter avait proposé Puerto Vallarta, un endroit qu'il adorait, et ils devaient emmener les cinq enfants avec eux. Mel craignait un peu que Matt ne supporte pas bien le climat du Mexique, mais les autres étaient assez adultes pour faire attention. Cette décision d'inviter les enfants leur avait paru diplomatique : il était difficile de les abandonner tout de suite après le mariage. Plus tard ils partiraient tous les deux pour un long voyage, peut-être en Europe, ou à Hawaii suivant les congés qu'ils pourraient prendre. Mel ne disposait plus, avec son nouveau contrat, de ses vacances de deux mois, mais elle aurait droit à un congé de maternité, ce qui l'avait fait beaucoup rire. Les directeurs avaient insisté pour le mentionner clairement bien qu'elle assurât avoir déjà tous les enfants qu'elle désirait, et les avoir eus en une seule fois. Elle avait encore plaisanté avec Peter en lui rapportant ce détail ; il l'avait taquinée en lui promettant une grossesse si elle ne prenait pas de précautions.

En cette soirée de Noël, Mel soupirait à la pensée de faire encore une fois ses valises. Il lui semblait qu'elle n'avait cessé depuis un mois. Au moins, à Puerto Vallarta, elle n'aurait pas besoin de grand-chose et les enfants étaient ravis à la pensée d'y aller ! À l'étage des enfants justement, on entendait des galopades, des plaisanteries de chambre à chambre ; ils s'empruntaient des affaires en riant très fort, puis Matt s'amusa à sauter sur le lit de Val ; et Pam, sur l'invitation de Jessica, emporta quelques-uns de ses sweaters.

Du salon, Peter et Mel entendaient ce vacarme et s'en réjouissaient.

— Je crois qu'ils s'entendront bien, dit Mel.

Cependant elle savait qu'il existait encore une certaine tension entre les deux groupes. Maintenant, il fallait en prendre son parti, car il n'y avait plus d'échappatoire possible.

La sonnerie du téléphone retentit.

— Tu te fais trop de souci pour eux, Mel. Tout va bien.

Peter souleva le récepteur puis il s'assit à son bureau avec un froncement de sourcils et posa quelques questions rapides. Enfin il raccrocha l'appareil, attrapa sa veste posée sur un fauteuil et expliqua à Mel :

— C'est Marie. Elle fait un nouveau rejet.

— C'est grave ?

— Elle est dans le coma. Je me demande pourquoi on ne m'a pas appelé plus tôt aujourd'hui ! Ils m'ont seriné une histoire à dormir debout sur Noël, sur le fait ne pas me déranger puisque je n'étais pas sur écoute. Les crétins !

Il s'arrêta une seconde dans la porte et regarda tristement sa femme :

— Je reviendrai dès que je le pourrai.

En le voyant disparaître, elle crut voir s'envoler son voyage au Mexique. Les enfants vinrent lui dire bonsoir un peu plus tard. Elle ne parla pas de Marie, ne voulant pas les troubler, et expliqua seulement que leur père avait dû partir pour l'hôpital afin d'examiner un nouveau malade. Lorsqu'ils remontèrent dans leurs chambres, elle pensa à Marie et fit une prière pour elle. À aucun moment Peter ne l'appela pour lui donner des nouvelles. Il était 2 h 30 lorsqu'elle décida de ne plus l'attendre. Elle alla se coucher en espérant qu'il pourrait se libérer pour partir en voyage. Autrement, il faudrait tout annuler. Évidemment elle ne partirait pas sans lui ! C'était leur voyage de noces !

Il était un peu plus de 5 heures lorsqu'il se glissa dans leur lit. Elle se coula contre lui mais il resta froid et distant. Cette attitude contrastait tellement avec ses habitudes qu'elle se pressa davantage contre lui.

— Alors, mon amour, tout va bien ?

Il ne répondit pas. Elle ouvrit les yeux.

— Peter ?

— Elle est morte à 4 heures. Nous l'avons ouverte,

mais il était trop tard. Je n'ai jamais vu un cas de dur-cissement des artères aussi avancé, et avec un nouveau cœur, bon Dieu !

Il s'en voulait. Pourtant, grâce à la greffe, Marie avait vécu sept mois supplémentaires. Mais pas plus.

— Je suis tellement désolée...

Que pouvait-elle dire d'autre ? Mais il ne voulait rien entendre. Il résista à tous les efforts qu'elle fit pour le consoler. Finalement, à 6 heures du matin, il sortit du lit.

— Tu devrais essayer de dormir un peu avant de partir, suggéra-t-elle doucement.

Marie avait occupé une grande place dans leur vie, dès le premier jour. Mel avait assisté à la transplanta-tion. Elle ressentait maintenant la perte de cette malade. Mais surtout Mel n'était pas préparée aux paroles que prononça Peter, avec la grimace d'un enfant dévoré par le chagrin :

— Je n'irai pas. Tu partiras avec les enfants.

Il était dans tous ses états pendant qu'il s'asseyait dans un fauteuil de leur chambre à coucher. Il faisait encore nuit ; Mel alluma une lampe pour mieux le voir. Avec des cernes sombres sous les yeux, il avait l'air épuisé. Jolie nuit de noces, début consternant pour leur lune de miel !

— Je ne vois pas ce que tu ferais ici, et nous ne partirons pas sans toi.

— Je ne suis pas d'humeur à m'en aller, Mel.

— Ce n'est pas juste. Les enfants seront très déçus, et c'est notre voyage de noces.

Il parlait à tort et à travers, mais c'était normal dans son état.

— Bon sang, cria-t-il en sautant sur ses pieds, comment pourrais-tu comprendre ! Sept mois dégueulasses, c'est tout… Je n'ai pas pu lui en donner davantage !

— Tu n'es pas Dieu, Peter. Tu as agi pour le mieux, et très brillamment, mais c'est Dieu qui décide, pas toi.

— Foutaises ! Nous aurions pu faire mieux.

— Eh bien, tu t'es trompé, et elle est morte !

Mel criait à son tour.

— Et j'espère que tu ne vas pas continuer à faire la tête ! Tu as des responsabilités aussi envers nous.

Il lui jeta un regard de feu puis sortit de la pièce à grands pas. Il ne revint qu'une demi-heure plus tard, avec deux tasses de café. Comme il était inutile de se rendre à l'aéroport avant midi, il restait assez de temps pour le faire changer d'avis. Il lui tendit une tasse de café brûlant avec un regard encore très sombre ; et elle le remercia en lui adressant un sourire plein de chaleur.

— Je suis désolé, Mel… c'est seulement que… je ne supporte pas de perdre un malade, et c'était une si gentille fille… ce n'est pas juste…

Sa voix se cassa. Mel posa sa tasse et passa ses bras autour des épaules de son mari.

— Tu as choisi un métier ingrat, mon chéri, tu le sais. Tu rencontreras toujours des échecs, et même si tu essaies de les oublier, ils existent.

Il savait qu'elle avait raison. Elle le connaissait bien. Avec un sourire las, il déclara :

— Je suis un homme heureux.

— … et un brillant chirurgien, ne l'oublie jamais.

Aborder la question du Mexique lui parut prématuré. Autant attendre la fin du petit déjeuner. Son air abattu ne pouvait échapper à ses enfants. En grimpant les marches de l'escalier aux côtés de Mel, Mark demanda :

— Qu'est-il arrivé à papa ?

— L'un de ses patients est mort la nuit dernière.

— C'est toujours la même chose. Papa n'arrive pas à s'y habituer, surtout lorsqu'il s'agit d'un patient sur lequel il a fait une transplantation. Est-ce que c'était le cas ?

— Oui. C'est la jeune femme qu'il a opérée lorsque je suis venue pour mon interview au mois de mai.

— Est-ce que nous partons quand même ?

— Je l'espère.

— Vous n'avez pas la moindre idée de l'état de papa après la mort d'un de ses patients. Il est possible qu'il refuse de partir.

— J'essaierai de le persuader.

Mark la regarda, parut sur le point d'ajouter quelques mots, mais Matt arriva et interrompit la conversation. Il avait égaré ses palmes et voulait savoir si Mel les avait aperçues.

— Non, mais je les chercherai. As-tu regardé à la piscine ?

Oui, sans les trouver. Il repartit et Mel se rendit dans sa chambre. Peter était assis, le regard perdu, l'air d'un vieillard. Son fils aîné ne s'était pas trompé. Peter reparla de la mort de Marie, avec une grande amertume, et Mel commença à craindre pour le voyage.

— Dis-moi, chéri…

Elle s'assit près de lui sur le bord du lit.

— … qu'allons-nous faire ?

— Comment ?

Devant ses yeux apparaissait le cœur de Marie tel qu'il l'avait vu en ouvrant le thorax.

— Notre départ ? Y allons-nous ou pas, au Mexique ?

Il hésita longtemps, son regard dans celui de Mel, incapable de prendre une décision.

— Je ne sais pas.

— Cela te ferait le plus grand bien, et aux enfants aussi. Nous avons traversé une période fatigante ces jours derniers, pris un tas de décisions, changé nos habitudes, et ce n'est pas fini ! Aussi, je crois que ce déplacement nous serait recommandé par le médecin.

Toujours souriante, elle évita de préciser que son nouveau travail à la télévision démarrait dans une semaine et lui demanderait une bonne dose d'énergie. En vérité, elle avait encore plus besoin de vacances que lui.

— Très bien, nous irons. Tu dois avoir raison. Il ne faut pas décevoir les enfants, et je me suis déjà arrangé avec l'un de mes assistants pour qu'il assure la permanence.

Elle mit les bras autour de son cou et se serra contre lui.

— Merci.

Mais il ne répondit pas, et il observa le silence pendant tout le trajet à l'aéroport. Une ou deux fois, les yeux de Mel et de Mark se rencontrèrent, mais ils ne firent aucun commentaire jusqu'au moment où ils se retrouvèrent dans l'avion, peu après le décollage.

Mark fut formel :

— Il peut rester dans cet état un bon moment, vous savez.

— Combien de temps, à peu près ?

— Une semaine, quelquefois deux. Parfois même un

410

mois. Tout dépend de la responsabilité qu'il se donne et des liens qui l'unissaient à son malade.

Mel hocha la tête. Ces mots de Mark promettaient un voyage de noces moins agréable qu'elle ne l'aurait espéré. Et Mark avait raison. À Puerto Vallarta, où l'avion atterrit, deux Jeep les attendaient pour les conduire à l'hôtel. Les chambres donnaient sur la mer. Juste sous leurs fenêtres se trouvait un énorme bar en plein air, tout près de trois piscines qui retentissaient de cris joyeux. Par-dessus ce vacarme s'élevait la musique tonitruante d'un orchestre à cordes interprétant de temps à autre un mariachis. Cette atmosphère de fête excitait les enfants, surtout les jumelles qui n'étaient jamais venues au Mexique. Mark les emmena à la piscine et leur offrit un soda au bar. Peter ne voulut pas quitter sa chambre malgré les efforts de Mel pour le sortir de sa morosité.

— Tu n'as pas envie d'aller te promener sur la plage, chéri ?

— Non, je préfère rester seul. Pourquoi ne rejoins-tu pas les enfants ?

Elle aurait voulu lui lancer à la figure que c'était sa lune de miel à elle, et pas celle des enfants, mais elle jugea plus intelligent de se taire. Ainsi, il retrouverait plus vite sa belle humeur.

Mais les jours passèrent sans que Peter recouvre son énergie habituelle. Mel alla faire des courses en ville avec Pam et les jumelles. Elles achetèrent de ravissantes robes et des chemises brodées qu'elles décidèrent de porter à la piscine de Los Angeles, et Mark emmena deux fois son petit frère à la pêche. Mel les invita tous, sauf Matt, dans des restaurants typiques, et un soir à une soirée disco, mais Peter ne voulut jamais les accompagner. Le souvenir de Marie l'obsédait. Plusieurs fois par jour il passait une heure dans sa chambre à téléphoner à l'hôpital de Los Angeles pour se tenir au courant de l'état de ses malades.

— Ce n'était pas la peine de venir si tu dois rester tout le temps dans la chambre pour appeler Center City.

Mel perdit patience à la fin du séjour. Mais Peter ne fit que lever vers elle des yeux vides.

— Je t'avais prévenue mais tu n'as pas voulu décevoir les enfants.

— Nous sommes en voyage de noces, pas eux.

La réflexion avait fini par lui échapper. Non seulement il n'avait fait aucun effort de toute la semaine, mais ils n'avaient même pas couché ensemble depuis la mort de Marie. Une jolie lune de miel !

— Je suis désolé, Mel. C'est un moment difficile pour moi, mais j'en sortirai.

N'était-il pas trop optimiste ? Elle se le demanda. Et elle se rendit aussitôt compte qu'elle n'avait même pas une maison à elle où se réfugier après ce voyage. Plus que jamais elle regretta d'avoir dû abandonner celle de New York. Elle se souvint aussi de toutes ces photos d'Anne qu'il faudrait faire disparaître dès son retour. Elle était chez elle à Los Angeles, maintenant ! Plus question d'affronter le portrait d'Anne chaque fois qu'elle entrait dans une pièce. Mais même si cette décision était tout à fait normale, la prudence voulait que le sujet ne soit pas abordé avant leur retour. Pourtant elle avait remarqué qu'intérieurement elle disait « Los Angeles », et pas « ma maison ». Sa maison était toujours à New York dans son esprit. Pour les jumelles aussi. Une fois, au restaurant, des garçons avaient demandé à Jessica d'où elle venait. « De New

412

York », avait-elle répondu sans réfléchir, ce qui avait provoqué les taquineries de Mark. Elle avait alors rectifié en expliquant que sa famille venait d'emménager à Los Angeles. D'autres mises au point s'effectuèrent plus rapidement. Par exemple, les enfants apprirent vite à se présenter comme frères et sœurs, sauf Mark et Val, qui avaient leurs raisons de ne pas adopter cette qualification.

Le dernier jour, Valérie tomba malade après avoir avalé un sorbet acheté sur la plage. Mel la gronda et l'aida comme elle put pendant qu'elle vomissait. Puis, pendant toute la nuit, elle souffrit de diarrhée. Peter voulut lui donner un médicament, mais elle refusa. Mel finit par aller se coucher à 4 heures du matin. Peter se réveilla aussitôt et ses instincts professionnels s'éveillèrent également :

— Comment va-t-elle ?

— Elle a réussi à s'endormir, la pauvre enfant. Je n'ai jamais vu quelqu'un d'aussi malade. Je ne sais pas pourquoi elle n'a pas voulu prendre les cachets que tu lui proposais. Elle n'est pas aussi têtue, en général.

— Es-tu sûre qu'elle va bien ?

— Que veux-tu dire ?

— Je ne sais pas, je ne la connais pas assez bien. Mais elle a changé depuis Aspen et Thanksgiving.

— Changé de quelle façon ?

— Comment te dire ? C'est juste une impression. A-t-elle passé un examen médical récemment ?

— Tu commences à m'effrayer. Tu crois qu'elle est malade ?

Déjà Mel imaginait au moins un cancer du sang, mais Peter secoua la tête :

— Un peu d'anémie, peut-être. Elle dort beaucoup, et, d'après Pam, elle aurait vomi son dîner de Noël.

— Je pense que c'est nerveux, soupira-t-elle. Jess me semble un peu abattue, elle aussi. Ce déménagement a bouleversé leurs habitudes, et elles traversent un âge difficile. Mais tu as sans doute raison. Je les emmènerai toutes les deux chez le médecin dès notre retour.

— Je t'indiquerai l'interne auquel nous nous adressons. Mais ne te fais donc pas de souci.

Il l'embrassa, ce qu'il n'avait pas fait depuis plusieurs jours.

— Je ne crois pas que son cas soit sérieux. À cet âge, c'est vrai, les filles deviennent fragiles. Depuis que Pam a souffert d'une anorexie l'année dernière, j'ai des antennes pour capter les moindres changements dans le comportement des jeunes.

Mark était assis sur le bord du lit de Val. Pendant des heures il avait attendu le départ de Mel. Après sa crise, la jumelle se sentait encore très faible. Elle pleurait doucement pendant que Mark lui caressait les cheveux. Tous deux parlaient à voix basse pour ne pas réveiller Jessie et Pam, qui dormaient dans la même chambre.

— Tu crois que le bébé en sera affecté ?

Mark ne répondit que par un regard malheureux. Deux jours après son arrivée à Los Angeles, elle avait découvert par un test de grossesse qu'elle était enceinte. Tous deux savaient que l'enfant avait été conçu lorsqu'ils avaient fait l'amour pendant les vacances du Thanksgiving. Ils ne savaient que décider, l'un et l'autre, mais, s'ils choisissaient de garder l'enfant, il fallait que celui-ci soit bien constitué.

— Je ne sais pas, avoua-t-il enfin. As-tu avalé des médicaments ?

— Non, souffla-t-elle. Ton père à voulu m'en donner, mais j'ai refusé de les prendre.

Il hocha la tête. Ce malaise était le moindre de leurs soucis car Val était enceinte depuis cinq semaines déjà. Fallait-il garder l'enfant ou non ? Il ne restait que peu de temps pour interrompre la grossesse.

— Tu crois que tu pourras dormir ?

Elle acquiesça, les yeux déjà à moitié fermés. Il se pencha pour l'embrasser et gagna la porte sur la pointe des pieds. Mark aurait voulu se confier à son père, mais avec le mariage et les fêtes de Noël et tout le reste… et Val l'avait supplié de ne rien dire. Si elle préférait l'avortement, il aurait à la conduire chez un bon médecin, et non dans l'une de ces affreuses cliniques spécialisées. Dès leur retour à Los Angeles ils en discuteraient sérieusement. Inutile d'en parler à Puerto Vallarta, cela ne ferait que la rendre plus nerveuse encore.

— Mark ?

Jessica se retourna dans son lit au moment où il sortait de la chambre.

— Qu'est-ce qui se passe ?

— Je suis venu voir comment se portait Val.

Val dormait déjà, comme il pouvait le constater de la porte.

— Elle ne va pas bien ?

Si Jess ne se doutait de rien après les vomissements continuels de sa sœur, c'était une chance !

— Un sorbet lui a détraqué l'estomac.

— Je veux dire… en dehors de ce sorbet ?

— Non, elle va très bien.

Il tremblait en regagnant sa chambre. Jessie avait deviné quelque chose, sans doute parce qu'elle était unie à sa sœur par ces liens invisibles bien connus entre jumeaux. Comme il aurait voulu tout avouer ! Mais Mark voulait prendre ses responsabilités, il le devait. Il n'y avait pas d'autre solution.

CHAPITRE XXVII

La veille du nouvel an, au matin, ils reprirent l'avion pour Los Angeles. Val était encore un peu faible mais capable de voyager. Ils arrivèrent à la maison à 4 heures de l'après-midi, fatigués, brunis et enchantés de leurs vacances. Peter était enfin sorti de sa prostration le dernier jour et les heures avaient passé gaiement. Même pour Mel. Mais, pour une lune de miel, c'était plutôt raté. Lorsqu'il s'en excusa auprès d'elle pendant le trajet du retour, elle l'assura qu'elle comprenait très bien. Du moins avait-elle pu se reposer avant d'occuper son nouveau poste à la télévision. Son premier rendez-vous professionnel était fixé à 9 heures du matin, le jour du Nouvel An, et le même jour à 18 heures démarrerait le journal télévisé du soir, présenté en duo avec Paul Stevens. Celui-ci appartenait à la station depuis des années et, quoiqu'il eût encore une bonne popularité, sa cote marquait un net fléchissement. Mel devait l'aider à remonter la pente. Ensemble, ils formeraient une équipe exceptionnelle, pensait la direction. Paul était grand, cheveux argentés, yeux bleus, avec une voix profonde et bien timbrée, et un style qui plaisait aux femmes, assurait les enquêtes.

Avec ces deux présentateurs, la chaîne de télévision jouait gagnant, même si Stevens n'était plus tout à fait à la hauteur. Mais pour lui, qui avait toujours paru en solo à l'écran, cette association n'avait rien de flatteur. Pour Mel aussi, c'était un pas en arrière puisque pendant des années elle occupait seule cette fonction. Pour tous deux la tâche serait difficile. Mel savait qu'il lui faudrait user de diplomatie avec son collègue.

Pour le réveillon du Nouvel An, Peter et Mel décidèrent de rester chez eux, à boire du champagne au coin du feu. Mark emmena Val et Jessie à deux dîners où il avait été invité. Mel se réjouit qu'il ait eu l'idée d'emmener également Jessie. Mais celle-ci manquait d'enthousiasme et Val n'était pas en forme. « Ne revenez pas trop tard et conduisez prudemment », recommanda Mel, puis elle grimpa dans la chambre de Pam, qui avait une amie pour la nuit, afin de vérifier que tout allait bien. Matt dormait avec un transistor près de son lit. Il voulait que quelqu'un le réveille à minuit pour pouvoir souffler dans sa trompette, mais Mel l'avait assuré que plus personne ne serait éveillé dans la maison à cette heure-là. Elle aurait bien voulu attendre le retour de Mark et des jumelles, mais Peter et elle étaient trop fatigués. Pendant que Peter lisait dans son lit des revues médicales, elle fit un tour dans la maison. Si seulement elle avait pu s'y sentir chez elle ! Mais quelque chose l'en empêchait. Elle comprit ce qui y faisait obstacle en découvrant de nouveau les innombrables photos d'Anne dans leurs cadres d'argent. Elle commença à les rassembler et arriva à un total de vingt-trois photos, qu'elle dissimula dans un tiroir du bureau de Peter. Comme elle traversait le salon avec les derniers cadres dans les bras, elle vit Pam debout dans l'embrasure de la porte.

— Que faites-vous ?

— Je range ces photos.

Pam avait un regard étrange et se tenait parfaitement immobile.

— Des photos de qui ?

— De ta mère, répondit Mel froidement.

— Remettez-les à leur place.

Sa voix devenait rageuse. Derrière la jeune fille apparut son amie.

— Pardon ? dit Mel.

— J'ai dit : Remettez-les à leur place. Ici, c'est la maison de ma mère, pas la vôtre.

Si Mel ne l'avait pas connue, elle aurait cru que sa belle-fille était ivre. Mais non, elle n'était que furieuse, bouleversée au point de trembler.

— Nous en discuterons une autre fois, Pam, lorsque nous serons seules.

Décidée à conserver son calme, Mel s'énerva de sentir qu'elle tremblait elle aussi.

— Donnez-moi celle-là !

Soudain, Pam se précipita sur Mel en levant la main. Mel n'eut que le temps de lâcher les photos au-dessus d'un fauteuil et d'attraper Pam par le bras. Elle la maintint serrée et ordonna fermement :

— Retourne dans ta chambre, tout de suite !

Elle n'aurait pas agi différemment avec les jumelles. Pam se libéra et fébrilement s'empara de toutes les photos éparpillées sur le siège. Puis elle fixa Mel avec des yeux étincelants :

— Je vous hais !

— Prends toutes les photos que tu veux. Je rangerai le reste dans le bureau de ton père.

Sans l'écouter, la jeune fille cria :

— Nous sommes chez nous, ici, chez ma mère, et tâchez de ne pas l'oublier !

À cause de l'amie de Pam, Mel n'osa pas envoyer la claque qui la démangeait. Elle se contenta de s'agripper à l'épaule de Pam et de la pousser vers la porte.

— Monte tout de suite dans ta chambre ou j'appelle la mère de ton amie afin qu'elle vienne la chercher. C'est clair ?

Sans dire un mot, Pam sortit lentement, les photos dans ses bras, suivie de son amie, qui traînait les pieds. Mel attendit encore un instant puis éteignit les lumières et regagna sa chambre. Peter continuait à lire tranquillement ses revues. Mel le contempla longuement, consciente que Pam avait raison de dire qu'elle n'était pas chez elle. Même ses meubles n'avaient pas trouvé leur place dans cette maison Hallam. Partout se faisait sentir l'empreinte d'Anne.

Encore tremblante de son algarade avec Pam, elle lança à Peter :

— Je veux que ce tableau disparaisse dès demain.

— Quel tableau ?

— Le portrait de ta première femme.

Comme elle parlait entre ses dents, il resta déconcerté. Le champagne aurait-il monté à la tête de Mel ?

— Pourquoi ?

— Parce que, maintenant, c'est ma maison, plus la sienne. Aussi, je ne veux plus voir ce portrait.

Elle criait presque, hors d'elle.

— Il a été peint par un artiste célèbre.

Lui aussi sentait la moutarde lui monter au nez. Les

prétentions de Mel lui paraissaient injustifiées, d'autant qu'il ignorait tout de la dispute avec Pam.

— Je me fous complètement de l'artiste qui a peint ce portrait ! Fiche-le en l'air ! Brûle-le ! Jette-le par la fenêtre ! Fais-en ce que tu veux, mais je ne veux plus le voir au salon !

Toujours sous l'effet de la stupeur, il vit des larmes monter aux yeux de sa femme.

— Que diable t'arrive-t-il, Mel ?

— Ce qui m'arrive ? Ce qui m'arrive ? Tu me fais venir dans une maison où rien ne m'appartient, pas même une épingle à cheveux, où chaque objet est à toi ou à tes enfants, où les photos de ton ex-femme trônent partout, et tu t'imagines que je vais me sentir chez moi ?

Peu à peu la lumière se faisait dans l'esprit de Peter, du moins il le crut, mais il n'arrivait pas à savoir pourquoi elle lui faisait une telle scène à cette heure de la nuit.

— Si tu le désires vraiment, tu peux enlever toutes ces photos. Mais jusqu'à présent tu n'y voyais aucun inconvénient.

— Parce que jusqu'à présent je n'habitais pas ici. Maintenant, j'y suis !

— En effet, constata-t-il sèchement. Je suppose même que le décor ne te plaît pas, c'est ça ?

Son ton montait.

— Ce décor est parfait, à condition d'avoir envie de vivre dans le palais de Versailles. Mais moi, je préfère avoir ma maison, mon foyer, un endroit un peu plus chaud et un peu plus humain.

— Comme cette maison de poupée que tu possédais à New York ?

— Effectivement !

— Parfait. Dans ce cas, enlève toutes les photos que tu voudras, mais le tableau restera.

Ces derniers mots n'avaient qu'un seul but : se venger. La façon dont elle avait attaqué le sujet lui déplaisait souverainement.

— Plutôt crever ! hurla-t-elle.

Puis, après un silence, elle menaça :

— Le portrait disparaîtra, ou c'est moi qui disparaîtrai !

— Tu ne crois pas que tout cela est un peu ridicule ? Tu te conduis comme une dinde !

— Et toi comme un imbécile. Tu voudrais que je sois la seule à faire des concessions ! Toi, aucun effort ! Même pour enlever les photos de ta femme.

— Tu n'as qu'à mettre des photos de toi un peu partout dans la maison.

Il devenait franchement désagréable, s'en rendait compte, mais il en avait assez d'entendre ces invectives ridicules. Il avait bien pensé à ranger les photos une ou deux fois, mais chaque fois il en avait éprouvé de la tristesse, et il ne voulait pas non plus blesser les enfants. Il s'en souvint à cet instant.

— Je ne pense pas que tu aies songé aux réactions que tu provoquerais en supprimant ces portraits ?

— Oh, si ! Et j'en sais quelque chose maintenant ! J'étais justement en train de les ranger dans ton bureau quand ta fille est venue m'avertir que c'était « votre » maison et pas la mienne, ou plus exactement la maison de sa mère.

Alors Peter comprit tout. Il s'assit, le dos voûté, et la regarda. Sa voix se fit plus douce et ses yeux perdirent leur éclat furieux :

— Elle t'a vraiment dit une chose pareille ?

— Oui, dit-elle en pleurant à moitié.

Mais elle n'approcha pas de son mari.

— J'en suis désolé…

Il lui fit signe d'approcher, mais elle ne bougea pas. Ses joues ruisselaient de larmes. Alors il vint à elle et la prit dans ses bras.

— Je suis tellement désolé, mon amour ! Tu sais bien que tu es chez toi ici.

Elle se mit à sangloter, toujours serrée contre lui.

— J'enlèverai moi-même le tableau dès demain. C'était stupide de ma part de le laisser…

— Non, non, ce n'est pas… c'est seulement que…

— Je sais…

— C'est tellement dur de vivre brusquement dans la maison de quelqu'un d'autre ! J'avais l'habitude d'être chez moi…

— Bien sûr, mais tu es chez toi ici.

Elle renifla en tournant les yeux vers lui.

— Non, je ne suis pas chez moi. Tout est à toi ou à Anne… Je n'ai même pas pu apporter mes propres affaires….

— Pourtant tout t'appartient, Mel, dit-il doucement.

— Il me faut encore du temps, mais je finirai par m'habituer, soupira-t-elle. C'est seulement la fatigue, et ce changement de vie, et les reproches de Pam…

Peter embrassa sa femme et se leva.

— Je vais lui parler.

— Surtout pas. Laisse-moi m'en tirer toute seule. Si tu interviens, tu ne feras qu'augmenter son ressentiment envers moi.

— Pourtant elle t'aime. Je sais qu'elle t'aime.

Il n'avait pas l'air très convaincu.

— Quand j'étais une invitée, elle m'aimait bien, peut-être. Mais aujourd'hui je suis une intruse dans sa maison.

— Tu n'es pas une intruse, tu es ma femme. Ne l'oublie pas !

Elle sourit à travers ses larmes.

— Très bien, je m'en souviendrai. Mais tous ces bouleversements des temps derniers… et cette télévision que je reprends dès demain…

— Je comprends.

Il se promit de penser à enlever les portraits d'Anne le lendemain.

— Si nous nous couchions maintenant ? Nous sommes tous les deux épuisés par cette semaine mouvementée.

Mel fut d'accord. Déménagement de New York, mariage, lune de miel, décès de Marie… Après s'être brossé les dents, ils allèrent au lit et Peter la tint tout contre lui dans le noir, heureux de sentir sa peau douce contre la sienne. Il en avait rêvé pendant les six derniers mois… plus même, les deux dernières années… et même plus loin encore. Avec Anne, c'était tout à fait différent, elle était distante. Tandis que Mel faisait partie de lui. Pour la première fois depuis le début de la semaine, il sentit quelque chose tout au fond de son âme qui s'éveillait. En la serrant fort contre lui, il comprit qu'il la désirait comme jamais auparavant il ne l'avait désirée. Lorsque la nouvelle année succéda à la précédente, ils faisaient l'amour.

CHAPITRE XXVIII

Comme prévu par son contrat négocié pendant qu'elle habitait encore New York, une voiture vint chercher Mel en début d'après-midi et la conduisit au studio. En entrant dans l'immeuble, elle fut consciente des centaines de regards qui la suivaient. Elle suscitait une incroyable curiosité. La célèbre Mel Adams allait travailler pour la station ! Elle fut présentée aux producteurs, assistants producteurs, directeurs, cameramen et rédacteurs. Alors, tout à coup, malgré tous les changements, elle respira une atmosphère familière. Un studio était un studio, que ce soit à Los Angeles, New York ou Chicago. En regardant autour d'elle les murs de son nouveau bureau, elle sourit et s'assit, avec l'impression de se retrouver chez elle. Tout l'après-midi se passa à se familiariser avec les collègues, les longs métrages et les interviews réalisés récemment. Elle prit un verre avec le producteur et son équipe. À 17 h 30, Paul Stevens apparut. Le producteur fit les présentations, et Mel sourit en lui serrant la main.

— Je suis très contente de travailler avec vous, Paul.
— J'aimerais en dire autant.

Il s'éloigna aussitôt. Le producteur essaya de dissiper la fraîcheur de cet accueil. Mel leva un sourcil et déclara :

— Eh bien, au moins je sais à quoi m'en tenir.

Elle eut un soupir lugubre. Ce ne serait pas facile ! Il était furieux d'avoir une coéquipière pour présenter les nouvelles, et il était prêt à le lui faire payer chaque fois qu'il en aurait l'occasion. Elle s'en aperçut dès leur première émission du soir. Tout sucre et tout miel lorsqu'il s'adressait à elle, il sapait sa prestation, cherchait par tous les moyens à l'éclipser, à l'exaspérer et, d'une façon générale, à lui faire perdre ses moyens. Ses manœuvres étaient tellement éclatantes que, lorsqu'ils sortirent du studio, elle s'approcha du bureau où il s'était assis et le foudroya du regard :

— Voulez-vous que nous réglions la querelle tout de suite, ou préférez-vous que nos relations s'enveniment encore plus ?

— Tout de suite, d'accord. Est-ce que vous aimeriez partager nos deux salaires à égalité entre nous ? Ce serait normal, il me semble, puisque nous faisons l'émission à deux.

Ses yeux brillaient de haine. Mel comprit alors son problème. Il avait appris par les journaux, qui en avaient longuement parlé, le montant du salaire qu'elle devait toucher. C'était sans doute le triple de ce qu'il gagnait. Mais était-ce sa faute à elle ?

— Je ne peux pas modifier les conditions qui m'ont été accordées, Paul. Il y a eu enchère entre Los Angeles et New York, vous savez ce que c'est !

— Non, mais j'aimerais bien connaître ça.

Depuis des années il essayait de grimper à New York sans y parvenir. Mais elle, elle avait envoyé balancer son poste là-bas pour venir marcher sur ses

426

plates-bandes ! Il détestait cette journaliste, même si elle était aussi bonne qu'on le prétendait. Il n'avait pas besoin d'une équipière. Aussi il se leva et lui jeta en pleine figure :

— Ne venez pas m'emmerder et ça ira. Compris ?

Elle le regarda tristement et s'en alla. Quelles difficultés elle aurait à surmonter avec ce type ! Elle ne cessa d'y songer sur le chemin du retour. Ici, elle n'aurait à présenter que les informations de 18 heures, pour le même salaire qu'on lui proposait à New York pour deux émissions, une à 18 heures et l'autre à 23. Encore une chance. Mais Paul Stevens lui en voulait à mort.

— Ça a marché ? Tu as l'air satisfaite, remarqua Peter.

Il était fier d'elle, et toute la famille restait encore groupée devant le poste.

— J'ai un coprésentateur qui ne peut pas me sentir. Il va y avoir du grabuge.

Paul Stevens au studio, Pam à la maison, c'était dur à supporter, songea-t-elle en suspendant son manteau.

— Il finira bien par se calmer.

— J'en doute. À mon avis, il espère que je vais claquer ou que je retournerai vite à New York.

Elle jeta un coup d'œil à Pam, guettant une réaction, mais elle ne rencontra qu'une figure fermée. Alors elle s'aperçut que le grand tableau d'Anne n'était plus suspendu au mur du salon. L'émotion l'envahit. Elle noua ses bras autour du cou de son mari et lui murmura à l'oreille :

— Merci, mon amour.

Pam comprit le sens de ce baiser. Elle se leva et, sans dire un mot, sous le regard de son père et de sa belle-mère, elle quitta la pièce. Peter, d'une voix normale, annonça :

— J'ai accroché le portrait d'Anne dans le hall.

— Quoi ? s'exclama-t-elle, furieuse. Nous avions décidé que tu le ferais disparaître !

— Il ne dérangera personne dans le hall.

Vraiment ? Il le pensait ? Leurs regards s'affrontèrent.

— Cela t'est indifférent, n'est-ce pas, Mel ?

D'une voix dangereusement calme, elle observa :

— Je te signale que cela ne m'est pas indifférent. Je crois te l'avoir déjà dit.

— Je sais... Mais c'est pénible pour les enfants... Toutes les photos de leur mère ont été enlevées.

Mel détourna la tête et, sans dire un mot, monta dans sa chambre. Elle se lava le visage et les mains, puis elle redescendit pour dîner avec sa famille. Ensuite, elle alla frapper à la porte de Pam.

— Qui est là ?

— Ta méchante belle-mère, répondit-elle en souriant.

— Qui ?

— Mel.

— Que voulez-vous ?

— J'ai quelque chose pour toi.

Pam ouvrit sa porte lentement et Mel lui tendit une douzaine de photos d'Anne dans leurs cadres d'argent.

— J'ai pensé que tu aimerais les mettre dans ta chambre.

Pam les regarda et les prit.

— Merci.

Elle n'ajouta pas un mot. Elle referma la porte sur Mel. Celle-ci redescendit l'escalier.

— Tu étais en haut avec Pam ?

Peter, qui lisait ses magazines médicaux dans la chambre, parut enchanté en la voyant apparaître.

— Oui, je lui ai donné quelques photos d'Anne.

— Tu sais, tu ne devrais pas prendre la situation tellement au tragique.

— Vraiment ?

Il ne comprenait rien, mais elle était trop fatiguée pour discuter pendant des heures sur ce sujet.

— Bien sûr. Elle est morte…

Il prononça ces paroles avec un tel calme qu'elle crut avoir mal entendu.

— Je le sais, mais c'est difficile d'aller et venir dans cette maison avec ce regard qui vous fixe tout le temps.

— Tu exagères, il n'y en avait pas tellement, de ces photos.

— J'en ai rangé vingt-trois dans ton bureau la nuit dernière. Cela fait beaucoup. J'en ai donné une douzaine à Pam, et je pense que j'en mettrai quelques-unes dans la chambre de Mark et celle de Matt. C'est leur place.

Il ne répondit pas et retourna à la lecture de ses journaux. Mel s'allongea sur le lit. Le producteur lui avait suggéré de réaliser le plus possible de longs métrages le prochain mois. La direction essayait désespérément d'augmenter son audience et tout le monde savait que Mel avait fait des miracles dans ce domaine avec ses interviews à New York. Aussi avait-elle promis de faire de son mieux, et déjà elle avait pris des notes sur une demi-douzaine de sujets qui l'intéressaient. Que dirait Paul Stevens lorsqu'il entendrait parler de ce projet ? Le mieux serait sans doute de l'ignorer.

Au cours du journal télévisé du lendemain soir, il se montra insupportable. Dès qu'il se trouvait devant l'écran il était charmant, mais en sortant du plateau elle eut le sentiment net qu'il mourait d'envie de l'assommer. L'atmosphère devenait intenable ; Mel n'avait pas l'habitude de travailler dans ces conditions. Elle soumit sa liste d'interviews possibles au producteur ce même soir, et il fut d'accord sur presque toutes. C'était à la fois une bonne nouvelle, et une mauvaise car cela signifiait qu'elle serait débordée pendant un mois ou deux. Mais quel excellent début !

— Pas trop fatiguée ?

Elle sourit à Peter, qui venait d'entrer et la regardait avec anxiété.

— Pas trop, répondit-elle avec bonne humeur.

Il était déjà près de 20 heures et elle était rentrée depuis une demi-heure. Mais sa bagarre avec Paul Stevens l'avait épuisée.

— Est-ce que ce type se conduit un peu mieux avec toi ? Paul Machin ?

Tout le monde à Los Angeles connaissait ce journaliste, même si on ne l'appréciait pas. Aussi sourit-elle :

— Non, il est pire que jamais.

— Ah, le con !

— Et toi, comment ça s'est passé ?

Les enfants, qui avaient repris leurs études, étaient rentrés plus tôt et avaient dîné à 18 heures. Mel et Peter dînaient à 20 heures.

— Trois pontages à la file. Ce n'était pas une journée très excitante.

— Je vais interviewer Louisa Garp.

Louisa Garp était la plus célèbre actrice d'Hollywood.

— C'est vrai ?

— Oui.

— Quand ?

— La semaine prochaine. Elle m'a donné son accord aujourd'hui. Tu sais, j'ai même interviewé le Dr Peter Hallam une fois !

Elle riait pendant qu'il allongeait le bras pour lui toucher la main. Leurs situations respectives devenaient de plus en plus absorbantes. Peter espérait quand même qu'ils auraient le temps de passer un peu de temps ensemble.

— Tu m'as manqué aujourd'hui, Mel.

— Tu m'as manqué à moi aussi.

Mel devinait ce que seraient les deux prochains mois : elle ne pourrait voir son mari que rarement. Par la suite, peut-être, elle aurait plus de loisirs.

Après le dîner ils s'assirent dans le salon et bavardèrent un moment, puis Pam entra. Peter tendit le bras vers elle.

— Comment va ma petite fille ?

Elle avança vers lui avec un sourire.

— Sais-tu que Mel va interviewer Louisa Garp ?

— Et alors ?

Elle se montrait perpétuellement hargneuse, comme si Mel était son ennemie personnelle. Son père se rembrunit.

— Ce n'est pas très gentil, ce que tu viens de dire.

Mel n'intervint pas.

— Ouais… et alors ? J'ai obtenu un A pour mon devoir d'histoire de l'art aujourd'hui.

— Bravo !

Peter n'avait pas relevé l'arrogance de ce second

« et alors », aussi Mel sentit-elle la fureur l'envahir. Lorsque Pam sortit de la pièce, il protesta :

— Qu'est-ce que tu voulais que je dise ? L'année dernière, elle accumulait les mauvaises notes, et maintenant elle vient de décrocher un A.

— Fantastique ! Mais cela n'empêche pas qu'elle me traite avec grossièreté.

— Pour l'amour de Dieu, Mel, donne-lui le temps de s'habituer à toi.

Sa journée avait été fatigante, il n'avait aucune envie de se disputer avec sa femme.

— Montons dans notre chambre et fermons la porte.

Mais, dès qu'ils y furent, Jess vint les retrouver. Mel, avec douceur, voulut la renvoyer.

— Mais pourquoi ? interrogea la jeune fille, scandalisée.

— Parce que j'ai à peine vu Peter de la journée et que nous avons à parler.

— Je ne t'ai pas vue non plus !

— Je sais, mais nous pouvons bavarder le matin, Jess, lorsque Peter se trouve à l'hôpital.

Il était dans la salle de bains en train de prendre une douche. Mel voulut embrasser Jess, mais celle-ci recula d'un pas.

— Aucune importance.

— Jess, voyons… je ne peux pas être partout à la fois. Laisse-moi respirer !

— Bien sûr.

— Comment va ta sœur ?

— Je n'en sais rien. Tu n'as qu'à le lui demander. Elle ne me parle plus, et toi tu ne nous parles plus non plus.

— Ce n'est pas vrai.

— Pas vrai ? C'est lui qui passe toujours en premier.

Elle désigna la porte de la salle de bains d'un mouvement du menton.

— Jess, je suis mariée, maintenant. Si j'avais été mariée toutes ces années, tout aurait été différent pour vous.

— Je l'imagine et, personnellement, je préfère cette époque-là.

— Jessie…, protesta Mel avec désespoir, qu'est-ce qui ne va pas ?

— Rien.

Les yeux de Jess étaient remplis de larmes. Elle s'assit sur le lit de sa mère en essayant de maîtriser ses sanglots.

— C'est seulement que… Je ne sais pas…

Elle secoua la tête d'un air désolé tout en regardant sa mère :

— … C'est tout… un nouveau collège, une nouvelle chambre… Je n'ai plus aucun de mes amis ici… je dois partager ma chambre avec Val et elle me casse les pieds. Elle m'emprunte toutes mes affaires et ne les rend jamais…

Pour elle, ces problèmes étaient graves. Mel sentit son cœur fondre.

— Et elle pleure tout le temps.

— Tout le temps ?

Cette remarque de Jess fit réfléchir Mel. C'était vrai qu'au cours des dernières semaines Val n'avait cessé de pleurnicher. Peter devait avoir raison.

— Tu veux dire qu'elle ne se porte pas bien ?

— Je ne sais pas. Je la trouve bizarre et elle passe son temps avec Mark.

433

Intérieurement Mel décida d'y mettre bon ordre.

— Je vais leur dire un mot.

— Ça n'y changera rien. Elle est perpétuellement fourrée dans sa chambre.

— Je lui ai pourtant bien dit de ne pas y aller !

Il y avait bien d'autres choses qu'elle lui avait interdites, et Jess savait parfaitement que sa sœur avait désobéi, mais pour rien au monde elle ne l'aurait avoué à sa mère. Mel prit sa fille dans ses bras et l'embrassa avec affection. Jess eut un petit sourire triste.

— Excuse-moi si j'ai été désagréable.

— C'est dur pour nous trois, au début, mais tout ira bien par la suite. C'est difficile aussi pour Pam et Mark, et Matt, de nous avoir chez eux. Il faut un peu de temps pour chacun d'entre nous.

— Que se passe-t-il ?

Peter sortait de la salle de bains, une serviette autour des reins. Il sourit à Jess.

— Alors, Jess, tout va bien ?

— Très bien.

Elle lui sourit en retour et se leva, comprenant qu'elle devait les laisser seuls.

— Bonne nuit, maman.

Elle sortit et Mel eut un serrement de cœur en la voyant partir. Elle ne souffla mot à Peter de la conversation qu'elle venait d'avoir, mais le lendemain matin, lorsqu'elle partit pour le studio, elle comprit qu'elle avait un nouveau fardeau à porter sur les épaules. Lorsqu'elle revint le soir, après un moment épineux avec Paul Stevens, elle reçut un appel de Peter. Une urgence se présentait, il ne reviendrait à la maison que « un peu plus tard ». En fait, il n'apparut qu'à 11 heures du soir.

Les trois semaines qui suivirent furent épuisantes. Mel se rendit constamment à l'extérieur pour ses interviews, se trouva occupée à batailler avec Paul Stevens avant ou après les émissions, prêta l'oreille aux lamentations de Jessie et de Val lorsqu'elle rentrait chez elle : Mme Hahn refusait de les laisser entrer dans la cuisine pour prendre le plus petit sandwich et Pam empruntait leurs robes. Jess confia que Val et Mark s'enfermaient dans la chambre et, pour compléter ce tableau affligeant, à la fin de juin Mel fut informée par l'école de Matt qu'il était tombé d'une balançoire et s'était cassé un bras. Peter vint les rejoindre dans la salle d'urgence avec un ami orthopédiste et Mel, ironique, déclara que c'était la première fois qu'ils se rencontraient depuis des semaines. Presque chaque soir il devait s'occuper d'une urgence, et les pontages se succédaient dans la journée. De plus, deux patients en attente d'une transplantation étaient décédés par manque de donneur.

— Tu crois que nous nous en tirerons, Mel ?

Morte de fatigue, elle venait de s'effondrer sur leur lit.

— Quelquefois, j'en doute. Je n'ai jamais eu à effectuer autant d'interviews dans le passé.

Elle avait encore le sentiment de vivre chez quelqu'un d'autre, ce qui achevait de la démoraliser. Elle n'avait pas le temps de trouver une solution à ce dernier problème. De plus, il lui faudrait bien un jour ou l'autre s'attaquer à la glaciale Mme Hahn. Un jour, n'y tenant plus, Mel dit à Peter :

— J'aimerais que tu te débarrasses d'elle.

— De Mme Hahn ? s'écria-t-il, scandalisé. Il y a des années qu'elle s'occupe des enfants.

— Peut-être, mais elle s'en prend à Val et à Jess, et elle n'est guère aimable avec moi. Ce serait un changement agréable pour nous.

Il y avait bien d'autres changements à envisager, mais le temps manquait pour s'y atteler.

— C'est complètement idiot, Mel ! Elle fait partie de notre famille.

— Raquel aussi faisait partie de ma famille, mais j'ai dû la laisser à New York.

— Tu m'en veux ?

Il se demandait s'il n'avait pas été trop loin en demandant à Mel de déménager. Elle était devenue irritable avec lui, et on lui menait la vie dure au studio. Elle touchait des sommes faramineuses, il fallait le reconnaître, mais les conditions de son travail étaient loin d'être aussi avantageuses que celles qui lui étaient accordées à New York. Enfin Paul Stevens continuait à lui mettre des bâtons dans les roues.

— C'est moi le responsable, hein ?

Il cherchait la bagarre. Pour une raison inexplicable, l'un de ses patients, qui avait fort bien supporté un pontage, venait de décéder dans la matinée.

— Mais non, je ne t'en rends pas responsable, soupira-t-elle avec lassitude, mais nous avons tous les deux des situations qui nous absorbent à un point effrayant, cinq enfants et une vie prenante. J'aimerais rendre notre existence aussi agréable que possible, mais c'est difficile. Et Mme Hahn complique tout.

— Peut-être pour toi, mais pas pour ma famille.

Son regard avait durci. Elle aurait voulu pleurer.

— Moi aussi, j'habite ici. Bon Dieu, entre toi et Pam…

— Que veux-tu dire ?

— Rien, sinon qu'elle ne peut supporter de nous voir dans cette maison et qu'il fallait s'y attendre.

— Et tu crois que tes filles me supportent ? Tu es folle si tu le penses ! Elles prennent cent pour cent de ton temps libre, et chaque fois que nous fermons la porte de notre chambre, elles font la tête.

— Je ne peux pas les changer, pas plus que tu ne pourrais changer Pam. Ils ont tous besoin de temps pour s'habituer, mais les jumelles n'ont jamais subi un tel bouleversement dans leur vie.

— Qu'est-ce que tu racontes ! Et Pam qui a perdu sa mère !

— Excuse-moi.

Inutile d'insister. Anne était un sujet tabou. Du reste, quelques-unes de ses photos avaient refait leur apparition et son portrait restait pendu dans l'entrée. Mais Mel n'avait pas réagi.

— Je suis désolé, moi aussi.

— Non, tu ne l'es pas. Tu voudrais toujours que mes filles et moi soyons les seules à faire des concessions.

Elle avait décidé qu'il valait mieux saisir le taureau par les cornes, c'était plus intelligent.

— Ah, vraiment ? lança-t-il. Mais alors que souhaites-tu ? Que j'aille vivre à New York ?

— Non, répliqua-t-elle en le défiant du regard, mais que nous changions de maison.

— C'est absurde.

— Pas du tout, mais cette pensée de déménager t'angoisse. Lorsque je suis arrivée ici, tu vivais dans le même décor que par le passé, espérant que peut-être Anne allait revenir. Maintenant que tu m'as fait venir dans sa maison après avoir flanqué toute mon existence en l'air, tu voudrais reprendre toutes tes

437

anciennes habitudes. Eh bien, veux-tu que je te dise, ça ne marche pas !

— C'est peut-être le mariage qui te pèse, Mel, plus que la maison.

Elle l'observa à l'autre bout de la chambre, et le désespoir lui serra le cœur.

— Es-tu prêt à déménager, Peter ?

Il se laissa tomber dans son fauteuil habituel.

— Quelquefois, j'y pense... Mais pourquoi veux-tu tout transformer, Mel ? Mme Hahn, la maison... tu ne peux pas t'en accommoder ?

— Que tu l'admettes ou non, Peter, tout a changé ici. Je ne suis pas Anne, je suis moi, Mel, je veux une vie bien à moi, et non m'adapter à celle d'une autre.

— C'est pourtant une nouvelle vie, dit-il sans conviction.

— Dans une ancienne maison ! Jess, Val et moi, nous avons l'impression d'être des intruses ici.

— Est-ce que tu chercherais une excuse pour retourner à New York ?

Ses traits se crispaient ; Mel avait envie de pleurer.

— Tu crois vraiment cela ? demanda-t-elle.

— Quelquefois...

— Eh bien, je vais te dire une chose. J'ai signé un contrat. Si nous décidions de nous séparer ce soir, je suis quand même coincée à Los Angeles pendant deux ans, que cela te plaise ou non. Je ne peux pas retourner à New York.

— Et tu me hais pour cette raison, constata-t-il avec une sorte de philosophie.

— Je ne peux pas te haïr, je t'aime...

Elle s'approcha de lui et s'accroupit près du fauteuil.

— … et je veux que notre vie soit une réussite, mais il faut que nous y mettions tous de la bonne volonté.

Elle passa doucement la main sur le visage de son mari.

— Je crois que…

Il ne put poursuivre : des larmes apparaissaient dans ses yeux. Il détourna la tête, puis la regarda.

— J'avais pensé que… que nous pouvions conserver beaucoup de choses… les mêmes…

— Je comprends, dit-elle en l'embrassant doucement, et je t'aime, mais nous avons tant de problèmes que cela me fait tourner la tête quelquefois.

— Je sais…

Ils finissaient toujours par se retrouver après une discussion, mais il y avait justement trop de discussions entre eux.

— … j'aurais dû accepter que tu signes un contrat pour New York, Mel. Je n'aurais pas dû te demander de venir ici.

— Si, tu avais raison, dit-elle en souriant à travers ses larmes, et tout ce que je désirais c'était d'être près de toi.

— Et maintenant ?

Il appréhendait sa réponse.

— Je suis heureuse que nous soyons à Los Angeles. Encore un peu de temps, et tout s'arrangera.

Il la prit par la main et l'attira doucement vers le lit. Ils firent l'amour, et Mel comprit qu'elle avait retrouvé son mari. Elle ne regrettait pas d'avoir épousé Peter, mais elle s'épuisait à retrouver un nouvel équilibre. Cependant elle espérait qu'avec son aide elle finirait par réussir.

Peter ne pouvait l'épauler dans ses difficultés avec Paul Stevens. Un soir de février, elle revint des studios dans tous ses états.

— Mon Dieu, s'exclama-t-elle, si tu savais à quel point il est con, ce type ! Il me rend folle ! Un de ces jours, je vais le tuer pendant que nous serons sur le plateau, en direct devant les caméras.

— Voilà une excellente information pour les téléspectateurs !

Il la regardait avec amusement. Pour une fois il n'avait pas eu de problèmes à l'hôpital.

— J'ai une idée ! lança-t-il. Si nous allions faire du ski le week-end prochain ? Ça nous ferait le plus grand bien à tous. Je ne suis pas de garde et j'ai appris que la neige était excellente. Qu'en penses-tu ?

Cette perspective effraya Mel. Où trouver l'énergie de préparer cette expédition ? Mais pouvait-elle gâcher leur plaisir à tous ? Et Peter était de si belle humeur !

— D'accord.

— Marché conclu ?

— Oui, docteur.

Elle monta prévenir les enfants ; Val était couchée dans son lit, blême, à moitié endormie, avec Mark très inquiet à son chevet. Mel trouva son front brûlant. Apparemment elle souffrait d'une forte grippe, comme elle en avait eu à plusieurs reprises à New York. Val avait une constitution moins résistante que Jess.

— J'ai une bonne nouvelle à vous annoncer, commença Mel. Peter nous emmène skier le week-end prochain.

Ils eurent tous trois l'air contents, mais d'une façon différente. Mark se préoccupait au sujet de la malade, et Jessica avait une expression absente en contemplant sa jumelle. D'une voix faible, cette dernière déclara :

— Quelle chance !

— Tu vas bien, chérie ?

Mel s'assit sur le lit. La malade fit une grimace.

— Oui, c'est juste une grippe.

— Tu crois que tu seras remise pour le week-end ?

— Certainement.

Mel reprit l'escalier pour prévenir Pam et Matt, puis revint auprès de sa fille avec de l'aspirine et un jus de fruits, enfin elle alla retrouver Peter.

— Sont-ils contents ?

— Très contents, mais Val est malade.

— Qu'a-t-elle ? demanda-t-il avec inquiétude. Faut-il que j'aille l'examiner ?

Mel sourit. Elle savait que sa fille aurait peu apprécié.

— Elle serait très embarrassée si tu l'examinais. Ce n'est qu'une grippe.

— Alors elle sera rétablie à la fin de la semaine.

— Il faudra que je pense à la conduire chez ce médecin que tu m'as indiqué.

Chaque fois qu'elle en avait parlé à Val, sa fille avait éclaté en sanglots en assurant qu'elle se portait bien. À la fin de la semaine, ils prirent l'avion pour Reno en attendant de s'entasser dans une camionnette pour se rendre à Squaw Valley. Val avait très mauvaise mine, mais tous ses symptômes de grippe avaient disparu. Mel avait bien d'autres soucis en tête : Paul Stevens lui avait fait une scène épouvantable juste avant l'émission, la veille du départ. Cela devenait un supplice de se rendre au studio, la situation empirait d'un jour sur l'autre. Mel était décidée à tenir le coup.

Tous chantaient en chœur et se prêtaient main-forte pour porter les skis et les bagages. Peter embrassa Mel juste avant de grimper dans la camionnette et les enfants mirent la tête à la vitre en chahutant. Même Pam semblait retrouver un peu de vivacité. Un peu de couleur remonta aux joues de Val lorsqu'ils prirent le départ.

Peter avait un charmant chalet où il était déjà venu avec ses enfants. C'était petit mais il y avait suffisamment d'espace pour tous. Ils s'installèrent comme au Mexique, les filles dans une chambre, les garçons dans une autre, Mel et Peter dans une troisième. À midi ils s'amusaient comme des fous sur les pistes. Comme d'habitude, Mark se collait à Val, mais leur comportement avait perdu de sa légèreté. Jess et Pam descendaient les pistes comme des flèches, avec Matt juste derrière elles.

À la fin de sa première descente, Mel s'arrêta, le souffle court, au pied de la montagne. Elle se tint près de Peter en attendant l'arrivée des enfants. Quelle griserie de respirer l'air frais de la montagne ! Il y avait longtemps que Mel ne s'était sentie aussi jeune. Elle tourna vers Peter un visage radieux, puis par-dessus son épaule suivit les glissades des skieurs.

— Tu n'es pas contente d'être venue, Mel ?

Heureuse, elle lui fit face. Jamais il n'avait été aussi beau, avec ses yeux bleus brillants, son teint hâlé et son corps vigoureux respirant la santé.

— Tu sais, je suis follement heureuse avec toi.

— C'est vrai ? Il y a tellement de choses que j'aimerais faire avec toi… et te donner !

— Je le sais…

Elle le connaissait mieux qu'il ne s'en doutait.

— .... mais nous avons si peu de temps à nous ! Je crois pourtant que peu à peu nous arriverons à nous débrouiller très bien.

Mais il faudrait toujours compter avec les interviews, les longs métrages, les reportages nouveaux, et Peter serait toujours pris par ses malades.

— Au moins, les enfants s'entendent bien.

— Je ne parierais pas là-dessus !

Il riait en admirant les zigzags qu'ils dessinaient en atteignant le bas de la montagne, Matthew traînant un tout petit peu à l'arrière, presque aussi rapide que les adultes.

— Pas mal du tout, les enfants. Est-ce que nous faisons une autre descente, ou allons-nous déjeuner maintenant ?

On leur avait servi un plateau dans l'avion, et ils avaient acheté à Reno des sandwiches qu'ils avaient mangés dans la camionnette. Jess répliqua aussitôt :

— Je crois que Val a faim.

Cette sollicitude toucha Mel. C'est alors qu'elle remarqua la pâleur de Val. Elle glissa sur ses skis en s'approchant de sa fille et posa la main sur son front. Pas trace de fièvre.

— Tu te sens bien, Val ?

— Bien sûr, maman.

Son regard la fuyait. Quelques instants plus tard, Mel en fit la remarque à Peter.

— Il faut absolument que je la conduise chez le médecin dès que nous serons à Los Angeles, même si elle me fait une scène. Je ne comprends pas pourquoi elle se montre si réticente à la pensée d'un examen médical.

Peter sourit. Passé l'immense forêt de pins, leurs

sièges se balançaient dans les airs en regagnant le sommet.

— Il y a deux ans, j'ai dû amener Pam chez son pédiatre pour un examen médical avant l'entrée au collège, et elle s'est mise à courir dans la salle en hurlant, si bien qu'il n'a pas pu lui faire le vaccin antitétanique. Tu sais, qu'ils soient grands ou petits, gros ou maigres, ce ne sont que des enfants. Parfois nous l'oublions parce qu'ils paraissent raisonnables, mais ils sont aussi bébés que Matt.

Elle approuva tout en balançant ses skis au-dessus du vide

— Tu as raison à propos de Val, mais Jessie est différente. Depuis l'instant de sa naissance elle a agi en personne sensée. Et elle a toujours surveillé sa sœur. Quelquefois je pense que je me repose un peu trop sur elle.

— Oui, je l'ai remarqué moi aussi. Et elle a paru bouleversée depuis que vous vous êtes tous installés à Los Angeles. Est-ce à cause de moi, ou est-elle jalouse de Val et Mark ?

Mel n'avait jamais fait attention à la nervosité de Jessie, aussi fut-elle surprise que son mari l'ait remarquée. Il possédait une intuition étonnante, surtout lorsqu'on se rendait compte qu'il voyait à peine les enfants.

— Peut-être un peu des deux. Elle avait tellement l'habitude de m'avoir pour elle seule dans le passé ! J'ai essayé aussi de mettre les choses au point avec Pam, et enfin Matthew a besoin de moi beaucoup plus que les autres. Il a été privé de tendresse pendant deux années.

Cette dernière phrase affecta Peter.

— Pourtant, j'ai fait de mon mieux.

— Bien sûr, mais tu n'es pas une nounou !

Elle se pencha et l'embrassa. Ils descendirent des télésièges au sommet de la montagne. Pour une fois, elle avait eu le temps de parler un peu avec son mari. Ici, ne serait-ce que quelques heures, elle eut l'impression qu'ils avaient retrouvé le contact. En redescendant, elle jeta une ou deux fois un regard derrière elle pour surveiller les enfants. Elle les reconnaissait à la couleur de leurs vêtements et à leurs équipements. Les jumelles étaient en jaune, Mark en noir et rouge, Pam en rouge de la tête aux pieds et Matthew en bleu roi et jaune. Elle-même portait une combinaison, un serre-tête et des gants de ski noirs, et Peter avait pris un ensemble bleu marine. Ils formaient une troupe bariolée.

Avant la tombée du jour, ils allèrent prendre des tasses de chocolat dans un bar, puis retournèrent sur les pistes. Cette fois-ci, ils empruntèrent des routes différentes. Mel et Peter se séparèrent des enfants, qui étaient assez bons skieurs pour se débrouiller tout seuls, même Matthew. Jessie, de toute façon, veillerait sur lui, si Pam ne le pouvait pas. Quel plaisir de faire du ski aux côtés de Peter, dans l'air vif des hauteurs ! Pour leur dernière descente ils firent la course et Peter arriva loin devant sa femme, qui, bien que n'ayant plus de souffle, riait aux éclats en le rejoignant.

— Tu es terrifiant !

Elle le contempla avec admiration. Il avait l'air capable de s'attaquer à n'importe quoi et de tout réussir.

— Plus tellement. J'appartenais à l'équipe de ski,

au collège, mais il y a des années que je n'en ai pas fait sérieusement.

— Heureusement que je n'ai fait ta connaissance que récemment. Je n'aurais jamais pu te suivre !

— Tu n'es pas mauvaise.

Il sourit, lui donna une petite tape avec son gant de cuir, ce qui la fit rire, et ils s'embrassèrent. Puis ils quittèrent la piste et enlevèrent leurs skis. Ils attendirent les enfants assez longtemps, mais finalement ceux-ci apparurent. D'abord Mark, puis Jess, Pam, Matt et Val bonne dernière. Elle avançait plus lentement que les autres. Jess se retournait souvent pour la surveiller. Mel fronça les sourcils en les apercevant.

— Est-ce qu'elle va bien ?

— Qui ?

Peter avait les yeux sur Matt. Le petit garçon faisait des progrès étonnants.

— Val.

— Elle est juste derrière Mark.

— Non, c'est la dernière, loin derrière les autres, dans les mêmes vêtements que Jess.

Tous deux constatèrent qu'elle trébuchait et se rattrapait, puis continuait à descendre entre deux skieurs qu'elle faillit renverser plusieurs fois.

— Peter... Quelque chose va de travers.

À ce moment précis, Val esquissa une sorte de pirouette folle, retrouva son équilibre, commença à zigzaguer sous le regard de toute la famille, et, arrivée au bas de la montagne, tomba sur le côté. Les attaches de ses skis se décrochèrent mais elle resta le visage dans la neige. Mel se précipita, suivie de Peter. Il s'agenouilla devant la jeune fille évanouie, lui souleva une paupière et regarda son œil, prit son pouls et se tourna vers Mel, indécis sur les causes de cette syncope.

— Elle a reçu un choc.

Sans en dire plus, il enleva sa veste et la posa sur Val. Instinctivement Jess tendit la sienne à Peter. Les autres enfants les observaient avec étonnement. Jess s'agenouilla près de sa sœur et lui prit la main. Peter regarda autour de lui dans l'espoir de voir arriver la patrouille de ski.

— Est-ce que l'un d'entre vous sait ce qui est arrivé ? A-t-elle fait une mauvaise chute, heurté sa tête ? A-t-elle un membre cassé, une entorse ?

Mark observait un étrange silence pendant que Pam secouait la tête. Matt commença à pleurer, cramponné à Mel. Tout à coup, Mel poussa un cri. Du corps inerte de sa fille venait de surgir un filet de sang qui rougissait la neige et s'étendait peu à peu sous les cuisses.

— Peter, oh, mon Dieu...

Elle enleva ses gants et toucha le visage de Val. La jeune fille était froide comme de la glace, un froid qui venait de l'intérieur du corps.

Peter dévisagea sa femme, puis sa belle-fille.

— C'est une hémorragie.

Par chance, la patrouille de ski surgit à ce moment. Deux robustes jeunes gens portant un brassard rouge et blanc s'agenouillèrent près de Val.

— Mauvaise chute ?

— Non. Je suis médecin, elle a une hémorragie. Combien de temps vous faut-il pour apporter une civière ?

L'un des garçons saisit son petit walkie-talkie, lança un appel d'urgence et donna leur position exacte.

— Ils ne vont pas tarder.

447

Effectivement, presque aussitôt ils aperçurent au loin deux skieurs qui approchaient en tirant une civière montée sur traîneau. Mel, agenouillée près de sa fille, qu'elle avait recouverte de sa veste, constata qu'en dépit de tous leurs efforts ses lèvres devenaient bleuâtres. Affolée, elle demanda à Peter :

— Tu ne peux rien faire ?

En croisant ses yeux pleins de larmes, il se sentit désespéré. Pourtant, il ne pouvait strictement rien faire.

— Il faut arrêter l'hémorragie et lui faire une transfusion dès que possible.

Tourné vers l'un des membres de la patrouille, il demanda :

— Où se trouve la plus proche station d'aide médicale ?

Du doigt, le secouriste désigna un endroit au pied de la montagne, éloigné d'environ une minute de l'endroit où ils se trouvaient.

— Vous avez du plasma ?

— Oui, monsieur.

Val fut allongée sur le traîneau. Derrière elle une large tache rouge s'étalait sur la neige. Toute la famille suivit le traîneau vers la station.

Peter se tourna vers Mel :

— Quel est son groupe sanguin ?

— O positif.

Jessie pleurait doucement, comme Pam ; quant à Mark, il paraissait si malade qu'un second traîneau n'aurait pas été de trop. Rapidement Val fut emportée à l'intérieur de la salle d'infirmerie. Une infirmière spécialisée s'occupa d'elle et un médecin fut appelé. Il se trouvait sur les pistes, transportant un skieur qui s'était cassé une jambe. Peter, aidée par l'infirmière, souleva sa belle-fille afin qu'elle ait les hanches plus hautes que la tête et lui enleva ses vêtements devant la famille réunie. Immédiatement on lui donna du plasma et on lui fit une intraveineuse mais elle ne manifesta aucun signe de retour à la vie. Le visage de Mel était convulsé et ses yeux remplis de terreur.

— Mon Dieu, Peter...

Il y avait du sang partout. Alors, se souvenant que Matthew était tout près, elle se retourna et ordonna :

— Pam, emmène ton frère dehors.

Il ne resta plus que Mark et Jessica, accrochés l'un à l'autre, Peter et l'infirmière, qui luttaient pour sauver Val, et enfin Mel pétrifiée.

Le médecin arriva quelques minutes plus tard et joignit ses efforts à ceux de Peter. Une ambulance était commandée, qui emmènerait tout de suite la malade à l'hôpital. Val souffrait d'une perte de sang vaginale, c'était évident, mais personne ne comprenait comment ni par quoi cette hémorragie avait été déclenchée.

— Est-ce que quelqu'un pourrait me dire..., commença le médecin.

Alors Mark avança d'un pas, et articula d'une voix tremblante :

— Elle a pris un abortif mardi dernier.

— Elle a... quoi ?

La pièce tournait autour de Mel pendant qu'elle fixait Mark, puis Peter, qui n'eut que le temps de la rattraper avant qu'elle ne défaille. L'infirmière lui donna aussitôt des sels à respirer pendant que le médecin continuait à soigner Val. Il paraissait évident qu'une intervention chirurgicale était indispensable pour arrêter le sang, et encore le résultat n'était-il pas tellement certain. Peter regarda son fils avec horreur :

— Qui, au nom du ciel, le lui a administré ?

En répondant à son père, Mark ruisselait de larmes.

— Nous n'avons pas voulu aller chez quelqu'un que tu connaissais, nous n'avions guère de choix à Los Angeles. Val désirait aller dans une clinique. Nous en avons trouvé une dans le quartier ouest.

— Oh… Te rends-tu compte qu'ils l'ont peut-être tuée ?

Peter hurlait dans la petite pièce. Mel se mit à sangloter et Jess s'accrocha à elle.

— Elle va mourir… Oh, mon Dieu… elle va mourir…

Jess avait perdu tout sang-froid, ce qui rendit à Mel un peu de sa présence d'esprit. D'une voix ferme, qui résonna dans le silence de la petite salle, elle répliqua :

— Elle ne va *pas* mourir, tu m'entends ? Elle ne va pas mourir !

Elle proférait ces mots aussi bien à l'intention de Dieu qu'à celle de tous les assistants. Puis elle s'adressa à Mark et à Jess avec fureur :

— Pourquoi donc aucun de vous deux ne m'a avertie ?

Mark conserva le silence, il n'avait pas le courage de s'expliquer. Mel, tournée vers sa fille, revint à la charge :

— Et toi ? Tu le savais !

L'accusation était brutale, mais Jess répliqua avec autant de fureur que sa mère.

— J'ai deviné, mais ils ne me l'ont pas dit. Et quelle différence ça aurait fait si nous t'en avions parlé ? Tu te fous de nous, maintenant ! Tu passes ton temps entre ton studio et ton mari, et Pam et Matt.

Tu aurais pu aussi bien nous laisser à New York ! Tu aurais dû nous...

Une claque retentissante arrêta net sa phrase et l'envoya sangloter dans un coin. À ce moment, la sirène de l'ambulance résonna au loin et, quelques minutes plus tard, Val était transportée à l'intérieur, Mel et deux aides-soignants à ses côtés.

— Je te suis dans la camionnette, dit vivement Peter à sa femme.

Il courut vers sa voiture, abandonnant tous les skis dans la station. Les enfants grimpèrent et il démarra. Personne ne prononça un mot jusqu'à l'arrivée à l'hôpital de Truckee. Peter, alors, rompit le silence :

— Tu aurais dû m'en parler, Mark.

Sa voix résonnait calmement dans la voiture. Il savait que son fils était effondré.

— Je le sais, papa. Est-ce qu'elle s'en sortira ?

Il avait encore des larmes dans les yeux et parlait avec difficulté.

— Je l'espère, si elle est soignée rapidement. Elle a perdu des litres de sang, mais le plasma permet d'attendre...

Jessica, assise entre les deux hommes, conservait un mutisme total. La trace de la gifle administrée par sa mère se voyait encore sur sa joue. Peter jeta un coup d'œil sur sa belle-fille et posa un instant la main sur son genou :

— Tout ira bien, Jess. C'est impressionnant de voir autant de sang, mais une hémorragie de ce type n'est pas mortelle.

Elle inclina un peu la tête, sans répondre. Ils descendirent ensemble de la camionnette, mais les jeunes n'allèrent pas plus loin que la salle d'attente. Peter et

Mel entrèrent avec Val pendant qu'on la préparait : Peter préféra ne pas assister à l'intervention, afin de pouvoir réconforter Mel. Un chirurgien en gynécologie devait arriver ; Peter assura que tout irait pour le mieux. Il fallait cependant envisager une hystérectomie. Cependant, tant qu'elle n'aurait pas été examinée, on ne pouvait se prononcer. Mel acquiesça d'un signe de tête et Peter l'accompagna auprès des enfants. Elle s'assit à quelque distance de Mark ; Jess resta à l'écart. Au bout d'un moment, Peter donna à son fils aîné vingt dollars afin qu'il emmène toute la famille dans une cafétéria. Mark obéit et partit avec les enfants à sa suite, bien qu'aucun n'eût le moindre appétit. Ils ne pensaient qu'à Val étendue sur la table d'opération. Dès qu'ils eurent disparu, Mel tourna vers son mari des yeux noyés de larmes et se précipita dans ses bras, emportée par une vague de désespoir. Ce genre de démonstration, il en voyait tous les jours dans les salles de Center City, mais aujourd'hui il y participait... comme Mel... comme Val. Cet affreux sentiment d'impuissance qu'il avait déjà éprouvé à la mort d'Anne vint à nouveau l'assaillir. Mais enfin il pouvait toujours aider Mel ! Il la tint étroitement serrée dans ses bras et la rassura doucement :

— Elle guérira, Mel... elle sera...

— Et si elle ne peut plus avoir d'enfants ? sanglota-t-elle convulsivement.

— Au moins elle sera bien vivante.

— Pourquoi ne m'en a-t-elle jamais parlé ?

— Je pense que ça les effrayait tous les deux. Ils ont voulu s'en tirer sans l'aide de personne.

— Elle n'a que seize ans !

— Je sais, Mel... je le sais...

Depuis un certain temps il se doutait bien que Val et Mark avaient fait l'amour, mais il s'était refusé à en parler à Mel, de crainte de la bouleverser. Maintenant il se rendait compte qu'il avait eu tort de ne pas aborder ce sujet avec Mark. Il retournait ces pensées dans sa tête lorsque toute la famille revint de la cafétéria. Mark, lentement, s'approcha de Mel et de son père. Elle leva les yeux vers lui tout en continuant de pleurer. Il resta près d'elle, désespéré.

— Je ne sais que te dire... tellement désolé... je... je... jamais je n'ai pensé... Je n'aurais pas dû la laisser...

Le chagrin le submergea. Il baissa la tête et des sanglots le secouèrent. Saisissant son fils, il le serra dans ses bras avec Mel, si bien que belle-mère et beau-fils s'étreignirent en pleurant. Jessica vint se joindre à eux et enfin Pam et Matthew s'accrochèrent aux grands. Le médecin qui surgit à ce moment vint vers eux avec un grognement de désapprobation. Dès qu'il le vit, Peter se dégagea et fit quelques pas vers lui.

— Comment va-t-elle ?

— Elle a eu de la chance, nous n'avons pas eu à enlever l'utérus. Mais elle a eu une violente hémorragie, qui cependant ne présente plus aucun danger. Cependant, il serait prudent qu'elle ne prenne plus d'abortif.

— Merci, dit Peter en lui tendant la main.

— J'ai appris que vous étiez médecin ?

— Oui, chirurgien cardiaque. Nous arrivons de Los Angeles.

Les yeux de son confrère se rétrécirent :

— Ça alors ! Je sais qui vous êtes ! Vous êtes Hallam !

Puis le jeune médecin se mit à rire :

— Heureusement que je ne vous ai pas reconnu avant l'intervention ! J'aurais tremblé comme une feuille.

— Cela m'étonnerait. J'aurais été incapable d'opérer comme vous venez de le faire.

— Eh bien, je suis heureux d'avoir réussi.

Il serra encore la main de Peter avec effusion. Ce dernier comprit que son confrère ne présenterait pas de feuille d'honoraires, ce qui le contraria. L'opération avait été remarquablement effectuée, et la vie de Val ainsi que celle de ses futurs enfants avaient été préservées. Celle de Mark peut-être, aussi. Cet accident allait-il interrompre le roman d'amour entre les deux jeunes gens, ou au contraire les rapprocher encore plus ? De toute façon, la famille avait formé un groupe très soudé pendant la dernière heure.

En attendant que Val émerge de l'anesthésie, ils recommencèrent à revivre. Les conversations reprirent, et même quelques plaisanteries. Mais l'atmosphère restait tendue. L'épreuve avait été rude pour chacun.

Avant le réveil de Val, Peter emmena Pam et Matthew au chalet. Mark et Jess insistèrent pour rester auprès de Mel ; ils voulaient absolument revoir Val. Les deux plus jeunes étaient dans un état épouvantable, bien pire que celui de la malade ; Peter ne tint aucun compte de leurs protestations.

— Nous voulons aller voir Val, pleurnichait Matthew.

— On ne te laissera pas entrer, il est trop tard, Matt, répondit Peter gentiment mais fermement. Tu la verras demain, si c'est permis.

— Je veux la voir ce soir.

Peter l'entraîna dehors et Pam suivit avec un dernier regard vers le reste de la famille. Lorsque Peter revint, Val venait de reprendre conscience et se trouvait dans sa chambre. Mais son cerveau était encore trop embrumé pour comprendre ce qu'on lui disait. Elle sourit, ouvrit les yeux et, lorsqu'elle découvrit Mark, elle tendit la main vers lui et murmura :

— Je suis désolée… je…

Puis elle se rendormit. Une heure plus tard ils la laissèrent et retournèrent au chalet. Il était près de minuit, la fatigue les terrassait.

Mel embrassa Jessie en lui disant bonsoir et la tint serrée contre elle un long moment. La jeune fille la regarda tristement :

— Excuse-moi pour ce que j'ai dit.

— Peut-être qu'il y avait un peu de vrai. Peut-être que j'ai été trop occupée avec les autres.

— Nous sommes tellement nombreux maintenant et tu as tellement de choses à faire ! Je le sais bien, maman…

Elle se souvenait du temps passé, d'une autre maison… Elles n'avaient pas à partager leur mère avec d'autres personnes.

— Ce n'est pas une raison suffisante, Jess. J'essaierai de faire mieux.

Mais comment ? Il n'y avait que vingt-quatre heures par jour ! Comment pourrait-elle à la fois donner aux membres de sa famille le temps qu'ils réclamaient tous, effectuer son travail et avoir le temps de souffler ? Maintenant elle était la mère de cinq enfants, l'épouse d'un chirurgien célèbre, et enfin la présentatrice des informations du soir à la télévision. Elle embrassa Mark en lui souhaitant une bonne nuit et s'écroula dans son lit avec Peter. Quoique morte de fatigue, elle n'arriva pas à dormir. Pendant des heures elle réfléchit aux paroles de Jess, revit Valérie gisant dans une mare de sang. Peter la sentit frissonner contre lui.

— Je ne me pardonnerai jamais de ne m'être aperçue de rien.

— Tu ne peux pas tout voir, Mel. Ce sont presque de grandes personnes, maintenant.

— Tu ne disais pas ça, ce matin. Tu disais qu'ils n'étaient pas plus adultes que Matthew.

— Je crois que je faisais erreur.

Il avait reçu un choc en découvrant que son fils avait failli avoir un enfant. Mark avait eu dix-huit ans au mois d'août.

— C'est vrai qu'ils sont jeunes, trop jeunes pour faire l'amour, attendre un enfant, prendre un abortif. Pourtant c'est ce qu'ils ont fait, Mel.

Il s'appuya sur un coude et regarda sa femme :

— Ils ont essayé de s'en tirer tout seuls, c'est une bonne chose, tu dois le reconnaître.

Non, elle n'était pas prête à les féliciter pour quoi que ce soit, pas plus qu'elle ne méritait des félicitations elle-même.

— Jessie n'avait pas complètement tort, tu sais. J'ai été tellement prise par toi, et Pam et Matthew, que j'ai négligé les jumelles.

— Avec cinq enfants, une situation, une grande maison à diriger et moi, tu ne peux pas tout faire, Mel.

— Je pourrais faire davantage, je crois.

Mais cette seule pensée lui tournait la tête.

— Quoi, par exemple ?

— Je ne sais pas, mais, si je m'étais débrouillée autrement, rien ne serait arrivé à Val. J'aurais dû me douter de quelque chose. J'aurais dû deviner, sans qu'elle me dise rien.

— Te débrouiller comment ? Tu veux jouer les juges d'instruction ? Renoncer à ta situation pour conduire un car d'enfants ?

Un peu plus tard, Mel interrogea d'une voix morne :

— C'est ce qu'aurait pensé Anne, n'est-ce pas ?

— Oui, mais vous êtes très différentes l'une de l'autre. Je ne crois pas qu'elle ait jamais été vraiment satisfaite, pour dire la vérité. Toi, tu es une femme d'action, aussi tu es plus heureuse qu'elle ne l'était.

Ces mots lui mirent du baume au cœur. Mel se tourna vers son mari en souriant, pendant que la lune qui brillait formait sur eux des ombres indécises.

— Tu sais, Peter, il y a des choses que je comprends mieux auprès de toi. Des tas de choses, la plupart à l'intérieur de moi-même...

— J'en suis heureux. Tu as le même effet sur moi, et je sens que tu éprouves du respect pour mon travail.

Il prit une profonde inspiration et dit dans un petit sourire :

— Anne ne m'approuvait pas vraiment. Pour elle les transplantations étaient répugnantes et condamnables. Sa mère appartenait à l'Église scientiste, et elle éprouvait toujours de l'aversion envers la profession médicale.

— Ça n'a pas dû être facile pour toi.

— En effet. Je sentais bien qu'elle ne m'approuvait pas.

— Moi, je t'approuve, tu le sais, Peter.

— Je le sais, et cela signifie beaucoup pour moi. Je crois que c'est l'une des premières choses qui m'a séduit chez toi. Je te respectais et je savais que tu me respectais.

Il sourit, lui embrassa le bout du nez.

— Puis tes jolies jambes ont fait le reste, et c'est pourquoi nous sommes ici.

Elle rit doucement dans le noir et s'étonna de la bizarrerie de la vie. À peine quelques heures auparavant, elle devenait folle à la pensée qu'elle allait perdre sa fille et maintenant, dans la pénombre, elle échangeait des confidences. Soudain, une évidence lui sauta aux yeux, dont elle n'avait pas encore eu conscience. Au cours des derniers mois, Peter et elle étaient devenus de bons amis, de très bons amis. Jamais elle ne s'était sentie aussi proche de quelqu'un, homme ou femme. Ce rempart qu'elle avait élevé autour d'elle pendant si longtemps, il l'avait démoli. Elle ne s'en était jamais rendu compte !

— Je vous aime, Peter Hallam, beaucoup, beaucoup plus que vous ne l'imaginez.

Après ces mots, elle bâilla et s'endormit dans ses bras. Lorsqu'il la regarda, il vit qu'elle souriait.

CHAPITRE XXIX

Peter emmena Mark, Jess et Matthew à Los Angeles le dimanche soir, pendant que Mel restait à Truckee avec Val. Ils rendirent les clefs du chalet et elle prit une chambre dans un motel. Tous les jours elle se rendait à l'hôpital. Le mercredi, le médecin autorisa le retour de Val en avion avec sa mère. Curieusement, ce fut un laps de temps délicieux pour les deux femmes. Elles purent bavarder comme par le passé, parler de la vie, des garçons, de Mark, du sexe, du mariage, de Peter et de la vie de Mel. Lorsque l'avion atterrit à Los Angeles, le mercredi soir, Mel en savait plus sur sa fille qu'elle n'en avait jamais appris. Si seulement elles avaient plus souvent l'occasion d'échanger ainsi leurs pensées, sans avoir à subir un drame !

Val avait beaucoup mûri. Elle éprouvait un sentiment de malaise lorsqu'elle songeait à ce petit être qui ne naîtrait jamais, mais devenir mère à seize ans aurait gâché toute sa vie et aurait créé entre elle et Mark un lien qui lui aurait peut-être pesé plus tard. Elle promit à sa mère de ne plus penser à lui pendant un certain temps et de sortir avec d'autres garçons. Elle ne voulait surtout pas que cet accident, qui lui avait fait affreusement peur, se renouvelle. Mel s'en réjouit. Cette expérience lui servirait. Plus jamais Val ne traiterait la contraception à la légère, et elle ne s'aventurerait plus sans réfléchir dans des relations intimes. Mais quelle tristesse qu'elle ait dû passer par une épreuve aussi sordide ! À la description qu'elle fit de son avortement, Val étonna sa mère par son courage.

— Je ne crois pas que j'aurais pu supporter une chose pareille, avoua Mel.

— J'ai pensé que je n'avais pas le choix, et Mark était avec moi.

Elle essayait de tirer un trait sur cet épisode de sa vie, mais toutes deux savaient qu'elle ne l'oublierait jamais. Mel, lorsque sa fille lui fit ses révélations, la serra contre elle et toutes deux se mirent à pleurer.

— Ma pauvre petite fille...

— Maman, je suis tellement désolée...

Mel remarqua qu'au premier dîner qui les réunit tous, Val se comportait avec Mark plutôt comme une sœur et qu'il acceptait sans problème ce comportement. Leurs relations s'étaient modifiées, et d'une façon satisfaisante. Peter le remarqua également et en fit part à sa femme le soir même.

— En effet, dit-elle, et je crois que leur roman est terminé.

— Ce n'est pas plus mal.

Il était recru de fatigue. Sa journée avait été rude, avec cinq heures en chirurgie dans la matinée. Une montagne de travail l'attendait à son retour à Center City.

— Nous pourrions lâcher Mark dans la nature maintenant, et lui souhaiter bonne chance. Mais quelle angoisse d'avoir des filles ! C'est scandaleux d'avoir des formes aussi voluptueuses !

— À qui le dis-tu ! Je me fais des cheveux gris depuis des années à cause d'elle.

Dès le lendemain elle eut l'occasion d'avoir de nouveaux cheveux gris dans la salle de rédaction. Paul Stevens avait profité de son absence pour tout flanquer en l'air. Elle avait demandé trois jours de congé maladie, mais c'était suffisant pour qu'il sabote ce qui la concernait. Par chance, le producteur avait deviné ses desseins, car il connaissait la haine farouche que le journaliste éprouvait pour sa coprésentatrice. Aussi Stevens avait-il été freiné dans ses actes malveillants. Mais quelle amertume d'apprendre les bruits qu'il avait fait circuler sur elle et la réputation qu'il lui avait attribuée ! D'après lui, elle n'était qu'une sale garce et connue comme telle à New York, et elle avait couché avec tout le monde pour pouvoir grimper jusqu'au sommet de la profession. Tout ce qu'il avait pu imaginer comme saletés, il l'avait répandu dans les couloirs de la télévision. Mel s'en plaignait auprès de Peter le soir même. Il devint livide en l'écoutant.

— Pourquoi, ce sale petit con…

La colère lui faisait serrer les poings.

— Je suis furieux que tu aies à le supporter.

— Et moi donc ! Mais c'est ainsi.

— Pourquoi te hait-il à ce point ?

— D'abord parce que je gagne beaucoup plus que lui, ensuite parce qu'il ne voulait pas de coprésentatrice. Il a été tout seul sur l'écran pendant des années. Moi aussi, mais j'ai pensé qu'il valait mieux m'adapter à la situation. J'aimerais être débarrassée de lui, mais j'en ai pris mon parti.

— Dommage qu'il n'en fasse pas autant.
— Oui, quel dommage !

Leurs rapports devinrent si tendus que Mel commença à en être physiquement affectée. Elle souffrait de migraines, ainsi que d'une crampe à l'estomac qui résistait à tous les traitements. Comme elle appréhendait ses rencontres avec Stevens, elle effectua un grand nombre d'interviews qui lui permettaient de travailler en extérieur. En même temps, elle essayait de passer plus de temps avec les filles, et spécialement avec les jumelles. Les reproches de Jessica, lors de l'avortement de Val, n'avaient pas disparu de sa mémoire. Aussi, pour ne plus être accusée d'être plus intéressée par ses beaux-enfants que par ses filles, elle essaya d'équilibrer la balance. Mais elle eut l'intuition que Pam se sentait mise de côté et qu'elle se liguait avec Mme Hahn dans toute la mesure du possible. Pour y parer, Mel essaya d'inclure Pam dans ses projets concernant les jumelles, mais quelle difficulté de satisfaire tout le monde ! Parfois elle se sentait si mal qu'elle pensait ne jamais pouvoir s'en sortir. Un jour qu'elle faisait des courses avec Matt, elle fut obligée de s'asseoir pour reprendre son souffle. Elle avait mal au cœur et la tête lui tournait au point qu'elle craignit de s'évanouir. Elle fit promettre au petit garçon de n'en rien dire à son père, mais il eut tellement peur pour elle qu'il s'empressa de se confier à Jess, qui immédiatement en fit part à son beau-père. Pendant le dîner, Peter examina songeusement sa femme, puis plus tard l'interrogea alors qu'ils étaient dans leur lit :

— Es-tu malade, Mel ?
— Non, pourquoi ?

Elle se détourna afin qu'il ne puisse la dévisager.

— Je n'en sais rien. Un petit oiseau m'a raconté que tu ne te sentais pas bien aujourd'hui, expliqua-t-il avec inquiétude.

— C'est tout ce que le petit oiseau t'a dit ?

— Il paraît que tu t'es à moitié évanouie au super-marché.

Il la força à se retourner vers lui pour l'observer de plus près.

— Est-ce vrai, Mel ?

— Plus ou moins.

— Qu'est-ce qui ne va pas ?

Elle soupira, regarda le plancher puis releva les yeux vers lui :

— Ce salaud de Paul Stevens finira par me rendre folle. Je me demande si je ne vais pas attraper un ulcère. J'ai été mal fichue ces dernières semaines.

— Mel, s'exclama-t-il avec angoisse, promets-moi que tu vas te faire examiner.

— Très bien, mais je n'ai guère de temps.

Il lui saisit le bras :

— Trouve-le ! Je suis sérieux, Mel. Ou bien tu te fais examiner, ou bien je t'hospitalise.

— Ne dis pas de sottises. Ce n'étaient que de petits vertiges.

— Avais-tu mangé quelque chose ?

— Non, rien du tout.

— Alors c'est peut-être parce que tu étais à jeun, mais de toute façon je veux que tu te fasses examiner.

Il remarqua alors qu'elle avait perdu du poids, que ses traits étaient tirés et son teint pâle.

— Tu as une mine de papier mâché !

— Merci beaucoup.

Il lui prit la main :

— Je m'inquiète pour toi, Mel. Je t'aime comme un fou, alors fais-moi le plaisir de téléphoner demain pour avoir un rendez-vous.

— D'accord, d'accord.

Dès le lendemain matin, il lui donna une liste de généralistes et de spécialistes.

— Tu veux que je les voie tous ? s'écria-t-elle, horrifiée.

— Non, dit-il en souriant, un ou deux suffiront. Je te conseille d'aller voir Sam Jones, spécialiste des maladies organiques, et il pourra utilement t'orienter vers le médecin qui te convient.

— Prends-moi plutôt dans la clinique Mayo pour une semaine d'examens !

Elle plaisantait, mais il ne rit pas. Elle avait bien plus mauvaise mine encore que le soir précédent.

— Ce ne serait pas plus mal.

— Tu exagères.

Elle prit un rendez-vous avec Sam Jones pour l'après-midi. Normalement elle aurait dû patienter un bon mois, mais, dès qu'elle eut prononcé le nom de Hallam, miraculeusement il trouva du temps pour la recevoir le jour même. Elle se rendit au cabinet du médecin à deux heures, alors qu'il lui fallait se trouver au studio à quatre heures. Le Dr Jones ne perdit pas une minute : il fit une prise de sang, effectua des tests sur l'urine, puis l'examina, dressa un bilan de ses antécédents médicaux, étudia sa respiration et prit sa tension. Elle eut l'impression, lorsqu'il eut fini, qu'il avait touché et tâté chaque centimètre de son corps.

— Bon, à première vue, vous me paraissez en bonne santé. Un peu de fatigue sans doute, mais rien de grave. Mais attendons le résultat des examens en laboratoire. Depuis combien de temps vous sentez-vous ainsi épuisée ?

Elle lui décrivit tous les symptômes qu'elle avait éprouvés, ses maux de cœur, ses migraines, lui dit un mot sur la tension qui régnait dans l'exercice de son travail, le déménagement depuis New York, le changement de situation, l'interruption de grossesse de sa fille, le mariage et l'adaptation à la vie avec des beaux-enfants, la maison où flottait toujours le fantôme de la première femme, et cette impression qu'elle n'était pas chez elle dans cette maison.

— Stop !

Il tomba dans son fauteuil avec un gémissement et se frappa le front :

— Moi aussi, je craque ! Je crois que vous pourriez établir vous-même votre diagnostic, chère amie. Vous n'avez pas besoin de moi du tout. Ce qu'il vous faut, c'est six semaines de repos au bord de la mer.

— J'aimerais bien, dit-elle en souriant. Mais je me suis contentée de dire à Peter que c'était une question de nerfs.

— Vous avez raison.

Il lui proposa du Valium, du Librium, des somnifères, mais elle refusa tout en bloc. Le soir, elle répéta à Peter ce que le médecin lui avait appris.

— Eh bien, il n'y a rien d'inquiétant dans mon cas. C'est simplement du surmenage.

Ils s'en doutaient déjà, tous les deux, mais Peter ne fut pas convaincu.

— Attendons le résultat des tests, dit-il.

Elle leva les bras au ciel et alla mettre Matthew au lit. Pam écoutait sa stéréo et les jumelles rédigeaient

465

leurs devoirs dans leur chambre. Mark était sorti. Mel avait appris quelques jours auparavant qu'il avait une nouvelle amie, une étudiante, et Val n'avait pas l'air de s'en formaliser. Il y avait un garçon dans sa classe qui, d'après elle, était « tout ce qu'il y a de plus chouette », et Jessica avait enfin trouvé un compagnon qui lui plaisait et qui l'avait emmenée deux fois au cinéma. Pour une fois tout allait bien pour tout le monde. Avec un sourire heureux, elle déclara à son mari :

— Enfin, « à l'Ouest rien de nouveau ».

Elle lui donna le détail de cette information, et il en parut satisfait. En fin de compte, tout finissait par s'arranger, du moins le pensait-il. Mais aucun des deux n'était préparé à la bombe qui explosa dès le lendemain.

Mel oublia d'appeler le Dr Jones avant de partir pour le studio. Il laissa un message afin qu'elle lui téléphone dès son retour, mais Peter découvrit le message avant elle et s'empressa d'appeler son vieux confrère et ami. Jones refusa de le renseigner.

— Dis à ta femme de me passer un coup de fil dès qu'elle reviendra.

— Pour l'amour de Dieu, Sam, qu'est-ce qui ne va pas ?

Il était affolé, mais Jones ne céda pas. Plus tard, lorsque Mel franchit la porte d'entrée, Peter se précipita :

— Appelle Jones !

— Tout de suite ? Pourquoi ? Je viens juste d'entrer, laisse-moi suspendre mon manteau.

— Je t'en supplie, Mel !

Elle lut de l'angoisse dans ses yeux.

— Que se passe-t-il ?

— Je ne sais pas, Sam n'a pas voulu me dire un mot.

— Tu l'as donc appelé ? interrogea-t-elle avec reproche.

— Oui, avoua-t-il, mais je n'ai rien pu en tirer.

— Mon Dieu !

— Je t'en supplie, Mel…

— D'accord, d'accord !

Elle forma le numéro personnel qu'avait donné le médecin et Mme Jones lui passa son mari. D'un geste de la main elle fit signe à Peter, qui tournait autour d'elle, de s'éloigner. Puis elle échangea avec le médecin les amabilités d'usage avant d'aborder le cœur du problème.

— Je n'ai pas voulu en parler à Peter avant que vous n'en ayez été informée…

Son ton grave impressionna Mel. Elle retint son souffle. Peut-être Peter avait-il raison… Elle était atteinte d'une maladie inquiétante…

— Vous êtes enceinte, Mel, et j'ai pensé que vous aimeriez le lui apprendre vous-même.

Il termina sur un ton radieux, mais Mel était consternée. Son expression figée persuada Peter, qui l'examinait de loin, qu'elle venait d'apprendre de très mauvaises nouvelles. Il se laissa lentement tomber dans un fauteuil en attendant qu'elle raccroche.

— Alors ?

Impossible d'éluder.

— Que t'a-t-il dit ? insista-t-il.

— Rien de spécial.

— Tu parles !

Il sauta sur ses pieds et s'avança :

— J'ai vu ta figure. Qu'est-ce que tu préfères : tout me dire, ou faut-il que je lui téléphone ?

— Il ne t'en parlera pas.

— Du diable si je n'arrive pas à lui faire dire la vérité !

Peter commençait à fulminer. Mel, encore sous le choc, le regarda et proposa :

— Si nous allions en parler dans ton bureau ?

Il ne prononça pas un mot mais la suivit et ferma la porte derrière lui. Elle s'assit et déclara :

— Je n'y comprends rien.

— Que t'a-t-il dit ? J'essaierai de tout t'expliquer, Mel, mais dis-moi ce qui ne va pas !

Alors elle sourit. Il s'attendait à des résultats compliqués, alors que rien n'était compliqué dans le diagnostic de Jones. Sauf en ce qui concernait leur vie future.

— Je suis enceinte.

— Tu es… quoi ? cria-t-il. Non, tu ne l'es pas.

— Si.

Alors, soudain, il fit une sorte de grimace :

— Eh bien, ça alors ! Tu es vraiment enceinte ?

— Je suis enceinte.

Elle avait l'air d'être passée sous un train. Il vint à elle et la prit dans ses bras.

— C'est la meilleure nouvelle que j'aie entendue depuis des années !

— Tu le penses pour de bon ? demanda-t-elle, encore ahurie.

— Fichtre oui !

— Tu es complètement dingue, Peter ! Nous sommes déjà submergés par nos responsabilités, et tu voudrais un bébé ? Maintenant ? J'ai trente-six ans, nous avons cinq enfants à nous deux…

Elle avait le vertige rien que d'y penser. Peter eut l'air accablé. Il essaya de paraître indifférent :

— Voudrais-tu une interruption de grossesse ?

Un instant, elle se souvint des mots de Val décrivant la clinique d'avortement.

— Je ne sais pas. Je me demande si je le peux.

— Alors inutile de prendre une décision dès maintenant.

— À t'entendre, tout est simple, dit-elle tristement, mais ce n'est pas aussi facile que tu l'imagines.

— Mais si ! Tu as une clause dans ton contrat pour le cas où tu attendrais un enfant. C'est toi qui me l'as dit.

— Dieu du ciel, j'avais oublié !

Alors elle commença à rire en se souvenant de l'amusement que lui avait causé cette clause. Soudain, la nouvelle de sa grossesse lui parut d'une drôlerie extraordinaire. Son rire augmenta, de plus en plus fort pendant que Peter l'embrassait. Enfin il prit une bouteille de champagne dans le bar, fit sauter le bouchon et en remplit deux coupes.

— Buvons à nous deux… et à notre bébé !

Elle prit une gorgée et posa sa coupe aussitôt. Le champagne lui donnait mal au cœur.

— Je ne peux pas.

Son teint vira au vert sous le regard de Peter. Il se précipita :

— Chérie, tu ne vas pas bien ?

— Mais si.

Elle sourit et s'inclina sur son épaule, essayant de réaliser l'ironie de la situation.

— J'ai des filles qui vont bientôt avoir dix-sept ans, et me voilà enceinte. Pouvais-tu imaginer…

De nouveau, le rire la secoua :

— Comment est-ce arrivé ? Je n'arrive pas à m'habituer à cette idée.

— Quelle importance ! Considère ce bébé comme une bénédiction.

Puis il poursuivit avec une sorte de gravité :

— Mel, je me bats contre la mort tous les jours de la semaine. Je lutte de toutes mes forces contre elle et je la hais. Et te voilà, avec ce don précieux qu'est une vie, qui t'est donnée gratuitement. Ce serait criminel de ne pas l'apprécier.

Ces paroles la touchèrent profondément. De quel droit négliger un tel cadeau ?

— Que dirons-nous aux enfants ?

— Que nous allons avoir un bébé et que nous sommes très heureux. Bon Dieu ! J'ai cru que tu étais malade.

— Moi aussi. Je suis heureuse de m'être trompée.

— J'en suis deux fois plus heureux que toi, Mel. Je ne pourrais plus vivre sans toi.

— Eh bien, tu n'auras même pas à en faire l'essai.

À ce moment Matthew entra pour annoncer que le dîner était servi. Avant de se rendre dans la salle à manger, Peter appela tous les enfants au salon et commença un petit discours.

— Nous avons une nouvelle extraordinaire à vous apprendre…

— On va à Disneyland la semaine prochaine ?

La suggestion de Matt fit rire tout le monde. Chacun lança alors son idée sur la question. Mark envisageait la construction d'un court de tennis. Pam pensait à l'achat d'un yacht, et les jumelles à une Rolls-Royce, ou encore un voyage à Honolulu, ce qui enthousiasma tout le monde. Peter ne cessait de secouer la tête.

— Non... pas tout à fait... Mais Honolulu me paraît plutôt tentant. Peut-être à Pâques ? La nouvelle que je vous ai promise est bien plus importante que tout cela.

— Oh, papa, qu'est-ce que c'est ? questionna Matt, brûlant de curiosité.

— Nous allons avoir un bébé, Matt.

Puis le regard de Peter se fixa tour à tour sur chacun des enfants. Mel aussi épiait leurs réactions. Manifestement, ils n'étaient pas plus préparés à cette naissance que ne l'avaient été leurs parents.

— Vous allez... quoi ?

Pam sauta sur ses pieds, horrifiée, et se tourna vers Mel, à qui elle déclara avec incrédulité :

— Jamais je n'ai entendu une chose aussi dégoûtante !

Puis elle éclata en sanglots et se précipita dans sa chambre. Matthew, d'une voix tremblante, gémit :

— Nous n'avons pas besoin d'un bébé ici. Nous sommes déjà cinq !

— Mais ce serait un petit camarade pour toi, Matt. Les autres sont beaucoup plus âgés que toi.

— Je préfère qu'il n'y ait personne d'autre !

Comme sa sœur, il alla sangloter dans sa chambre. Mel s'aperçut que Val pleurait aussi. La jeune fille se leva, la poitrine secouée de hoquets.

— Tu ne t'attends pas, j'espère, à ce que je me réjouisse pour toi, maman.

Précipitamment, elle sortit en pleurant. Mark se contenta de hausser les épaules, sans trop savoir ce qu'il fallait penser, et Jessica, pétrifiée, les regarda sans mot dire. Elle avait l'air de penser qu'avec leurs charges déjà existantes, c'était une folie de se charger d'un enfant supplémentaire. Le pire, c'est que Mel estimait que sa fille avait raison. Jess grimpa l'escalier sous le prétexte d'aller réconforter sa jumelle. Puis Mark disparut à son tour. Les parents, tout seuls, se laissèrent tomber dans des fauteuils. Mel essuya les larmes qui jaillissaient de ses yeux.

— Eh bien, nous voilà renseignés…

— Ils s'habitueront.

Il passa un bras autour des épaules de sa femme, puis leva les yeux vers Hilda Hahn qui les contemplait tous les deux.

— Le dîner va être froid.

Son regard implacable acheva d'abattre Mel. Entre les enfants perturbés par l'arrivée du bébé et les avanies que lui faisait subir Stevens, elle n'arriverait jamais à s'en tirer ! Elle en avait assez ! En se rendant dans la salle à manger, elle se sentit le cœur lourd. Elle croisa le regard de Mme Hahn.

— Bien malgré moi, j'ai entendu la nouvelle…

Son accent germanique énervait toujours Mel. Cette Allemande n'avait rien de la chaleur et de la gentillesse de ses compatriotes.

— C'est dangereux à votre âge d'avoir un enfant !

— Non, pas du tout, dit Mel avec un sourire doucereux, je n'ai que cinquante-deux ans.

Elle savait très bien que Mme Hahn en avait cinquante et un. Peter sourit. Tout ce que ferait désormais sa femme emporterait immédiatement son adhésion. Il n'accordait aucune importance aux pleurs des enfants. Cette prochaine naissance le comblait de joie.

Mel ne put avaler une bouchée, consternée par la réaction des enfants. Elle alla les voir, mais toutes les portes étaient fermées et elle ne reçut nulle part un accueil chaleureux. Lorsqu'elle descendit dans leur chambre à coucher, Peter insista pour qu'elle s'allonge. Elle rit.

— Je ne suis enceinte que de quatre ou cinq semaines, tu sais.

— Aucune importance.

Elle se coucha dans leur lit.

— Nous n'avons pas provoqué de joie délirante, il me semble.

Une vague d'impuissance et de solitude la gagna.

— Il faut leur laisser le temps. Val et Matt, qui ont seuls des raisons d'être bouleversés, s'en remettront vite, j'en suis certain.

— Pauvre Matt ! remarqua-t-elle doucement. Il désirait tellement rester notre seul bébé ! On ne peut lui en vouloir.

— Ce sera peut-être une fille, lança Peter avec excitation.

— Merci bien, grogna-t-elle, nous en avons déjà trois.

Elle commençait à s'accoutumer à l'idée d'être de nouveau mère. C'était un peu comme un miracle, songeait-elle. Pendant des heures ils en discutèrent, cette nuit-là. Le lendemain matin, avant de partir, Peter embrassa tendrement sa femme. Mais lorsqu'elle descendit prendre son petit déjeuner et qu'elle dut affronter Matt, Pam et les jumelles, elle comprit nettement qu'elle s'aventurait en territoire ennemi. À les regarder, elle sentit le désespoir monter en elle. Jamais ils n'accepteraient cette naissance.

— Je suis désolée que vous ne vous en réjouissiez pas...

Val détourna les yeux et Jess parut déprimée. Matt avait perdu tout appétit. Lorsque Mel se tourna enfin vers Pam, elle fut terrifiée par ce qu'elle découvrit : haine et fureur, mêlées à la terreur. La jeune fille s'était réfugiée dans un recoin sombre de sa personnalité où Mel ne pouvait accéder.

De tous les enfants, c'était bien elle la plus bouleversée. Mel essaya bien de discuter avec elle le jour même, au retour de l'école, mais Pam lui claqua la porte au nez et ferma à clé. Mel tambourina sur le battant, sans succès.

La maison résonna de reproches, de chagrin et de colère. On aurait cru que chacun essayait de la punir, chacun à sa façon. Mark s'arrangea pour s'absenter perpétuellement de la maison, au désespoir de son père. Les jumelles prirent leurs distances avec agressivité. Matt n'arrêta pas de geindre et d'accumuler des bêtises à l'école. Pam fit l'école buissonnière. À quatre reprises, Mel fut informée de la disparition de sa belle-fille mais, lorsqu'elle tenta d'avoir une explication avec elle, Pam haussa les épaules et alla s'enfermer dans sa chambre. Pour mettre un comble à sa cruauté, elle alla suspendre le portrait de sa mère au-dessus du lit de Mel et de Peter. Lorsque Mel le découvrit, la colère l'envahit. Elle le décrocha et le tint dans ses mains tremblantes.

— Avez-vous vu Pam avec ce portrait ? demanda-t-elle à Mme Hahn.

— Je n'ai rien vu, madame Hallam.

Mel comprit que l'Allemande mentait. Lorsque l'école appela une nouvelle fois pour l'avertir que Pam n'avait pas reparu, Mel décida d'attendre à la maison jusqu'au retour de la fugueuse. À 16 heures, Pam n'était pas encore rentrée. Mel se demanda s'il n'y avait pas un garçon dans sa vie. À 17 heures, Pam, nonchalante, fit son apparition, enchantée que Mel l'ait attendue toute la journée. En l'examinant de plus près, Mel vit que Pam avait pris de la drogue. Après une brève dispute, elle l'envoya dans sa chambre, puis elle se rendit au studio. Plus tard, elle en parla à Peter.

— Je ne peux y croire, Mel. Jamais elle n'a touché à un stupéfiant.

— Fais-moi confiance.

Il n'arrivait pas à imaginer une chose aussi affreuse. Il questionna sa fille, mais elle nia tout. Elle devenait un sujet de discorde entre ses parents car Peter prenait toujours son parti. Mel comprit qu'elle perdait son seul allié dans une maison peuplée d'ennemis, une maison où elle ne se sentait même pas chez elle.

— Peter, je te certifie que ta fille n'était pas dans un état normal. Tu devrais en parler avec ses professeurs.

Mel voulut aussi en discuter avec les jumelles, mais elles se firent distantes, quoique polies. Elles ne voulaient pas s'en mêler, pas plus que Mark. Mel comprit qu'elle était devenue un paria, simplement parce qu'elle attendait un enfant. Elle les avait tous trahis.

Deux semaines plus tard, un appel du service de Prévention de la drogue de Los Angeles lui donna raison. Pam avait été arrêtée alors que, se trouvant prétendument au collège, elle achetait de l'herbe à des petits trafiquants de la rue. Peter piqua une colère terrifiante et menaça de l'envoyer dans une maison de redressement. Alors Pam accusa Mel :

— Tu as monté papa contre moi. Tu veux m'envoyer au loin.

— Jamais de la vie. Mais il faut te prendre en main, et sans attendre. Il est temps que tu arrêtes de sécher tes cours, que tu ne fumes plus d'herbe et que tu cesses de te conduire comme une petite peste. Ton foyer est ici, et nous t'aimons, mais ce n'est pas une raison pour n'en faire qu'à ta tête. Dans toutes les sociétés, toutes les communautés, dans chaque maison, on doit respecter des règles.

Suivant son habitude, Peter s'amadoua, lui infligea une punition d'une semaine et laissa aller les choses. Il se refusa à soutenir Mel dans la discussion, et deux semaines plus tard Pam fut de nouveau arrêtée. Cette fois, il prit l'affaire plus au sérieux et appela le psychiatre qui avait déjà soigné sa fille. Il obtint une série de rendez-vous pour elle et demanda à Mel si elle pouvait y accompagner Pam. Le résultat fut que Mel dut y traîner sa belle-fille quatre fois par semaine, puis se casser la tête pour se rendre au studio, et revenir au galop à la maison le soir pour s'occuper de Matt et des jumelles. Tout ce qu'elle désirait, c'était dormir entre deux vomissements. Mme Hahn s'obstinait à lui préparer des plats affreusement lourds.

Après un mois de ce régime, Mel dut se précipiter un vendredi soir à l'hôpital avec des saignements et des crampes. Son gynécologue l'hospitalisa et ne mâcha pas ses mots :

— Si vous ne vous ménagez pas, vous perdrez votre enfant, Mel.

Des larmes lui montèrent aux yeux. Sa vie n'était qu'une lutte perpétuelle depuis quelque temps.

— Tout le monde s'en fout !

— Et vous ?

Triste à en mourir, elle articula du bout des lèvres :

— Ma foi, je commence à m'attacher à lui.

— Alors prévenez autour de vous que vous avez besoin de repos.

Un Peter mélancolique vint la voir le lendemain.

— Cet enfant t'encombre, n'est-ce pas, Mel ?

— Tu crois que j'ai voulu m'en débarrasser ?

— Pam le prétend. Elle m'a raconté que tu as essayé de le faire sauter la semaine dernière.

— *Quoi ?* Es-tu fou ? Tu m'as crue capable d'une chose pareille ?

— Je n'en sais rien. Je comprends bien que ça te contrarie à cause de ton travail. Enfin, tu te l'imagines.

Elle le regarda un moment sans comprendre, puis sortit de son lit et fit sa valise.

— Où vas-tu ?

— Je rentre à la maison et je vais botter le derrière de ta fille.

— Mel, écoute… s'il te plaît…

Elle régla sa facture et revint chez elle. Elle s'enfouit dans son lit malgré les excuses présentées par son mari. Dans l'après-midi, elle alla trouver Mme Hahn et lui commanda un poulet au riz pour le dîner, un plat qu'*elle* pourrait enfin avaler, puis elle attendit de pied ferme le retour des enfants.

À 18 heures ils étaient tous rentrés, surpris de la revoir. Lorsqu'ils descendirent pour le dîner, elle était déjà à table, avec des yeux qui brillaient de façon inquiétante.

— Bonsoir, Pam, commença-t-elle aussitôt. Comment s'est passée ta journée ?

— Très bien.

Elle essayait d'avoir l'air détendu, mais elle jetait des coups d'œil nerveux à sa belle-mère.

— J'ai appris que tu avais raconté à ton père que j'avais voulu me faire avorter la semaine dernière. Est-ce vrai ?

Un silence de mort tomba dans la salle à manger.

— Je répète : est-ce vrai ?

— Non, chuchota une petite voix.

— Je ne t'ai pas entendue, Pam.

— Non ! cria-t-elle.

Peter serra le bras de sa femme.

— Mel, s'il te plaît, ne te fatigue pas...

Elle le regarda droit dans les yeux.

— Il faut que la situation soit nette. As-tu entendu ce qu'elle a dit ?

— Oui, j'ai entendu.

Mel se tourna vers sa belle-fille.

— Pourquoi veux-tu nous créer des ennuis ? Pourquoi, Pam ?

Pam haussa les épaules. Mel allongea le bras et posa sa main sur celle de sa belle-fille.

— Est-ce parce que j'attends un enfant ? Est-ce donc tellement terrible que tu aies envie de m'en punir ? Bon, eh bien, je vais te dire une chose : même si nous avons des tas d'enfants, nous continuerons à t'aimer.

Dans les yeux de Pam, des larmes apparurent.

— Mais si tu n'arrêtes pas toutes ces âneries que tu accumules depuis que j'habite ici, je t'enverrai un de ces coups de pied qui te fera voler à l'autre bout de la ville.

Pam sourit à travers ses larmes.

— Tu le ferais vraiment ?

Elle était assez satisfaite. Après tout, ses parents se tracassaient pour elle.

— Parfaitement !

Mel promena un regard autoritaire sur le reste de la famille.

— Et j'en ferai autant pour chacun d'entre vous.

Sa voix s'adoucit en s'adressant à Matt.

— Tu seras toujours notre bébé, Matt. Ce petit ne prendra jamais ta place.

Mais il n'eut pas l'air de la croire. Elle se tourna ensuite vers ses filles.

— À vous deux, maintenant... Je ne saisis pas l'occasion pour te blesser, Val, mais pas plus que toi il y a quelques mois je ne me suis rendu compte de ce qui allait m'arriver. Et toutes les deux, vous avez manifesté la plus totale insensibilité devant mon état. J'estime que c'est vraiment moche de votre part !

Enfin elle se tourna vers Mark.

— Franchement, Mark, je suis surprise de te voir ce soir. Tu as presque totalement disparu depuis quelque temps. Tu es tellement à sec que tu as décidé de manger gratis chez toi ?

Le jeune homme fit une grimace, sans prononcer un mot.

— Mets-toi dans la tête qu'aussi longtemps que tu habiteras dans cette maison, la moindre des politesse exige que tu y prennes un peu plus qu'un repas par mois. J'espère donc te voir un peu plus souvent dans les jours qui viennent.

Subjugué par ces paroles et inquiet du regard que son père faisait peser sur lui, il ne put qu'acquiescer.

— Enfin, Pam...

L'interpellée leva un regard prudent vers sa belle-mère.

— À partir de maintenant, tu iras toute seule chez

le psychiatre. Tu n'as qu'à prendre le bus comme tout le monde. Je ne vais plus traverser la ville pour t'y conduire. Si tu veux le voir, tu iras par tes propres moyens, et je ne vais plus te prendre par les cheveux pour t'emmener. Tu as presque quinze ans, il est temps que tu te sentes un peu responsable.

— Est-ce que je pourrai revenir de l'école en bus ? demanda Matt, plein d'espoir.

Il adorait ce genre de transport, mais Mel secoua la tête.

— Non.

Puis elle promena son regard tout autour de la table.

— J'espère que je me suis bien fait comprendre. Tous, pour des raisons différentes, vous vous êtes conduits comme des brutes envers moi depuis que vous avez appris que j'attendais un enfant. J'en ai marre ! Je ne peux pas modifier vos sentiments envers moi, mais je veux que vous vous comportiez correctement. Je ne supporterai pas davantage vos vexations...

Ses yeux s'arrêtèrent sur Mme Hahn.

— ... Il y a de la place pour tout le monde dans cette maison. Pour vous, pour moi, votre père, le bébé, mais nous devons nous montrer gentils les uns envers les autres. Encore une fois, je répète que je ne me laisserai pas punir davantage à cause de...

Elle éclata en sanglots, mais réussit à terminer :

— ... à cause de cet enfant qui n'est pas encore né.

En achevant son discours, elle jeta sa serviette sur la table et s'enfuit dans sa chambre. Elle n'avait pas avalé une seule bouchée, mais elle avait déchargé son cœur. Après son départ, Peter considéra ses enfants embarrassés et consternés. La leçon avait porté, bien évidemment.

— Elle a raison, vous savez, déclara-t-il. Vous vous êtes très mal conduits envers elle.

Pam essaya bien de soutenir son regard, mais elle n'y réussit pas longtemps. Mark se trémoussa sur sa chaise et Val baissa la tête.

— Je n'ai jamais voulu...

Jess prit vivement la parole :

— Si, tu l'as voulu ! Et nous tous aussi. Nous avons tous été infects.

— Vous n'avez pas été très chic avec elle.

— D'accord, papa. Maintenant nous serons très gentils.

Matt appuya ses paroles d'une petite tape sur le bras de son père, ce qui fit rire toute la table. Quelques minutes plus tard, Peter monta un plateau à sa femme. Couchée, elle pleurait.

— Allons, chérie, calme-toi. Je t'ai apporté ton dîner.

— Je ne veux rien manger. Je suis malade.

— Tu ne devrais pas t'énerver ainsi, c'est mauvais dans ton état.

Elle se retourna pour le fixer avec incrédulité.

— Mauvais ? Mais alors, quel mot trouves-tu pour qualifier la conduite épouvantable des enfants envers moi ?

— Ils ont pris de bonnes résolutions. Et tu sais, Mel, tu as été un peu dure avec eux. Ce ne sont que des enfants.

— Je ne compte pas Matt, qui n'a que six ans et a du mal à se faire une raison, mais les autres sont des adultes, et ils ont cherché par tous les moyens à me harceler ce dernier mois. Pam ne s'est pas gênée pour te raconter un mensonge ignoble, pour te faire croire que je voulais me faire avorter, et tu l'as crue !

La fureur la faisait crier. Il commença par baisser la tête, puis finalement il la regarda.

— Eh bien, ce bébé te compliquait les choses à la télévision, et tu ne voulais pas tellement le garder au début.

— Je ne sais même pas si j'en ai encore envie, maintenant. Mais il est là et je le garde. Maintenant, il y a un autre problème. Où le mettrons-nous dans cette maison ?

— Je n'y ai pas encore réfléchi.

— C'est bien ce que je pensais.

Le découragement la gagna. Batailler avec Peter ne lui plaisait guère, mais à sa façon il s'était montré blessant, lui aussi. D'une voix plus calme, elle suggéra :

— Pourquoi ne pas vendre la maison ?

Il ouvrit des yeux scandalisés.

— Tu perds la tête ? C'est la maison de mes enfants !

— Tu l'as construite avec Anne.

— Ça n'a rien à voir !

— Pour moi, ça signifie beaucoup. Il n'y a pas de place pour notre bébé, ici.

— Nous pourrons faire construire une aile.

— Où ? Au-dessus de la piscine ?

— J'en parlerai à mon architecte pour voir ce qu'il en pense.

— J'ai mon mot à dire, moi aussi. Tu n'es pas marié à cet architecte !

— Et crois-tu que je sois marié avec toi ? Ton mari, c'est ce bureau minable qui t'obsède tellement !

— Quoi ?

La rage le secouait.

— Est-ce que tu renoncerais à y aller même un jour ? Non, même si tu y risquais la vie de l'enfant !

Leur querelle s'entendait dans toute la maison.

— C'est faux !

Elle sauta hors du lit et fit face à son mari.

— Toi et tes enfants, vous finirez bien par me faire faire une fausse couche si vous ne me laissez pas tranquille. Essayez donc un peu de me venir en aide, pour changer ! Vous n'arrêtez pas de m'accuser de tous les maux parce que je suis enceinte ! Et toi, tu voudrais que je chausse les pantoufles de ta femme pendant que ta fille suspend son portrait au-dessus de mon lit !

— Ne prends donc pas ça au tragique ! répliqua-t-il froidement.

— Ce tableau ne devrait même pas se trouver dans cette maison !

Elle se tut et dévisagea Peter. Les choses étaient allées trop loin.

— Moi non plus, en réalité, dit-elle.

Elle ouvrit un placard, en sortit une valise qu'elle lança sur le lit. Puis elle ouvrit les tiroirs de sa commode et empila ses affaires dans la valise.

— Je m'en vais jusqu'à ce que vous ayez tous bien réfléchi. Les enfants auront à se comporter convenablement, et toi, tu devrais t'arrêter de considérer Pam comme une pauvre petite fleur délicate, ou elle prendra des drogues dures lorsqu'elle aura seize ans. Cette enfant irait très bien si seulement tu avais un peu d'autorité sur elle.

— Puis-je te rappeler que ce n'est pas *ma* fille qui s'est fait engrosser récemment ?

C'était un coup bas, il s'en aperçut dès qu'il eut prononcé la phrase, mais il était trop tard pour se reprendre.

Mel lui lança un regard chargé de haine.

— Touché ! Mais nous pouvons remercier ton fils pour cette grossesse.

— Écoute, Mel… Pourquoi n'essayons-nous pas de nous calmer et de bavarder tranquillement ?

Soudain, il fut terrifié par le feu qui brûlait dans ses yeux. Il savait qu'elle avait besoin de ménagement, mais elle l'avait plongé dans une telle colère !

— Tu as à moitié raison. Je me calme, mais je ne suis pas disposée à bavarder. En tout cas, pas maintenant. Je quitte cette maison ce soir même, et tu n'auras qu'à te débrouiller avec tes enfants. Le mieux serait que tu décides une bonne fois ce que tu veux faire d'eux, de cette maison, de moi.

— C'est un ultimatum, Mel ?

— Oui, c'en est un.

— Et que vas-tu faire ?

— Je m'en vais pour pouvoir réfléchir moi aussi à mes problèmes. Je verrai si j'ai envie de continuer à vivre dans cette maison, si je veux ou non poursuivre ma carrière à la télévision, et si je garde ou non ce bébé.

— Tu parles sérieusement ?

Ce fut au tour de Mel d'adopter un calme plein de menace.

— Je parle sérieusement.

— Tu voudrais te débarrasser de l'enfant ?

— Ce n'est pas impossible. J'ai l'impression que chacun ici me prend pour son esclave. Jour après jour je dois me plier à vos volontés. Il me faut batailler avec

Mme Hahn, réparer les bêtises des enfants et vivre avec le regard d'Anne fixé droit sur moi. Je dois conduire Pam jour après jour chez le psychiatre, et avec tout cela il me faudrait conserver ce bébé ?... Veux-tu que je te dise ? J'ai le droit de décider, moi aussi.

— Et moi ? cria-t-il, furieux. Est-ce que je n'ai pas mon mot à dire ?

— Tu ne t'en es jamais privé. Tu ne cesses de prendre la défense de Pam dès que j'ouvre la bouche, tu t'extasies devant Mme Hahn et, si j'ose dire que je n'apprécie pas ses manières, tu répliques que tu es ici chez toi ; et tu voudrais encore que j'aie notre bébé ? Eh bien, pas moi. J'ai trente-six ans et, franchement, je me trouve trop âgée pour en élever un. Je suis trop âgée aussi pour me laisser empoisonner par toi ou tes enfants.

— Je ne me rendais pas compte que je t'empoisonnais, Mel.

— Pour toi, j'ai complètement bouleversé ma vie dans les six derniers mois. J'ai changé de situation, vendu ma maison, abandonné ma ville et perdu mon indépendance. Pour prendre une situation ici, j'ai dû rétrograder et je dois supporter un vrai salaud au studio. Toi, tu ne te rends compte de rien. Pour toi, il n'y a pas de changement. Tes enfants ont conservé leurs propres chambres, leur maison, les portraits de leur maman partout, leur gouvernante et leur père. Évidemment ils doivent aussi me supporter. Eh bien, si l'un d'entre vous m'imagine restant dans les parages, il doit dès maintenant réfléchir aux modifications à effectuer dans cette maison. Ou bien il est possible que je tourne la page et que je rentre chez moi.

Peter frissonna, mais sa voix conserva sa fermeté.

— Mel, est-ce que tu me quittes ?

— Non, je ne te quitte pas. Mais j'ai besoin d'une semaine loin de vous tous pour réfléchir et décider de mon avenir.

— Essaieras-tu de te faire avorter pendant ton absence ?

Elle secoua la tête et éclata en sanglots.

— Je ne voudrais pas te faire ça, mais, si jamais je m'y décide, je t'en parlerai d'abord.

— C'est déjà un peu trop tard pour une interruption de grossesse. Ça comporterait un risque.

— J'y réfléchirai. Mais, dès maintenant, il faut que je réfléchisse à ce que je veux, moi, et pas à ce que tu veux, toi ! Je ne veux plus faire passer en premier tes volontés, tes désirs, ce qui te fait plaisir ou ce dont tes enfants ont besoin. Moi aussi j'ai des besoins, et personne n'en a tenu compte depuis trop longtemps. Pas même moi.

Il hocha la tête lentement, effondré à l'idée qu'elle allait s'absenter, ne serait-ce que pour une semaine.

— Au moins tu m'indiqueras où tu te trouves ?

— Ce n'est pas sûr.

— Tu ne sais pas où tu vas ?

— Non. Je vais prendre la voiture et partir. Je te reverrai dans une semaine.

En se séparant de lui, elle emportait une masse de problèmes à résoudre.

— Et ton studio ?

— Je vais prévenir que je suis malade. Paul Stevens sera enchanté.

Peter savait qu'il ne devait pas la laisser partir ainsi, la laisser claquer la porte sans faire une nouvelle tentative.

— Je ne vais pas vivre, Mel. Tu me manqueras terriblement.

Tristement, elle saisit sa valise.

— Moi aussi, c'est bien l'ennui. Sans doute est-il temps que nous nous fassions une idée sur notre mariage, sur ce qu'il signifie pour nous. En vaut-il la peine ? Sommes-nous prêts à faire des sacrifices pour continuer à vivre ensemble ? Je ne sais plus. Je pensais que je pouvais tenir le coup mais, brusquement, je me pose des questions, et il faut que j'y réponde.

Il la suivit du regard pendant qu'elle franchissait la porte. Un peu plus tard il entendit la porte d'entrée qui claquait. Comme il aurait voulu la prendre dans ses bras, lui jurer qu'il l'aimait plus que tout au monde, qu'il désirait avoir un enfant d'elle ! Mais l'orgueil l'avait retenu, il n'avait pas laissé parler son cœur. Maintenant, Mel était partie. Pour une semaine. Plus longtemps peut-être ? Pour toujours ?

— Où est maman ?

Val jetait un coup d'œil dans la chambre.

— Partie !

Il avait décidé de lui dire la vérité. À elle et à tous les enfants. Car ils avaient leur part de responsabilités. Il n'était pas le seul à blâmer quoique, à y regarder de plus près, il n'eût pas toujours tenu le beau rôle. Il s'était montré trop intransigeant sur la maison, sur bien d'autres points aussi. Mel avait tout chamboulé dans sa propre vie, et lui, rien. Elle avait raison. Peter regarda Val avec accablement. Elle n'avait rien compris à sa réponse.

— Partie ? Partie où ?

— Je ne sais pas. Elle reviendra dans une semaine…

Val se figea sur place. Elle comprenait. Ils avaient

tous été beaucoup trop loin. Ils s'étaient conduits comme des imbéciles, et sans raison valable. Elle aussi, Val, avait été injuste.

— Tout ira bien pour elle ?

— Je l'espère, Val.

Il descendit l'escalier en lui tenant le bras et se trouva en face de Jess qui montait. Elle les considéra.

— Est-ce que maman est partie ?

— Oui, répondit Val, elle nous a quittés pour une semaine.

Les autres enfants qui se trouvaient dans le hall entendirent ces paroles, et ils restèrent sur place, pétrifiés, en regardant leur père.

CHAPITRE XXX

Mel grimpa dans sa voiture et démarra sans savoir où elle allait, sans personne à rejoindre. Tout ce qu'elle désirait, c'était s'éloigner de la maison, de la télévision, des enfants, de Peter. Pendant les cinquante premiers miles, elle ne songea qu'à ce qu'elle quittait, sans s'inquiéter de sa destination.

Ensuite elle commença à se détendre. Après deux heures de route, elle s'arrêta pour prendre de l'essence. Intérieurement, elle avait envie de jubiler. Jamais auparavant elle n'avait osé se lancer dans une aventure aussi intrépide. Mais impossible d'agir autrement. On l'avait littéralement poussée dehors. Maintenant, il était temps qu'elle pense un peu à elle-même avant de penser aux autres. Même en ce qui concernait le bébé. Plus question de se laisser marcher sur les pieds. Et si elle décidait de quitter la maison de Los Angeles, rien de plus simple ! Avec ce qu'elle gagnait, elle pouvait bien s'offrir une maison plus que convenable ! Si elle en avait assez du fantôme d'Anne, et elle savait qu'elle ne pourrait jamais s'y habituer, elle plaquerait tout ! En repartant avec le réservoir plein, elle recommença à ressasser tous les sacrifices qu'elle avait dû consentir au cours des six derniers mois, pendant que Peter ne modifiait strictement rien dans son mode de vie. Le même poste à l'hôpital, avec les mêmes confrères qui le respectaient ; il dormait dans le même lit que par le passé, et ses enfants n'avaient même pas changé de chambre. La même gouvernante régnait dans la maison. Qu'est-ce qui avait été transformé pour Peter ? Une seule chose : ce n'étaient plus les mêmes lèvres qu'il embrassait le matin avant de se rendre à son cabinet. Et encore ! S'en apercevait-il ? En traversant Santa Barbara, Mel sentit toutes ses rancœurs remonter à la surface. Heureusement, elle avait pris la fuite ! Dommage qu'elle ne se soit pas décidée plus tôt, mais où aurait-elle trouvé le temps ? Conduire Pam régulièrement chez son psychiatre, essayer de bavarder avec les jumelles, conserver un œil vigilant sur Mark et jouer à la nounou avec Matthew, réconforter Peter lorsqu'un de ses patients succombait, sans parler des interviews, des reportages, du journal de 6 heures tous les soirs ! Comment s'accorder une minute, ne serait-ce que pour s'habiller, se coiffer ? Qu'ils aillent au diable, Peter, les enfants et Paul Stevens ! Et si ce type voulait présenter tout seul les informations pendant un certain temps, rien de plus simple ! Elle prétendrait être malade !

Elle entra dans un motel et retint une chambre. Une carpette tabac clair sur le plancher, des chaises en vinyl orange, des carreaux d'un blanc étincelant dans la salle de bains, un dessus de lit également tabac... Cela ne ressemblait malheureusement pas au *Bel-Air* ni même au *Santa Barbara Biltmore*, où elle était descendue quelques années auparavant. Mais qu'importait ! Elle prit un bain chaud, alluma la télévision, écouta les nouvelles de 23 heures par habitude plus que par intérêt, puis éteignit. Elle ne téléphona pas chez elle. Pour la première fois depuis des mois, elle se sentit indépendante, libre d'agir à sa fantaisie, d'être elle-même, de prendre une décision sans se préoccuper d'âme qui vive.

C'est alors que, allongée dans son lit, elle songea à ce petit être à l'intérieur d'elle-même et pensa que même ici, dans ce motel, elle n'était pas complètement seule. Le bébé l'accompagnait... le bébé... il était déjà un peu comme une personne ayant son existence propre... Elle posa une main sur son ventre. Maintenant un léger renflement se faisait sentir entre les hanches. Quelle curieuse sensation d'imaginer ce qui arriverait si sa grossesse se poursuivait ! Le bébé deviendrait réel. Dans six semaines environ il commencerait à bouger... Pendant une seconde, un sentiment de tendresse s'éveilla tout au fond d'elle-même, mais elle le chassa. Mel ne voulait penser à rien. Elle ferma les yeux et s'endormit, sans une pensée pour Peter, les enfants ou le bébé, ni rien d'autre. Elle dormit jusqu'au lendemain matin ; lorsqu'elle ouvrit les yeux, le soleil entrait à flots et elle n'arrivait pas à se souvenir de l'endroit où elle se trouvait. Puis la mémoire lui revint, elle se mit à rire et se sentit bien, forte, indépendante.

Ce matin-là, lorsque Peter se réveilla, il allongea le bras instinctivement, à la recherche de sa femme. Mais sa main ne rencontra que des draps vides. Il ouvrit un œil et, à l'idée que Mel était partie, son cœur se mit à battre plus vite. Il se retourna sur le dos et contempla longuement le plafond. Où était-elle ? Il se souvint des griefs de Mel. Il était le seul à blâmer. On ne pouvait pas blâmer les enfants, Paul

Stevens ou Mme Hahn. C'était lui qui s'y était pris de travers dès le début. Il avait trop demandé à Mel en acceptant qu'elle bouleverse sa vie tout entière… pour lui. Elle qui adorait New York ! Comment avait-il pu la persuader d'y renoncer ! Une situation qui faisait béer tout le monde d'admiration, une maison qu'elle affectionnait, ses amis, sa vie, sa ville…

Tout en conduisant lentement vers le nord, Mélanie se souvenait du visage de Peter lorsqu'elle l'avait vu pour la première fois, elle songeait à ces premiers jours lorsqu'elle procédait aux interviews, aux heures éprouvantes qu'ils avaient traversées ensemble lors de l'attentat contre le Président… à son premier voyage à New York, lorsqu'il était venu la retrouver. Au lieu de s'appesantir sur ce qu'elle avait perdu, elle se tourna vers ce qu'elle avait obtenu en échange… La première fois que Matt avait grimpé sur ses genoux… Une lueur dans les yeux de Pam une ou deux fois… les sanglots de Mark lorsque Val avait failli mourir dans la neige. Autant de souvenirs qu'il était difficile d'effacer. Mais sa colère se dirigea alors vers les jumelles, surtout Jess, qui espérait trop d'elle et s'attendait à ce qu'elle devienne l'esclave de tout le monde, puis Val, qui la jalousait d'attendre un bébé alors qu'elle n'avait pu garder le sien.

Elle avait des responsabilités envers eux, mais pouvait-elle leur donner plus que ce qu'elle leur donnait déjà ? Non, impossible. Et c'était bien là que résidait la cause de cette tragédie. Quelle fatigue de tourner et retourner les mêmes arguments dans sa tête ! Elle fut soulagée en apercevant enfin la ville de Carmel. Tout ce qu'elle désirait, c'était d'entrer dans un autre motel et de dormir... de s'éloigner... de rêver... de s'échapper...

— Quand revient maman ?

Matthew regarda sombrement son assiette, puis les membres de sa famille. Personne n'avait prononcé un mot depuis qu'ils s'étaient installés à table pour le dîner. Sans Mel, le dimanche soir était différent. C'était le jour de congé de Mme Hahn et, habituellement, Mel leur préparait un plat délicieux. Elle parlait, riait et écoutait les enfants, avec un œil sur chacun. Elle racontait ce qu'elle avait imaginé pour ses prochaines émissions, tout en sachant pertinemment que les programmes seraient modifiés deux ou trois jours plus tard. Elle s'arrangeait pour les taquiner, les amuser et essayait de les faire tous participer.

Matthew fixa son père avec reproche.

— Pourquoi tu l'as fait partir ?

Jessica, des larmes dans les yeux, fut la première à répondre :

— Elle reviendra bientôt. Elle est seulement allée se reposer un petit peu.

— Elle n'aurait pas pu se reposer ici ?

Jessica était la seule personne avec laquelle Matthew pouvait bavarder. Les autres restaient muets. Cependant, Mark s'adressa à lui :

— Nous lui avons tous porté sur les nerfs, Matt. Nous avons exagéré...

Son regard s'arrêta sur Pam, puis fit le tour de la famille. Après le repas, Peter l'entendit qui se disputait avec Val.

— Tu n'as pas cessé d'embêter ta mère pour des bêtises... parce que tu avais quitté New York... tes amis… ton école… Tu lui as même reproché ce que nous avions fait. Ce n'était pas sa faute, Val.

Mais la jolie petite blonde ne fit que s'asseoir en sanglotant, si bien que Mark n'eut pas le cœur de continuer son discours.

Pam, allongée sur son lit, la radio branchée, contemplait le plafond. Elle avait souhaité le départ de sa belle-mère, elle le reconnaissait, même si elle n'avait pas voulu l'avouer à son psychiatre. Pam souhaitait le retour de sa vraie mère. En ce moment, elle réalisait qu'elle avait fait fausse route. Elle n'avait qu'une alternative : ou bien Mel, ou bien ce vide affreux, le même qu'elle avait connu après la mort de sa mère, avec seulement Mme Hahn pour s'occuper d'eux. Pam comprit qu'elle ne voulait pas de cette dernière solution, ni pour sa famille ni pour elle. Elle se leva et entra dans la chambre des jumelles. Ses frères et sœurs s'y trouvaient, même Matt.

— Dites donc, cette chambre est bien petite.

Elle regarda autour d'elle. Sa propre chambre était deux fois plus grande. Val et Jess ne répondirent pas, mais regardèrent Peter qui venait d'apparaître.

— Oui, dit-il, elle est bien petite.

Il se souvint que Mel lui avait appris que jamais les jumelles n'avaient partagé la même chambre de leur vie. Ici, elles étaient parquées comme des orphelines pendant que Pam pouvait s'étaler dans une pièce immense. Mel avait-elle raison dans tous ses griefs ? Pour la plupart, en tout cas, s'avoua-t-il, mais pas pour tous. Il lui était trop dur d'accéder à tous les désirs qu'elle avait exprimés.

— Une chambre avec un lit à deux places ?

494

Le réceptionniste du motel de Carmel attendit la réponse.

— Non, dit-elle avec un sourire fatigué, un lit à une place.

Il la regarda avec mélancolie. « Toutes pareilles ! Elles demandent un lit à une place mais un type et deux gosses viennent les rejoindre et s'imaginent que personne ne s'apercevra de leur présence. Encore heureux s'il n'y a pas de gros chien qui bave partout ! »

Mel prit sa valise dans la voiture, entra dans sa chambre et ferma la porte derrière elle. Elle ne s'attarda pas à contempler l'ameublement, qui ressemblait à s'y méprendre à celui de là nuit précédente. Elle s'endormit dans une chambre différente et pourtant semblable, avec les mêmes chaises en vinyl orange, la même carpette tabac, et elle éprouvait le même épuisement que la veille au soir.

— Docteur Hallam ?

— Hmmm ?

Une infirmière se tenait devant lui pendant qu'il s'asseyait dans son cabinet avec une pile de dossiers, satisfait de n'avoir eu que deux pontages à effectuer dans la matinée.

— Qu'est-ce qui ne va pas ?

Il lui inspirait une peur bleue. C'était un remarquable chirurgien et, si elle commettait la moindre erreur, elle n'aurait plus qu'à rendre son tablier. Il la regarda, secoua la tête et esquissa un sourire las.

— Tout va bien. Comment se porte Iris Lee ? Présente-t-elle une quelconque réaction aux médicaments ?

— Non, pas encore.

La malade avait subi une transplantation deux semaines auparavant et son état était satisfaisant, mais Peter ne se faisait guère d'illusions. Le cœur avait été greffé trop tard, faute d'avoir trouvé un donneur à temps. Depuis des jours il s'attendait à la voir mourir. Mais cette fois Mel ne serait pas là pour le rassurer. Il se retrouvait comme après le décès d'Anne, tout seul. Et plus seul encore, maintenant.

— Jess ?
— Ouais ?

Val, après l'école, s'était couchée et Jessie était assise à son bureau dans leur chambre.

— Est-ce que quelquefois tu as eu envie de retourner à New York ?

— Bien sûr. Des tas de fois. Rien d'étonnant, nous y avons habité si longtemps !

— Tu crois que maman y est en ce moment ?

Cette pensée l'obsédait depuis le début de la journée.

— Je n'en sais rien. Je n'ai aucune idée de l'endroit où elle se trouve. Elle est peut-être restée à Los Angeles.

— Et elle ne nous aurait pas appelés ? s'indigna Val.

Jessie sourit.

— Est-ce que tu nous aurais appelés si tu t'étais trouvée dans la même situation ?

— Je ne crois pas.

— Moi non plus.

Jess regarda par la fenêtre, puis soupira.

— Je critiquais tout ce qu'elle faisait. Tout. Mais tout était devenu tellement moche ! À New York elle nous demandait toujours notre avis avant de prendre une décision, et puis brusquement elle décide que nous allons déménager, et nous changeons d'école, et nous nous installons ici... J'étais furieuse qu'elle ne nous ait pas consultées.

— Elle pensait qu'elle prenait la bonne décision.

— Quelle sottise nous avons faite ! J'aime bien Peter ; et toi ?

Val acquiesça.

— Je n'ai pensé qu'à une chose lorsque j'ai su que nous allions venir à Los Angeles : c'est que je reverrais Mark.

— Je m'en doute, mais pour moi c'était sinistre. Maman avait Peter, toi tu avais Mark, et moi... rien.

Maintenant, la situation s'était améliorée. Son collège lui plaisait, et Jess avait fait la connaissance d'un garçon un mois auparavant environ. Pour la première fois de sa vie, elle s'était attachée à quelqu'un. Il avait vingt et un ans, et elle devinait qu'il ferait bonne impression sur Mel, surtout après l'aventure de Val et de Mark. Ce garçon signifiait vraiment quelque chose d'important pour elle... Jess regarda par la fenêtre, un sourire rêveur aux lèvres.

— À quoi penses-tu ? demanda Val. Pourquoi est-ce que tu souris dans le vide ? Qu'y a-t-il ?

— Rien d'important.

Alors Val comprit instantanément. Jess était plus brillante dans ses études, mais Val connaissait les hommes. Elle attaqua :

— Tu es amoureuse ?

Jess sourit à nouveau en regardant sa sœur.

— Pas tout à fait, mais j'ai rencontré un garçon plutôt bien.

— Toi ?

Val resta sans voix. Jessie n'était pas disposée à en dire davantage, mais elle ne se laissa pas arrêter.

— Fais gaffe ! dit-elle.

Elles se comprirent sans autre explication. Val avait raison. Elle avait surmonté une épreuve difficile et elle n'était pas près de l'oublier.

Mme Hahn servit le dîner sans dire un mot, ce soir-là, et Peter ne revint pas avant 21 heures. Matthew avait été envoyé au lit, Pam, Jess et Val l'avaient bordé. Leur père vint faire une tournée dans les chambres.

— Tout va bien ?

Ils n'avaient pas à se plaindre. Peter avait eu une journée chargée, mais à qui aurait-il pu se confier ? Il s'arrêta dans la chambre des jumelles et s'adressa à Jess :

— Rien de ta mère ?

Elle secoua la tête négativement. Il descendit l'escalier, au moment même où Mel, à San Francisco, se dirigeait vers le quartier élégant de Nob Hill. Elle entra dans le *Stanford Court Hotel*, plus agréable que les motels où elle était descendue auparavant. La chambre avait été conçue dans des harmonies de velours et soie gris mordoré. Elle se laissa tomber sur le lit avec un grognement de fatigue, en proie à l'impression de conduire depuis des jours et des jours ; elle décida de ralentir son allure dès le lendemain. Aucune décision n'était prise au sujet du bébé, mais Mel ne voulait pas le perdre accidentellement. Elle se sentait des responsabilités envers lui pour le cas où il verrait le jour. Pendant la nuit elle réfléchit encore à la colère de Jess d'avoir été transplantée, à la fureur de Val... À l'hostilité et aux manigances de Pam afin d'attirer l'attention sur elle, mais aussi au chagrin du petit

Matt et à l'espoir de Peter d'avoir un autre enfant en dépit de toutes les difficultés, comme un antidote à ses batailles quotidiennes contre la mort.

Le lendemain elle se promena dans Chinatown puis conduisit jusqu'au Golden Gate Park. Elle fit un peu de marche à pied parmi les fleurs. Ce serait bientôt le mois de mai... mai... Il y avait presque une année qu'elle avait rencontré Peter, et elle en était à errer loin de lui dans un parc verdoyant ! De retour à son hôtel, elle prit son répertoire, forma le chiffre des appels à longue distance et appela Raquel à New York. Depuis des mois elle n'avait aucune nouvelle de sa fidèle Raquel. Avait-elle trouvé une autre place ? Était-elle sortie de chez elle ? Mais sa correspondante répondit à la première sonnerie :

— Allô ?

Son ton suspicieux n'avait pas changé, ce qui amusa Mel.

— Raquel ? C'est moi !

C'était tout à fait comme si elle appelait chez elle, parce qu'un reportage l'avait éloignée de New York. Elle dut se souvenir qu'il n'y avait aucune raison de demander si les jumelles se portaient bien.

— Comment allez-vous ?

— Madame Mel ?

— C'est moi, oui.

— Qu'est-ce qui se passe ?

— Rien. C'est seulement pour savoir si vous allez bien.

— Très bien, répondit Raquel, flattée. Et les filles ?

— Aucun problème.

Inutile de parler de la fausse couche de Val, maintenant que tout était rentré dans l'ordre.

— Elles aiment bien leur collège et elles travaillent bien.

Mais sa voix trembla et des larmes jaillirent de ses yeux.

— Qu'est-ce qui se passe ? répéta Raquel.

Son ton devenait accusateur. Mel sentit les sanglots lui contracter la gorge.

— Rien ! Je suis à San Francisco pour quelques jours et vous me manquez.

— Que faites-vous ? Vous travaillez toujours trop ?

— Non, ce n'est pas mal, j'ai seulement les informations de 18 heures à présenter.

Pourquoi avouer que c'était un supplice d'aller au studio ?

— Je suis juste venue prendre quelques jours de repos ici.

— Pourquoi ? Vous êtes malade ?

Sa façon de toujours foncer vers le point important n'avait pas changé. Inutile de chercher à dissimuler la vérité.

— Pour être franche, je dois vous dire que je me suis enfuie.

— Enfuie d'où ? interrogea Raquel, scandalisée.

— Je suis partie loin de tout le monde : Peter, les enfants, mon boulot, moi-même.

— Qu'est-ce qui vous prend ?

— Je ne sais pas. J'ai eu besoin de réfléchir un peu tranquillement.

— Réfléchir à quoi ? Vous réfléchissez toujours trop. Vous n'avez pas besoin de réfléchir… Vous êtes avec votre mari ?

— Non. Je suis venue toute seule.

Elle pouvait imaginer facilement la mine désapprobatrice de Raquel. Pourquoi donc avait-elle eu envie de lui téléphoner ? Sans doute pour entendre une voix familière, mais sans avoir à appeler chez elle.

— Il faut tout de suite retourner chez vous !

— Dans quelques jours seulement.

— Non, maintenant ! Qu'est-ce qui ne va pas ? Vous devenez complètement folle !

— Non, juste un tout petit peu.

Mel n'avait pas l'intention de lui parler du bébé, pas tout de suite. Pas avant d'avoir pris une décision. Même si elle choisissait une interruption de grossesse, inutile d'en parler. À Los Angeles, elle pourrait toujours prétendre qu'elle avait perdu l'enfant parce qu'elle travaillait trop. À son bureau, personne ne savait encore qu'elle était enceinte.

— Je voulais juste m'assurer que vous vous portiez bien.

— Très bien. Maintenant, il faut rentrer chez vous.

— D'accord, ne vous tracassez pas pour moi, Raquel. Je vous envoie un gros baiser.

— Ne m'embrassez pas, mais retournez dans votre famille et embrassez votre mari. Dites-lui que vous regrettez d'avoir pris la fuite.

— D'accord, et écrivez-moi de temps en temps.

— O.K., O.K. Embrassez les jumelles de ma part.

— Très bien.

Elles raccrochèrent. Mel resta longtemps allongée sur son lit. Raquel ne comprenait pas plus son problème que les autres. Pour tout le monde, Mel appartenait à sa famille, quoi qu'elle dise, quoi qu'elle fasse, sa place était à la maison et, à parler franchement, elle n'était pas loin de le penser, elle aussi.

Elle demanda qu'on lui serve son repas dans sa

chambre, prit un bain chaud et regarda la télévision pendant deux heures. Il n'y avait aucune raison pour qu'elle sorte de l'hôtel ; où aller ? À 23 heures, avant les informations, elle prit le téléphone et tint le récepteur une longue minute… Raquel avait-elle raison ?… Mais il ne fallait surtout pas se forcer… Enfin elle composa le numéro, sans savoir encore si elle n'allait pas raccrocher au dernier moment. Mais lorsqu'elle entendit la voix de Peter, son cœur bondit dans sa poitrine presque aussi violemment que l'année précédente.

— Allô ?

Elle devina qu'il n'était pas encore couché. Le temps d'un battement de cœur, elle ne put prononcer le moindre son. Puis elle émit un petit grognement à peine audible.

— Mel ?

— Non, c'est Blanche-Neige… ! Oui… c'est moi.

— Pour l'amour de Dieu, comment vas-tu ? Je me suis terriblement inquiété pour toi.

— Je vais bien.

Il n'osait pas poser la question… mais il voulut savoir.

— Le bébé ? Est-ce que tu… tu n'as pas fait de fausse couche ?

— Non, répliqua-t-elle, blessée. Je t'ai dit que je n'entreprendrais rien sans t'en avoir d'abord parlé.

— Et qu'as-tu décidé ?

— Rien encore. À dire vrai, je n'y ai guère songé.

— Mais alors, à quoi diable as-tu pensé ?

— À nous.

Il y eut une longue pause, puis un « oh » au bout du fil, et ensuite :

— Moi aussi. Je me suis conduit comme une brute, Mel. Et les enfants en ont fait autant.

— Non, pas les enfants.

Elle ne put se réjouir en songeant à l'anxiété qui avait dû le ronger. Elle n'avait pas souhaité qu'il s'inquiète ainsi.

— Peter, nous aurons des concessions à nous faire, tous les deux.

— Oui, et jusqu'à présent c'est toi qui les as toutes faites.

— Ce n'est pas entièrement vrai… De ton côté ou du mien, il fallait bien rompre avec notre vie quotidienne. Comme c'était impossible pour toi, j'ai décidé que ce serait mes enfants et moi qui nous adapterions à une nouvelle existence.

— Mais je t'ai laissée porter le fardeau le plus lourd. J'ai même trouvé normal que tu glisses tes pieds dans les pantoufles d'Anne. Rien que d'y penser, j'en suis malade, maintenant.

Elle soupira, car le problème était loin d'être résolu.

— D'une certaine façon, reprit-elle, je me suis attendue à conserver la même indépendance que par le passé, à prendre mes décisions sans avoir à te consulter, à élever mes enfants à ma façon et éventuellement les tiens aussi. Je me suis imaginé que tes enfants renonceraient facilement à leurs habitudes du moment que je le leur demandais. Et c'était une erreur.

— Mais non, se récria-t-il d'une voix contrite qui la toucha.

— Alors peut-être avons-nous eu tous les deux à moitié raison et à moitié tort, dit-elle gaiement.

Peter ne se détendait pas. Elle n'était pas rentrée à la maison et il ne savait toujours pas où elle se trouvait.

— Mais toi, Mel ? Es-tu repartie à New York ?

— Es-tu fou ? Tu me mets à la porte ?

Peter se mit à rire.

— Je ne sais pas si tu t'en souviens, mais, la dernière fois que je t'ai vue, tu t'enfuyais de la maison. Je ne sais même pas d'où tu me téléphones.

— Je suis à San Francisco.

— Comment es-tu arrivée là-bas ?

— En voiture.

— C'est beaucoup trop loin, Mel.

Il songeait à la grossesse, mais il se tut.

— Je me suis arrêtée à Santa Barbara et à Carmel sur mon chemin.

— Te sens-tu en forme ?

— Très en forme.

Elle s'étira dans son lit, à *Stanford Court*, sourit et ajouta :

— Tu me manques énormément.

— Je suis content de te l'entendre dire... Quand reviens-tu ?

— Pourquoi revenir ? interrogea-t-elle, soudain méfiante.

— Parce que je veux que tu fasses le ménage et que tu tondes la pelouse, petite sotte ! Qu'est-ce que tu crois ? Parce que j'ai besoin de toi... Mais j'y pense ! Pourquoi ne resterais-tu pas encore quelques jours à San Francisco ? Je viendrais t'y rejoindre.

— C'est une excellente idée, mon amour !

Comme c'était la première fois qu'elle prononçait ce mot, depuis bien longtemps, il respira largement.

— Je t'aime tellement, Mel, et j'ai été en dessous de tout !

— Mais non, nous avons tous les deux eu des torts.

Tant de choses nous sont tombées dessus en si peu de temps ! Et notre travail, à chacun de nous, est tellement prenant !

— Que veux-tu que nous décidions au sujet de la maison ? Désires-tu que nous déménagions ? Si tu le veux toujours, nous nous installerons ailleurs.

Il y avait pensé sans cesse depuis quelques jours, et la perspective de quitter sa demeure lui déchirait le cœur, mais Peter était prêt à ce sacrifice. Et il fallait reconnaître que les jumelles s'y trouvaient à l'étroit, à moins qu'elles ne changent de chambre avec Pam ; sa fille y avait songé elle aussi.

— Qu'en penses-tu ?

— J'estime que nous pouvons y rester un certain temps encore, respirer un peu avant d'effectuer un changement quelconque. Cela vaut également pour Mme Hahn.

Quel soulagement pour Peter ! Il approuvait entièrement ce qu'elle avait suggéré. Ils avaient tous besoin de s'accoutumer les uns aux autres et à leur environnement.

— Tu tiens réellement à venir me retrouver ici ?

— Tout à fait. Il me semble que nous n'avons pas été seuls, toi et moi, depuis des années. Quand je pense que nous avons emmené les enfants au Mexique pour notre lune de miel !

— Et qui avait eu cette fameuse idée ? ironisa-t-elle.

— D'accord… *mea culpa*… mais, écoute, un week-end romantique me fait rêver.

— J'essaierai de ne pas te décevoir.

— Croise les doigts pour conjurer le sort !

Elle croisa les doigts, et il la rappela le jour suivant. Il avait réussi à trouver deux chirurgiens de son équipe

505

pour assurer la garde pendant le week-end. La discussion avait été difficile, mais Peter avait mis une telle insistance que ses confrères s'étaient laissé convaincre.

— J'arrive dans deux jours.

— Parfait.

Elle avait bien besoin de ce laps de temps pour réfléchir au bébé.

— À propos, comment vont les enfants ?

— Très bien, et ils commencent à t'apprécier sérieusement !

C'était exact pour lui aussi. L'attente lui paraissait insupportable. Cela lui rappelait le temps où elle habitait New York, mais en plus pénible, car il savait maintenant à quel point elle lui était indispensable.

— Tu me manques, Mel, bien plus que tu ne t'en doutes.

Quelle semaine épouvantable il venait de vivre ! Et dans la journée Iris Lee était décédée. Il s'y attendait, mais il n'en parla pas à Mel. Ils avaient chacun leurs problèmes, aucun besoin d'en ajouter de supplémentaires. Il se rendit compte qu'il se tracassait plus pour Mel que pour ses malades.

— Tu te sens vraiment bien ?

— Oui, vraiment bien.

Pas plus que la veille il n'osa lui demander si elle avait pris une décision au sujet de sa grossesse. Le lendemain elle fit une longue promenade au bois en essayant de savoir ce qu'elle voulait réellement. Sans cesse elle se souvenait de ses propres paroles devant Val… « Je ne sais pas si j'aurais agi comme toi… » Ce n'était pas une condamnation, même si Val l'avait compris ainsi, à l'époque. Le problème était tout différent pour Mel, âgée de trente-six ans, mariée à un homme qu'elle aimait et sans aucun problème d'argent. Il n'y avait aucune raison de se faire avorter, même s'il n'y en avait pas non plus pour conserver l'enfant. « Désires-tu avoir un enfant ? » Cette question, elle se la posait mais ne trouvait pas de réponse. Elle n'était sûre de rien, sinon qu'il y avait une affreuse responsabilité à disposer d'une vie simplement parce qu'on n'avait pas tellement envie d'être mère... que cela lui compliquerait son travail au studio et contrarierait ses autres enfants... De nouveau ils intervenaient, ces tout-puissants qui forçaient sa décision, mari, enfants... Elle leur appartenait avant de s'appartenir ! Alors soudain, elle entendit sa propre voix résonner dans les bois :

« Je veux cet enfant. »

Le son la fit sursauter, et elle regarda autour d'elle pour vérifier que personne d'autre n'avait pu prononcer ces mots. Mais elle savait qu'ils n'exprimaient que sa pensée profonde.

Elle sentit brusquement un poids d'une tonne qui disparaissait de son cœur et sourit. À sa montre, il était l'heure de dîner. Il fallait prendre soin de ce bébé... « Je veux cet enfant... » Les mots avaient jailli avec une telle force, une telle spontanéité qu'elle se sentait désormais sûre d'elle et de sa volonté de conserver le bébé. Elle marcha d'un pas vif et léger parmi les arbres pour regagner sa voiture.

CHAPITRE XXXI

Immobile près de la porte d'arrivée, les mains moites et le cœur battant, Mel reconnaissait cette émotion qu'elle éprouvait l'année précédente lorsqu'elle attendait Peter. En quelque sorte tout recommençait à zéro, excepté le fait que cette fois tout irait mieux. Peter était le troisième à sortir de l'avion. Elle vola dans ses bras. La semaine s'était écoulée avec une lenteur insupportable.

— Oh, Mel…

Il la serra contre lui, des larmes dans les yeux ; sa gorge était nouée. Peu lui importait désormais la décision qu'elle prendrait pour l'enfant. Tout ce qu'il désirait, c'était elle, rien qu'elle… et elle éprouvait la même violence dans ses sentiments.

— Mon Dieu, comme tu m'as manqué !

Comme elle s'écartait légèrement, aussi émue que lui, souriante à travers ses larmes, il remarqua qu'elle avait retrouvé tout l'éclat qu'elle avait perdu depuis des mois.

— Quelle mine superbe, Mel !

— Toi aussi.

Elle jeta un coup d'œil sur la fermeture de son pantalon, qu'elle avait eu du mal à fermer.

508

— J'ai pris un peu de poids ici et là...

Il ne sut que répondre.

— J'ai décidé, commença-t-elle en souriant, que...

Les mots avaient du mal à passer. Qui était-elle pour décider ainsi au sujet d'une vie ?

— Le bébé se porte bien.

— Oui ?

Il n'était pas certain de comprendre.

— Oui, affirma-t-elle joyeusement.

— Tu en es sûre ?

— Sûre.

Il comprit, mais il ne voulait surtout pas qu'elle le garde simplement parce qu'il le désirait. Elle devait le désirer elle aussi, ce qui n'était pas évident avec les cinq autres enfants à la maison et ce travail exténuant à la télévision.

— Pour moi ? interrogea-t-il, inquiet.

— Pour moi, pour toi, pour nous... pour chacun d'entre nous...

Elle rougit et il lui serra la main.

— Mais surtout pour moi.

Elle lui raconta ce qui s'était produit en elle au milieu des arbres, et il la serra très fort dans ses bras avec émotion.

— Oh, Mel...

— Je t'aime.

Elle ne pouvait rien ajouter. Ils sortirent de l'aéroport en se tenant par le bras et ce week-end fut le plus merveilleux qu'ils aient connu.

Ils reprirent le chemin du retour sans se presser le dimanche après-midi, en empruntant la route la plus directe, ce qui leur permit d'arriver vers 10 heures du soir. En regardant la maison, Mel eut l'impression qu'elle était partie depuis des années. Elle se tint juste devant, pendant quelques secondes, sans cesser de sourire. Peter la prit par la main et l'entraîna à l'intérieur.

— Entre, ma chérie, allons nous coucher. Le trajet était long pour toi.

Il la traitait comme un petit Saxe, ce qui l'amusa.

— Je pense que j'y survivrai.

Dès qu'elle eut fait un pas à l'intérieur, il y eut comme une formidable explosion. Les enfants avaient entendu le moteur et Pam en les apercevant par la fenêtre avait poussé un hurlement :

— Les voilà !

Elle fut la première à dégringoler l'escalier pour se jeter dans les bras de Mel.

— Sois la bienvenue !

Ce n'était pas « bienvenue à la maison », mais presque. Les jumelles se précipitèrent à son cou, puis Mark, et enfin Matthew, que le bruit avait réveillé et qui tenait absolument à dormir cette nuit-là dans le lit de sa belle-mère. Pendant une bonne heure, ce ne furent que bavardages, plaisanteries et chahut. Enfin Mel put aller se coucher. Une fois dans son lit, elle déclara avec un sourire heureux :

— Ce sont des enfants épatants, tu ne trouves pas ?

— Ils ont une bonne mère.

Assis sur le bord du lit, il lui saisit la main.

— Je te le promets, Mel, je ferai tout ce qui est en mon pouvoir pour te faciliter les choses.

Mais il ne pouvait rien contre les événements. Cette nuit, on l'appela de l'hôpital à 2 heures du matin et il dut partir. L'un de ses malades qui avait subi un pontage le réclamait d'urgence. Lorsque Mel revit son mari, ce ne fut que le lendemain, à midi, lorsqu'il

510

revint pour changer de vêtements. Mel avait repris la direction de la maison. Elle avait commandé à Mme Hahn un menu pour le dîner, ce qui causa à l'Allemande une contrariété visible mais ne provoqua aucun commentaire. Peter le remarqua avec un sourire. Il repartit pour l'hôpital au moment où Mel se rendait au studio. Elle lui sourit et lui fit un signe d'adieu lorsqu'ils empruntèrent un chemin différent, chacun dans sa voiture, sur l'autoroute. Pam allait seule chez son psychiatre, comme elle l'avait fait la semaine précédente, en l'absence de Mel. Mark avait prévenu qu'il reviendrait après le dîner mais pas trop tard parce qu'il avait des examens le lendemain. Les jumelles disputaient une partie de tennis avec des amis mais se trouveraient à la maison vers 17 heures. Mme Hahn devait aller chercher Matt à l'école, comme par le passé, et lorsque Mel retourna au studio, pour la première fois depuis une semaine, même les coups bas de Paul Stevens ne purent rabattre sa belle humeur. Tout allait bien.

Mais, à 18 h 45, après les informations, le producteur se mit à sa recherche et la trouva dans son bureau, prenant encore quelques notes avant de retourner chez elle. Il entra et ferma la porte derrière lui, sous le regard étonné de Mel.

— Tom, qu'est-ce qui ne va pas ?

Il hésita, si bien qu'un frisson parcourut l'échine de la journaliste. Allait-on la mettre à la porte ? Le pouvaient-ils ? Est-ce que Stevens avait finalement eu gain de cause ?

— Mel, j'ai à te parler.

— Bien sûr, assieds-toi.

Elle lui désigna un siège. Son bureau ne bénéficiait

511

pas d'un confort spectaculaire : elle n'avait même pas de fauteuil à lui offrir.

— Je ne sais comment te l'annoncer, Mel...

Son cœur s'arrêta de battre. Mon Dieu ! Elle allait recevoir un savon. Elle, la première journaliste de télévision à New York, primée quatre fois pour ses reportages et ses interviews, et on allait la sermonner !

— Oui ?

Autant lui faciliter la tâche et surtout ne pas pleurer. Tout ce qu'elle désirait, c'était de revenir auprès de Peter. Qu'ils aillent tous au diable, avec leur studio et leurs émissions. Autant rentrer à la maison, mettre un bébé au monde et s'occuper des enfants.

— Je ne veux pas t'effrayer... mais nous avons reçu plusieurs menaces...

Ces mots n'avaient aucun sens. Elle regarda Tom avec stupeur.

— Les premières nous sont parvenues lorsque tu es partie une semaine, et d'autres nous ont été envoyées aujourd'hui.

— Quelle sorte de menaces ?

Elle ne comprenait toujours pas. Essayait-il de lui faire peur pour qu'elle s'en aille ? D'accord ! Il allait bientôt taper sur la table, mais autant jouer le jeu.

— Des menaces pour ta vie, Mel.

— Pour ma vie !

Déjà une fois à New York, des années auparavant, un fou n'avait pas apprécié l'une de ses émissions et pendant des mois il avait téléphoné au studio en menaçant de l'étrangler. Puis il en avait eu assez et avait cessé d'appeler. Mel se mit à rire.

— Ça prouve qu'il y a au moins un téléspectateur qui regarde mon émission.

512

— Je suis sérieux, Mel. Nous avons déjà eu ce genre de problème. Nous sommes en Californie, pas à New York. Il y a eu plusieurs tentatives d'assassinat sur les présidents...

Elle dut réprimer un nouveau sourire.

— Tu me flattes, Tom, mais je ne fais pas partie de ce gratin.

— Pour nous, tu es importante.

— Merci, Tom, dit-elle, touchée.

— Nous avons engagé un garde du corps pour toi.

— Quoi ? C'est tout à fait ridicule... Tu ne veux pas dire...

— Tu as des enfants, Mel, tu ne dois pas prendre de risques.

Cette attention lui alla droit au cœur. Elle eut peur.

— Bien sûr, mais...

— Nous n'avons pas voulu inquiéter ton mari pendant ton absence, mais nous estimons qu'il y a du danger.

— S'il fallait prendre ce genre de fous au sérieux !

— Nous avons reçu un avertissement la semaine dernière. L'inconnu disait qu'il y avait une bombe dans ton bureau. Et elle y était, Mel. Elle aurait explosé très exactement une heure après l'ouverture du meuble, et elle nous aurait tous envoyés au paradis.

Brusquement, elle se sentit mal.

— On pense avoir identifié cet homme, mais en attendant, pendant qu'on procède aux recherches, nous tenons à assurer ta sécurité. Nous étions soulagés que tu t'absentes la semaine dernière.

— Moi aussi...

À peine avait-elle terminé ces mots qu'elle aperçut un homme grand et fort qui entrait dans la pièce. Tom le lui présenta aussitôt. C'était le garde du corps ; deux autres avaient également été retenus pour lui servir d'escorte où qu'elle aille. C'était à elle de décider, mais ils estimaient plus prudent de passer la nuit chez elle. Tout le monde savait qu'elle était mariée au Dr Hallam ; elle aurait donc formé une cible facile à son domicile. Le garde du corps se nommait Timothy Frank. En sortant de l'immeuble à son côté, elle eut l'impression de déplacer un mur avec elle. C'était l'homme le plus grand, le plus large, et le plus robuste qu'elle eût jamais rencontré. Il la raccompagna dans sa propre voiture car Tom lui avait recommandé de laisser la sienne au parking. Pendant que Timothy garait sa limousine, elle entra chez elle. Peter était là.

— Hello !

Il leva les yeux des papiers qu'il consultait et aperçut sa mine contrariée.

— Des ennuis au studio ?

— Tu peux le dire !

Elle lui raconta tout sur le fou à la bombe.

— Mon Dieu, Mel ! Tu ne peux vivre ainsi, avec cette menace suspendue au-dessus de la tête, et des nôtres !

— Que veux-tu que je fasse ?

La réponse lui coûtait, mais sa femme était enceinte et elle ne devait pas en faire plus que ses forces ne le permettaient. Même si la police arrêtait le fou dans une semaine ou deux, l'éventualité qu'il puisse récidiver aurait exercé une trop forte tension sur elle et sur la famille. Peter ne voulait pas qu'elle subisse cette épreuve, surtout si la police n'arrivait pas à mettre la main sur cet individu...

Il ferma la porte de son bureau et se tourna vers elle.

— Je pense que tu devrais donner ta démission.

— Impossible. Ça m'est arrivé à New York, et je suis restée. Je ne donnerai pas ma démission pour une raison comme celle-là.

— Quelle raison alors te faudrait-il ?

Il l'avait questionnée avec brutalité. Ils n'en sortiraient donc jamais de leurs problèmes, la mort des opérés, les bêtises des enfants, les menaces de bombe, les grossesses inattendues. Parfois Peter se sentait vidé de tout courage.

— Que diras-tu si une bombe fait exploser la maison et tue l'un de nos enfants ?

Elle pâlit.

— Nous aurons des gardes du corps vingt-quatre heures sur vingt-quatre.

— Ils pourront surveiller cinq enfants ?

— Tu m'agaces ! Je n'en sais rien… Si tu le veux, j'irai à l'hôtel, mais je ne vais pas abandonner la télévision sous prétexte qu'un fou m'a menacée. Du reste, je me demande si ce n'est pas tout simplement Paul Stevens qui essaie de me flanquer la trouille.

— La police le pense aussi ?

— Non, répliqua-t-elle franchement, mais elle croit savoir qui est cet individu.

— Alors prends un congé en attendant qu'on lui passe les menottes.

— Je ne peux pas, Peter. Je ne peux pas, je t'assure ! J'ai mon travail à assurer !

Il s'approcha d'elle et lui saisit le bras.

— Il va te tuer !

— J'ai déjà couru ce risque.

Ses yeux flamboyaient. Peter n'arriverait pas à lui faire abandonner la télévision ! Non, pas après toutes ces années de travail ! La télévision était une partie d'elle-même, et Peter avait promis de la laisser libre dans ce domaine, pour le meilleur ou pour le pire.

— Tu n'as jamais couru ce risque avec la vie de mes enfants. Ne l'oublie pas.

— Je ne peux penser à rien d'autre.

— Sauf à toi !

— Tu m'énerves !

Elle sortit de la pièce, claqua la porte et monta dans sa chambre. Il ne lui parla pas de toute la nuit. Les enfants furent sensibles à la tension qui s'installait. Le lendemain elle appela le producteur et accepta sa proposition d'une escorte de gardes du corps pour elle-même, son mari et les enfants. Cela représentait un grand nombre d'hommes à engager, mais la station était prête à assurer les frais. Mel en parla à Peter lorsqu'ils allèrent se coucher.

— Ils commenceront leur travail demain matin à 6 heures.

— Ridicule ! Tu me vois en train de faire ma tournée des malades avec un gorille à mes côtés ?

— Tu n'es pas la personne visée par ce dingue. Le gorille pourrait se contenter de t'accompagner lorsque tu es hors de l'hôpital. Le fou n'en veut qu'à moi.

— Je m'en rends compte.

Le lendemain, au petit déjeuner, Mel avisa les enfants de la situation. Ils ouvrirent de grands yeux, mais elle leur assura qu'ils n'avaient rien à craindre et que la police s'emparerait de l'homme dans quelques jours. Il fallait simplement qu'ils fassent un peu attention pendant un certain temps. Matt fut enthousiasmé, mais Mark ne tenait pas à aller au collège avec un garde du corps et les filles mouraient de peur. Après qu'ils furent tous partis avec leurs gorilles, Mme Hahn s'en fut trouver Mel.

— Madame Hallum ?

Elle s'arrangeait toujours pour écorcher la prononciation. Mel se tourna vers elle.

— Oui, madame Hahn ?

Parfois Peter l'appelait Hilda, mais pas Mel. Et jamais elle n'entendit le « Madame Mel » qu'utilisait Raquel.

— Je tenais à vous signaler qu'étant donné les circonstances je m'en vais.

— Vous partez ?

Peter serait ahuri et, sans doute, furieux. Il lui en voudrait de tout désorganiser dans sa maison ; pourtant ce n'était pas sa faute.

— Je ne crois pas que vous couriez le moindre risque ici, et, comme je l'ai expliqué aux enfants ce matin, nous sommes tous protégés du matin au soir.

— Je n'ai jamais servi dans une maison où la présence de la police était nécessaire.

— J'en suis persuadée, madame Hahn, mais si vous pouviez patienter quelques jours...

Mel estimait qu'elle devait faire cet effort pour garder Mme Hahn, ne serait-ce que pour Peter.

— Non, déclara Mme Hahn avec décision. Je m'en vais dès aujourd'hui.

— Sans aucun préavis ?

Avec un œil accusateur, l'Allemande riposta :

— Jamais rien de ce genre n'est arrivé du temps de Mme Hallam.

Cette Mme Hallam était Anne, bien évidemment, la vraie Mme Hallam, par opposition à Mel. Aussi, brusquement, cette dernière décida-t-elle de prendre enfin une petite revanche. Elle était loin d'avoir le cœur brisé par le départ de la gouvernante. Elles s'étaient détestées dès leur première rencontre. Avec un sourire qu'elle ne chercha pas à dissimuler, elle soupira :

— La vie devait être bien ennuyeuse, en ce temps-là !

Elle avait parlé avec nonchalance. Une expression horrifiée se peignit aussitôt sur le visage de Mme Hahn, qui ne tendit même pas la main pour faire ses adieux.

— Au revoir. J'ai laissé une lettre pour le docteur dans ma chambre.

— Comptez sur moi pour la lui remettre. Vous ne désirez pas patienter un peu afin de dire adieu aux enfants ?

Elle s'attendait à un mouvement chaleureux de Mme Hahn envers les enfants, mais elle savait que ceux-ci prendraient facilement leur parti de son départ.

— Je ne resterai pas dans cette maison une heure de plus.

— Parfait.

D'un œil froid, Mel la vit disparaître par la porte d'entrée. Intérieurement, elle chantait victoire. Mais, cette nuit-là, Peter ne montra aucun enthousiasme.

— Qui va diriger la maison, Mel ? Tu n'en as pas le temps.

— Nous trouverons quelqu'un d'autre.

Raquel, sollicitée dès le lendemain, refusa de déménager pour une autre ville et recommanda à Mel de veiller sur les filles.

— En attendant, c'est moi qui m'occupe des enfants, répondit Mel.

— Très bien ! Quelqu'un se balade avec des bombes

518

sur lesquelles il a inscrit votre nom, et vous vous tracassez pour le ménage et le blanchissage !

— Si seulement vous veniez, Raquel !

— J'ai autre chose à faire.

À la fin de la journée, Mel en eut par-dessus la tête de son garde du corps et de cette attente de l'arrestation du fou. Mais celle-ci ne se produisit pas. Le studio reçut encore quatre menaces de mort, et pour la deuxième fois une bombe de fabrication artisanale fut découverte dans le bureau de Mel. En fin de compte, même Paul Stevens se montra compatissant. Il savait qu'elle était enceinte. Mel passait de longues nuits sans sommeil à s'inquiéter, et de larges cercles noirs apparurent autour de ses yeux. Un beau jour ce fou serait intercepté, comme ils le sont tous à plus ou moins brève échéance, mais dans combien de temps ?

Paul Stevens fit un jour la paix en lui tendant la main.

— Je suis désolé de ce qui t'arrive, Mel.

— Et moi donc !

Mel sourit avec effort en sortant du plateau avec lui. Le garde du corps ne la quittait pas d'un pouce : elle ne pouvait faire un mouvement sans le sentir près d'elle. Dans la matinée, après le départ des enfants, la maison semblait pleine de policiers, ce qui mettait les nerfs de Peter à rude épreuve. Il avait fini par s'habituer à son propre gorille, mais les autres lui semblaient « en trop ».

— Je crains, avoua-t-elle à Paul, qu'il ne finisse par les mettre à la porte.

Il la fixa avec commisération.

— Tu sais, pendant un temps, j'ai été très envieux à ton sujet.

— Je le sais, répondit-elle tranquillement, mais au moins tu n'as pas eu à affronter un meurtrier anonyme.

— Je me demande comment tu peux supporter cette tension.

— En général je m'inquiète pour les enfants... les miens... ceux de mon mari... Si quelque chose leur arrive, je ne me le pardonnerai jamais.

Depuis bientôt un mois que la première bombe avait été déposée, Mel se demandait si elle ne ferait pas mieux de donner sa démission. Elle n'en avait pas encore parlé à Peter, ne voulant pas le troubler ni lui laisser croire que sa décision était définitive. Mais elle s'était promis que, si l'homme n'était pas capturé dans les deux semaines, elle quitterait la télévision.

Paul Stevens parut consterné devant une telle éventualité.

— Si jamais je peux faire quelque chose...

Mel secoua la tête négativement et lui dit bonsoir. Elle revint chez elle ; dehors stationnaient des voitures de police banalisées.

— Maman, demanda Matthew ce soir-là, tu penses qu'on finira par l'attraper ?

— Je l'espère, Matt.

Elle le prit sur ses genoux, priant pour que ni lui ni aucun des enfants n'ait à subir le moindre mal. Elle regarda Pam, puis les jumelles... Mark n'était pas encore rentré. Cette nuit-là, Peter revint sur le sujet :

— Pourquoi ne quittes-tu pas la télévision ?

Elle ne voulut pas lui avouer que justement elle hésitait à rester.

— Parce que je ne suis pas quelqu'un qui craque !

Puis, après un temps, elle demanda :

— Si nous faisions un petit voyage ?

— Pour aller où ?

Le mois de juin avait déjà commencé et Mel y songeait avec soulagement. Pleine d'espoir, elle proposa :

— Que dirais-tu que nous allions tous passer quelques jours à Martha's Vineyard ?

Elle n'avait pas retenu la villa pour les vacances d'été, mais il serait sans doute possible de s'y rendre quelques semaines ou d'en louer une autre. Peter secoua la tête.

— C'est trop loin pour toi.

Elle en était à son quatrième mois de grossesse. Son état commençait juste à se deviner.

— Et si tu y vas, ajouta-t-il, je ne te verrai jamais. Pourquoi ne pas choisir un endroit plus proche ?

— Cela supprimerait tout l'intérêt de ce déplacement !

Déjà cette perspective la tuait. Elle était affolée par l'argent que dépensait la station pour les gardes du corps, bien que personne n'eût l'idée de lui en faire le reproche. Ce n'était pas leur faute s'ils lui portaient sur les nerfs, mais elle n'en pouvait plus. Encore ce matin-là, comme elle remplissait un verre de lait pour Matt, l'un des hommes lui avait ordonné : « Écartez-vous de la fenêtre, s'il vous plaît. » Cette menace sur leurs vies ne cessait ni jour ni nuit.

— Et que dirais-tu d'Aspen, à nouveau ?

Elle posait la question sans espoir.

— Je ne crois pas que l'altitude soit bonne pour toi.

— La tension qui règne ici n'est pas bonne non plus.

— Je me le demande. J'y penserai dans la journée.

Elle ne cessa d'y songer elle aussi. Tout ce qu'elle désirait, c'était de partir au loin encore une fois. Ce cauchemar de la bombe durait depuis un mois et elle était à bout. Elle se rendit au studio dans l'après-midi et s'assit derrière son bureau, son garde du corps devant la porte. En levant les yeux elle vit le producteur qui la contemplait avec un petit sourire.

— Mel, nous avons de bonnes nouvelles pour toi.

— Tu m'envoies en Europe pour une année ?

Elle sourit à son tour et, pour la première fois, elle sentit le bébé bouger à l'intérieur de son ventre. Elle n'avait pas encore annoncé officiellement sa grossesse parce que la direction craignait que le fou ne se porte aux pires extrémités s'il l'apprenait. Aussi le secret avait-il été bien gardé ; personne en dehors de ses proches collaborateurs n'était au courant.

— Mieux que ça !

Derrière le producteur, elle aperçut Paul Stevens lui souriant avec gentillesse.

— Tu refiles mon boulot à Paul !

L'intéressé acquiesça, en riant, et Mel joignit son rire au sien. Ils étaient devenus presque amis. C'était le seul résultat positif de cet épouvantable mois qui venait de s'écouler.

— La police a mis la main sur le dingue.

— C'est vrai ?

Elle ouvrit de grands yeux embués par les larmes.

— Alors, c'est fini ?

Il aprouva en hochant la tête. Elle commença à trembler.

— Oh, mon Dieu !

Elle baissa la tête sur son bureau et les sanglots éclatèrent.

CHAPITRE XXXII

— Alors, mon amour ?

Peter regardait Mel, heureux. Ils étaient assis près de la piscine, les enfants étaient sortis, la paix régnait.

— Qu'allons-nous faire cette semaine ? Personne, en tout cas, ne peut nous reprocher de mener une vie ennuyeuse.

— Dieu merci !

Elle posa la tête sur le dossier du siège et ferma les yeux. Ce qui lui faisait envie, c'était simple ; aller à Martha's Vineyard et s'allonger sur le sable chaud. Mais les enfants avaient d'autres projets en tête, Peter était coincé par ses malades, aussi avait-elle dû renoncer à ses vacances cette année-là pour pouvoir prendre un congé de maternité plus long. L'enfant naîtrait vers Thanksgiving et Mel s'arrêterait de travailler le 1er octobre.

— J'ai une idée, Mel.

— Si c'est plus fatigant que de piquer une tête dans la piscine, inutile de m'en faire part !

Elle avait gardé les yeux fermés. Il s'approcha d'elle avec une expression pleine de malice.

— Pourquoi n'irions-nous pas visiter quelques maisons ?

Elle ouvrit un œil.

— Tu plaisantes, bien sûr.

— Je suis sérieux.

— Promis ? interrogea-t-elle, sidérée.

— Promis. Bien que j'aie du mal à l'admettre, je dois reconnaître qu'il n'y a pas assez de place ici pour le bébé, à moins de l'installer dans le garage. Si nous sommes obligés de faire construire un petit bâtiment annexe, nous n'aurons que des inconvénients. Les jumelles ont chacune besoin d'une chambre personnelle.

Mel devina qu'il avait dû faire un rude effort pour reconnaître qu'il s'était trompé et elle lui tendit les bras.

— Ne préfères-tu pas rester ici ? Maintenant, je pourrais en prendre mon parti. Nous n'aurions qu'à nous serrer un peu en attendant que la chambre de Mark soit libre.

Mark avait décidé d'entrer à l'université, sur la côte Est, dès qu'il aurait terminé ses études à Los Angeles, ce qui signifiait qu'il n'avait plus qu'une année à rester en famille. Jess, de son côté, espérait bien que l'université de Yale l'accepterait.

— Les enfants sont pratiquement des adultes…

— Ils ont bien de la chance. J'aimerais pouvoir en dire autant de moi.

— Tu es l'homme le plus merveilleux que j'aie jamais rencontré.

Elle l'embrassa sur les lèvres, tout doucement, et il laissa ses doigts remonter le long de sa jambe.

— Hum… Crois-tu que quelqu'un pourrait nous voir ?

— Juste un voisin ou deux, et quoi de plus normal qu'un mari et sa femme...

Il l'emmena à l'intérieur de la maison et ils firent l'amour passionnément, leurs cœurs à l'unisson de leurs corps. Ensuite il lui apporta un plateau, et elle se prélassa au lit, heureuse, détendue.

— Pourquoi es-tu si gentil avec moi ?

— Je n'en sais rien. Peut-être parce que je t'aime à la folie.

— Moi aussi..., dit-elle avec bonheur. Est-ce que tu envisages vraiment d'habiter une nouvelle maison ?

Cette idée la remplissait d'aise, mais elle ne voulait pas lui forcer la main, sachant trop à quel point Peter tenait encore à cette maison et aux souvenirs qui s'y rattachaient.

— Oui, affirma-t-il.

Elle rayonna. Peu après, ils sortirent faire un tour en voiture, ici et là, et découvrirent plusieurs habitations qui leur auraient plu, mais aucune n'était à vendre.

— Tu sais, il faudra peut-être des années avant de dénicher une maison qui nous plaise.

— Nous avons le temps.

Elle se sentait totalement détendue en ce délicieux après-midi du samedi. Le week-end suivant, au début du mois de juillet, ils découvrirent la maison de leurs rêves.

— Mon Dieu ! C'est immense !

Mel et Peter en firent deux fois le tour.

— Cela peut vous surprendre, madame Hallam, riposta-t-il, mais nous avons six enfants.

— Cinq et demi ! corrigea-t-elle.

La maison comprenait une chambre pour chacun d'entre eux, avec un bureau pour Peter et un autre pour Mel, un fort beau jardin, une immense piscine et une plus petite pour les enfants et leurs amis. Aucune maison ne pouvait mieux leur convenir, d'autant qu'elle était également située à Bel Air, comme le souhaitait Peter.

— Alors, madame Hallam ?

— Je ne sais pas, docteur. Qu'en pensez-vous ? Avons-nous les moyens de l'acheter ?

— Probablement pas. Mais lorsque nous aurons vendu ma maison, nous pourrons acheter celle-ci.

Pour la première fois il admettait implicitement que leur maison actuelle était la sienne, pas la leur.

— Pourquoi ne verserions-nous pas un acompte ? proposa-t-elle.

Pour rassembler la somme nécessaire, il fallait leur participation financière à tous deux. Mel en fut heureuse. Elle voulait une maison qui soit aussi la sienne, et elle n'avait pas encore placé l'argent provenant de la vente de sa maison de New York. L'habitation d'Anne fut mise en vente dès la semaine suivante, mais ne trouva un acheteur sérieux qu'un peu plus tard. Heureusement, celle qu'ils désiraient acquérir était toujours libre.

Après l'avoir une fois encore visitée, Peter examina son calendrier.

— Voyons un peu… le bébé naîtra le 28 novembre… aujourd'hui, nous sommes le 3 septembre. Tu prends ton congé de maternité dans quatre semaines. Cela nous donne exactement deux mois pour aménager cette maison. Avec un peu de chance, nous pourrions nous y installer aux environs de Thanksgiving.

Il paraissait tellement sûr de lui que Mel, malgré la présence de l'agent immobilier, se moqua de lui.

— Tu plaisantes ! Ça prendra des mois. Quel rêveur tu fais !

Cette maison était en excellent état, mais ils désiraient effectuer quelques travaux de peinture, changer les papiers des murs, apporter quelques modifications au jardin, commander du tissu pour les rideaux, acheter des tapis...

Peter se montra surpris.

— Tu ne veux pas que ton bébé naisse dans notre nouvelle maison ?

Si, elle en mourait d'envie, l'instinct du nid parlait très fort, mais il lui restait encore trois interviews importantes à réaliser avant son congé.

— C'est également ton bébé, je te signale.

— Notre bébé.

L'agent immobilier les contempla avec stupeur :

— Vous ne vous arrêtez donc jamais de travailler, tous deux ?

— Non, jamais longtemps, dit-elle gaiement.

Ils finissaient par s'y être habitués après près d'un an de mariage, durant lesquels Peter avait effectué dix-neuf transplantations de cœur, un nombre incalculable de pontages, et elle vingt et une interviews en plus des émissions du soir cinq jours par semaine. Comme prévu, l'indice d'écoute avait grimpé.

Peter appela son bureau de l'une des chambres de la maison, puis sortit rapidement et embrassa Mel à la hâte.

— Je dois partir, nous avons un cœur...

Ils attendaient depuis longtemps ce donneur, aussi Peter et ses assistants avaient-ils perdu tout espoir.

— Tu termines ici...

Elle accepta et il disparut. Le grondement du moteur diminua peu à peu. L'agent immobilier secoua la tête, mais Mel ne fit que sourire.

CHAPITRE XXXIII

— ... Et merci, mon Dieu, pour grand-mère...

Matt regarda à droite et à gauche avec embarras et baissa la voix pour terminer :

— ... et pour mon nouveau vélo. Amen.

Les convives, réunis autour de la table pour Thanksgiving, éclatèrent de rire. Matthew, qui venait d'avoir sept ans, avait reçu de sa grand-mère un vélo rouge flambant neuf. Brusquement le petit garçon joignit à nouveau les mains et, yeux fermés, se hâta d'ajouter :

— ... et merci beaucoup aussi pour Mel.

Ensuite il jeta un coup d'œil contrit à Val et à Jess, mais il était trop tard pour ajouter un mot à sa prière. Ils mouraient tous de faim. Peter avait déjà découpé la dinde.

Pam s'était lancée dans sa recette favorite d'ignames confites. Les jumelles s'étaient chargées de tout le reste, et tout le monde se sentait dans une atmosphère de fête, y compris Mel, qui clamait bien haut qu'il n'y avait pas assez de place pour elle et ce gros ventre tout récent. Depuis deux mois Peter prétendait qu'elle attendait encore des jumeaux, mais le gynécologue jurait qu'il n'en était rien. Il ne percevait qu'un seul battement de cœur. À cause de son âge, Mel avait refusé l'échographie et ignorait donc le sexe de l'enfant. Garçon ou fille, il était énorme. La naissance était prévue pour le surlendemain et la jeune femme se réjouissait de passer Thansgiving en famille. Elle avait craint de se trouver à l'hôpital. Les Hallam avaient engagé une femme de charge, mais celle-ci avait pris son jour de congé et Mel avait préparé elle-même le repas.

— Qui veut se resservir ?

Peter promena un regard heureux autour de lui. Sa dernière transplantation cardiaque lui donnait toute satisfaction.

Les Hallam avaient emménagé dans la nouvelle maison trois semaines auparavant. On sentait encore la peinture fraîche mais personne ne s'en plaignait. Le décor tout neuf, ravissant, plaisait à tous. Chaque enfant possédait sa chambre, même le nouveau bébé, pour lequel était prévue une nursery déjà pleine de jouets. Matthew avait apporté sa contribution sous forme d'un ours en peluche et d'une paire de fusils de cow-boy. Sans avoir prévenu Mel, Pam avait tricoté une petite brassière que le nouveau-né porterait dès son arrivée de l'hôpital. La confection lui avait donné un mal fou. Toute la famille connaissait son projet sauf Mel. Cette dernière versa quelques larmes lorsqu'elle ouvrit le paquet, lors de son dernier jour de travail. Elle était revenue chez elle un peu triste de renoncer à ses émissions télévisées pendant une longue période.

Au bout d'une année, elle avait à peu près réussi à s'organiser mais jamais elle n'atteindrait à la perfection. Il lui faudrait toujours galoper pour donner ses informations télévisées, et Peter serait toujours appelé à deux heures du matin pour tenter de réparer un cœur moribond. Mais entre eux s'était créé un lien puissant, un lien qui n'existait pas auparavant ; ils avaient traversé bien des épreuves au cours de cette année, le fou à la bombe, la romance catastrophique entre Val et Mark… le nouveau bébé… le choc que représentait leur mariage pour tous les membres de la famille… et aussi le fantôme d'Anne. Mel avait emporté le tableau et l'avait suspendu dans la chambre de Pam, où il faisait très bon effet. Elle était aussi très satisfaite d'avoir récupéré son mobilier de New York.

— Heureuse, mon amour ?

Ils étaient assis au coin du feu, dans leur chambre. Peter lui souriait. Les enfants s'amusaient dans la vaste salle de jeu du rez-de-chaussée, près de la piscine. Mel leva les yeux vers son mari et lui prit la main.

— Oui, sauf que je mange un peu trop.

— Ça ne se voit pas.

Mais ce ventre énorme qui frémissait de droite à gauche, suivant les mouvements du bébé, ne pouvait que les faire rire. Ces derniers jours, le petit être ne cessait de s'agiter. Mel se sentait prête à s'en décharger, tout spécialement ce soir-là. Maintenant que Thanksgiving était passé, il était temps d'accoucher. C'est ce qu'elle confia à Peter en se mettant au lit.

— Ne parle pas trop fort, répliqua-t-il, ou il t'entendra et décidera de sortir.

Ils riaient encore tous deux dans leur lit, mais deux heures plus tard Mel se leva en ressentant une douleur dans le bas-ventre, douleur familière. Elle alla s'asseoir dans un fauteuil mais eut envie de faire quelques pas. Elle descendit au rez-de-chaussée et regarda le jardin par la porte-fenêtre. Elle s'installa au salon, avec le sentiment d'être vraiment chez elle, pas chez lui ou chez eux. Cette maison, ils l'avaient aménagée tous ensemble et elle reprenait vie comme eux tous.

Elle retourna dans sa chambre et voulut s'allonger, mais les mouvements du bébé lui faisaient trop mal. Soudain, une douleur fulgurante lui arracha une plainte. Elle s'assit, attentive aux manifestations de cette petite vie, et une nouvelle douleur la traversa. Avec une certaine exultation, elle prit la main de Peter.

— Hmm ?

Il n'était que 4 heures du matin. Peter ne réagit qu'en remuant à peine.

— Peter...

Elle l'appela par son prénom après avoir ressenti une troisième fois l'épouvantable douleur. Mel savait que l'accouchement n'aurait pas lieu avant plusieurs heures, mais elle ne voulait pas rester seule : elle tenait à partager toute l'excitation de cette venue au monde avec Peter. Plus que n'importe qui d'autre, il attendait impatiemment cet instant.

— Quoi ?

Soudain il leva la tête et l'observa attentivement.

— C'est peut-être une fausse alerte ?

Elle baissa les yeux sur cette masse énorme qui était son ventre et se mit à rire. Mais son rire fut brusquement interrompu par une quatrième plainte. La douleur venait encore de se manifester, accompagnée cette fois par un élancement atroce dans le bas du dos. Elle s'accrocha à la main de Peter, qui la soutint pendant qu'elle cherchait sa respiration. Lorsqu'elle eut retrouvé son souffle, il regarda sa montre.

— Tes douleurs reviennent à quel rythme ?

Elle le regarda avec autant d'amusement que d'amour dans les yeux.

— Chéri, je n'en sais rien. J'ai oublié de le noter.

— Oh, mon Dieu !

Il s'assit sur le lit. Les cœurs, il connaissait, mais les bébés n'étaient pas de son domaine. Sans l'avoir avoué, il se faisait beaucoup de souci depuis neuf mois.

— Depuis combien de temps es-tu levée ?

— Je n'en sais rien… Un bon moment.

— Combien de temps ont duré les contractions pour les jumelles ?

— Comment veux-tu que je m'en souvienne ! C'était il y a dix-sept ans et demi ! Assez longtemps, je suppose.

— Merci de ton aide !

Il l'examina d'un œil critique.

— Habille-toi. Je téléphone à ton médecin.

Encore une fois, elle se tordit sous l'effet d'une contraction intolérable qui lui parut durer plus longtemps que les précédentes. Peter dissimula l'angoisse qui montait en lui. À aucun prix il ne voulait qu'elle accouche dans la maison, par crainte des complications. Il fallait l'hôpital.

— Courage…

Il l'aida à faire les quelques pas conduisant à la salle de bains, puis revint dans la chambre pour téléphoner.

— Qu'est-ce que je dois mettre ? cria-t-elle.

— S'il te plaît, Mel ! N'importe quoi… des jeans… une robe…

C'est alors qu'elle perdit les eaux. Elle l'appela au

secours tout en s'épongeant avec des serviettes. Le gynécologue avait bien prévenu Peter qu'elle devait être transportée à l'hôpital très vite. Mel laissa une note sur la table de la cuisine, à l'intention des enfants, afin qu'ils la trouvent à leur petit déjeuner : « Sommes allés accueillir le bébé à l'hôpital. Baisers. Maman. »

Peter ne cessait de la presser :

— Vite ! Vite !

— Pourquoi ?

Elle affichait un calme qu'il lui enviait.

— Parce que je ne veux pas t'accoucher dans notre nouvelle voiture.

Il s'était finalement résolu à vendre la Mercedes d'Anne et à en acheter une nouvelle pour Mel.

— Et pourquoi pas ?

Jamais il ne se sentit aussi près d'elle que pendant ce trajet qu'il empruntait souvent pour se rendre à son travail. Il fit entrer Mel à l'hôpital, l'installa dans une chaise roulante et la conduisit dans la salle de maternité, fier comme un paon.

— Je peux marcher, je t'assure.

— Pourquoi marcher puisque tu peux conduire ?

Ce ton léger dissimulait mal la force des sentiments qu'il éprouvait pour elle. Un millier de pensées tournoyaient dans sa tête et il priait avec ferveur pour que l'accouchement se déroule sans problème. La taille du bébé l'inquiétait ; il envisageait une césarienne.

Il finit par en parler à l'obstétricien après que Mel eut passé plusieurs heures à souffrir et à haleter dans la salle. Les deux médecins se trouvaient juste devant la porte. Il était près de 8 heures du matin L'accoucheur, un vieil ami à lui, tapota amicalement son bras.

— Elle va très bien, tu sais, très bien.

— Dans combien de temps accouchera-t-elle ?

— Un bon moment !

— Tu parles comme elle !

Peter lui lança un regard furieux et tous deux revinrent dans la salle. Mel voulait pousser, mais l'obstétricien assurait qu'il était encore trop tôt. Cependant, comme il s'aperçut à l'examen que le travail avait progressé par bonds dans la dernière demi-heure, il fit transporter sa parturiente dans la salle d'accouchement. À peine entrée, Mel accomplit de tels efforts qu'elle en devint rouge pendant que Peter et les infirmières s'empressaient autour d'elle.

— Je peux voir la tête du bébé, Mel.

À ce cri triomphant de l'accoucheur, elle se mit à rayonner.

— C'est vrai ?

Elle ruisselait de sueur et ses cheveux se répandaient comme des flammes ardentes sur l'oreiller et les draps blancs. Jamais Peter ne l'avait tant aimée. Elle poussa encore et soudain un cri perçant retentit. Peter se précipita pour voir naître son enfant et, avec des larmes aux yeux, il s'écria :

— Oh, Mel... c'est merveilleux...

— Qu'est-ce que c'est ?

Mais il lui fallut encore faire un violent effort.

— Nous ne savons pas encore.

Ils étaient tous en train de rire lorsque tout à coup les épaules sortirent, puis le torse, le bassin et les jambes.

— Une fille !

— Oh, Mel...

Peter retourna auprès de sa femme et l'embrassa sur les lèvres. Elle riait et pleurait avec lui. Puis une

535

infirmière lui tendit son bébé. Peter savait qu'elle avait désiré un garçon, mais Mel ne paraissait pas s'en souvenir lorsqu'elle prit sa fille dans ses bras. Pourtant, soudain, une grimace lui tordit la figure et elle s'agrippa au bras de Peter. On lui enleva aussitôt son enfant.

— Oh… mon Dieu… je souffre…

— C'est le placenta, expliqua le médecin, blasé.

Mais Peter le vit soudain froncer les sourcils et une onde d'inquiétude le parcourut tout au long de la colonne vertébrale. Une complication ! Elle souffrait le martyre, plus encore que dans les heures précédant la naissance.

— Oh… Peter… je n'en peux plus…

— Si, vous pouvez !

Le médecin lui parlait doucement pendant que Peter lui tenait la main. Il se demandait pourquoi diable on ne la transportait pas dans le bloc opératoire pour découvrir la cause de cette souffrance. Alors, tout à coup, elle se mit à pousser de toutes ses forces, un cri éclata à ses oreilles et Peter ouvrit de grands yeux pendant que Mel le dévisageait, sachant déjà ce qui leur arrivait.

— Non… Encore !

L'obstétricien riait ouvertement, mais Peter se sentait complètement dépassé par les événements. Lorsqu'un nouveau hurlement se fit entendre, il commença à comprendre et, à son tour, se mit à rire aux éclats. Mel faisait encore coup double et personne ne s'en était douté, pas plus que pour Jess et Val. Elle l'interrogea du regard, moitié inquiète, moitié amusée :

— Des jumelles ?

Cette fois l'accoucheur tendit l'enfant à Peter, qui

le prit avec respect et le présenta ensuite à la jeune femme.

— Madame…

Ils échangèrent un regard plein d'amour.

— … votre fils.